I0722340

9 781957 756318

تار و پَود

بلونت سنگھ

غزل سرا

https://www.ghazalsara.org

Taar o Paod *By Balvant Singh*
Fiction - Urdu

Title: .... Taar o Paod
Author: .... Balvant Singh
Published By:........................... GhazalSara.Org
Original Publish Date: 1946
First Edition: .... November 2022
Second Edition:...................... December 25, 2022
ISBN:... 978-1-957756-31-8

Printed and bound in The United States of America

نام کتاب .... تار و پَود

مصنف........................ بلونت سنگھ

ناشر .... غزل سرا ڈاٹ آرگ (یاور ماجد)

پہلی اشاعت................... 1946

اشاعت........................ نومبر 2022

دوسرا ایڈیشن .... 25 دسمبر 2022

آئی ایس بی این 978-1-957756-31-8

اس کتاب کی اشاعت ریاست ہائے متحدہ امریکہ میں ہوئی

فہرست

پیش لفظ

بلونت سنگھ (پیدائش: جون ۱۹۲۱ء - ۲۷ مئی ۱۹۸۶ء) بیسویں صدی کے اردو اور ہندی کے مشہور و معروف ڈرامانویس، ناول و افسانہ نگار اور صحافی تھے جنہوں نے جگا، پہلا پتھر، تارو پود، ہندوستان ہمارا جیسے افسانوی مجموعے اور کالے کوس، رات، چور اور چاند، چک پیراں کا جٹا جیسے لازوال ناول تخلیق کیے اور اپنی تخلیقی صلاحیتوں سے اردو افسانے کو عالمی شناخت دینے میں اہم کردار ادا کیا۔

غزل سرا ڈاٹ آرگ پراجیکٹ کی فکشن سیریز کی یہ تیسری کتاب ہے جس میں ان کے مجموعے "تارو پود" کے تمام افسانے مجتمع کر کے شائع کیے جا رہے ہیں، امید ہے افسانوں کی یہ شاندار کتاب آپ کی لائبریری میں ایک خوبصورت اضافہ ثابت ہو گی۔

غزل سرا ڈاٹ آرگ

<h1 dir="rtl">غزل سرا کی مزید کتابیں</h1>

کتاب	مصنف	فارمیٹ
کلیاتِ میر تقی میر	میر تقی میر	ای بُک
کلیاتِ غالب	مرزا اسد الله خان غالب	ای بُک
کلیاتِ علامہ اقبال	ڈاکٹر علامہ محمد اقبال	ہارڈ کور اور پیپر بیک
بانگِ درا	ڈاکٹر علامہ محمد اقبال	ای بُک
بالِ جبریل	ڈاکٹر علامہ محمد اقبال	ای بُک
ضربِ کلیم	ڈاکٹر علامہ محمد اقبال	ای بُک
ارمغانِ حجاز	ڈاکٹر علامہ محمد اقبال	ای بُک
آنکھ بھر آسمان	یاور ماجد	ای بُک، ہارڈ کور ، پیپربیک
منٹو کے حاشیے	سعادت حسن منٹو	ہارڈ کور، پیپر بیک
ماورا	ن م راشد	ای بُک
ایران میں اجنبی	ن م راشد	ای بُک
لا = انسان	ن م راشد	ای بُک
پہلا پتھر	بلونت سنگھ	ہارڈ کور اور پیپر بیک
تار و پَود	بلونت سنگھ	ہارڈ کور اور پیپر بیک
ہندوستاں ہمارا	بلونت سنگھ	ہارڈ کور اور پیپر بیک
آفت کی ضیافت	یاور ماجد	ہندی اور اردو میں بچوں کی نظم ہارڈ کور، پیپر بیک اور ای بک

Visit the following site for purchase links

https://www.ghazalsara.org/PrintBooks

ghzalsara.org@outlook.com

سمجھوتا

وہ مجھے نئے مکان میں چھوڑ کر دفتر کو چل دیئے۔ سامان ابھی بکھرا ہوا ہی تھا۔ میں ایک کرسی لے کر بیٹھ گئی۔ سوچا ذرا راستالوں تو کپڑے بدل کر سامان ٹھکانے سے رکھوں۔

عجب سنسان مکان تھا۔ شہر کی یہ ایک نئی آبادی تھی۔ مکانات کی تعداد نہ صرف کم تھی بلکہ جو تھے وہ بھی دور۔ مجھے تو ان کے دوست کے ہاں اور زیادہ ٹھہرنا دوبھر ہو رہا تھا۔ مکان کا مسئلہ آج کل ایک معمے سے کم نہیں، انھوں نے کوچہ کوچہ کی خاک چھانی، ہر واقف کار سے کہا۔ ہزار مصیبتوں کے بعد یہ مکان ملا۔ ان کا خیال تھا کہ سرکاری کوارٹرز میں سے کوئی نہ کوئی کوارٹر مل ہی جائے گا لیکن بدقسمتی سے کوئی کوارٹر خالی تھا ہی نہیں۔ اگر ان کو معلوم ہوتا کہ رہائش کے لیے جگہ ملنے میں اتنی دشواری ہو گی تو وہ مجھے ہمراہ ہرگز نہ لاتے۔

مرد آپس میں گزارہ کر ہی لیتے ہیں لیکن عورتوں کا نباہ ممکن نہیں جس کے ہاں ہم اتنے دنوں تک ٹھہرے رہے، وہ دراصل ان کا دوست نہ تھا۔ بس یہی کہ وہ دفتر میں ان کے نیچے کام کرتا تھا۔ بے چارے کی تنخواہ کم اور ہماری حیثیت بھی افسانہ سی تھی، ہماری وجہ سے ان کو تکلف بھی کرنا پڑتا تھا۔ اپنے گھروں میں تو ہر کوئی گزارہ کر ہی لیتا ہے۔ میں نے ہر چند چاہا کہ گھر کے کام میں میزبان عورت کا ہاتھ بٹاؤں لیکن وہ بے چاری مجھ کو ایسا کرنے کی اجازت کیوں دیتی، ایک تو میں اس کے شوہر کے افسر کی بیوی، دوسرے نئی نویلی دلہن، پھر پڑھی لکھی بھی۔ ادھر میں حساس، ان سب باتوں کو سوچتی اور دل مسوس کر رہ جاتی۔ ان کے دل کا حال پر ماتما جانے۔

ادھر وہ بھی پریشان، ابھی نو عمر ہی تو ہیں۔ نئی نویلی پیاری بیوی سے چوبیس گھنٹوں میں ایک لمحہ کے لیے بھی کھل کر بات کرنے کا موقع نہ ملتا۔ مرد انے میں بیٹھے گپ ہانک رہے ہیں۔ کبھی تاش کھیلتے ہیں، کبھی

شطرنج مگر دل میں بیوی کا تصور، سوسو بہانوں سے آتے ہیں۔ دبی زبان سے کچھ پوچھتے ہیں۔ میں شرماتی ہوں۔ آخر دوسروں کے سامنے شرمانا ہی پڑتا ہے۔ ہوں ہاں کر کے ٹالتی ہوں۔ کبھی کبھی غصہ آنے لگتا ہے۔ کیوں بار بار بے مطلب کی بات پوچھنے یا کہنے کے لیے آ جاتے ہیں لیکن پھر سوچتی ہوں، کریں بھی کیا۔ ہمارے میزبان بھی حالات سے غافل نہ ہوں گے لیکن ناچار تھے۔ جگہ تنگ اور کنبہ بڑا۔

اب جو نئے مکان میں آئے تو دفتر جانے سے پہلے مجھ کو گلے سے لگایا اور میرا منہ چوما . . .

میں چونکی۔ آخر یہ نئے خیالات کیا سوچنے لگے۔ ہاتھ اٹھا کر لمبی سی جمائی لی۔ پھر اٹھی۔ کمروں کا جائزہ لینے کے بعد سوچنے لگی کہ اب ان کی تقسیم کیوں کر ہو۔ دو بڑے کمرے تھے۔ ایک چھوٹا، ایک غسل خانہ، ایک کچن اور پائخانہ سامنے کی چھت پر، سامنے کا حصہ مالک مکان کا تھا مگر تسلی بخش بات یہ تھی کہ مالک نے اس حصے کو گودام بنا رکھا تھا نہ رہنا ورنہ جس مکان میں مالک خود بھی رہے، وہاں مجھ کو رہنا پسند نہیں کیونکہ اس طرح ضرور جھگڑے کی کوئی نہ کوئی صورت نکل ہی آتی ہے۔

کمروں کی بابت تو میں نے یہی طے کیا کہ ایک بڑا کمرہ تو ان کے لیے مخصوص ہو گا۔ دوسرے میں سامان اور ہمارے رہنے پلنگ، چھوٹا کمرہ گودام کا کام دے گا۔ چلو چھٹی ہوئی، دل میں کیا کیا ارمان تھے لیکن مکان ملتے کہاں تھے۔

شام کے پانچ بجے اسٹوو پر پانی ابل رہا تھا۔ سوچتی تھی، وہ آئیں تو چائے ڈالوں۔

ان کو دیکھنے کے لیے چھت پر چڑھ گئی۔ ایک بات سے میں بہت خوش تھی۔ وہ یہ کہ جگہ اگرچہ محدود تھی لیکن تھی ہوادار۔ ایک تو دوسری منزل پر، دوسرے شہر سے بالکل باہر۔ پرے کھیتوں کی ہریالی تک نظر آتی تھی۔ سوچا وہ آئیں تو کھیتوں کی ہوا کھانے چلیں۔ سامنے لکڑیوں اور کوئلے کی ٹال تھی۔ دو چار کشمیری کلہاڑیاں لیے گھوم رہے تھے۔ ہمارے ساتھ ہی دھوبیوں کے مکانوں کی قطاریں تھیں۔ بائیں ہاتھ بڑا میدان ساتھا، پھر مکانوں کے سلسلے۔ سب سے نزدیکی مکان ہمارے پچھواڑے میں تھا۔ اس مکان کے مکین ہی ہمارے پڑوسی تھے۔ انہیں سے کچھ بات چیت ہو سکتی تھی۔ حالانکہ میں زیادہ جھک جھک پسند نہیں کرتی۔ عام ہندوستانی عورتوں کی صحبت مجھے راس نہیں آتی لیکن کیا جائے کیا آخر ہماری بہنیں ہی تو ہیں اور پھر انسان کہاں تک چپ سادھے رکھے، کتابیں پڑھے تو کہاں تک، سینا پرونا کرے تو کب تک؟ آخر دو باتیں کرنے کو جی چاہنے ہی لگتا ہے۔

'' کوئی بڑا کنبہ ہو گا'' ، میں نے پڑوسیوں کے مکان کا جائزہ لیتے ہوئے سوچا۔ تقریباً آدھا حصہ ادھر

سے نظر آتا تھا اور باقی آدھا ہمارے مکان کے عین پچھواڑے تھا اور ہماری اپنی چھت کو سیڑھی تک نہ تھی ورنہ دوسرا حصہ بھی دیکھا جا سکتا۔ سامنے دو کمرے تھے۔ دروازوں کے آگے چھتیں پڑی تھیں۔ تیسری منزل پر دو کمرے نظر آ رہے تھے۔ ان کے درمیان چھوٹا سا صحن بھی تھا۔ لکڑی کے چوڑے چوڑے تختوں والی سیڑھی سب سے اوپر والے کمرے کی چھت پر چلی گئی تھی۔ نیچے کا صحن بڑا وسیع تھا۔ صحن میں ہماری طرف کو ایک دستی نل بھی لگا ہوا تھا۔ معلوم ہوتا تھا کہ گھر کے لوگ گھر میں نہیں تھے۔ کوئی صورت دکھائی نہ دیتی تھی۔

میں پھر ان کو دیکھنے کے لیے گلی کی طرف کو جھک گئی۔ ابھی تک نہ لوٹے تھے۔ غصہ آنے لگا۔ پانچ سے اوپر وقت ہو گیا۔ آخر ان کو اتنا بھی خیال نہیں کہ گھر میں اکیلی گھبراتی ہو گی۔ کچھ خاص کام پڑ گیا ہو گا ورنہ وہ بے چارے تو پر لگا کر مجھ تک پہنچ جاتے۔

میں اس وقت سیڑھیوں میں کھڑی تھی۔ ہوا خوش گوار تھی۔ میں سینہ پھلا پھلا کر گہرے سانس لینے لگی جیسے کہ ہمارے اسکول میں ہم کو سکھایا گیا تھا۔ اتنے میں مجھے احساس ہوا کہ کوئی شخص میری طرف دیکھ رہا ہے۔ نظر اٹھائی، ہمارے ساتھ والے مکان کے وسیع صحن میں ایک صاحب صاحبزادے کھڑے تھے۔ نظریں ملتے ہی انھوں نے احترام سے جھک کر مجھ کو فرشی سلام کیا۔ میں بوکھلا کر بھاگتی ہوئی سیڑھیوں سے اتری اور ادھر سے بڑے زور سے ہو ہو کی آوازیں آئیں اور منہ سے بلیوں کے لڑنے کی سی آوازیں نکالی گئیں۔ مارے شرم کے فرش پر گڑی جا رہی تھی۔ آخر میں کیسی بے شرم دکھائی دیتی ہوں گی۔ بال کھلے ہوئے۔ دوپٹہ نیچے لٹکتا ہوا اور میں سینہ پھلا پھلا کر گہرے سانس لے رہی تھی۔ پھر ہاتھ سے اپنے پیٹ کو دبا دبا کر اس بات کا جائزہ بھی لے رہی تھی کہ پیٹ کتنا دب رہا ہے۔ اسی پر بس نہیں کی بلکہ اپنا ہاتھ چھاتیوں سے اوپر سے پیٹ تک پھیرتی جا رہی تھی اور دل ہی دل میں اپنے پھیپھڑوں کے پھیلاؤ پر اپنے آپ کو مبارک باد بھی دیتی جا رہی تھی لیکن معلوم تھا کیا کہ کوئی شخص مجھے اس حالت میں دیکھتا ہو گا۔

اتنے میں سب سے اوپر والے کمرے کی چھت پر سے کوئی پکار کر بولا۔

''لو بھئی مبارک، پورے پانچ مہینوں کے بعد ہمارا پڑوس آباد ہوا''

پھر نیچے کے بڑے صحن سے جواب میں کسی کی تیز سی آواز سنائی دی۔

''خدا کرے ہمیشہ آباد رہے۔ کنواروں کی بھی خدا نے سنی''

''کچھ نہ پوچھو غضب ہے غضب''

۔۔۔ اور میں دم بخود۔

دوسرے دن ان کے دفتر چلے جانے کے بعد میں گھر کے کام دھندوں سے فارغ ہو کر موزے لے کر بیٹھ گئی۔ برآمدے میں ٹھنڈک تھی سو چادھوپ میں بیٹھوں، پھر خیال آیا کہ اگر دھوپ میں بیٹھی تو ممکن ہے پڑوس سے پھر کچھ داد ملنے لگے۔ اپنی جگہ سے اٹھ کر میں نے پڑوسیوں کے مکان پر نظر ڈالی، وہاں کوئی نہ تھا۔ اس بات کا تو کل ہی پتہ چلا گیا تھا کہ وہاں بے گھر بار والے ہی رہتے ہیں۔ سو چا ممکن ہے اپنے اپنے کام پر گئے ہوں۔ چار بجے سے پہلے تو واپس نہ آتے ہوں گے۔

میں نے صحن کے بجائے چوڑی دیوار پر بیٹھنا زیادہ مناسب سمجھا۔ وہاں دھوپ سامنے کی تھی۔ احتیاط سے دیوار پر چڑھ گئی اور آہستہ آہستہ کھسکتی ہوئی اس جگہ پہنچی جہاں سے دیوار اوپر کو اٹھ گئی تھی۔ میں مونڈھے پر بڑی دیوار سے ٹیک لگا کر بیٹھ گئی۔ ایک طرف سے بلندی اس قدر زیادہ تھی کہ نیچے دیکھنے سے خوف معلوم ہوتا تھا۔ میں چست و چالاک لڑکی تھی، کوئی بھدی موٹی عورت تو تھی نہیں۔ یہاں بیٹھ کر میں ایسے محسوس کرتی تھی جیسے کوہ ہمالیہ کی چوٹی پر بیٹھی ہوں۔ پہلے تو ادھر ادھر کے مناظر سے لطف اندوز ہوتی رہی۔ پھر پاؤں شلوار کے پائنچوں سے ڈھک کر میں نے ٹوکری میں سے بجائے موزوں کے کتاب نکالی اور پڑھنے لگی۔ کھانے کی آواز آئی۔

چونکی۔ دیکھا کونے کے سب سے اوپر والے کمرے میں ایک صاحب نکلے اور بغلوں میں ہاتھ دے کر کھڑے ہو گئے۔ آپ کی داڑھی بے ترتیب تھی۔ سر کے بال الجھے ہوئے، موٹے بھدے سے۔ آپ نے مجھ کو دیکھ کر بڑے تعجب کا اظہار کیا۔ ہاتھوں کے اشارے سے سطح زمین اور میرے درمیان کے فاصلہ کو ناپا۔ پھر ابروؤں کے اشارے سے اس خطرناک حرکت کا سبب پوچھا، پھر ہاتھوں کو جھٹکا کر اور شانوں کو حرکت دے کر تعجب کا اظہار کیا اور قدرے توقف کے بعد غائب ہو گئے۔

میں نے چھوٹا سا گھونگھٹ نکالا اور منہ پھیر کر پڑھنے میں مصروف ہو گئی۔ اتنے میں آپ ایک ٹوٹا پھوٹا مونڈھا لیے نمودار ہوئے۔ اپنے صحن کی دیوار پر اسے رکھ دیا۔ پھر نیچلے بڑے صحن سے اوپر تک کے فاصلے کی طرف اشارہ کرتے ہوئے مونڈھے پر بیٹھ گئے۔ ایک موٹی سی کتاب نکال کر گھٹنوں پر رکھ لی اور بڑے انہماک سے پڑھنے لگے۔

میں نے بظاہر ان کی حرکتوں پر کچھ دھیان نہ دیا۔

''ارے مر جائے گا، بھئی مر جائے گا''، کہیں سے آواز آئی۔

''مرنے دو ہمیں، جیتے رہے تو کیا مل جائے گا۔ کسی کی نظر میں سما جائیں گے کیا''
میں بڑی زچ ہوئی۔ یک نہ شد دو شد۔ خیر اسی میں سمجھی کہ کھسک جاؤں۔ بوریا بستر سنبھال کر گھستتی گھستتی اپنے صحن تک آئی۔۔۔ ''ارے پکڑنا بھی پکڑنا''
میں دھڑام سے چھلانگ لگا کر کمرے کے اندر۔۔۔۔۔۔
دو تین آدمیوں کے نعرے ''کیا بات ہے، بھئی کیا بات ہے۔ ارے جو بات ہے، خدا کی قسم لاجواب ہے''

اس کے بعد بے پناہ شور و غوغا۔ وہی منہ سے بلیوں کے لڑنے کی سی آوازیں۔

یہ تھے ہمارے پڑوسی، سب کے سب سکھ تھے۔ اندازے سے معلوم ہوتا تھا کہ زیادہ تر طالبِ علم تھے یا کلرک۔ صبح و شام دھما چوکڑی مچی رہتی۔ دن کے وقت ذرا امن رہتا، شام کے وقت پھر وہی ہنگامہ۔ برائے نام سہی لیکن صبح کے وقت تھوڑا بہت پاٹھ کرنا میرا معمول تھا لیکن اب وہ بھی نہ رہا۔ ادھر صبح کے آثار نمودار ہوئے ادھر پڑوسیوں میں سے کسی ایک نے موٹی سی گالی سے اعلانِ صبح کر دیا۔ پھر عجیب عجیب آوازیں، بھانت بھانت کے لہجے۔ گندے گندے لطیفے، پھپھڑوں کی پوری قوت کے ساتھ دہرائے جاتے اور وہ بھی اس شان سے کہ بولنے والا اسب سے اوپر والی چھت پر اور سننے والے نیچے کے صحن میں کھڑے ہائے وائے کے نعرے لگا رہے ہیں۔

پھر داتن کرتے، زور زور سے کھانستے، ہنستے۔ ''ہی ہی۔ ہاؤ ہاؤ۔ قہ قہ قہ، کھ کھ کھ کھ۔۔۔'' اتنی قسم کی اس قدر بے ہودہ ہنسیاں میں نے کبھی نہ سنی تھیں۔ بدن پر مالش کی جاتی، ڈنڈ پیلے جاتے، بیٹھکیں لگائی جاتیں۔ اگر کہیں میری جھلک دیکھ پاتے تو پھر جوش میں الٹی سیدھی قلابازیاں کھانے لگتے، سیٹیاں بجاتے، چیختے اور آوازے کستے۔

کوئی خوانچے والا، سبزی فروش یا اخبار والا ایسا نہ گزرتا جس کی آواز کی وہ نقل نہ اتارتے ہوں۔ اس کھلے میدان میں اگر کوئی مرد پیشاب کرنے بیٹھ جاتا تو اس پر ڈھیلے پھینکتے اور گالیاں دیتے ''ارے شرم کرو، یہاں عورتیں بھی رہتی ہیں''
جیسے خود تو عورتوں کا بڑا احترام کرتے تھے۔
شام کے وقت دوسری مجلس بیٹھتی، ایک دوسرے پر فقرے چست کیے جاتے، بے ہودہ گانے گائے جاتے۔

پھر بغلیں بجاتے دس عاشقوں کے کارنامے معشوقہ کی زبانی سنائے جاتے اور دسویں عاشق کی کارستانی پر ''ہو ہو''، کا شور مچاتے، بے ڈھنگے طریقے پر ناچتے، آنکھیں مٹکاتے ایسے موقعوں پر ان کے سر کے بال بکھر جاتے، داڑھیاں بے ترتیب ہو جاتیں، گال دہکنے لگتے اور وہ پسینے میں تر ہو جاتے ... تب کوئی نہ کوئی گالی کی ایک پھلجھڑی چھوڑتا اور اس کے بعد بے ہودگی کی انتہا ہو جاتی۔

ایک چھوٹے سے دریچہ میں سے ان کے صحن کا آدھا حصہ بھی نظر آتا تھا۔ اب میں ان کی صورتیں بھی پہچاننے لگی تھی۔ انھوں نے ایک دوسرے کے نام بھی دھر رکھے تھے۔ ایک تو وہ موٹے، کدو سے حضرت جو میرے مقابل دیوار پر بیٹھے تھے۔ داڑھی قینچی سے کتری ہوئی، مونچھیں کبھی ڈھیلی کبھی تنی ہوئی۔ چہرہ گول، آنکھیں چھوٹی۔ سر کے بال عموماً شانوں پر گرے رہتے، ان میں چکنائی نام کو بھی نہ ہوتی، معلوم ہوتا تھا کہ نہ کبھی بال دھوتے ہیں، نہ تیل لگاتے اور نہ کنگھی کرتے ہیں۔ گردن موٹی اور اس کی لمبائی نہ ہونے کے برابر، جب ہنستے تو دروبدیوار ہل جاتے۔ کئی قسم کی ہنسیاں ہنسنے میں ماہر تھے۔ آواز بڑی کرخت، بدزبانی، بے ہودگی، گپ بازی میں سب کے سردار، عموماً بھینسا کہہ کر ان کو چڑایا جاتا تھا۔ کافی بے شرم تھے لیکن زیادہ چڑانے پر چڑ بھی جاتے، کبھی میں ان کے سامنے آ جاؤں تو بڑی بے تکلفی سے رازدارانہ لہجے میں پوچھتے ''صبح سے درشن نہیں ہوئے تھے ... ہم نے بھی کھانا نہیں کھایا آج''۔

ان کے بالمقابل ایک صاحب تھے لمبے ترنگے، دبلے پتلے، صورت سے یرقان کے مریض، آواز باریک، چھدری داڑھی، سر پر چھوٹا سا جوڑا اور اس کے بیچوں بیچ سے بالوں کا ایک گچھا اوپر کو ہوا میں لہراتا ہوا۔ ان کو '' سکٹر '' یعنی مرض کہا جاتا تھا۔ ہر آنے جانے والے پر رعب ڈالتے، آواز سے کہتے لیکن بک بک پر اتر آئیں تو شیطان پناہ مانگے، جسم کی بناوٹ خوبصورت تھی یعنی 'بھینسے''، کی طرح بے ڈول نہ تھے۔ مجھ کو دیکھ پاتے تو منہ سے کچھ نہ کہتے، آنکھیں مٹکاتے، پہلے سر ہلاتے، پھر شانے، تب کمر اور کولھے اس شدت سے ہلاتے کہ شاید نازک سے نازک لڑکی بھی نہ ہلا سکے اور پھر کمر اور کولھوں کی لرزش ٹانگوں پر سے ہوتی ہوئی پاؤں میں غائب ہو جاتی۔ کلاسیکل ناچ کی دھجیاں اڑاتے، اس وقت عموماً ''بھینسا'' ستار بجاتا۔ ستار بھی ایسی کہ اس کے تین چار تار ٹوٹ کر ہمیشہ نیچے لٹکے رہتے۔

ایک گورا اللّے کی سی آنکھوں والا لڑکا بھی تھا۔ اس کے بال سنہری تھے۔ داڑھی کے بال بڑے باریک اور غالباً ملائم، اس کا قد بھی 'انکارِ محبوب'' کے ماند مختصر، اس کا ایک دانت سونے کا تھا۔ وہ ہمیشہ ایک ملائم سی ہنسی ہنستا رہتا، اپنی دونوں کہنیاں دیوار پر رکھے ہتھیلیوں پر تھوڑی ٹکائے وہ مجھ کو دیکھا کرتا، دیر تک میری

طرف دیکھتا رہتا اور کبھی کبھی بڑے اہتمام کے ساتھ ایک آنکھ بند کر کے آہ بھرتا اور پھر برش ہاتھ میں لے کر آہستہ آہستہ تصویر بنانے لگتا۔

ایک تھے باقر ٹیز... عام فہم زبان میں ان کو بکرا کہا جاتا تھا۔ان کے سر کے بال بہت لمبے تھے۔ جوڑا اتنا بڑا تھا جیسے ''بھینسے'' نے سر پر گوبر کر دیا ہو۔ ہنستے تو بڑے بڑے دانت نمایاں طور پر نظر آنے لگتے۔اس رعایت سے کبھی کبھی ان کو ''دانتین'' بھی کہا جاتا تھا۔ گالوں پر لکیریں بھی بہت پڑتی تھیں، داڑھی دیکھ کر سر سے پیٹ لینے کو جی چاہتا تھا یعنی صرف تھوڑی پر چند بال، خمیدہ گردن، بہر حال سانس کی آمد و رفت جاری تھی۔ سب سے زیادہ شریف اور نیک دل تھے۔ آسمان کی بادشاہت انہیں کی تھی... مجھ کو چق کے پیچھے سے دیکھنے کے عادی تھے۔

ایک اور ''ڈھِل مِل'' سا شخص تھا۔ اس کی داڑھی عموماً بندھی رہتی تھی۔ رنگ سیاہی مائل گندمی، بڑے ترنم سے بولتے صورت سے متانت ٹپکتی تھی، گال پھولے ہوئے عموماً بڑے وقار سے قدم اٹھاتے، بات کرتے تو ذرا سنجیدگی کے ساتھ مجھ کو دیکھنے کی باقاعدہ کوشش کرتے تھے۔ دیکھ پاتے تو خوب منہ پھاڑ کر ہنستے۔ آوازے کستے، زیر لب ہی رائے کا اظہار فرما کر رہ جاتے، دزدیدہ نظروں سے مجھ کو دیکھتے رہتے۔

کہیں پرلے کونے کے کمرے میں ایک صاحب اور تھے۔ ان کی صورت کا کچھ تعین نہ تھا اور نہ ہی میں ان کو سمجھ سکی۔ بقول موپاساں سب سے زیادہ دکھی شخص وہ ہے جسے کوئی سمجھ نہ سکے۔ کبھی وہ سکھ ہیں تو کبھی بال انگریزی طرز پر اور داڑھی صفاچٹ اور کبھی فرنچ کٹ بھی۔ کبھی ایک مونچھ غائب ہے تو کبھی دوسری۔ سر پر کبھی ٹوپی کبھی پگڑی، کبھی ہیٹ، ہر آن گرگٹ کی طرح رنگ بدلتے تھے۔ بات کم کرتے، ہنستے زیادہ اور ہنسنے سے بھی زیادہ شرماتے تھے۔ کمرے سے باہر ان کو کم ہی دیکھتی تھی۔ جب نکلتے تو شرماتے ہوئے۔

جناب ''بھینسا'' سب سے اوپر کی چھت پر کھڑے ان کے شرمانے کی ''پیروڈی'' کرتے۔ ادھر جناب ''بھینسا'' شرمانے میں سو سو ڈھنگ سے منہ بناتے، شانوں کو حرکت دیتے، نہ ہل سکنے والی کمر کو ہلاتے سکڑتے، کبھی پہلو بدلتے ادھر ہنسی کے مارے پیٹ میں دکھن، لیکن شرمانے والے کو اس پیروڈی سے ذرا عبرت حاصل نہ ہوتی، اور وہ شرمائے ہی جاتے۔ مجھے کم دیکھتے، آوازے بالکل نہ کستے لیکن معلوم ہوتا تھا کہ منہ میں زبان رکھتے ہیں۔

دو لڑکے اور بھی تھے۔ گھوڑے کے بچھیروں کی طرح کبھی ڈُلکی چال سے ادھر آتے، کبھی ادھر جاتے، مجھے دیکھ کر بڑا اچھلتے تھے ''ہائے ہائے، مار ڈالا، مار ڈالا'' کے نعرے لگاتے۔

وہ لوگ مجھ سے عشق جتلاتے وقت اپنی صورت آئینہ میں دیکھنے کی ضرورت نہ سمجھے تھے۔ سب کے سب نیچ کھیت، ڈنکے کی چوٹ میرے دامِ عشق میں مبتلا تھے۔

مالک مکان کا بوڑھا نوکر کہتا ''اب تو یہ کچھ زیادہ ہی شور مچانے لگے ورنہ پہلے اتنی وقت بے وقت دھماچوکڑی نہ مچتی تھی،، لیکن میں کچھ مانوس سی ہو گئی۔

ایک دفعہ میں ان کی نظروں کی زد سے ہٹ کر صحن میں ایک طرف کو بیٹھی تھی۔ ''بھینسا،، چھت پر سے پکار کر بولے ''بھئی ایک بات پوچھوں؟...،،

''فرض کرلو تم عورت ہو،،

''میں عورت؟،،

''ہاں... بھئی فرض کرلو،،

''فرض کرلیا،،

''... اور ہم تم کو دیکھنے کے لیے بے قرار ہیں،،

''بے شک،،

''تو ہم دیکھا کریں۔ تمہارا کیا لیتے ہیں۔ یعنی (منہ پھاڑ کر) سونچو،، مجھ پر چوٹ تھی۔

''بھئی پڑے دیکھیں، پڑے چلّائیں، چھت پر نہ جائیں؟ سبزی کے چھلکے میدان کی طرف نہ پھینکیں؟ کپڑے نہ پہنیں؟،،

اک دن مالک مکان کی اماں چلی آئیں۔ اِدھر اُدھر کی باتوں کے بعد میں نے دیواروں پر سفیدی کے لیے کہا، پانی کی نالی کی مرمت کی ضرورت کا احساس دلایا۔ وہ حامی بھرتی گئیں۔

میں نے چائے پلائی۔ اتفاقاً ہم صحن کے اس حصے میں چلے گئے جہاں سے وہ مجھے دیکھ سکتے تھے۔ کپڑے بھی ذرا شوخ رنگ کے پہن رکھے تھے۔

''بیٹی اگر دل نہ لگے تو ہمارے گھر آ جایا کرو۔ وہ کونے پر تو گھر ہے،،

''جی نہیں، دل کا کیا ہے۔ فرصت ہی کہاں، مصروف رہتی ہوں،،

آواز آئی ''بھئی! ہے! ہے! دھرم سے حد ہو گئی۔ آج تو نظر نہیں ٹکتی،، میں بدکی۔

بڑھیا نے آواز سنی یا نہیں چہرے سے اس نے کچھ ظاہر نہیں ہونے دیا۔ میرا دماغ کھول رہا تھا۔ نہ

معلوم بڑھیا کیا سوچتی ہوگی۔ یہی کہ آخر دل کیوں نہ لگے۔ میری مصروفیات کی ''حقیقت'' بھانپ گئی ہوگی۔

اس کے جانے کے بعد جنون کی سی کیفیت طاری ہونے لگی۔ یہ وہ مرض تھا جس کا کچھ علاج نہ تھا۔ کہیں شنوائی نہ ہوسکتی تھی، صبر کا دامن ہاتھ سے جاتا رہا۔

جھکڑی ہوئی۔ وہ تعجب سے میری طرف دیکھنے لگے۔ غصہ کے مارے میرے ہاتھ پاؤں لرزر ہے تھے۔ مٹھیاں کس کر غضب ناک آواز میں چلائی۔ ''تم لوگوں کو واقعی شرم نہیں آتی... میں آپ لوگوں کے پاؤں پڑتی ہوں...''

میں رو پڑی... ریت کے گھروندے کی طرح گرنے لگی لیکن بمشکل سنبھل کر ہٹ گئی۔

بڑی دیر بعد طبیعت سنبھلی۔ میں نے ہاتھ دھویا۔ اتنے میں ''وہ'' بھی آگئے لیکن میں نے اس بات کا ذکر کر نہ کیا۔ آخر ان لفنگوں کا کیا بگاڑا جاسکتا تھا؟ یہی نا! مردوں میں تو تُو میں ہو جائے مَیں تو پھر بے پر کی بچے کی زبان پر ہو۔

دوسرے دن میں پانی کا لوٹا لے کر چھت پر گئی۔ مجھے دیکھ کر کسی نے چوں تک نہیں کی۔ آتی مرتبہ بھی کوئی نہ بولا۔ میں نے اس طرف دیکھا ہی نہیں نظریں جھکائے کمرے میں چلی آئی۔ دن گزرتے گئے۔

ایسا معلوم ہوتا تھا جیسے ہمارے پڑوس میں انسانوں کی بستی نہیں مرگھٹ ہے۔ حسبِ معمول صبح ہوتی۔ شام ہوتی لیکن کوئی آواز ہ، کوئی بے ہودہ کلمہ سنائی نہ دیتا۔ ہائے دل، جگر کی صدائیں بالکل بند۔ نہ رقص ہوتے، نہ لطیفے کہے جاتے۔ نہ بازاری گانے گائے جاتے، نہ منہ سے بلیوں کے لڑنے کی آوازیں ہی نکالی جاتیں۔ پہلے پہل دل کو ایک تسکین سی محسوس ہوئی لیکن آہستہ آہستہ طبیعت الجھنے لگی۔ کیا یہ بدتمیز اخلاق کے اس قدر ہی قائل ہو گئے ہیں۔ وہ کون سا احساسِ یگانگی تھا جس کی شدت میں پہلے دن ہی وہ مجھ سے اس قدر بے تکلف ہو گئے تھے۔ پانچ مہینوں کے طویل وقفہ کے بعد پڑوس کے آباد ہو جانے پر پہلے پہل انھوں نے اتنی خوشیاں کیوں منائی تھیں۔ تعداد میں اتنے ہوتے ہوئے بھی ان میں تربیتی ہوئی زندگی کے آثار کیوں مفقود دہو گئے تھے۔ وہ اس قدر تنہائی کیوں محسوس کرتے تھے۔ وہ کون سی خلا تھی جو پُر ہونے سے رہ گئی تھی۔ یہ کیسے عاشق تھے۔ ان میں کوئی دوسرا رقیب نہ تھا۔ وہ سب جانتے نہ تھے کہ میں ان کے ہاتھ نہیں آسکتی؟ ان کو معلوم نہ تھا کہ مشرقی، بالخصوص ہندوستانی لڑکی کن قوانین کی پابند ہوتی ہے اور اس کا کیا ایمان

ہوتا ہے ! پھر بھی ان سب کو بلا کسی جھجک کے مجھ سے بے پناہ عشق تھا۔

اب وہ بھوت دکھائی دیتے تھے۔ وہ کسی اور ہی دنیا کی مخلوق معلوم ہوتے تھے۔ اب وہ شریف تھے۔ اب میں اپنے پڑوسیوں پر فخر کرسکتی تھی۔ وہ کس قدر عمر رسیدہ معلوم ہوتے تھے۔ بوڑھے ! ... بوڑھے ! ! جیسے صدیاں گزر چلیں، جب وہ جوان تھے۔

ایک اتوار کو ہم دونوں ''ان'' کے ایک دوست کے ہاں چلے گئے۔ وہاں سے سینما گھر پہنچے۔ سارا دن ہنسی خوشی گزارنے کے بعد لوٹے۔ گھر کے پاس ہی وہ محلہ کے ایک آدمی سے بات کرنے لگے، میں چلی آئی ... پڑوسیوں کے ہاں آج کچھ شور سا سن کر میری خوشی کی انتہا نہ رہی۔

دریچے سے جھانک کر دیکھا۔ دو بڑی بڑی چارپائیوں پر سب کے سب بیٹھے تھے۔ وہ بھینسا ول ککڑ، وہ بچھڑے، وہ باقر بیز وغیرہ کیسے معصوم دکھائی دیتے تھے۔ اس آسمان تلے چند بندے تھے پر ماتما کے ... بھینسا آہستہ آہستہ ستار ٹنٹنار ہے تھے۔

جی چاہا وہ مجھے بھی شامل کرلیں۔ کچھ آوازے ہی کس لیں، کچھ شور و غل ہی کر لیں، کچھ الٹی قلا بازیاں ہی لگا لیں ...

ہے بے شرمی کی بات، میں باہر صحن میں اس انداز سے کھڑی ہوگئی کہ ان کو نظر آسکوں۔ دور کھیتوں کی طرف دیکھنے لگی۔ اس سے بھی زیادہ بے شرمی کی بات یہ کہ میرے سر پر سے میرا رنگین دوپٹہ کھسک کر شانوں پر آر ہا لیکن میں نے سر نہیں ڈھانپا ...

معاً باتیں بند ہوگئیں۔ میں نے چھپی نظروں سے دیکھا۔ وہ آنکھیں جھکائے صحن کے اس حصہ کی طرف لپک رہے تھے جدھر نہ وہ مجھے دکھائی دے سکتے تھے اور نہ ہی میں ان کو نظر آسکتی تھی۔ شام کے دھندلکے میں میلی میلی چادریں لپیٹے، آگے پیچھے سے چارپائیاں اٹھائے ... اور پھر موت کی سی خاموشی طاری ہوگئی۔

نقاہت سے میں نے اپنا سر تھام لیا اور تقریباً لڑکھڑاتی ہوئی واپس کمرے میں آئی۔ بڑے کمرے میں کرسی پر بیٹھی کیا گر پڑی۔ جب میں نے آئینہ میں اپنی صورت دیکھی تو مجھے یوں محسوس ہوا جیسے میری آنکھوں کی شراب غائب ہے اور ہونٹوں کی مٹھاس گم۔ گالوں کی سرخی ندارد، سینے کی کشش ختم اور میں بوڑھی کھوسٹ ہو چکی ہوں بڑھیا ... بڑھیا !

رات کو جب ''وہ'' واپس آئے تو میں نے کہا ''میں یہاں نہیں رہ سکتی۔ یہ گھر جلدی بدل لیں،''
'' کیوں؟''

،،میرا جی نہیں لگتا،،

طے پایا کہ اگلے اتوار کو ہم یہ گھر چھوڑ دیں گے کیونکہ اس وقت ایک کو ارٹ مل سکتا تھا۔

دوسرے اتوار کو ہمارا سامان تھیلوں پر لد رہا تھا۔

وہ سب لوگ چھپی نظروں سے ہمارا سامان لدتا دیکھ رہے تھے۔ان کے پڑوس کا مکان پانچ مہینوں کے طویل عرصہ تک خالی رہنے کے بعد مختصر عرصہ کے لیے آباد رہا اور اب پھر خالی تھا۔ . . .

ان کی صورتیں رنجیدہ ہیں، چادریں لپیٹے کاہلی سے اِدھر اُدھر ٹہل رہے ہیں۔ مالش نہیں کرتے، ناچتے نہیں ، الٹی قلابازیاں نہیں لگاتے، سب سے اوپر کی چھت پر ،،بھینسا،، نیچے. . . پکڑا، بکرائل سے پانی بھر رہا ہے۔ وہ بلّی کی سی آنکھوں والا گورا سائلٹر کا دا اس نظروں سے دوسری طرف کو دیکھ رہا ہے. . . ہم تانگے پر بیٹھے ہیں۔ تانگہ والا گھوڑے کو چابک دکھاتا ہے۔

میں محسوس کرتی ہوں جیسے مجھے چاہیے تھا کہ ان کو اپنی حفاظت میں لے لیتی جیسے میں نے ہی ان کو جنم دیا تھا، جیسے میں نے ہی ان کو پال پوس کر. . .

گرنتھی

''ست نام،، یہ الفاظ حسبِ معمول گرنتھی جی کے منہ سے نکلے اور اُن کے قدم رُک گئے۔ لیکن ان کے کچھ ہرے کالٹکا ہوتا ازار بند گھٹنوں کے قریب جھولتا رہا۔

''گرنتھی جی! تم کو سو مرتبہ کہا ہے کہ یوں دندناتے ہوئے اندر نہ بڑھے آیا کرو۔ ذرا پرے کھڑے رہا کرو۔ کسی وقت آدمی نہ معلوم کیسی حالت میں ہوتا ہے۔۔۔،، قریب بیٹھی ہوئی عورت نے اپنی پنڈلی پائنچہ کھسکا کر ڈھانپ لی اور ایڑیاں رگڑنے لگی۔ گرنتھی کب کا پیچھے ہٹ چکا تھا۔ عورت نے مفت میں رامائن چھیڑ دی۔ اس کا منہ اوپر کو اٹھا ہوا تھا۔ منہ اوپر اٹھائے رکھنے کی بھی اسے عادت سی ہو گئی تھی۔ اس کی داڑھی بہت گھنی تھی۔ ٹھوڑی کے نیچے گردن کے قریب بال پسینہ سے تر رہتے۔ گردن کا وہ حصہ اس کو ہمیشہ بے چین رکھتا۔ غیر شعوری طور پر منہ اوپر رکھنے سے ہوا کا کوئی نہ کوئی بھولا بھٹکا جھونکا آتا اور اس کو ٹھنڈک کا احساس ہونے لگتا۔

وہ بے وقوفی کی حد تک سیدھا سادہ ضرور تھا لیکن اس کے یہ معنی نہیں کہ وہ بالکل احمق ہی تھا۔۔۔ وہ جانتا تھا، آج اس عورت نے وہ بات کیوں کہی۔ پنڈلی، آخر پنڈلی میں کیا رکھا ہے۔ اگر کوئی دیکھ بھی لے تو ''یہ سو مرتبہ،، کی بھی خوب رہی۔ حالانکہ یہ بات اس کو پہلی مرتبہ کہی گئی تھی۔ وہ ہرگز اس طرح دندناتا ہوا اندر داخل نہ ہوتا اگر باہر کھڑا رہنے پر اس کی مدھم آواز سن لی جائے۔ اس کی آواز اچھی خاصی تھی لیکن زور سے آواز دینے پر اس کو ٹوکا گیا تھا۔ ''یہ کیا بد تمیزی ہے، اس قدر حلق پھاڑنے کی بھی کیا ضرورت ہے،، اگر وہ کھڑا ان کی من پسند آواز میں بڑے ترنم کے ساتھ صبح سے شام تک ''ست نام ست نام،، کہتا ہے تو کوئی اس کی آواز نہ سنے اور نہ اس کو روٹی دے۔ گوردوارے کے مسافر بھی ایک مصیبت تھے۔ نہ وہ روز روز آ ویں نہ اس کو روٹیاں مانگنی پڑیں۔ اپنے واسطے تو وہ کبھی بھی روٹیاں مانگنے نہ آئے۔۔۔ ایڑیاں رگڑ رگڑ کر پاؤں دھونے والی کی صورت تو دیکھو۔ یہ تو خیر! اس آفت کی پر کالہ کی صورت بھی قابلِ دید تھی۔

جس نے اس پر بدنیتی کاالزام تھوپ رکھاتھا۔سب سے احمقانہ بات جواس کی بابت کہی جاسکتی تھی، یہ تھی کہ اس نے فلاں عورت کی طرف بری نیت سے دیکھا۔لیکن وہی الزام اس پر لگا کر وہ طومار باندھا گیا تھا کہ توبہ ہی بھلی۔اتنے میں فتح سنگھ چوکیدار صحن میں داخل ہوا۔

عورت نے بے تکلفی سے پوچھا ''وہ سردار جی گھر پر نہیں؟ وہ آئیں تو کہنا کہ رات کو کنویں پر آجائیں'' کسی کا کٹورا پیش کیے جانے پر وہ اسے ایک ہی سانس میں چڑھا گیا۔ گرنتھی کے کندھے سے کندھا بھڑا کر باہر نکل گیا۔ ۔۔عورت کی پیشانی ناہموار ہو گئی۔

گرنتھی ان سب باتوں کا مطلب سمجھتا تھا۔۔۔ آج اس کو اس کے ناکردہ گناہوں کی سزا ملنے والی تھی۔ اس رات گاؤں کے بڑے کنویں پر گاؤں بھر کے سرکردہ اشخاص جمع ہوئے۔ گرنتھی پر جرح کی گئی اور اگر کوئی بات اس کے حق میں نکل آتی تو جھلاتے۔ ۔۔سب لوگ اس سے خفا تھے۔کسی کی اصلی شکایت یہ تھی کہ وہ ان کے گھر والوں کو پرشاد ہمیشہ کم دیا کرتا تھا۔کسی کے بچوں کو اس نے گوردوارے کی پھلواڑی اجاڑنے سے منع کیا تھا۔کسی کے گھر میں جاکر کچھ کام کرنے سے اس کی بیوی نے انکار کردیا تھا۔لیکن اس پر الزام یہ تھا کہ لاجو ایک دن گوردوارے میں ماتھا ٹیکنے کے لیے گئی تو اس نے اس کا ہاتھ پکڑ لیا۔ ۔۔لاجو کو گاؤں کے تین بھائی کہیں سے بھگا کر لائے تھے۔وہ برائے نام پردہ داری کے ساتھ تینوں کی بیوی تھی۔وہ تینوں بے کار تھے جو داؤ لگتا کر گزرتے۔ایک بھائی نے پنساری کی دکان کھول رکھی تھی۔ کبھی جلیبیاں نکال لیتے۔ کبھی ایک تانگہ تیار کر لیتے،موقع پڑنے پر اچھے پیمانے پر چوریاں بھی کرتے، کبھی کسی راہ گیر کی گھوڑی چھین لاتے۔ ۔۔ ''کیوں لاجو! کیا یہ بات درست ہے کہ گرنتھی نے تمہارا ہاتھ پکڑا؟'' لاجو نے بڑی تفصیل سے بتایا کہ کیوں کر گرنتھی نے اس کا ہاتھ پکڑا اور اس کو گلے سے لگانے کی کوشش کی۔

'' گرنتھی جی تم کو کچھ کہنا ہے؟''

''میں نے اس کا ہاتھ نہیں پکڑا''

لاجو چمک کر کچھ کہنے لگی تھی کہ اس کو روک دیا گیا۔ ''تو گرنتھی جی آج تم نے لاجو کا ہاتھ پکڑا، کل کسی اور کا آنچل کھینچو گے۔ گاؤں کی بہو بیٹیوں کی عزت تمہارے ہاتھوں محفوظ نہیں ''

''میں نے اس کا ہاتھ نہیں پکڑا۔۔۔''

''تم نے کام تو وہ کیا ہے کہ تم کو۔۔۔ خیر کل شنکرات کا کام بھگتا کر پرسوں یہاں سے چلے جاؤ'' گرنتھی واپس آ کر بستر پر لیٹ آ گیا۔۔۔ نیند نہ آتی تھی۔

ایک عرصہ تک ٹھوکریں کھانے کے بعد وہ اس گوردوارے میں گرنتھی مقرر ہوا تھا۔ یہاں اس کو ہر طرح کا آرام میسر تھا۔ ایک طرف تاریخی عمارت، دوسری طرف نئی عمارت بن رہی تھی۔ چک ۳۵ اور چک ۳۶ کا یہ مشترکہ گوردوارہ تھا۔ یہ گاؤں چونکہ ایک دوسرے کے بالکل قریب قریب تھے، اس لیے علیحدہ علیحدہ گوردوارے کی ضرورت محسوس نہ ہوتی تھی۔ نتیجہ یہ تھا کہ چڑھاوا بھی زیادہ چڑھتا تھا۔

تھوڑی دیر تک اس کی بیوی اس کے قریب بیٹھی رہی۔ وہ اداس تھی۔ لیکن اس کو اپنے خاوند پر بھر وسا تھا۔ وہ جانتی تھی کہ اس کے خاوند پر جو الزام دھرا یا گیا تھا وہ سراسر بے بنیاد تھا۔ وہ دونوں اس آفت کا اصل سبب بھی جانتے تھے لیکن ناچار تھے۔ اگر اس جگہ رہنے کا مطلب یہ تھا کہ بات بات میں بے عزتی برداشت کی جائے، اس کی بیوی دوسروں کے گھروں میں جا کر نہ صرف کام کرے بلکہ ان کی خوشامد بھی کرے تو اس سے بہتر یہی تھا کہ وہ اس غلامی کو خیر باد کہہ کر اپنے گاؤں کو چلے جائیں . . . لیکن آئندہ وہ کیا کرے گا؟ یہ بات اس کی سمجھ میں نہیں آتی تھی۔

گرمیوں کی چاندنی رات میں وہ کھلے آسمان تلے چارپائی پر لیٹا صحیح معنوں میں تارے گن رہا تھا۔ اس نے تاروں کی طرف کبھی دھیان ہی نہ دیا تھا۔ ورنہ تاروں کی دنیا بھی کس قدر خوبصورت اور انوکھی تھی۔ کتنی دور تک پھیلے ہوئے بے شمار تارے اور بادلوں کی صورت کے وہ تارے جن کی بابت کہا جاتا تھا کہ مرنے کے بعد انسان کی روح اسی راستہ سے ہو کر جاتی تھی۔ نامعلوم وہ راستہ کیا ہو گا؟ کیسی جگہ ہو گی؟ درخت ہوں گے یا ریت کے ٹیلے جب روح تھک جاتی ہو تو اس کو دم لینے کی اجازت ملتی ہو گی یا نہیں۔ یہ راستہ آخر کار کہاں ختم ہوتا ہو گا؟

اس کی آنکھ لگ گئی۔ جب جاگا تو تارے جھلملا رہے تھے۔ ہوا میں خنکی تھی۔ باڑے میں بوڑھا بیل سینگ ہلا رہا تھا اور اس کے گلے میں پڑی ہوئی گھنٹیاں بج رہی تھیں۔ گوردوارے کے اندر اس کے چھوٹے سے مکان کے صحن میں اس کی بیوی دہی بلو رہی تھی۔ دہی بلونے کی آواز اس بات کا یقینی ثبوت تھی کہ اب صبح ہونے والی تھی۔

وہ اٹھا کلہاڑی پکڑ کر ببول کے درختوں کی طرف چلا گیا۔ ایک نازک سی شاخ کاٹ کر اس نے تین داتونیں بنائیں۔ اپنے لیے، اپنی بیوی کے لیے اور اپنی نو سالہ بچی کے لیے۔ ایک جھاڑن کاندھے پر ڈالے وہ کھیتوں میں سے ہوتا ہوا باڑے میں واپس آیا اور بیل کی رسی کھول کر رہٹ کی طرف بڑھا۔

پرانی طرز کا یہ رہٹ زمین کی سطح سے بہت اونچا تھا۔ ایک اونچا گول چبوترا جہاں سے گوبر ملی مٹی نیچے گرتی

رہتی تھی۔ چبوترے کے دونوں طرف گارے کی بے ڈول سی ٹیڑھی میڑھی دو دیواریں کھڑی تھیں۔ ان پر درخت کاٹ کر ایک طویل لٹھ ٹکا دیا گیا تھا۔ اس کے بیچوں بیچ چر کھڑی کی لکڑی گھسی ہوئی تھی۔ پاس ہی دوسری چر کھڑی اس میں دانت جمائے کھڑی تھی۔ نچلی چر کھڑی کے پاس لکڑی کا کتّا جو اس کو پیچھے کی جانب گھومنے سے روکتا تھا۔ جب بیل کو جوت دیا گیا اور چر کھڑیاں گھومنے لگیں تو کتّا کٹ کٹ بولنے لگا۔ کنویں والا بڑا چر کھڑا بھی گھوما، رسیوں سے بندھی ہوئی ٹنڈیں (مٹی کا آبخورا) پانی کی طرف لپکیں جو ٹنڈیں رات کی بھری بیٹھی تھیں، انھوں نے پانی انڈیل دیا۔ جھال میں سے پانی کی دھارا تیزی سے نکلی۔ کنواں عجب بُھرّوں سے رُوں رُوں کی آواز نکالنے لگا۔ کبھی ایسا جان پڑتا جیسے گار ہا ہو۔ کبھی رونے کی سی آواز نکلنے لگتی۔ کبھی اس میں سے دل سوز چیخ کی سی آواز پیدا ہوتی ... تاریکی میں یہ عجیب و غریب آوازیں، چھوٹی بڑی گھومتی ہوئی چر کھڑیاں یوں دکھائی دیتی تھیں جیسے کوئی عجیب الخلقت جانور رینگ رہا ہو شور و غل سے فضا میں زندگی کی لہر دوڑ گئی۔ اِدھر اُدھر سے دو چار کتّے بھی بھونکنے لگے۔

گرنتھی نے جھال کی طرف تختہ لگا کر پانی روک لیا تا کہ یہ ٹونٹیوں کی طرف چلا جائے۔ جب کھیتوں کو پانی دینا ہوتا تو پانی کا رخ جھال کی طرف کر دیا جاتا۔ چار دیواری پر بیٹھ کر اس نے دانتوں کی کونچی سے دانت اور مسوڑھے صاف کیے، پھر دانتوں بیچ پھاڑ کر اسے کمان کی صورت گھمایا اور زبان پر رگڑا۔ منہ میں انگلی پھیر پھیر کر وہ کھانستا اور تھوکتا رہا۔

کنویں پر جھکے ہوئے شہتوت کے پیڑ پر پرندے پر پھڑ پھڑانے لگے۔

دانتوں چھینک کر اس نے کپڑے اتارے ٹونٹی کے منہ سے لکڑی ہٹا دی۔ منہ اور داڑھی دھو کر اہگورو وہگورو کاور دکرتا پانی کی دھار کے نیچے بیٹھ گیا۔ یہ روز کا معمول تھا۔ کل وہ اس جگہ کو چھوڑ کر جا رہا تھا۔ اس وقت یہ بات کس قدر ناقابلِ یقین تھی۔

کچھ نچوڑ کر اس نے بغل میں دبایا۔ پانی سے لبریز بالٹی اٹھا کر وہ گور دوارے کے اندر چلا گیا۔ بڑے صحن میں اس کی بیوی جھاڑو دے رہی تھی۔ کچھ جھٹک کر رسّی پر ڈالنے کے بعد اس نے فرش پر پانی چھڑکنا شروع کیا۔

آج شکر وار تھی۔ صفائی اور چھڑکاؤ کے بعد ٹاٹ فرش پر بچھایا گیا۔ گرنتھ صاحب پر سلک کے رومال ڈال دیئے گئے۔ چوری (مکھیاں جھلنے کے استعمال میں آتی ہے) بھی صاف کر کے قریب رکھ دی گئی۔ پھر وہ اندر سے ہارمونیم، ڈھولکی، چمٹا، چھینے وغیرہ گانے بجانے کے ساز اٹھا لایا۔ اس کی بیوی پاس کھڑی دانتوں کر

رہی تھی۔انھوں نے ایک دوسرے کی طرف دیکھا۔دونوں کو اس بات کا احساس تھا کہ جب ان کو وہاں رہنا ہی نہیں تو ان کی بلا سے وہ کام بھی کیوں کریں لیکن یہ گورو گھر کا کام تھا۔ یہ تو گورد وارے کی سیوا تھی۔کسی پر کیا احسان تھا۔اپنی ہی آخرت کا سوال تھا۔۔۔ اور دونوں کے دلوں میں ایک مبہم سا احساس بھی تھا کہ ممکن ہے کوئی ایسی صورت نکل آئے کہ ان کا جانا منسوخ ہو جائے۔

لڑکی آج اچھے اچھے کپڑے پہنے پھولی نہ سماتی تھی۔ کتنی پیاری بچی تھی۔

دھوپ نکل آئی۔ اس کی بیوی چہرے پر چھڑی (چھاچھ کپڑے میں چھاننے کے بعد جو تلچھٹ سی رہ جاتی ہے، اس کو چھڑی کہتی ہیں۔) مل کر گھڑی کی گھڑی دھوپ میں جا بیٹھی۔ گرنتھی نے بڑے بڑے مٹکوں میں پانی بھرنا شروع کیا تا کہ سنگت کو پیاس لگے تو پانی کی دقت نہ ہو۔ گورد وارے کا بوڑھا بیل کمزور ہو چکا تھا۔ کام کم کرتا اور آرام زیادہ۔ یہ تو ہو نہ سکتا تھا کہ سنگت کو پانی پلانے کے لیے وہ بیل کو شام تک کنویں کے آگے جوتے رکھے۔

سنکھ ہاتھ میں لیے وہ گورد وارے کی ٹوٹی پھوٹی چار دیواری سے باہر نکل آیا۔ دروازے کے قریب درخت کا ایک بھاری بھر کم تنا پانی کے گڑھے میں دھنسا پڑا تھا۔ ارد گرد گورد وارے کے وہ کھیت تھے جن میں اس نے خود ہل چلایا تھا، بیج بویا تھا۔ چاندنی اور اندھیری راتوں میں پانی سے سینچا تھا۔ ان کھیتوں سے اس کا کتنا گہرا تعلق تھا۔ اس کا پسینہ ان کھیتوں کی بھر بھری مٹی میں جذب ہو چکا تھا۔ وہ اپنی امانت کسی صورت میں بھی واپس لینے کا حقدار نہ تھا۔ قریب ہی بڑ کا ایک بوڑھا درخت تھا جس کی بابت ایک روایت مشہور تھی۔ گوروں کے زمانے میں ایک نہایت پاک باز شخص اس گورد وارے میں سیوا کیا کرتا تھا۔ اس نے اپنی عمر اسی جگہ گورو کے چرنوں میں بِتا دی۔ یہاں تک کہ وہ بوڑھا ہو گیا۔۔۔ لیکن اس کی محنت میں فرق نہ آیا۔ اس کا دل اسی جوش اور خلوص سے لبریز تھا۔ ایک مرتبہ کا ذکر ہے کہ گرمیوں کی دوپہر میں وہ کھیتوں کی نلائی کر رہا تھا۔ اس کی پگڑی کے اندر اس کے الجھے ہوئے بال پسینے میں تر ہو رہے تھے۔ اسے پیاس محسوس ہوئی۔ اس نے ٹنڈ میں پانی بھر کر رسی کا بگنا باندھ کر اسے بڑے درخت کی ٹہنی سے لٹکا رکھا تھا جب اس نے ٹنڈ کو چھوا تو وہ اس قدر ٹھنڈی تھی جیسے برف۔ کس قدر ٹھنڈا پانی ہے، اس نے دل میں کہا۔ گورو صاحب سچے، بادشاہ اسی طرف کو آنے والے ہیں کیوں نہ پانی انہیں کے لیے رہنے دوں۔ وہ اس میں سے پانی پی لیس گے تو باقی پانی سے میں اپنی پیاس بجھالوں گا۔۔۔ بے شک گورو صاحب دورہ کرتے ہوئے اس طرف کو آنے والے تھے لیکن اس کے آنے میں ابھی بہت دیر تھی۔ اس وقت وہ اطمینان سے دربار میں بیٹھے

سنگتوں کو درشن دے رہے تھے۔ یکایک گورو صاحب اٹھ بیٹھے اور فی الفور کوچ کا حکم صادر ہوا۔ سب حیران کہ آخر اس میں بھید کیا ہے۔ یہ بیٹھے بٹھائے ایک دم اتنی عجلت کیوں؟ گورو صاحب سچے بادشاہ نے فرمایا، میرا ایک سکھ منتظر ہے، وہ پیاسا سا ہے۔ جب تک میں وہاں جاکر پانی نہ پیوں گا، وہ پیاسا ہی رہے گا۔ ۔۔۔ گورو صاحب گھوڑا سرپٹ دوڑاتے ہوئے اس جگہ پہنچے۔ جاتے ہی پانی مانگا۔ بوڑھے سنگھ نے وہ ٹنڈا آگے بڑھا دی ۔۔۔ وہ کس قدر خوش تھا۔ اس کی آنکھوں میں آنسو آ گئے۔

گرنتھی درخت کے تنے پر کھڑا ہو گیا۔ جب اس نے سنگھ منہ سے لگایا تو دل میں سوچنے لگا۔ گورو صاحب دلوں کا حال جانتے ہیں۔ وہ میری بے گناہی سے واقف ہیں۔ وہ یہاں سے نہیں جائے گا۔ اس کو یقین تھا کہ ضرور کوئی ایسی صورت نکل آئے گی۔

سنگھ پورنے کے بعد وہ دیر تک گاؤں کی طرف دیکھتا رہا جیسے وہ بھی کسی کی آمد کا منتظر ہو۔ کتنی تیز دھوپ ہو گئی تھی اور لوگ ابھی گھر سے بھی نہ نکلے تھے۔ مٹیالے مٹیالے مکان، مکانوں کے پیچ میں سے سر اٹھائے ہوئے سرسبز درخت ۔۔۔ کچی سڑک سے آگے ڈھلوان پر بھنگیوں کے کالے کلوٹے ننگ دھڑنگ بچے کھیل رہے تھے۔ دو تین بچھڑے اِدھر اُدھر قلانچیں بھرتے پھرتے تھے۔

وہ گوردوارے کے چھوٹے سے باغ میں گیا۔ انگور کی بیلیں آڑی ترچھی لکڑیوں سے گر پڑتی تھیں۔ ایک کونے میں اس نے الجھی ہوئی رسیں اٹھائیں۔ بیلوں کو لکڑیوں کے ساتھ لگالگا کر رسیوں کے ٹکڑوں سے، کچھ ڈھیل دے دے کر باندھنے لگا۔ اس کی موٹی موٹی انگلیاں اپنے کام میں ماہر تھیں۔ قریب ہی ہرے دھنیے اور مرچوں کی کیاری تھی۔ وہ اس کے کنارے پنجوں کے بل بیٹھ گیا۔ بیچ بیچ میں کھٹ میٹھی بوٹی کے چھوٹے چھوٹے پودے بھی تھے۔ اس نے احتیاط سے ان کو اکھاڑنا شروع کیا۔ بچے ان بوٹیوں کو شوق سے کھاتے تھے۔ انار کے پیڑ خاموش سمادھی میں بیٹھے ہوئے، درویشوں کے مانند نظر آتے تھے۔ ہوا بند تھی۔ پیڑوں کی پتیاں تک نہ ہلتی تھیں۔ معلوم ہوتا تھا جیسے ان کی لو لگی ہوئی ہو۔ باغ کا کتنا حصہ بے کار پڑا تھا۔ اس کا خیال تھا، وہ جھاڑیوں اور مدار کے خود رو پیڑوں سے وہ حصہ صاف کر کے وہاں سبزیاں لگائے۔ مٹر، ٹماٹر، گوبھی ۔۔۔

ہر پیڑ اور پودے کو دیکھتا ہوا وہ باہر نکلا۔ پھر اسی تنے پر کھڑے ہو کر اس نے دوسری مرتبہ سنگھ بجایا۔ کوئی صورت نظر نہ آتی تھی۔ مرد تو خیر کھیتوں پر کام کر رہے تھے لیکن عورتیں گھروں میں گھسی پڑی تھیں۔ بیوی سے کہنے لگا ''دو مرتبہ سنکھ پور چکا ہوں، کوئی شخص نظر نہیں آتا۔ کم از کم عورتوں کو آ جانا چاہیے''

اُس کی بیوی چپ رہی۔عورتوں کی بابت وہ جانتی تھی۔اول تو ہر عورت کے چار چار پانچ پانچ بچے تھے۔ ان کو نہلانا دھلانا، پھر ہر عورت کو بناؤ سنگھار بھی کرنا تھا۔ یہی وہ جگہ تھی جہاں اپنے گہنوں اور کپڑوں کی نمائش کی جا سکتی تھی۔اس کے علاوہ دنیا بھر کی باتیں یہیں کی جاتی تھیں۔ کئی پیچیدہ مسائل یہیں بیٹھ کر سلجھائے جاتے تھے۔

چھوٹی بچی نے خوشی میں ڈھولکی دھپ دھپانی شروع کی۔گرنتھی چنبیلی کے پودوں کے گرد اینٹوں کے اکھڑے ہوئے جنگلوں کی مرمت کرنے لگا۔ کہیں کوئی اینٹ گری پڑی تھی۔ کہیں کوئی ٹہنی اینٹوں میں الجھ کر رہ گئی تھی۔ کسی جگہ پودے اس قدر پھیل گئے تھے کہ جنگلے کو اور وسیع کرنے کی ضرورت محسوس ہوتی تھی۔ لوہے کے ڈول بھر بھر کے اُس نے پھولوں کو پانی دینا شروع کیا۔ بے چارے گیندے کے پھول تو نرے یتیم ہی تھے۔ کوئی ان کی خبر گیری نہ کرتا تھا۔ بے چارے خشک اور سخت زمین میں ہی نشوونما پاتے۔ کوڑا کرکٹ بھی انہیں پر پھینک دیا جاتا۔اس کے باوجود جب پھول آتے تو ہر طرف پیلا ہی پیلا نظر آتا۔ پھولوں کے ہار گوندھے جاتے، بچے جھولیاں بھر بھر کر گھروں کو لے جاتے۔ کچھ گرنتھ صاحب کے سامنے چڑھا دیئے جاتے۔ بڑی درگت ہوتی بے چاروں کی۔ وہ جب کبھی گیندے کے کسی کھلے ہوئے پھول کی طرف دیکھتا تو اس کو اس کے یتیم ہونے کا خیال آنے لگتا۔ جیسے کہ وہ خود یتیم تھا۔ وہ پودے کے قریب بیٹھ جاتا۔ پھول ہوا میں اِدھر اُدھر جھومنے لگتا۔ وہ پھول کو پیار سے دونوں ہاتھوں میں لے لیتا جیسے وہ کسی بچے کا چہرہ ہو۔اس کو ایک بات یاد آ جاتی، ایک مرتبہ (غالباً) گورو ارجن دیو جی کے لباد ہ کی جھپٹ میں آ کر پھول کی ایک پنکھڑی خاک پر گر پڑی تو گورو صاحب کی آنکھوں میں آنسو امڈ آئے ... یہ سوچتے سوچتے نامعلوم جذبہ کے زیراثر گرنتھی پر رقت سی طاری ہو جاتی۔ وہ کتنی کتنی دیر دم سادھے بیٹھا رہتا۔وہ کچھ نہ سکتا تھا۔ وہ جانتا تھا کہ اس کی عقل موٹی تھی لیکن اس کے باوجود وہ ایک ناقابلِ فہم کیفیت میں ڈوب جاتا۔ بھٹی کے قریب اس نے کڑاہ پرشاد کا کل سامان اکٹھا کر دیا۔ لکڑیاں اور موٹے موٹے اُپلے بھی ایک طرف ڈھیر کر دیئے اور سنکھ لے کر پھر درخت کے تنے پر جا کر کھڑا ہوا۔ تیسری مرتبہ سنکھ پور کر وہ دیر تک اسی جگہ کھڑا رہا۔ دھوپ چلچلا رہی تھی۔ آنکھیں دھوپ میں تپی ہوئی ہوا کی گرمی کو برداشت نہ کر سکتی تھیں۔اس نے آنکھوں پر ہاتھ رکھ کر گاؤں پر نظر جما دی۔ شاید کوئی صورت نظر آ جائے۔اس کو فکر تھی کام ختم کرنے کی۔ چند ایک نیلے پیلے دوپٹے ہوا میں لہرائے۔ کچھ نو عمر لڑکے اور لڑکیاں اٹھکیلیاں کرتے دکھائی دینے لگے۔ رنگ رنگ کے رومالوں سے ڈھکی ہوئی تھالیاں ہتھیلیوں پر رکھے زاہد صورت بوڑھی عورتیں پیچھے

پیچھے چلی آتی تھیں۔ رفتہ رفتہ دونوں گاؤں کے لوگ چیونٹیوں کی طرح رینگتے ہوئے نکلے اور چھوٹی چھوٹی ٹولیوں میں گوردوارے کی طرف بڑھے۔ گرنتھی نے ہاتھ پاؤں دھو کر پگڑی کو درست کیا۔ گلے میں زرد رنگ کا طویل ساکٹر ڈالے واہگورو واہگورو کہتا گرنتھی صاحب کے پاس جا بیٹھا۔

گرنتھ صاحب سے رومال ہٹا کر ان کو احتیاط سے لپیٹ جِلد کے نیچے دباتے ہوئے متبرک کتاب کو کھولا اور آنکھیں موند کو چوری ہلانے لگا۔ لمبے لمبے گھونگھٹ نکالے عورتیں چار دیواری کے اندر داخل ہوئیں۔ ان میں سے بعض نئی نویلی دلہنیں تھیں جنہوں نے کہنیوں تک چوڑیاں پہن رکھی تھیں۔ سرخ رنگ کی قمیص اور شلوار میں گٹھڑی سی بنی ہوئی وہ بیل بوٹیوں کے مانند دکھائی دیتی تھیں۔ گورو گرنتھ صاحب کے سامنے پیسے، بتاشے، پھول، تھالیوں میں دالیں، چاول، آٹا وغیرہ رکھ وہ ماتھا ٹیکتیں اور ایک طرف بیٹھ جاتیں۔ لڑکوں میں بعض نے ہارمونیم پکڑ لیا۔ ایک لڑکا پچھلے تختے کو ہلا ہلا کر ہوا دینے لگا۔ دوسرا اپنی انگلیوں سے لکڑی کے سیاہ و سپید سُروں کو بے تحاشا دبانے لگا۔ ایک نے ڈھولکی بجانی شروع کی۔ دو لڑکے بڑے چمٹے کو بجانے لگے۔ چھینے بھی چھنا چھن بولنے لگا۔ اِدھر عورتیں آپس میں تبادلۂ خیال کرنے لگیں۔ ان کی آوازیں ہر پابندی سے آزاد دور تک سنی جا سکتی تھیں۔ کچھ لڑکوں نے اِدھر اُدھر بھاگنا شروع کیا۔ نئی عمارت کے اینٹوں کے چکے لگے ہوئے تھے۔ لڑکوں نے اینٹوں کی ریل گاڑی بنائی۔ ایک لمبی قطار میں اینٹ کے پیچھے اینٹ کچھ کچھ فاصلے پر رکھ دی گئی۔ پھر ایک کو جھٹکا دے کر لگائی تو ساری اینٹیں دھڑا دھڑ گرنے لگیں۔ لڑکے اچھل اچھل کر شور مچانے لگے۔ ان کی ڈھیلی ڈھالی پگڑیاں کھل گئیں۔ انھوں نے ازسرِنو باندھنے کے بجائے پگڑیوں کو بغلوں میں دبایا اور باغ کے دورے پر نکل گئے۔ آج وہ نڈر ہو رہے تھے۔ وہ اپنی ماؤں کے ہمراہ تھے۔ گرنتھی کا اول تو آج کچھ خوف بھی نہ تھا، دوسرے وہ اس وقت آنکھیں بند کیے گرنتھ صاحب کے پاس بیٹھا تھا۔

اب مردوں کی آمد شروع ہوئی موٹے کھدر کے تہبند باندھے، گھٹنوں تک لمبے کرتے پہنے، سروں پر آٹھ آٹھ دس دس گز کلف لگی پگڑیاں لپیٹے، ہاتھوں میں لوہے اور پیتل کی شاموں والی مضبوط لاٹھیاں تھامے اور اپنی داڑھیوں کو خوب چکنا کیے ہوئے آئے اور ماتھا ٹیک کر وہ اِدھر اُدھر بیٹھنے لگے۔ ان میں سرِ قد مضبوط نوجوان بھی تھے جن کے تہبند رنگ دار تھے۔ تہبند کے پچھلے حصے ایڑیوں میں گھسٹتے آتے تھے۔ بعض جوشلواریں پہنے ہوئے تھے۔ ان کے رنگین ریشمی ازاربند خاص طور پر گھٹنوں تک لٹک رہے تھے۔ پگڑیوں کے شملے خوب اکڑے ہوئے تھے، ایسے چھیل چھبیلے بھی تھے جنہوں نے پگڑی کا آخری سرا گھما پھرا کر

پگڑی کے اگلے سرے پر آن ٹھونسا تھا جیسے سکی پیلے ہوئے مرغ کے سر پر اُس کی شان دار کلغی۔ مردوں کے پہنچ جانے پر کارروائی شروع ہوئی۔ چند نوجوانوں نے بڑھ کر ساز سنبھالے۔ ایک ایک الائچی اور لونگ منہ میں ڈال کر ساز بجانے شروع کیے۔ ہارمونیم کے ساتھ تال پر ڈھولکی بجنے لگی۔ چمٹے والے نے جھوم جھوم کر چمٹا بجانا شروع کیا۔ اِدھر چھینے بھی ٹکرائے، ہارمونیم والے نے منہ کھول کر ایک طویل

''ہو'' کی آواز نکالنے کے بعد گایا

ایتھے بیٹھ کسے نہیں رہنا میلہ دو دن دا

(دنیا کا یہ میلہ عارضی ہے۔ کوئی شخص بھی یہاں دائمی طور پر بیٹھا نہیں رہے گا)

اتنا کہہ کر وہ مسلسل منہ ہلانے لگا۔ ڈھولکی والے کی گردن ہلتی تھی تو چمٹے والے کا دھڑ۔

جب ایک مرتبہ کارروائی شروع ہو گئی تو سرکردہ اصحاب نے آپس میں کانا پھوسی شروع کر دی۔ کئی مسائل زیرِ بحث تھے۔

شبد کیرتن کے بعد سری گورو گرنتھ صاحب کی پوتر بانی پڑھ کر حاضرین کو سنائی گئی۔ اس کے بعد گرنتھی چوکی پر سے اُترا اور اردس (دعا) کے لیے گورو گرنتھ صاحب کے سامنے ہاتھ باندھ کر کھڑا ہو گیا۔ حاضرین نے بھی اس کی پیروی کی۔ بس لوگ ہاتھ جوڑ کر کھڑے ہو گئے۔ گرنتھی نے آنکھیں بند کر لیں اور اردس شروع کر دی۔

''پرتھم بھگوتی سمرکے گورو نانک لئی دھیائے۔ پھر انگد گورتے امرداس اسے ہوسہائے…''
اس طرح دسوں گوروؤں کے نام دہرائے گئے اور پھر…

''پنج پیارے، چار صاحب زادے (صاحب اجیت سنگھ جی، صاحب جھجھار سنگھ جی، صاحب جور اور سنگا جی، صاحب فتح سنگھ جی) چالیس مکتے، شہیدوں، مریدوں، صندوق رکھنے والے لکھوں کی کمائی کا دھیان کے دھر کے خالصہ جی، بولو جی واہگورو…'' گرنتھی کے واہگورو کہنے پر حاضرین اس کے ''واہگورو، واہگورو'' کہتے، اِدھر حاضرین کی آواز گونجی اِدھر ایک بڑے طبل پر چوب پڑتی اور طبل کی آواز حاضرین کی آواز کے ساتھ گھل مل کر دیر تک لرزتی رہتی اور دلوں پر ایک ہیبت سی طاری ہو جاتی…

''جن لوگوں نے دھرم کے لیے جانیں قربان کیں۔ چرکھڑیوں پر چڑھے (بدن کے) جوڑ جوڑ جدا کروائے، جن کی کھالیں کھنچ لی گئیں جنہوں نے کھوپڑیاں اتروائیں لیکن پنا دھرم نہیں چھوڑا جنہوں نے سکھی صدق اپنے سر کے پوتر کیسوں (بالوں) اور اپنے آخری سانسوں تک نبھایا ان سنگھ (شیروں) اور

سنگھنیوں (شیرنیوں) کی کمائی کا دھان کر کے خالصہ صاحب بولو جی واہگورو...،،

،،واہگورو! واہگورو!!،،

...،،جن گور مکھوں نے گوردواروں کے سدھار کی خاطر، سری ننکانہ صاحب جی میں اور سری ترن تارن صاحب کے سلسلے میں اپنے جسموں پر تکالیف برداشت کیں۔ جیتے جی تیل میں ڈال کر جلا دیئے گئے۔ دہکتی بھٹیوں میں جھونک دیئے گئے اور وہ (اس طرح) شہید ہو گئے۔ ان گورو کی صورت رکھنے والے سکھوں کی کمائی کا صدقہ خالصہ صاحب بولو جی واہگورو،،

،،واہگورو! واہگورو!!،،

...،،جن ماؤں، بیبیوں نے اپنے بچوں کے ٹکڑے ٹکڑے کروا کر اپنی جھولیوں میں ڈلوا لیے، اُن کی کمائی کا صدقہ خالصہ صاحب بولو جی واہگورو،،

،،واہگورو! واہگورو!!،،

طویل دعا کے آخر میں ،،...(اے گورو صاحب) ہم کو نفسانی خواہشات، غصہ، لالچ، محبت اور غرور سے بچائیے۔ آپ کے حضور امرت ویلے کی ارداس۔ اگر بھول چوک میں کوئی لفظ کم و بیش ہو گیا ہو تو اس کے لیے ہم معافی کے خواستگار ہیں۔ سب کے کام سنوار یے۔ گورو نانک نام چڑھدی کلا تیری بھانے سب کا بھلا،،

سب نے جھک کر پیشانیاں فرش پر ٹیک دیں۔ گنتھی نے دل ہی دل میں کہا۔ ،،واہگورو سچے بادشاہ سے دلوں کا حال چھپا نہیں،، پھر کھڑے ہو کر ،،جو بولے سو نہال ست سری اکال،، کے تین نعرے لگائے گئے۔ اس کے بعد کڑاہ پرشاد (حلوا) بانٹا گیا۔ رفتہ رفتہ لوگ پرشاد ہاتھوں میں چھپائے یا کٹوریوں میں لیے رخصت ہو گئے۔ چند سربر آور د اشخاص بیٹھے رہے۔ جب تنہائی ہو گئی تو انھوں نے گنتھی سے کہا کہ اگر پرشاد باقی ہو تو لایا جائے۔ گنتھی نے پرشاد ان کو بانٹ دیا۔ چہروں کو اپنے چکنے ہاتھوں سے ملتے ہوئے انھوں نے بہی کھاتہ کھولا۔ پون گھنٹے کے بحث مباحثے کے بعد سب حساب صاف ہوا۔ گنتھی سے کہہ دیا گیا کہ دوسرے دن رخصت ہونے سے پہلے وہ چابیاں سردار بگا سنگھ نمبردار کو دے جائے۔

ان کے چلے جانے کے بعد گنتھی کی سب امیدیں ختم ہو گئیں۔ اس کی بیوی نے گھر کا سامان سمیٹنا شروع کر دیا۔ گنتھی کے دل میں اب تک کچھ خلش سی تھی۔ وہ اضطراب میں اِدھر اُدھر گھومنے لگا۔ اپنے دونوں ہاتھ پشت پر باندھے وہ تالاب کے قریب کھڑا ہو کر اس کے سبزی مائل پانی کو دیکھنے لگا۔

اس کے کنارے ٹوٹ پھوٹ گئے تھے۔ایک دو جگہ سے سیڑھیوں کی اینٹیں بھی اکھڑی گئی تھیں۔ کائی جمی ہوئی تھی۔اس تالاب میں کوئی نہ نہاتا تھا، نامعلوم اس میں کب سے برسات کا پانی جمع تھا۔ ببول کے پیلے پیلے پھولوں کی تہہ سی جمی ہوئی بر گدد کے بڑے بڑے زرد رنگ کے پتے پاش پاش ہو جانے والے جہاز کے شکستہ تختوں کی طرح تیر رہے تھے۔

اس کے قریب پرانی سماد تھی جس کی دیواروں پر سے جا بجا چونا اکھڑا ہوا تھا۔اس کی دیواروں پر پرانے زمانے کی رنگ دار تصاویر بنی ہوئی تھیں۔ کئی جگہ سے رنگ اکھڑے ہوئے ضرور تھے لیکن کہیں کہیں بھی موجود تھے۔ کس قدر چمکدار اور دل کش نظر آتے تھے، خاص کر گورو نانک صاحب کی تصویر۔ درخت کی چھاؤں تلے بابا نانک جی بیٹھے تھے۔ ایک جانب بھائی بالا اور دوسری طرف بھائی مردانہ۔ درخت کی شاخ سے پنجرا لٹک رہا تھا جس میں ایک سرخ چونچ والا طوطا صاف دکھائی دے رہا تھا۔اسی حجرے میں ساتویں گورو صاحب پر ماتما کی یاد میں مصروف رہتے تھے۔ تین چار برس پہلے کی بات تھی کہ ایک سکھ اسی حجرے میں بیٹھ کر بلاناغہ بھگتی کیا کرتا تھا۔ ایک مرتبہ رات کا وقت یکایک حجرہ منور ہو گیا۔ ذرہ ذرہ دکھائی دینے لگا۔ اتنے میں ایک نورانی صورت نظر آئی ... لیکن وہ سکھ جلوے کی تاب نہ لا سکا۔ وہ بھاگ کر باہر نکل آیا اور فی الفور گونگا ہو گیا۔ اس کے بعد کسی نے اس کو بولتے نہیں سنا ... گرنتھی نے حجرے کا دروازہ کھول کر اس کے نمدار فرش پر اپنا ننگا پاؤں رکھا اور چپ چاپ کھڑا ہو گیا۔اتنے میں اس کی بیوی وہاں آئی اور اس کی متغیر صورت دیکھ کر کچھ پریشان سی ہو گئی۔ وہ اس کو اپنے ساتھ لے گئی۔

صحن میں دستی جڑکھی والے چھوٹے سے کنویں کے گرد ا گرد بنے ہوئے چوڑے چبوترے پر نیلے رنگ کی لبوتری پگڑیاں باندھے ننہگ سکھ پتھر کے بڑے کونڈے میں شروائی گھونٹ رہے تھے۔ پگڑیوں پر لوہے کے چکر، گلے میں آہنی منکوں کی مالا، لمبے لمبے چغے ... وہ لوگ باری باری بادام، چار مغز، کالی مرچیں اور قدرے بھنگ والی شروائی کی گھوٹائی کر رہے تھے۔ایک شخص نے اپنے ہاتھوں اور پاؤں سے کونڈے کو دونوں طرف سے جکڑ رکھا تھا اور دوسرا گھوٹنے کا ایک لمبا چوڑا ڈنڈا، جو نیچے سے کم موٹا اور اوپر سے بہت زیادہ موٹا تھا، ہاتھوں میں لیے گھما رہا تھا۔ ڈنڈے کے اوپر گھنگرو بندھے ہوئے تھے جو چھنا چھن بول رہے تھے۔ گرنتھی صاحب کچھ دیر تک ان کو خاموشی سے دیکھتا رہا۔

سورج غروب ہو چکا تھا۔ ہوا بند تھی۔ جب اس کی بیوی دودھ دوہ کر گھر کے اندر جا رہی تھی۔ اس نے حسب معمول اپنی چارپائی باڑے کے قریب ڈال دی۔ جوتے اتار دونوں گھٹنوں پر کہنیاں ٹیک چارپائی پر ہو

بیٹھا۔ کوؤں کے جھنڈ کے جھنڈ کائیں کائیں کرتے گاؤں کے چکر لگا رہے تھے۔ چھوٹی سی نہر کی اونچی مینڈھی چکر لگاتی افق میں گم ہو رہی تھی۔ دور چند اونٹ بے مہار اِدھر اُدھر گھوم رہے تھے۔

گرنتھی کھوئی کھوئی نظروں سے افق کی طرف یوں دیکھ رہے تھے جیسے وہ کسی کا منتظر ہو۔ جیسے آسمان سے کوئی نورانی صورت نمودار ہو گی ۔۔۔ تاریکی بڑھ رہی تھی، پورا چاند بلند ہو رہا تھا۔ اتنے میں بنتا سنگھ کندھے پر پھاوڑا رکھے آ نکلا۔ بنتا سنگھ کسی عورت کو اغوا کرنے کے جرم میں ڈیڑھ برس قید بامشقت بھگت کر کل ہی اپنے گاؤں میں واپس آیا تھا، جیل کی سختیوں کا اس پر کچھ بھی اثر نہ ہوا تھا، وہ بدستور ہٹا کٹا تھا۔ جب اس کو سزا ہوئی تھی۔ اس وقت گرنتھی گوردوارے میں آیا ہی تھا۔ قریب پہنچ کر بنتا سنگھ نے بلند آواز میں ست سری اکال کا نعرہ لگایا۔ چارپائی پر بیٹھ گیا ۔۔۔ اس کے پھاوڑے سے گارھا گارھا کیچڑ ٹپک رہا تھا۔

اِدھر اُدھر کی باتوں کے بعد اُس نے پوچھا ۔۔۔ ''گرنتھی جی! سنا ہے کچھ آپ کے خلاف جھگڑا کھڑا کیا گیا ہے ۔۔۔ میں تو کل رات واپس آیا تھا۔ آج صبح سے میں چک ١٥٦ میں ماموں سے ملنے چلا گیا تھا۔ اب میں سیدھا کھیتوں کی طرف چلا آیا۔ آخر ماجرا کیا ہے؟'' بنتا سنگھ کا نہ صرف اپنے گاؤں میں دبدبہ تھا بلکہ علاقہ بھر میں لوگ اس سے خم کھاتے تھے۔ جب گرنتھی نے اس کو بتایا کہ اس کی قسمت کا فیصلہ بھی ہو چکا تو وہ جھلّا کر اٹھ کھڑا ہوا ''کس کی مجال ہے کہ تم کو یہاں سے نکالے۔ گرنتھی جی! تم اسی جگہ رہو گے اور ڈنکے کی چوٹ پر رہو گے۔ میں دیکھوں گا کون مائی کا لال تم کو یہاں سے نکالنے کے لیے آتا ہے۔''

یہ سن کر گرنتھی نے، جو اب تک بے حس سا بیٹھا تھا، آنکھیں جھپکائیں۔ اُس کی بھنووں کو حرکت ہوئی۔ وہ مسکین آواز میں بولا ''اور سردار بنتا سنگھ واہگورو جانتا ہے۔ میں نے لاجو کو چھوا تک نہیں۔''

سردار بگّا سنگھ کے دو آدمی اِدھر سے گزرتے ہوئے یہ باتیں سن رہے تھے۔ بنتا سنگھ ان کو سنا کر بلند آواز میں للکار کر بولا ''گرنتھی جی! تم یہ کیوں کہتے ہو کہ تم نے اس کا ہاتھ نہیں پکڑا، تم ہزار مرتبہ لاجو کا ہاتھ پکڑ سکتے ہو ۔۔۔ میں بگّا سنگھ کو بھی دیکھ لوں گا، بڑا نمبردار بنتا پھرتا ہے ۔۔۔ اور جن لوگوں نے تمہارے خلاف پنچایت میں حصہ لیا تھا، ان میں سے ایک ایک سے نبٹ لوں گا ۔۔۔''

اپنی بھرپور آواز میں اُس نے یہ موٹی موٹی گالیاں بھی سنائیں ۔۔۔

یہ خبر دونوں گاؤں میں آگ کی طرح پھیل گئی ۔۔۔ سب لوگ لاجو کو گالیاں دینے لگے۔ ''حرام زادی! مفت میں بے چارے گرنتھی پر الزام دھر دیا۔

دیمک

چابیوں کا گچھا زینو کے میلے آنچل سے بند ھالٹک رہا تھا۔ وہ پھونکیں مار مار کر آگ جلانے میں مصروف تھی۔ منہ لال، آنکھیں پُر آب اور بالوں میں را کھ۔ خالد ہاتھ میں یوکلپٹس کی چند سبز پتیاں لیے اپنی ماں کو ان کی خوشبو سنگھانے کی کوشش کر رہا تھا۔۔۔ جب آلوؤں کے قتلے مصالحہ اور گھی میں خوب لت پت ہو گئے تو اس نے پتیلی میں پانی ڈال کر اسے ڈھکنے سے ڈھانپ دیا۔ پانی ڈالنے سے جوسوں کی آواز نکلی تو خالد سوں سوں کر کے اس کی نقل اتارنے لگا۔ اس کے بال آگے کو گرے ہوئے تھے اور آنکھیں بمشکل نظر آتی تھیں۔ ناجی، آٹھ سالہ بچی، منی پور ناچتی ہوئی باورچی خانہ میں آ گئی۔ پیچھے پیچھے اس کا بڑا بھائی مجو چھوٹے کنستر کا مرد نگ بجاتا داخل ہوا۔ نجی نے دونوں ہاتھوں کی انگلیاں ایک دوسرے میں پھنسا کر بازو اٹھائے اور آنکھوں پر ہاتھوں کا سایہ کر کے آنکھیں مٹکانے لگی۔ گاہے ناک کے ایک نتھنے میں بہت سی بہتی ہوئی ایزش باہر کی طرف جھانکتی لیکن سرڑکی ایک ہی آواز کے ساتھ غائب ہو جاتی۔ ناجی گردن کو خاص انداز میں گھما گھما کر کولھوں کو بھدے طریقے سے جھٹکے دے دے کر لٹو کی طرح چکر جو کھانے لگی تو اس کا پاؤں رپٹ گیا اور وہ اوندھے منہ بالٹی میں جا گری۔ خالد ہنس کر آگے کو جھکا۔ اس کی ٹیڑھی کمزور ٹانگیں اس کا بوجھ نہ سنبھال سکیں، توازن خراب ہو گیا۔ وہ ناک کے بل گرا تو دو تین تھالیاں بھی لڑھک گئیں، ایک ہنگامہ مچ گیا۔ مجو نے مرد نگ بجانا بند کر کے انگریزی ناچ شروع کر دیا۔ جب وہ پتلی پتلی ٹانگیں اٹھا اٹھا کر ناچتا تو اس کے گھٹنے گلے میں لٹکے ہوئے کنستر سے ٹکرا ٹکرا کر کانوں کے پردے پھاڑ دینے والا شور پیدا کرنے لگے۔

تونکل تونکل لٹل سٹار

ہاؤ آئی ونڈر وٹ یو آر

ٹونکل ٹونکل ……

ماں کی للکار سنائی دی۔ بچوں کو شور کرنے سے باز رکھنے کے لیے وہ خود ان سے بھی زیادہ زور سے چلانے لگتی تھی۔ ''میں کہتی ہوں تو نے میری ریڈیو کہاں رکھ دی، ناجی کی بچی،'' سب سے بڑی بہن نجمی آن چلائی۔ ان کے ننھے پھٹ رک رہے تھے۔ گردن کی رگیں بولتے وقت ابھر آئی تھیں۔

ناجی کو ماں پچکارنے لگی۔ ان کے ہونٹ سے خون بہہ رہا تھا۔ وہ روئے جاتی تھی۔ ماں نے دلاسا دیتے ہوئے دو آنے کا لالچ دیا تا کہ وہ چپ ہو جائے لیکن وہ رضامند نہ ہوئی۔ ''نہیں، میں دو آنے نہیں لوں گی۔ میں تو وہ لال لال پھولوں والا فراک پہنوں گی'' گویا یہ ناچ نہ تھا ایک سازش تھی جس میں اماں کو پھنسا کر دراصل پھول دار فراک اینٹھنے کا ارادہ تھا۔

''نجمی مردود تو سارس کی طرح لمبی لمبی ٹانگیں نکالے بے شرمی سے اِدھر اُدھر بھاگی پھرتی ہے۔ تجھ کو عقل کب آئے گی؟''

''ہائے اللہ میں کہاں جاؤں۔ میری ریڈیو جو چھپا دی ہے ناجی کی بچی نے''

بچوں کے ابا آئے۔ ''پانی گرم ہو گیا کیا؟''

''ہو رہا ہے۔ دیکھیے نا! بچوں نے کیا غدر مچا رکھا ہے؟''

''ارے کمبختو! تم کو آج پڑھنے کے لیے نہیں جانا ہے کیا؟ ایس؟ کیوں بے خالد! تو جتنا چھوٹا اتنا ہی کھوٹا۔ اپنی ماں کو کام نہیں کرنے دیتا، ہر وقت اس کا آنچل پکڑے رہتا ہے۔ گدھے کے بچے؟'' اپنی گالی پر خود ہی مسکرا کر اس نے کنکھیوں سے بیوی کی طرف دیکھا۔ ''تیرا باپ گدھا اور تیری اماں گدھی''

''ہٹائیے بھی''، زینو بگڑی۔ ''صبح سویرے اللہ کا نام لیجیے نا، بچے کیا تمیز سیکھیں گے؟''

زینو کو خالد بہت پیارا تھا۔ وہ اس کو نیک بخت سمجھتی تھی۔ اتنا بڑا ہو گیا تھا، پر وہ ماں کا دودھ پیے جا رہا تھا اور وہ پلائے جا رہی تھی۔ اس نے گھسیٹ کر خالد کو گود میں لے لیا۔ قمیص اٹھائی، چھاتی اس کے منہ میں دے اور اوپر دوپٹے کا سایہ ڈال لیا۔

''بھی یہ کیا حرکت ہے سو مرتبہ سمجھایا ہے کہ اب اسے اپنا دودھ نہ پلایا کرو''

''کہاں پلاتی ہوں۔ یہ تو کبھی کبھار چپ کرانے کا حیلہ ہے''

''لاؤ پانی''

''ذرا صبر کیجیے نا! بیٹھ جائیے گھڑی کی گھڑی''

وہ اسٹول پر ٹڈے کی طرح ٹانگ پر ٹانگ رکھ کر بیٹھ گیا۔

زینو نے پانی میں انگلی ڈالی۔ ''نجمی! یوں تو تو بڑی شوقین بنتی ہے۔ایک کے بجائے دو دو چوٹیاں لٹکائے پھرتی ہے لیکن بال سمیٹتے بھی ہیں تجھ سے۔دیکھ تو بالوں کی لٹیں کیسی الجھ رہی ہیں''

''شوقین، شوقین، کہاں ہوں میں شوقین؟ آپ جب کب مجھ پر ہی الزام دھرتی رہتی ہیں۔دو چوٹیاں نہ کروں تو کروں بھی کیا؟ اتنے گھنے بال ایک چوٹی میں سمتتے ہی کہاں ہیں؟'' بڑبڑاتی زمین پر زور زور سے پاؤں مارتی ہوئی وہ چلی گئی۔

''مجو جا میرا بیٹا! چچا سے کہہ کھانا کھالیں آ کر۔آج تو یوں بھی دیر ہو گئی ہے''

زینو کا دیور بی اے آنرز کا طالبِ علم تھا۔

مجو چچا کو بلانے گیا۔ چچا کتنے عرصے سے بیٹھا اُبل رہا تھا۔اب اس نے مصمم ارادہ کر لیا کہ وہ بھو کا ہی پڑھنے چلا جائے گا تا کہ اس کا بڑا بھائی بھابھی پر خفا ہو اور آئندہ وہ اس کو ایک غیر اہم ہستی سمجھ کر کھانا تیار کرنے میں دیر نہ لگایا کرے۔ چنانچہ اس طرف سے مجو کمرے کے اندر داخل ہوا، دوسری طرف چچا کمرے کے باہر ''چچا! اماں کہتی ہیں کھانا کھالو''

''اب اتنا وقت کہاں ہے؟ کھانا کھالیجیے اب''… اور وہ ہونٹوں پر زبان پھیرتا ہوا چل کھڑا ہوا۔اس نے اپنی صورت پر ایسی مظلومیت طاری کر لی جیسے اس گھر میں ہفتہ بھر سے اس کو کھانا نہ ملا ہو اور نہ آئندہ ہفتہ بھر تک کوئی امید ہو۔

مجو خبر لایا ''چچا چلے گئے ہیں، وہ کہتے تھے اب وقت نہیں ہے''

''ہائے میں مر گئی۔بے چارہ بھو کا چلا گیا۔سارا دن بھو کا رہے گا۔اچھا نوکر کے ہاتھ کھانا کالج ہی بھجوا دوں گی''

''کالج کیا کرو گی بھجوا کر۔اس نے سو مرتبہ کہا ہے، اس کو کھانا کالج نہ بھیجا کرو۔سب کے سامنے کھانے سے اس کو شرم محسوس ہوتی ہے۔لاؤ مجھے پانی دو، کہیں میں دفتر سے نہ رہ جاؤں''

''یہ لیجیے پانی تو ہو گیا گرم…اچھا میں کہتی ہوں دوست کو بلا لو۔کھانا کھالے، اسے بھی جانا ہو گا''

''بہت اچھا پکاؤ روٹی''

وہ اٹھا، اسٹول اندر کے برآمدے میں رکھا اور ایک کرسی کھسکا دی۔

''مجو میرا اچھا بیٹا! جانا جی کو ساتھ لے جا۔اپنا منہ بھی دھو اور چھوٹی بہن کا منہ بھی دھو ڈال۔پھر آ کر کھانا

کھالو۔تب میں تم کو اچھے کپڑے پہناؤں گی ''

'' کم بخت نو کر کہاں ہے؟''

'' وہ دودھ لینے گیا ہے۔ جہاں جاتا ہے بیٹھ جاتا ہے۔ آپ نہا لیے کیا؟''

'' صابن کا پتہ نہیں، تولیہ ملتا نہیں ''

'' ٹھہریئے میں نکالے دیتی ہوں نیا تولیہ '' خالد کو چھاتی سے ہٹایا تو وہ ٹھنکنے لگا۔ '' ارے ہٹ بیٹا! ماں کو نوچ کر کھا ہی جائے گا کیا؟''

شوہر کو صابن اور تولیہ دینے کے بعد وہ پھر چولہے کے آن بیٹھی۔ مجو اور ناجی بھی منہ دھو کر آ گئے۔

'' شاباش شاباش کتنے اچھے بیٹے ہیں۔ لو بیٹھو اب کھانا کھالو ... مجو بیٹا تمہاری آپا کہاں ہے؟''

'' آپا نجی اندر کے کمرے میں کپڑے سینے کی مشین سے لپٹی رو رہی ہیں '' زینو نے جلدی سے ان کے آگے کھانا رکھا۔

'' مجو چھوٹے بھیا کو بھی بٹھا لو اپنے پاس۔ اس کو بہت چھوٹا لقمہ شوربے میں خوب بھگو بھگو کر دینا۔ جھگڑنا نہیں۔ روٹی کی ضرورت ہو تو رکابی میں سے لے لینا ... میں ابھی آئی ''

اندر والا کمرہ جہاں '' آپا نجی '' کپڑے سینے کی مشین سے لپٹی رو رہی تھی نسبتاً تاریک تھا۔ وہاں بہت بڑے بڑے ٹرنک پڑے تھے جو زینو کو آج سے قریباً چودہ برس پہلے شادی کے موقع پر جہیز میں ملے تھے۔ان کے علاوہ قیمتی کپڑوں کے ٹرنک، لوہے کی پیٹی، گہنے نقدی وغیرہ سب کچھ اسی کمرے میں رکھا جاتا تھا۔ آپا نجی بقول مجو کے سسکیاں بھر بھر کر رو رہی تھی۔اس کی گدرائی ہوئی ٹانگیں پھیلی ہوئی تھیں۔ وہ اوندھے منہ پڑی تھی۔ چہرہ بالوں کی گھٹاؤں میں پوشیدہ تھا۔اس نے اماں کے پاؤں کی چاپ سنی لیکن سر اوپر نہ اٹھایا اور نہ رونا بند کیا۔ وہ تسلسل کے ساتھ ہچکیاں لیتی رہی۔ جب وہ گہری گہری سسکیاں لیتی تو اس کے بازوؤں اور کمر میں لرزش پیدا ہو جاتی۔ زینو چپ چاپ اس کے پاس کھڑی ہو گئی۔ چند سکوت کے بعد وہ بیٹھ گئی اور اس کا سر اٹھا کر اپنی گود میں رکھ لیا۔ وہ اور بھی شدت کے ساتھ رونے لگی۔ زینو اس کے سر پر ہاتھ پھیرتی رہی۔

'' نجی رانی! کیا بات ہے؟ میری بچی تو میرے کہے کا برا مانے گی؟ تُو تو میرے جگر کا ٹکڑا ہے۔ میری آنکھوں کا نور ہے۔ پگلی تجھے اتنا بھی معلوم نہیں کہ تمہاری اماں تجھے کتنا پیار کرتی ہے۔ میری رانی! تیرے ہی دم سے تو اس گھر کی رونق ہے۔ تجھے کیا تکلیف ہے۔ تیرے پاس اچھے اچھے کپڑے نہیں یا خرچ

کرنے کے لیے پیسے نہیں، یا خوبصورت گڑیا نہیں، کوئی لڑکی ہے اڑوس پڑوس میں جس کے پاس تجھ سے زیادہ کپڑے ہوں ۔ تو میری سیانی بیٹی ہے ۔ تو اس دن فاطمہ کی اماں سے کہہ رہی تھی کہ ہماری اماں جی ہم کو فضول پیار نہیں کرتیں ۔ وہ تہہ دل سے ہم سے محبت کرتی ہیں ۔ بتا تو میری لاڈلی آج تجھ پر کیا ہم سوار ہو گیا کہ تیری اماں تک تجھ کو پیار نہیں کرتی ۔ تو اس کال کوٹھری میں پڑی پھوٹ پھوٹ کر رو رہی ہے ۔ تیرے رُوئیں دشمن ۔ دشمن تیری بلا جانے یہ رونا دھونا کیا ہوتا ہے ۔ کیا اب تو یہ سمجھنے لگی ہے کہ تیری اماں بے انصاف ہے، جابر ہے، بے رحم ہے؟''

نجمی سسکیاں بھرتی رہی۔

زینو نے گھسیٹ کر بیٹی کو گود میں لے لیا۔ ''میری لاڈلی! اب تو سیانی ہوگئی ہے ۔ جانتی ہے ۔ اب تیری عمر کیا ہے ۔ اب تجھ کو تیرہواں برس شروع ہو چکا ہے ۔ میں پندرہ برس کی عمر میں بیاہی گئی تھی ۔ تجھے کیوں کر سمجھاؤں تو خود ہی سمجھ لے ۔ اب تو دودھ پیتی بچی نہیں رہی ۔ اچھا تو ہی بتلا کہ تیری عمر کی ایک لڑکی ایک تنگ فراک اور ایک جانگیہ پہنے، رانوں تک ننگی ٹانگیں نکالے گھومتی اچھی معلوم ہوتی ہے؟ مانا کہ تو اپنے گھر میں ہی رہتی ہے لیکن اب تیری عمر گھر میں اس طرح گھومنے کی نہیں ہے میری بچی اور یہ باتیں والدین کو اشارتاً کنایتاً کہنا پڑتی ہیں ۔ عقل مند اور سگھڑ بیٹیاں تھوڑے کہے کو بہت سمجھتی ہیں ۔ ابرو کے اشارے سے مطلب کو پا لیتی ہیں ۔ ۔ ۔ اپنے بال دیکھ ۔ رانی! بالوں کی دیکھ بھال کیا کر ۔ کتنے لانبے، کتنے کالے، کتنے گھنے اور کس قدر بوجھل ہیں تیرے بال ۔ ۔ ۔ میں تجھے تو دو چوٹیاں گوندھنے سے منع نہیں کرتی اور نہ ہی اس کو برا سمجھتی ہوں لیکن میری لاڈلی یہ بھی تو درست نہیں کہ تیرے بال ہر پابندی سے آزاد ہوا میں لہراتے رہیں اور تو سر پر چریا تک نہ رہنے دے ۔ تو کنواری ہے ۔ اب تو کمسن بھی نہیں کہ تیری حرکات کو نظر انداز کر دیا جائے ۔ اتنی سی بات تھی جو میں نے تجھ سے کہی ۔ میں سمجھتی تھی میری بیٹی میرا کہنا مان جائے گی لیکن تو بجائے میری نصیحت پر عمل کرنے کے رونے لگی''

نجمی نے اپنی بانہیں ماں کے گلے میں حمائل کر دیں۔

''اری دیکھ تو، اب تو میرے برابر ہونے کو ہے ۔ اب تو تیرے بوجھ تلے میری ٹانگیں دُکھنے لگتی ہیں ۔ جب بیٹی ماں کے برابر ہو جائے تو وہ بیٹی نہیں رہتی بلکہ بہن بن جاتی ہے ۔ میری نازوں پلی بیٹیا! تجھ کو چاہیے کہ اب تو ہر کام میں میرا ہاتھ بٹائے ۔ گھر کے معاملات میں اپنی رائے دے ۔ میں اب تھک گئی ہوں، میرا جسم کھوکھلا ہو چکا ہے ۔ تو پرائی دولت ہے لیکن جب تک میرے پاس ہے، اس وقت تک تو میرا سہارا ابن

کرہ۔ میں تو تجھ سے ان باتوں کی امید رکھتی ہوں اور تو نہ معلوم کون سی دنیا میں بستی ہے۔ اب تو سیانی بیٹی بن،،

زینو کی رائیں سچ مچ دکھنے لگیں۔ نجی کو دیکھ کر اسے خوف معلوم ہوتا تھا۔ کس قدر بڑھ گئی تھی کمبخت! قد و قامت میں پوری عورت معلوم ہوتی تھی اور دو ڈھائی برس تک تو اس پر نظر ہی نہیں ٹھہر سکے گی۔ وہ نجی کے جسم کو غور سے دیکھنے لگی۔ کس قدر بھرا ہوا، لچکدار، بے عیب، بے داغ، تنی ہوئی جلد، مہکا ہوا جسم جیسے کھیت کی صاف ستھری نم دار مٹی کی بو یا جیسے جنگل میں خود رو سرسبز گھاس کی سوندھی خوشبو . . . وہ اس کے جسم پر آہستہ آہستہ ہاتھ پھیرنے لگی۔ کس قدر خوبصورت، مکمل، دلفریب، جاذبِ نظر، بال بل کھاتے اور لہراتے ہوئے جیسے سر کی جلد میں سے فوارے کی طرح پھوٹ کر لاوے کی سی تیزی کے ساتھ بہہ بہہ کر نکلے ہوں۔ جیسے وہ آگے ہی بڑھتے چلے جائیں گے . . . اس کے بازوؤں میں جکڑا ہوا نجی کا جسم کس قدر جان دار، کسمسایا ہوا، بل کھاتا اور لچکتا ہوا سا تھا۔ اس بات کا احساس کر کے کہ یہ جسم اسی کے خون کا پروردہ ہے، اس کو عجیب قسم کی راحت سی محسوس ہونے لگی۔ جب اس نے نجی کے نصف کے قریب بال مٹھی میں لیے تو اس کی مٹھی بھر پور ہو گئی۔ وہ ان کو مٹھی میں آہستہ آہستہ دباتی رہی . . . اس نے نجی کا منہ اوپر اٹھایا اور اس کے نمدار رخسار پر اپنے ہونٹ رکھ دیے۔ کتنی لذت تھی۔ وہ فخر کرنے لگی۔ اسی نے اس جسم کو اپنی کوکھ سے جنم دیا تھا . . . وہ نجی کو ازسرنو دیکھنے لگی جیسے اس نے اس کو زندگی میں پہلی مرتبہ دیکھا ہو۔ اس کے لیے وہ ایک عجوبہ تھی۔ ایک طلسم تھی۔ جوں جوں نجی جوان ہوتی جا رہی تھی۔ توں توں اپنی ماں کے دل کے قریب ہوتی جا رہی تھی . . . وہ اپنی کنواری بیٹی کے اچھوتے جسم کو چومنے لگی۔ جب اس نے اس کی گردن پر اپنے لب رکھے تو وہ کسمسا کر ہنسنے لگی۔ ’’مجھے گدگدی ہوتی ہے،،

’’شریر کہیں کی، لے اب اٹھ میں اور کام بھی کر لوں،،

’’نہیں، میں نہیں،، یہ کہہ کر نجی ماں کے گلے سے لپٹ گئی اور جیسے ماں کے کان میں جادو پھونک رہی ہو۔ ’’امی! اب میں کبھی نہ روؤں گی۔ نہ کبھی سارس کی طرح ٹانگیں نکالے پھروں گی اور نہ سر کو ننگا رہنے دوں گی،،

’’میری لاڈلی بیٹی! میری لاڈلی بیٹی! !،،

’’اور امی! آپ ناجی اور مجو کے کپڑے نکال دیں، میں ہی ان کو کپڑے پہناؤں گی،،

’’میری سیانی بیٹی! اچھا تو چل، میں تجھ کو کپڑے نکال دوں،،

’’اور امی!‘‘ نجمی نے اور بھی لپٹتے ہوئے کہا ’’آج میرے لیے دو انڈے منگوالینا۔ جب میں اسکول سے واپس آؤں گی تو انڈوں کی سفیدی میں دودھ ملاکر اپنے بالوں کو گھنگریالے بناؤں گی‘‘۔

گھر کے بیسیوں چھوٹے چھوٹے کاموں سے فارغ ہو کر دو پہر کے وقت زینو رسوئی، دھاگہ اور پٹاری سنبھال ڈرائنگ روم میں کوچ پر جا بیٹھی۔ رسوئی پر جھکے جھکے وہ رونے لگی۔

’’چچی آپ رو رہی ہیں؟ کیوں؟‘‘

اس نے آنسو پونچھ ڈالے ’’آسلمٰی! میرے پاس بیٹھ جا۔ تو کب آئی، چپکے سے دبے پاؤں، مجھے تو پتا ہی نہ چلا‘‘

’’آپ رونے میں اس قدر محوتھیں کہ میری آمد کی خبر بھی نہ ہوئی‘‘۔

’’اوہ! میں چھوٹی بہن کو یاد کر کے رو رہی تھی، بے چاری...‘‘

سلمٰی کے چہرے کی سب سے زیادہ دلکش چیز اُس کی آنکھیں تھیں۔ وہ آنکھوں سے ہنستی، آنکھوں سے روتی، آنکھوں سے سنتی اور آنکھوں ہی سے باتیں کرتی... چنانچہ اب اس نے آنکھیں جھکالیں۔

زینو نے بات کا رخ بدلنا مناسب سمجھا۔

’’تمہاری اماں کیا کر رہی تھیں؟‘‘

’’کچھ بھی نہیں، بس لیٹی تھیں‘‘،

’’ہمارے ہاں کیوں نہیں چلی آتیں؟‘‘

’’نہ جانے‘‘

کچھ دیر سکوت رہا۔

’’سلمٰی اب میرا جی نہیں لگتا‘‘،

’’کیوں؟‘‘

’’نہ معلوم‘‘

سلمٰی فرش کی طرف دیکھنے لگی جیسے اس سے کوئی گناہ سرزد ہو گیا ہو۔

’’میرا جی چاہتا ہے کہ...‘‘،

’’کیا جی چاہتا ہے آپ کا؟‘‘

’’یہی کہ تم جلد دلہن بن کر ہمارے ہاں آ جاؤ‘‘،

سلمٰی نے شرما کر برقع کے آنچل میں چہرہ چھپالیا سوائے آنکھوں کے حالانکہ اس کو چاہیے تھا کہ آنکھیں چھپالیتی۔ باقی چہرہ خواہ کھلا رہنے دیتی۔ زینو کے دیور سے اس کی منگنی ہو چکی تھی۔

زینو ہمیشہ کی طرح سلمٰی کو بحیثیت دلہن کے جانچنے لگی۔ سلمٰی اور زینو کو ایک دوسرے سے محبت تھی۔ سلمٰی نے اپنی اماں کو جتا دیا تھا کہ وہ زینو چچی ہی کے ہاں دلہن بن کر جائے گی۔

’’جب تو میرے پاس آ جائے گی سلمٰی تو میرے آدھے دکھ ختم ہو جائیں گے۔ تو آ کر اس گھر کو سنبھال لے۔ پھر میں آرام سے کھاٹ پر پڑی رہا کروں گی۔ رانی اپنے گھر کی آپ دیکھ بھال کر لیا کرے گی،، سلمٰی کو چچی کی گفتگو کا یہ انداز بہت پسند تھا۔ اس کی اس میٹھی زبان اور دلنشین حرکات پر وہ فدا تھی۔

قدرے توقف کے بعد سلمٰی بولی ’’چچی اب تو نجمی بھی جلد ہی دلہن بنے گی،،

’’دیکھ تو کتنی بڑھ گئی ہے کمبخت۔ خدا میری لاڈلی کو نظر بد سے بچائے۔ اس کی جوانی ہے یا جوار بھاٹا۔ اللہ سب کی آبرو رکھنے والا ہے۔ سلمٰی بیٹی اب تو بھی خیر سے جوان ہے صحتمند ہے لیکن وہ موئی ہاتھ پاؤں کی کتنی مضبوط کس قدر تیز اور تند مزاج ہے۔ اس کے لیے تو کوئی ایسا دولہا چاہیے جو اس کو ہر طرح سے قابو میں رکھ سکے ورنہ وہ سب کا ناک میں دم کر دے گی ... لیکن میری بیٹی دل کی بری نہیں،،

’’ہاں چچی! یوں تو بات بے بات پر مجھ سے الجھ پڑتی ہے لیکن چچی سچی کہتی ہوں، اگر کبھی میں خفا ہو جاؤں تو پھر سو سو طرح سے مناتی ہے مجھ کو ... ہم دونوں ساتھ ساتھ کھیلی ہیں۔ شادی ہو جانے پر نہ معلوم کہاں جائے گی ہماری نجمی،،

’’بیٹی یہی دستور ہے دنیا کا۔ کیسی کیسی سہیلیاں تھیں میری۔ میں تصور میں سب کی صورتیں دیکھ سکتی ہوں۔ کیسی شوخ، کھلنڈری، ہنس مکھ، البیلی ہائے ایک دفعہ بچھڑ کر پھر ہم سب ایک مرتبہ بھی پہلے کی طرح یکجانہ ہو سکیں۔ اپنے اپنے دھندوں میں پھنس کر رہ گئیں سب، ان کو یاد کرتی ہوں تو دل میں ایک ہوک سی اٹھتی ہے۔ وہ جھولے، وہ چرخے ...،،

’’ایک بات اور کہہ دوں چچی! آپ ابھی بالکل نوجوان دکھائی دیتی ہیں۔ نجمی نے تو یوں ہی بڑھ کر آپ کو آن لیا۔ سچی بات تو یہ ہے کہ آپ اس کی ماں تو معلوم ہی نہیں ہوتیں۔ آپ تو اس کی بہن دکھائی دیتی ہیں،،

زینو ہزار سنجیدہ اور سگھڑ سہی لیکن یہ بات سن کر پھول گئی۔ اس کا چہرہ کانوں تک سرخ ہو گیا۔ اس نے اپنی مسرت کو چھپانے کی کوشش بھی نہیں کی۔ ’’بھئی میری عمر بھی کیا ہے۔ ذرا حساب تو لگاؤ، پندرہ برس کی عمر

میں میری شادی ہوئی… اور بھی ایک سال بعد نجمی پیدا ہوئی یعنی اس وقت سولہ برس کی تھی اور اب نجمی خیر سے سات مہینہ اوپر بارہ کی ہے۔ اب حساب لگاؤ تو… ہوئی نا میں اٹھائیس برس کی… پہلے تو شادیاں بھی چھوٹی سی عمر میں ہو جایا کرتی تھیں۔ بیٹی اب تیری عمر بھی خیر سے سترہ سے اوپر کی ہے۔ تین برس سے پہلے تیری شادی کیا ہوگی۔ کیا تو سمجھتی ہے کہ شادی کے سات آٹھ سال بعد تو بوڑھی ہو جائے گی،،

بار بار اپنی شادی کا ذکر کر کے سلمیٰ خوش بھی ہوتی تھی اور جھینپتی بھی تھی… اب پھر بے چاری کو تھوڑی دیر کے لیے زمین کی طرف دیکھنا پڑا… ''چچی! ایک بات اور بھی ہے۔ مجھے ایسا معلوم ہوتا ہے جیسے آپ کی طبیعت ناساز رہتی ہے۔ آپ کچھ غم کرتی رہتی ہیں،،

''غم کیا سلمیٰ! یہی چھوٹی بہن کے مرنے سے دل دکھی رہتا ہے۔ بے چاری کی یاد آتی ہے تو بے اختیار رو دیتی ہوں،،

''نہیں چچی! یہ تو ایک مہینہ پہلے کی بات ہے نا! لیکن میں آپ کو قریباً ڈیڑھ مہینے سے یوں ہی دیکھ رہی ہوں۔ آپ کھوئی کھوئی سی رہتی ہیں… اچھا بتایئے چچانے آبائی مکان کیوں بیچا؟… میں کوئی غیر تو نہیں ہوں۔ آپ چھپاتی کیوں ہیں؟،،

''نہیں بیٹی! میں اکیلی جان اور اس پر اتنی پریشانیاں۔ چھوٹے چھوٹے بچے دیور بچوں کے ابا بھی کی دیکھ بھال کرنی پڑتی ہے۔ گھر کے بیسیوں چھوٹے موٹے کام تجھ سے پوشیدہ نہیں۔ ہمدردی کا ایک کلمہ تک کہنے والا کوئی نظر نہیں آتا۔ البتہ میری بوٹیاں نوچنے کو سب تیار۔ یہ گرہستی بھی جان جوکھوں کا کام ہے اور تو اور نوکر تک نہیں کہ ہاتھ ہی بٹائے۔ لے دے کر وہ چندھی آنکھوں والا چوکرا ہے۔ نوکر ہیں کہ ٹکتے ہی نہیں۔ کمبخت چیتھڑے لٹکائے آتے ہیں۔ اچھا کھانے کو ملتا اور اچھا پہننے کو۔ آنکھوں پر چربی چڑھ جاتی ہے۔ پھر تو اونچے اڑنے لگتے ہیں۔ کہاں یاد رہتی ہے ان کو اپنی حیثیت،،

''کمبخت نوکروں کا بھی کال پڑھ گیا۔ ہمارے گھر میں بھی یہی حال ہے۔ تبھی تو ہم نے بھینس بیچ ڈالی۔ اب کون کرے دیکھ بھال… چچی آپ دو پہر کے وقت ہمارے گھر آ جایا کریں۔ ہمارے بنگلوں کے درمیان ایک باڑ ہی تو ہے کون سا کالے کوسوں کا فاصلہ ہے۔ دیکھیے نا میں دن بھر میں ایک دو چکر ضرور لگاتی ہوں… اگر آپ وہاں آ جایا کریں تو آپ کا دل بہلا رہے گا۔ اکیلے میں آپ رونے لگتی ہیں۔ مفت میں صحت برباد ہوتی ہے،،

''میرا نکلنا بھی ہو۔ گھر اکیلا چھوڑ کر کہاں جاؤں۔ جب تک بچے گھر پر رہتے ہیں، سر کھجانے تک کی

فرصت نہیں ملتی اے آگیا غریب کالج سے۔ آج صبح کھانا بھی نہیں کھا کر گیا تھا، اٹھوں اب دوں کچھ بے چارے کو،،

اُدھر تو سلمٰی کے ہونے والے شوہر بھوکے مرغ کی طرح چوپچ کھولے لڑکھڑاتے اندر داخل ہوئے اُدھر ان کی ہونے والی بیوی برقع جھپٹ بگولے کی طرح کمرے سے باہر نکل گئی۔

صبح کے ہنگامے کے بعد شام کے ہنگامے کا دور شروع ہوا۔ رونا دھونا، چیخنا چلانا، مارنا پیٹنا، کھانا پینا، ناچنا گانا، پیار، دلاسا ... سب کچھ ہو چکا تو بچے پڑ کر سو گئے۔ کالی رات ... زینو طویل و عریض کھڑکی کی چوکھٹ پر کہنی ٹیکے اور ہتھیلی پر تھوڑی رکھے تھکے ماندی سی کھڑی تھی۔ ساتھ کے کمرے سے بچوں کے ملنے جلنے کی آوازیں آ رہی تھیں۔ سب سے پرلے کمرے میں کتھئ رنگ کے سمٹے ہوئے پردے میں سے اُس کو اپنا دیور نظر آ رہا تھا جو کھانا کھانے کے بعد بڑے اطمینان کے ساتھ سر کنڈوں کی بنی ہوئی آرام کرسی پر بیٹھا ریڈیو سننے میں محو تھا ... زینو نے ابھی تک کھانا نہ کھایا تھا۔ وہ شوہر کی منتظر تھی۔

،،ابھی ابھی دہلی سے آپ استاد عبدالستار سے ٹھمری سن رہے تھے۔ اس وقت گیارہ بجنے کو ہیں۔ ہمارا آج کا پروگرام ختم ہوتا ہے۔ ہم کل صبح آٹھ بجے تک آپ سے رخصت چاہتے ہیں۔ آداب عرض،،

جواب میں ،،آداب عرض،، کہہ کر ... اس کے دیور نے ریڈیو بند کر کے روشنی گل کر دی اور کمبل لپیٹ کر سو گیا۔

یہ آخری آواز تھی ... اس کے بعد خاموشی ہی خاموشی ... تاریکی ہی تاریکی ... لا انتہا ہی کس قدر وسیع آسمان کس قدر پھیلی ہوئی تاریکی۔ پرے کھیتوں کے سلسلے۔ تاریکی میں اینٹوں کے ٹوٹے پھوٹے بھٹے کے آثار، اس سے بھی پرے گارے کے بنے ہوئے مکانوں والا گاؤں، تاروں کی چھاؤں میں ایک دھبے کی طرح دکھائی دیتا تھا۔

پاؤں کی چاپ سنائی دی ... وہ اس آواز سے آشنا تھی۔ یہ اس کے شوہر کے پاؤں کی چاپ تھی۔ وہ اندر داخل ہوا، اس نے چند فائلیں میز پر پٹخ دیں اور اس کے قریب چلا آیا۔

کھانا وہ باہر ہی سے کھا کر آیا تھا۔ اس نے زیادہ باتیں نہ کیں کیوں کہ آج اس کو ایک دوست کے ہاں برج کھیلنے کے لیے جانا تھا لیکن اس وقت وہ تھا خوش، از حد خوش ...

چنانچہ جب وہ چلا گیا تو وہ کھڑی رہی۔ حرکت کرنے کی سکت باقی نہ تھی۔ دماغ مضمحل تھا۔ اس پر غنودگی سی طاری تھی۔

کھڑکی میں سے اوپر کو اٹھی ہوئی ہری ہری بھنگ کے پودوں کی نازک نازک کونپلیں … خود رو اونچے پودوں کے ہلکے نیلے رنگ کے پھول … ساکن، چپ چاپ۔

برج؟؟

کیا واقعی وہ اس کو دودھ پتی بچی سمجھتے تھے۔ کیا ان کا یہ خیال تھا کہ وہ کچھ نہ سمجھتی تھی؟

کس قدر وسیع آسمان تھا … آنکھ جھپکاتے ہوئے سے تارے کس قدر دھندلے، گدلے، پھیکے، مٹیالے … … …

کسبی

برف کے تودے روئی کے گالوں کی طرح آہستہ آہستہ گر رہے تھے۔

پہاڑوں، درختوں اور مکانوں ان دونوں کے کندھوں اور ان کے پیچھے پیچھے آنے والے قلیوں کی پیٹھ پر لدے ہوئے سامان پر برف ہی برف۔

ان کے سفر کی یہ آخری منزل تھی۔ وہ بہت تھک گئے تھے۔ انھوں نے بولنا بھی بند کر دیا تھا۔ بس خاموشی سے، تھکے ماندے آہستہ آہستہ قدم اٹھاتے آگے بڑھ رہے تھے۔ ان کے پیچھے قلی بوجھ تلے دبے ہوئے پسینہ میں تر تھے اور سانس دھونکنی کی طرح چلتی ہوئی۔

دونوں خوش پوش تھے۔ ایک دراز قد، نازک انداز اور حسین نوجوان دوسرا قدرے پستہ قد، کچھ موٹا اور بھدا سا لیکن دونوں کے چہروں سے ذہانت ٹپکتی تھی۔ حسین نوجوان نے اوور کوٹ کی جیب سے ہاتھ نکال کر اپنی ناک کو چھوا۔ ''ارے میری ناک! کیسی سرد جیسے برف کی ڈلی۔ بالکل سُن،'' دوسرا ہنسنے گا۔ اپنی ناک پر سے پانی کا قطرہ صاف کرتے ہوئے بولا ''ہم کس جگہ سے (stay) کر رہے ہیں،''

جواب ملا ''سیوائے ہوٹل (Savoy)''

سیوائے ہوٹل کی وسیع سیڑھیوں کے دونوں طرف برقی روشنی ہو رہی تھی۔ ہنڈے ڈے لائٹ رنگ کے تھے۔ دھند میں اوپر کو اٹھی ہوئی محراب پر گہرے نیلے رنگ کے انگریزی حروف چمک رہے تھے ''ڈے لائٹ'' ہنڈوں کی روشنی برف سے ڈھکی ہوئی سڑک تک پڑ رہی تھی۔ اس وقت بڑی گہماگہمی تھی۔ خوش پوش حسین عورتیں، مرد، بچے، بوڑھے اِدھر اُدھر آ جا رہے تھے۔ رکشوں کی ریل پیل تھی۔ ایک تحکمانہ آواز گونجی! ''قُولی!...'' ستونوں کے قریب سے تین چار قلی ٹاٹ اوڑھے کھڑے تھے۔

انھوں نے بیڑیاں مسل کر جیب میں رکھ لیں۔

ایک سرخ رنگ کا پستہ قد گٹھیلا شخص ہاتھ بڑھا کر بولا '' وِش شائیڈ پلیز ''

وہ دونوں نوجوان آگے بڑھے۔ ایک نے اوور کوٹ کے الٹے ہوئے کالر میں سے چوپنچ نکال کر پوچھا '' از اٹ سیوائے؟ ''

'' اش شر ''... انھوں نے '' اش شر '' کہنے والے کی طرف نظر اٹھا کر دیکھا۔ اس کے چہرے پر چمک تھی اور اس کی پیشانی اور کنپٹیوں پر نیلی و سرخ رنگوں کا جال سا بنا ہوا تھا۔

'' آر یو... '' اس شخص نے قطع کلام کرتے ہوئے کہا '' اش شر آئی ام دی گائیڈ آف دش ہوٹیل ''

ہوٹل کے قلیوں نے سامان اٹھایا اور وہ تینوں ہوٹل کی اجلی سیڑھیوں پر چڑھنے لگے۔ ہوٹل کا اندرونی حصہ برف کے گرتے ہوئے تودوں کی وجہ سے صاف نظر نہیں آ رہا تھا۔ دونوں نے گھوم کر دیکھا۔ کہرے میں چھپی ہوئی برف پوش دھندلی دھندلی عمارتیں ٹمٹماتے کھوئے کھوئے سے لیمپ رکشا کھینچنے والے قلیوں کی کالی کالی پھر تیلی ٹانگیں۔ ہوٹل کی سیڑھیوں کے قریب سے نسبتاً تاریک سی ایک سی گلی جاتی تھی۔ گلی کے اندر روشنی بہت مدھم تھی۔ برف کو چھو کر آنے والی ہوا میں سڑے ہوئے تیل اور تلی ہوئی مچھلی کی تیز بو ملی ہوئی تھی۔ اس پراسرار گلی میں سے دبی ہوئی سی آواز اٹھی:

ابر چھایا ہے مینہ برستا ہے

جلد آ جا کہ جی ترستا ہے

قدم بہ قدم وہ آگے بڑھے جا رہے تھے۔ انھوں نے گائیڈ سے پوچھا... '' یہ گلی کیسی ہے؟ ''

گائیڈ نے ٹھٹھکتے ہوئے جواب دیا... '' کچھ نہیں شر! ادھر یوں ہی کچھ ڈانسنگ گرلز رہتی ہیں ''

'' ڈانسنگ گرلز!! جلد آ جا کہ جی ترستا ہے... جلد آ جا کہ جی ترستا ہے... جلد آ جا کہ... ''

آہستہ آہستہ آواز مر گئی لیکن اس کی بازگشت دیر تک سنائی دیتی رہی۔ پہاڑی کی ہر غار آواز کو دگنے سوز کے ساتھ واپس لوٹا رہی تھی...

دوسرے دن چار بجے بعد ازدوپہر حسین نوجوان باہر نکلا۔ اس کا کمرہ اوپر کی منزل پر تھا۔ نیچے ہوٹل کا وسیع صحن تھا۔ اس نے نیچے کی طرف جھانک کر دیکھا۔ صحن میں خوب رونق ہو رہی تھی۔ آسمان پر گہرے بادل

چھائے ہوئے تھے موسم خوش گوار تھا۔ لوگ ٹولیوں میں کھلے صحن میں ہی بیٹھے لطف اندوز ہو رہے تھے۔ ایک طرف ایک بھاری بھرکم سکھ رئیس، دوہری ایگزی باندھے چائے پینے میں مصروف تھا۔ اس سے ذرا ہٹ کر ایک نوجوان عیسائی لڑکی بڑے گملے کے قریب کھڑی نوکر سے بات کر رہی تھی۔ اس کی صورت خچر کی سی تھی۔ ٹانگیں لمبی اور پنڈلیاں فربہ اور چمکتی ہوئی چھاتیاں نوک دار اور بے تحاشا ابھری ہوئی۔ منہ لبوترا سا۔ رنگ جیسے زیادہ پکی ہوئی اینٹ مگر گال خوب سرخ رنگ سے رنگے ہوئے تھے۔ پرے منیجر فون کے قریب بیٹھا نیم باز آنکھوں سے حاضرین کا جائزہ لے رہا تھا۔ صحن کے پرلے سرے تک اس کی نگاہ پہنچتی تھی۔ رنگ برنگ کے دو دوپٹوں اور پگڑیوں اور فراکوں کی وجہ سے صحن پھولوں کی کیاری کی سی بنا ہوا تھا۔

اندر سے آواز آئی ''دیوندر! دیوندر! تم باہر ہو؟''

''ہاں''

''اِدھر آؤ ایک چیز دکھائیں تم کو''

ساتھ والے کمرے سے ایک چودہ سالہ لڑکا نکلا۔ ٹخنوں پر گھنگرو بندھے ہوئے، وہ ریڈیو کی گت پر پاؤں کو مسلسل حرکت دے رہا تھا۔ سر پر دو پلی ٹوپی، آنکھوں میں کاجل، ململ کی قمیص، تنگ پائجامہ ٹوپی میں سے نکلے ہوئے سیدھے برش کی طرح بال اس کی چکنی کنپٹیوں تک پہنچتے تھے۔

''اونہہ! ''ایک کالے سے آدمی نے دروازے سے باہر قدم رکھتے ہوئے کہا۔ ''کولھے بھی تو ہلاؤ۔ یوں دیکھو۔ اس جگہ ہاتھ رکھو . . . یہ . . . بس اب یہ کولھے بھی تو ہلاؤ اور آں ہاں . . . جھٹکا بھی دو''

دیوندر کے ساتھی نے سر دروازے سے باہر نکال کر کہا ''ارے بھائی ابھی چپکو . . . ''

دیوندر اندر گیا۔ ''توبہ ''اس کے ساتھی نے ہانپتے ہوئے کہا ''گئی بس گئی۔ کب سے بلا رہا ہوں سرکار کو . . . یہ ساتھ کے کمرے میں ہمارے پڑوسی جانتے ہو، کون ہیں؟''

''ناچنے والوں کی پارٹی ہو گی۔ ابھی ابھی ایک لڑکا باہر کھڑا ناچنے کی کوشش کر رہا تھا''

''او ہو تو میں غلط سمجھا۔ میں شریف گھرانے کی بہو بیٹیاں سمجھے بیٹھا تھا۔ حد ہو گئی۔ آج کل دونوں میں تمیز کرنا قریب قریب ناممکن ہے''

نوکر چائے کا ٹرے اٹھائے اندر داخل ہوا۔

دیوندر نے دریافت کیا۔ ''کیوں بھائی یہ بغل کا دروازہ بند کیوں ہے؟''

''حضور! اپنی مرضی سے بند رکھتے ہیں۔ اُدھر کچھ ہے بھی نہیں۔ ایک گلی ہے''

دیویندر نے اپنے ساتھی کی طرف پُرمعنی نظروں سے دیکھتے ہوئے۔ ''بے شک مناظر سے لطف اندوز ہونے کے لیے سامنے کا دروازہ کھول دینا ہی کافی ہے''، ... نوکر چلا گیا۔

دیویندر نے بند دروازہ کھول دیا۔ ''گویا یہ بازارِ حسن ہے۔ خوب!''

وہ دروازے کے قریب ہی رضائی لپیٹ کر کوچ پر بیٹھ گیا۔ اس کے ساتھی کیلاش نے چائے کی پیالی بڑھائی۔ دیویندر نے پیالی ہونٹ سے لگاتے ہوئے کہا ''کیوں بھئی! ہم اس جگہ اس شرط پر تو نہیں آئے تھے کہ چائے پی پی کر سینہ جلائیں۔ کیوں یاد ہے کچھ؟''

کیلاش نے مسکرا کر ٹرے ایک طرف کو سرکا دیا اور شیشے کی لمبی گردن کی صراحی اور وہ خوش وضع پیالے میز پر رکھ کر گھنٹی بجا دی۔ کیلاش نے دیویندر کی طرف دیکھا۔ دیویندر نے آرڈر دیا ''چار انڈوں کا آملیٹ، بھنی ہوئی مچھلی اور تلی ہوئی کلیجی''

بادلوں نے گھاٹیوں سے اوپر اٹھنا شروع کیا۔ تیز ہوا چلنے لگی۔ برف پوش چوٹیاں دھند میں روپوش ہو گئیں۔ ریڈیو پر ستار کی گت بجنے لگی۔

دیویندر نے تین جام پی کر رضائی اتار کر علیحدہ رکھ دی۔ اس کے رخسار تمتما اٹھے۔ آنکھوں میں سرخ ڈورے پڑ گئے۔ وہ شاعر تھا۔ زندگی کی سہولتیں مہیا تھیں۔ یوں تو بحیثیت ایک بے کار شخص کے بھی اس کو شاعر بننے کا پورا پورا حق حاصل تھا لیکن اس کے علاوہ وہ متمول بھی تھا اور پھر شاعر بننے کی اہلیت بھی تھی ... اخلاق اور انصاف کا پابند لیکن کبھی کبھی دل کو دماغ کی حکومت سے آزاد کر دینے میں وہ چنداں حرج نہ سمجھتا تھا۔ شراب کا ہلکا نشہ اس کے لیے از حد سرور انگیز ہوتا تھا۔ علاوہ بریں اس کے ذہن میں گناہ اور ثواب کا تصور بھی وہ نہیں تھا جو عام لوگوں کے دلوں میں ہوتا ہے۔ انسان کی بے بضاعتی اور کم مائیگی کا جس قدر شدید احساس اس کو تھا شاید ہی کسی کو ہو۔ وہ نیکی میں یقین رکھتا تھا۔ ایک مکمل اور پر امن دنیا میں ایمان رکھتا تھا۔ زندگی میں تعمیری عناصر کو ابھارنا اور اپنی ارد گرد کی دنیا کو سنوارنا اور قدم قدم پر پھیلے ہوئے دکھوں کو ہر ممکن طریقہ سے دور کرنا وہ اپنا فرض سمجھتا تھا۔ بنی نوع انسان میں مذہب اور ملک کی حد بندیوں سے وہ متنفر تھا۔ اس کی فکر بلند تھی، ذہن رسا اور دل پُرجوش ...

وہ کوچ سے اٹھا اور اوور کوٹ کھونٹی پر سے اتار کر اپنے کندھوں پر ڈال لیا اور بغل کے دروازے میں جا کھڑا ہوا۔ ہلکی ہلکی پھوار پڑ رہی تھی۔ اس کے الجھے ہوئے بالوں پر پانی کے قطرے لرزنے لگے۔ کیلاش میز پر طبلہ بجا بجا کر ''ساون کے نظارے ہیں''، گا رہا تھا۔

دیوندر نے ہاتھ کے اشارے سے کیلاش کو بلایا۔ دونوں دروازے میں سے گردنیں بڑھا کر دیکھنے لگے۔ سامنے کی عمارت کے بڑھے ہوئے چھجے پر نیچے کی طرف ایک لڑکی کی صورت نظر آئی۔ کیلاش نے آہستہ سے کہا۔ ''حسین!''

''جانتے ہو، یہ بھی ڈانسنگ گرلز میں سے ایک ہے''

''بڑی حسین ہے یار''

دیوندر دونوں ہاتھ کمر پر باندھ کر اِدھر اُدھر ٹہلنے لگا۔ کیلاش کرسی پر آن بیٹھا اور بے معنی نظروں سے دیوندر کی طرف دیکھنے لگا جو ایک بیک سنجیدہ ہو کر بے چینی سے ٹہل رہا تھا۔ پھر وہ ایک لمحے کے لیے دروازے کے آگے پہنچ کر رک گیا۔ ''اس عورت کی چھاتیاں شرمناک طور پر عریاں ہیں''

کیلاش خاموشی سے بیٹھا رہا۔ وہ پھر ٹہلنے لگا۔

اتنے میں مینہ بڑے زور شور سے برسنے لگا۔ بڑے صحن کے لوگ اٹھ اٹھ کر بھاگنے لگے اور فرنیچر کے کھسکنے اور گرنے کی آوازیں آنے لگیں۔ تھوڑی دیر کے سکوت کے بعد دیوندر نے کہا ''تم شاید اندازہ نہ لگا سکو کہ میں اس وقت کیسے ذہنی کرب میں مبتلا ہوں ... ان عورتوں کا وجود انسانیت کی توہین ہے۔ یہ اس جہان کی غلاظت ہیں''

کیلاش نے بے رخی سے سگریٹ سلگایا۔

دیوندر نے سلسلہ کلام جاری رکھا۔ ''اس کمرے پر نگاہ ڈالو۔ ہر چیز میں سلیقہ، کوچ، یہ کرسیاں، یہ پلنگ، یہ میزیں اور پھر صفائی۔ دری، قالین، فرنیچر سب چیزیں کس قدر صاف ہیں۔ صرف ایک چیز ایسی ہے جس پر ہم کبھی توجہ نہیں دیتے۔ وہ چیز ہے یہ ردی کی ٹوکری، میز کی بغل میں پھلوں کے چھلکوں، پھٹے پرانے کاغذوں سے پُر۔ کیا اس ٹوکری کا صدقہ نہیں کہ کل کمرہ صاف نظر آتا ہے''

کیلاش نے گل جھاڑتے ہوئے کہا ''ارے یار! کوئی کام کی بات کہو''

دیوندر نے مسکرا کر جواب دیا۔ ''تم اس طرح سوچنے کے عادی نہیں ہو۔ غور کرو۔ بار بار ہم سڑک پر جاتے ہوئے جب سڑک کے کنارے پڑے ہوئے غلاظت سے لبریز ڈھیر کے قریب سے گزرتے ہیں تو اس وقت اپنی ناک رومال سے ڈھانپ لیتے ہیں۔ کیا یہ حقیقت نہیں کہ وہ غلاظت کا ڈھیر اس جگہ نہ ہوتا تو یہی غلاظت سڑکوں پر پھیلی نظر آتی ... یہ بھی زندگی کی ایک ٹریجڈی ہے ... ان میں کتنی عورتیں ہیں جنہوں نے یہ پیشہ اپنی خوشی سے اختیار کیا ہو گا۔ وہ بھی تعداد میں کم ہوں گی جن کو دنیا نے ایسی زندگی بسر

کرنے پر مجبور کیا۔۔۔ایک پہلو سے دیکھا جائے تو یہ دیویاں ہیں۔ یہ وہ زخم ہیں جن کی بقا کے ہم خواہاں ہیں اور جن کو تازہ رکھنے کے لیے ہم اپنی سیاہ اور پُرسکون راتوں کی نیند حرام کر ڈالتے ہیں۔۔۔دوست اتنا تو تم کو بھی ماننا پڑے گا،‘‘

کیلاش نے مسکرا کر دھوئیں کے چکر سے بناتے ہوئے کہا ’’بکے جاؤ،‘‘

دفعتًا تاریکی سے روشنی میں آنے پر دیوندر کی آنکھیں چندھیا گئیں۔ کچھ شراب کا نشہ بھی تھا کیونکہ کیلاش کے ساتھ رات بھیگ جانے تک شراب کا دور چلتا رہا۔ ابھی سنبھل بھی نہ پایا تھا کہ وہ اندر داخل ہوئی۔

دیوندر اس کو آنکھیں جھپک جھپک کر دیکھنے لگا۔ عام لوگ اسی کو رنڈی کہہ کر پکارتے تھے۔ نام کس قدر مکروہ تھا۔ حالانکہ صورت کے لحاظ سے وہ دیویوں کو بھی مات کرتی تھیں۔ اس نے معصومیت سے ہنس کر کہا ’’آداب عرض! آپ تشریف لے آئے۔ مجھ کو یقین تھا کہ آپ آئیں گے اور ضرور آئیں گے،‘‘

دیوندر کا جی چاہا کہ وہ بھاگ نکلے۔

’’آپ کے ایک اور ساتھی بھی تھے۔ وہ کون صاحب تھے؟‘‘

دیوندر کنواری لڑکی کی طرح شرما گیا۔ اس کا چہرہ کانوں تک سرخ ہو گیا۔ لڑکھڑاتی آواز میں بولا ’’وہ میرے دوست ہیں،‘‘

’’دوست؟ خوب! وہ کیوں نہیں آئے؟‘‘

’’وہ سوئے ہوئے تھے،‘‘

عورت نے تعجب سے اس کی طرف دیکھا۔

دیوندر کچھ سمجھ کر جھینپ گیا۔ ’’میں ان سے کہہ کر نہیں آیا بلکہ ان سے چوری آیا ہوں۔۔۔میں نے آج دوپہر کو جب آپ کو دیکھا۔۔۔‘‘

’’اوہ! یہ بتلانے کی ضرورت نہیں۔ میں جانتی ہوں کہ آپ کے دل پر کیا گزری ہو گی۔ شاید آپ بھول رہے ہیں، ہمارے پاس بہت سے لوگ آتے ہیں۔۔۔‘‘

دیوندر شراب کے نشے میں تھا۔ وہ سنبھل سنبھل کر گفتگو کرنے کی کوشش کر رہا تھا۔ پھر بھی وہ یہ بات چھپا نہ سکا کہ وہ پیے ہوئے تھا۔

جتنی دیر تک وہ خاموش رہا۔ وہ اس کو دیکھتی رہی۔ اسے وہ پسند تھا۔ بہت پسند دیوندر کو اور کچھ نہ سوجھا

’’…میں نے آج تک کسی عورت کو چھوا تک نہیں،‘‘

عورت یہ سن کر بے تحاشہ ہنسنے لگی۔ وہ ہنستے ہنستے دہری ہوگئی۔ اس نے اپنا پیٹ تھام لیا مگر دیوندر بالکل سنجیدہ تھا اور حیران۔ اس کا سر چکرا رہا تھا۔ عورت چاہتی تھی کہ جواب دے مگر ہنسی روک نہ سکی۔ بمشکل ہنسی روک روک کر بولی۔ ’’اچھا تو اس کا کوئی مضائقہ نہیں،‘‘

دیوندر خود کو بے وقوف محسوس کر رہا تھا۔ اس کے باوجود اس نے اپنی بات دہرا دی۔ ’’شاید آپ کو یقین نہیں آیا۔ میں کنوارا ہوں،‘‘

عورت نے بصد کوشش سنجیدہ بن کر کہا۔ ’’میں آپ پر یقین کرتی ہوں،‘‘

دیوندر بغلیں جھانکنے لگا۔ ’’میں آپ کے پہلے گاہکوں سے قطعاً مختلف ہوں،‘‘

عورت نے اس کے حسین خد و خال کا جائزہ لیتے ہوئے کہا۔ ’’میں آپ کی یہ بات بھی تسلیم کرتی ہوں،‘‘ پھر اس نے دل ہی دل میں فیصلہ کر لیا کہ وہ اس نوجوان سے ایک دمڑی بھی وصول نہ کرے گی۔

دیوندر نے حوصلہ پا کر بات چھیڑ دی۔ ’’جب میں نے آج شام کے وقت آپ کو دیکھا تو مجھے آپ کی ذات سے ہمدردی پیدا ہوگئی،‘‘

عورت نے اس نوعمر چھوکرے کو رحم بھری نگاہوں سے دیکھا اور جواب دیا ’’مجھے بھی آپ کے ساتھ از حد ہمدردی ہے،‘‘

دیوندر کو عورت کا یہ اندازِ تحکم مارے ڈالتا تھا۔

وہ اپنے خیالات کو یکجا کرنے لگا۔ اس کی سوچنے کی قوت سلب ہو چکی تھی۔ وہ جوشِ اصلاح اور لمبے چوڑے الفاظ غائب ہو رہے تھے۔ اس نے مری ہوئی آواز میں کہنا شروع کیا ’’آپ لوگوں کی زندگی بھی کس قدر پُر الم ہے۔ آپ کا دل تو بہت کڑھتا ہو گا،‘‘

عورت کے چہرے پر اُداسی آگئی۔ ’’آپ درست فرماتے ہیں، آپ جیسے ہمدرد دل رکھنے والے لوگ بہت کم آتے ہیں۔ کم از کم مجھے تو واسطہ پڑا نہیں،‘‘

دیوندر نے سوچا کس قدر حسین ہے یہ لڑکی… بے چاری… وہ اس کے قریب چلا گیا۔ عورت کچھ آگے کو جھک گئی۔ وہ سمجھا شاید وہ گرنے کو ہے۔ اس نے اس کو سنبھالنے کی کوشش کی۔ وہ اس کے سینے سے لگ گئی۔ ہچکیاں لیتے ہوئے بولی ’’بعض وقت تو ایسے لوگ آتے ہیں کہ ان کی مونچھیں میرے نتھنوں میں گھس جاتی ہیں۔ دم گھٹنے لگتا ہے،‘‘ پھر اس نے سر اٹھا کر دیوندر کی طرف دیکھا۔

’’تم کتنے اچھے ہو‘‘

دیویندر کے جسم میں برقی لہریں دوڑ گئیں۔اس کے جسم کی قوتِ مدافعت ختم ہوتی جارہی تھی۔نوجوان عورت اس کے ساتھ لپٹی جارہی تھی۔دیویندر پر دو آتشہ نشہ طاری تھا۔اس کا دل بلیوں اچھل رہا تھا،اس نے ازحد کوشش کے بعد بچنے کی کوشش کرتے ہوئے گھٹی گھٹی آواز میں کہا ’’تم میری ماں ہو‘‘

عورت نے اس کے رخسار پر رخسار رکھ دیا ’’معلوم ہوتا ہے، زیادہ پی گئے ہو‘‘

وہ اس کو سہارا دے کر پلنگ پر لے گئی۔

دیویندر کے دماغ پر دھند سی چھائی ہوئی تھی جیسے وہ بادلوں میں اڑا جا رہا ہو۔وہ کچھ کہنا چاہتا تھا لیکن کہہ نہ سکتا تھا۔وہ خلا میں بے بسی کے ساتھ ہاتھ پاؤں مار رہا تھا۔اس کو محسوس ہوا کہ اب بھی اگر وہ کوشش کرے تو وہ کچھ کر سکتا تھا۔وہ یاد کرنے لگا کہ وہ کیا کہنا چاہتا تھا۔غیر ارادی طور پر اس کے لبوں سے نکلا۔

’’تم دیوی ہو‘‘

عورت ہنس پڑی۔اس کے رس بھرے ہونٹوں کی طرف دیکھتے ہوئے بولی: ’’ذرا اور قریب آ جاؤ ... تم دیوتا ہو‘‘

عورت نیچے تک اس کو رخصت کرنے کے لیے آئی۔اس نے ازحد محبت اور خلوص سے اس کی طرف دیکھا۔اس کے اوور کوٹ کے بٹن بند کیے۔اس کا بٹوا جو پلنگ پر گر پڑا تھا،اس کی اندر کی جیب میں رکھتے ہوئے بولی ’’بٹوا سب سے اندر کی جیب میں سنبھال کر رکھ لو۔ یہ بدمعاشوں کا محلہ ہے۔سنبھل کر جانا۔رستہ میں کوئی نکال نہ لے‘‘

یہ کہہ کر اس نے سکوت کیا۔ پھر مسکرا کر اس کے ہونٹوں سے ہونٹ ملا دیے ... ’’اچھا اب رخصت، کوٹ کے کالر دہرے کر کے سینہ ڈھانپ لو، کہیں سردی نہ کھا جانا‘‘

دیویندر لرزاں ہاتھوں سے کالر ٹٹولنے لگا۔اس کی یہ حالت دیکھ کر وہ ہنسنے لگی۔ پھر اس نے اپنے ہاتھوں سے اس کے کالر دہرے کر دیے۔اس کے رخساروں پر ہلکا سا چپت جماتے ہوئے کہا ’’تم بالکل لڑکے ہو ... تبھی تو اتنے پیارے لگتے ہو‘‘

صبح جب دیویندر کی آنکھ کھلی تو اس نے دیکھا کہ کیلاش چائے پی رہا ہے۔

وہ کشمیری چادر لپیٹتے ہوئے اٹھا اور بغل والے کے دروازے کے سامنے جا کھڑا ہوا۔ آسمان پر بادل و نشان تک نہ تھا۔ تیز اور چمکدار دھوپ میں پہاڑوں کی برف پوش چوٹیاں، برف سے لدے ہوئے درخت

اور برف سے اٹی ہوئی چھتیں چمک رہی تھیں۔ رکشا کے اڈے پر قلی بغلوں میں ہاتھ دبائے کھڑے تھے۔ دیویندر نے یہ پُر کیف منظر دیکھ کر پاؤں پھیلا کر ہاتھ اوپر اٹھا دیئے اور گہری سانس لی۔

آہستہ آہستہ رات کے واقعات یاد آنے لگے۔ اس کے ذہن میں ایسی کشمکش شروع ہو گئی جیسے وہ کسی بھولے بھٹکے خواب کو یاد کرنے کی کوشش میں ہو۔

اس نے گردن بڑھا کر نیچے کی طرف نگاہ ڈالی۔ سامنے وہ بیٹھی سگریٹ پی رہی تھی۔ اس کی حالت ابتر تھی۔ بال الجھے ہوئے۔ کپڑے بے ترتیب، کاجل آنکھوں کے گرد گرد پھیلا ہوا۔ کل کی طرح نیم عریاں سینہ . . .

اتنے میں عورت نے اس کی طرف دیکھا اور پھر دلفریب انداز سے مسکرا کر بڑے ناز کے ساتھ لمبا کش کھینچا اور آنکھ مار کر دھواں ناک کے رستے اڑا دیا۔

مہمان

سردی میں ٹھٹرا ہوا، ہاتھ پتلون کی جیبوں میں چھپائے بشمبر خدا خدا کر کے ہوٹل تک پہنچا۔ اس کا جی چاہتا تھا کہ فوراً بستر میں گھس کر لحاف لپیٹ لے اور سو جائے لیکن ابھی اس نے کھانا بھی نہ کھایا تھا۔ وہ بھٹیوں کے قریب جا کھڑا ہوا، ہاتھ سینکتے ہوئے اس نے پوچھا '' کیا پکایا ہے آج؟''... مونگ کی دال اور کدو... کدو سے اس کو نفرت تھی۔ ہوٹل والے ماہوار کھانے والوں کے لیے بغیر گھی کی، سب سے گھٹیا سبزی پکاتے تا کہ کھانے والا اسپیشل ترکاری یا گوشت وغیرہ کی پلیٹ خریدنے پر مجبور ہو جائے... اسپیشل کیا ہے؟... گوبھی، آلو، مٹر، میٹ بھی ہے، کوفتہ، قیمہ...

اس کے ہاتھوں کی ٹھنڈک اب دور ہو چکی تھی۔ اس نے مٹھیاں کھولتے اور بند کرتے ہوئے سوچا کہ اگر آدھی پلیٹ روغن جوش لیا تو چار آنے خرچ ہوں گے، اگر نصف پلیٹ قیمہ تو تین آنے اور گوبھی کی آدھی پلیٹ دو آنے میں ہی مل جائے گی... تو بھئی آدھی گوبھی اسپیشل اور باقی جو کچھ بھی ہو۔

پتھر کی میز کے آگے کرسی پر بیٹھ کر وہ انگلیوں سے طبلہ بجانے لگا۔ پھر اس نے کوٹ کے کالر سیدھے کر لیے جو کان ڈھانپنے کے لیے اوپر اٹھا دیئے گئے تھے۔ سامنے ایک جاپانی تصویر تھی۔ دریا کا کنارہ... افق میں اونچے نیچے ٹیلے... پیش منظر میں دو جاپانی عورتیں نہانے کا لباس پہنے ہنستی چلی آرہی تھیں۔ ان کے درمیان ایک چھوٹی سی لڑکی جس کے ہاتھ سے اس کا بڑا کاغذ کا غبارہ چھوڑ کر نیچے پانی میں گر پڑا تھا وہ اچک کر اس کو پکڑنے کی فکر میں تھی۔ نہ معلوم لڑکی کا لباس عورتوں کی طرح کا کیوں تھا۔ چھوٹی سی کم سن لڑکی تھی۔ اگر اس کو پورے لباس کے بجائے صرف ایک جانگیہ پہنا دیا جاتا تو کیا حرج تھا۔ کس قدر گھٹیا تصویر تھی نہ کوئی کلر سکیم، نہ توازن... عورتیں بالکل بے جان، احساسات سے خالی جیسے سیلولائیڈ کے پتولے... ان کے پاؤں کی ٹکر سے جو پانی اٹھا دکھایا گیا تھا وہ ٹخنوں کے قریب اٹھنا چاہیے تھا اور پھر ٹانگوں سے ٹکرانے کے بعد میں

پانی کا کچھ دور تک ناہموار ہونا سمجھ میں آسکتا ہے لیکن یہ بات فہم سے باہر ہے کہ ٹانگیں تو ابھی دور اور پانی اُن کی سیدھ میں دو گز ادھر سے ہی اچھلنے لگا ہے۔ گھٹیا قسم کے آرٹسٹ اپنا الو سیدھا کرنے کے لیے دس دس منٹ میں ایسی تصویریں بنا کر روپیہ کماتے ہیں . . .

نوکر ادھر سے گزرا ''ابھی روٹی لا''

اس کی آواز سن کر ہوٹل کا بھاری بھرکم منیجر ادھر چلا آیا۔ اس کا منہ ہمیشہ پان کی پیک سے بھرا رہتا تھا اور پیک روک روک کر بڑی مشکل سے بات کیا کرتا تھا۔ طبیعت کا برا نہ تھا لیکن اس کی عادت سے بشمبر کو سخت گھن آتی تھی۔ ''بابو بشمبر لعل! . . .'' اس نے منہ کھول کر ایک دم بند کر لیا ''تم سے کوئی ملنے آیا تھا''

''مجھ سے ملنے کے لیے؟''

منیجر نے بڑی مشکل سے منہ کھولا ''ہاں تمہارا گیسٹ . . .''

یہ مہمان کون تھا۔ آخر اس سے ملنے کے لیے کون آسکتا تھا۔ وہ بہت کم لوگوں سے واقف تھا۔ اور جو تھوڑے بہت شناسا تھے، ان کو اس کی جائے رہائش کا پتہ معلوم نہ تھا۔ وہ ایک معمولی کلرک تھا۔ مشکل سے گزر ہوتی تھی۔ صرف دو تین مقامی دوستوں کو اس کا ٹھکانہ معلوم تھا۔ سو وہ کبھی کبھار آتے . . . آخر کون آیا تھا؟

''منیجر صاحب، اس کا نام کیا تھا؟''

''نام تو میں نے پوچھا نہیں . . . گورے گورے سے . . .''

''گورے گورے . . . بہت لوگ گورے ہو سکتے ہیں۔ گورے ہونے کی بھی کوئی نشانی ہے۔ بعض لوگ کس قدر بے وقوف ہوتے ہیں . . .''

نوکر نے تھالی آگے رکھی تھی۔

اس کی موجودہ بے کیف اور خالی خالی زندگی میں جب کہ وہ بالکل تنہائی اور خاموشی سے دن گزار رہا تھا، اس خبر نے ہلچل سی پیدا کر دی۔ اس وقت وہ کسی مہمان کی آمد گوارا نہ کر سکتا تھا۔ اس کا کمرہ اس قدر چھوٹا تھا کہ ایک اور چارپائی ڈال دینے پر اندر چلنا پھر نا بھی دو بھر ہو جاتا۔ پیسے اس قدر کم کہ کسی مہمان کو ایک دن بھی کھانا کھلانا دشوار تھا اور پھر مہمان مہمان میں بھی فرق ہوتا ہے۔ مثلاً وہ لانبی داڑھی اور بڑے پگڑ والے بزرگ جو دو ڈھائی ماہ بعد جب کبھی آٹپکتے تو جینا محال ہو جاتا۔ وہ اپنی داڑھی جھٹکتے اس کے ساتھ اپنی

دور دراز رشتہ داری کی اہمیت واضح کرنے کے بعد خشک باتوں کا ایک سلسلہ شروع کر دیتے۔ان کی مقدمہ بازیاں، فلاں رشتہ دارنے ان سے کیا کہااور انھوں نے اس کو کیا جواب دیا۔وہ عورت جو اُن کے بھانجے نے بھگائی تھی، دراصل اس نے خود نہیں بھگائی تھی بلکہ ایک رات خود عورت خود اس کے پاس خود آئی اور بولی، چلو مجھے لے چلو۔ کہیں نہ کہیں لے چلو۔ میں تمہاری داسی ہوں۔ وہ بے چارہ کل کا چھوکرا کیا جانے۔ آ گیا جھانسے میں۔۔۔ اب بچے کے وارنٹ نکلے ہوئے ہوں۔۔۔ یا پھر بھئی ذرا انگریزی میں درخواست تو لکھ دو۔اس نے درخواست کبھی نہ لکھی تھی اور پھران کی زبان جس بے ربط طریقے سے وہ اپنے خیالات کا اظہار کرتے اور جس طرح بار بار ایک ہی بات کی تاکید فرماتے وہ کہتا جناب، یہ بات ایک مرتبہ لکھی جا چکی ہے۔ بار بار اس بات کی تکرار انگریزی میں مناسب نہیں ہوتی تو وہ حیرت سے منہ کھولے اس کی طرف دیکھنے لگتے جیسے کہہ رہے ہوں ''اَبے تو کل کا چھوکرا مجھے سبق پڑھاتا ہے؟ اب تو؟'' جب وہ آتے تو اس کا دل چاہتا کہ وہ اس دروازے سے آئیں تو اُدھر کے دروازے سے وہ کھسک جائے۔۔۔ اور کبھی اس کے پھوپھا کالڑ کا چونی گاؤں سے اُدھر آ نکلتا تو بجائے نمستے کرنے کے وہ بازو پھیلا کر اس کے گلے سے لپٹ جاتا۔ ساتھ ہی زور زور سے بے معنی الفاظ اس کے منہ سے فرفر نکلنے لگتے۔ باتیں اس قدر زور سے کرتا کہ اِدھر اُدھر کے لوگ ان کی طرف دیکھنے لگتے۔۔۔ گھر ہو، گلی ہو، بازار ہو، کوئی جگہ ہو اس کا رویہ تبدیل نہ ہوتا۔ کبھی وہ ایک نہایت ہی معمولی بات اس قدر تفصیل کے ساتھ بیان کرتا کہ اس کا جی چاہتا اپنے بال نوچ لے۔ چونی چھکڑے کے بھاری بھر کم پہیے کے کیچڑ میں دھنس جانے کی داستان چھیڑ بیٹھتا۔ صاحب! پہیہ کیچڑ میں دھنس گیا۔ وہ بیل زور لگا رہے ہیں۔ اس زور آزمائی میں ان کی دُمیں تن کر سیدھی ہو جاتی ہیں لیکن پہیہ ہے اور بھی دھنسا جاتا ہے۔ چھکڑے والے نے بھی زور لگانا شروع کیا لیکن پہیہ۔۔۔ جیسے کنویں میں اترتا جا رہا ہو۔ اِدھر اُدھر کے دو چار راہ گیر بھی لنگوٹا کس کر ایک بڑے لٹھ سے دوسرے پہیے کو اڑیس دے کر گھمانے کی کوشش کر رہے ہیں۔ کچھ لوگ دھکے دے کر اسے نکالنا چاہتے ہیں لیکن سب بے سود۔۔۔ آخر ہوتا کیا ہے؟ وہ خود کیچڑ میں گھس جاتا ہے اور پہیے کو کندھا دے کر جو ہلہ بولتا ہے تو پہیہ کیچڑ سے باہر، بیل بھاگتے چلے جاتے ہیں، رکتے ہی نہیں۔ خدا خدا کرکے اگر یہ بات ختم ہو جاتی تو وہ فوراً اسی قسم کا ایک دوسرا قصہ لے بیٹھتا۔۔۔ یا پھر اس کے بڑے ماموں صاحب تھے۔ خاموش، چپ چاپ چارپائی پر بیٹھے رہتے، سارا سارا دن پڑے رہتے۔ اس کو ان کے آنے پر کوئی خاص تکلیف محسوس نہ ہوتی لیکن عادات ان کی بھی عجیب تھیں جو پگڑی جس طرح باندھ کر آتے جب تک اس کے پاس ٹھہرتے اس کو اسی طرح

باندھے رکھتے۔ کبھی کھول کر ازسرِ نو نہ باندھتے۔ نہ معلوم کسی غیر سے بندھوا کر آتے تھے۔ رات کو سونے سے پہلے اسے قریب کی کرسی پر رکھ دیتے، صبح اٹھتے تو منہ ہاتھ دھونے کے بعد پھر اس کو سر پر رکھ لیتے۔ ویسے تو پگڑی کا کچھ نہ بگڑتا تھا جس بھدے طریقے سے وہ بندھی ہوتی تھی، اس سے زیادہ بھدی تو خیر کیا ہو سکتی تھی لیکن ڈھیلی ضرور ہو جاتی مگر اس کے ڈھیلے ہو جانے کی ان کو پروا نہ تھی۔ اسی کو تھپتھپا کر سر پر جمائے رکھتے۔ وہ کبھی کام کے بغیر نہ آتے تھے۔ اتنے بڑے شہر میں یوں ہی چلے آنا تو محض فضول خرچی تھی۔ اس لیے ضرور کسی نہ کسی کام سے آتے لیکن جب تک وہ کام پورا نہ ہو ان کا اس کے ہاں رہنا لازمی تھا۔

سارا سارا دن چارپائی پر پڑے رہتے ... معمولی اردو پڑھ لکھ لیتے جو کتاب یا اخبار ہاتھ لگتا بلا تکلف پڑھنا شروع کر دیتے۔ غلط سلط جو کچھ بھی سمجھتے اس کو ختم کر کے چھوڑتے۔ روسو کا معاہدہ عمرانی دو ڈھائی گھنٹہ میں ختم کر کے کہتے ''بشمبر! یہ پوتھی تو میں نے ختم کر دی۔ کچھ اور دو''۔ ۔

''ماموں! آپ کو پسند بھی آئی یہ پوتھی؟''

''بھئی میری سمجھ میں تو نہ آئی لیکن بغیر پڑھے میں چھوڑتا بھی نہیں ...''

اس کے بعد اگر ان کو پیستالوزی یا کانٹ پڑھنے کو مل جاتا تو وہ ہرگز اعتراض نہ کرتے۔ پھر شام ہو جاتی تو ایک موٹا سا کھیس لپیٹ کر بلا تکلف مال روڈ کی سیر کے لیے چل کھڑے ہوتے۔ بشمبر کو ہمراہ ضرور لے جاتے اور وہ پتلون کوٹ پہنے بھیگی بلی کی طرح ساتھ ساتھ ہو لیتا ... کوئی دوست مل جائے یا کسی خوش پوش شریف آدمی سے باتیں شروع ہو جائیں ... لیکن وہ اپنی عادت نہ چھوڑتے تھے۔

لیکن اب وہ بزرگ بڈھوں میں تھے۔ وہاں ٹھیکیداری کا کچھ کام تھا۔ چونی کو اس کے بڑے بھائی نے ٹاٹا نگر بلا لیا تھا۔ گاؤں میں انہیں دنوں ایک بڑا امیلہ لگنے والا تھا۔ اس لیے ماموں جی کی تشریف آوری کا احتمال بھی نہ تھا ... شاید شہباز سنگھ ہو، وہ اکٹھے پڑھتے رہے تھے۔ اب وہ موٹر ڈرائیور تھا۔ سہارن پور تھا۔ سہارن پور سے دہرہ دون تک۔ دہرہ دون سے سہارن پور تک، تین ماہ پہلے اس کو شہباز کی ایک چٹھی ملی تھی۔ لکھا تھا کہ وہ پنجاب آنے والا ہے۔ شاید وہی آیا ہو۔ مارا مارا پھر تا ہو گا۔ کہیں سے پتہ چل گیا ہو گا میرا۔

بے چارہ شہباز سید ھاسادہ اسکھ تھا۔ بقول شخصے، الٹ پلٹ کر جدھر سے دیکھو سکھ ہی نظر آتا تھا۔ وہ اس کا لنگوٹیا یار تھا۔ لڑکپن میں وہ خوب موٹا تازہ تھا۔ ان کی پہلی ملاقات نہ معلوم کس جگہ ہوئی تھی ... اس میں تو شبہ نہ تھا کہ وہ ... خدا جانے اس اسکول کا کیا نام تھا ... خیر اس اسکول میں شہباز ہی اس کو لے گیا تھا۔ دونوں دوست تھے۔ دونوں کی صلاح ٹھہری کہ وہ دونوں ایک ہی اسکول میں پڑھیں۔ چنانچہ اس نے اپنا

اسکول چھوڑ دیا اور شہباز کے اسکول میں داخل ہو گیا۔ چھوٹا سا پرائیویٹ اسکول تھا۔ جہاں ہمیشہ لڑکوں کی کمی محسوس کی جاتی تھی اور اسی لیے نئے لوگوں کی جستجو رہتی۔ طالب علم نہ صرف کتابیں پڑھتے، فیسیں دیتے، مار کھاتے بلکہ اپنے غریب اسکول کے لیے نئے رنگ روٹ بھی پھانس کر لاتے۔

ایک چھوٹے سے گدلے تالاب کے قریب بوسیدہ سی عمارت، باہر لوہے کی چادروں کا ایک سائبان اور اس جگہ بجلی کے تار سے بندھا ہوا ریل کی پٹری کا ٹکڑا جو گھنٹی کا کام دیتا تھا۔ نہ کوئی نوکر، نہ چپڑاسی۔

ہیڈ ماسٹر ایک بارعب شخص تھا۔ اگرچہ اکہرے بدن کا آدمی تھا لیکن ٹانگیں خوب پھیلا پھیلا کر چلتا۔ پہلوانوں کی طرح جھوم جھوم کر قدم اٹھاتا۔ اسکول کی چھت سے جب لڑکوں کو وہ آتا دکھائی دیتا تو شور مچ جاتا۔ ہیڈ ماسٹر صاحب آ گئے ادھر جب ہیڈ ماسٹر کو اسکول کی عمارت دکھائی دیتی تو وہ مونچھوں کو انگلیوں سے چھونے لگتا... راستے میں لڑکے ہاتھ جوڑ جوڑ کر نمسکار کرتے۔ وہ دیدہ دانستہ خوب اینٹھ سے نمسکار کا جواب دیتا۔ کبھی وہ رک جاتا، کسی لڑکے کا کان پکڑ کر کہتا ''کیوں بے چمٹے! کل آدھی چھٹی کے بعد کہاں چل دیا تھا، ایں؟'' یہ چمٹے اس کی اپنی اختراع تھی۔ نہ معلوم اس کا مطلب کیا تھا۔

اسکول کی دوسری اہم ہستی... ماسٹر جنگل کشور... ایک آنکھ پتھر کی۔ گورا چٹا، ہلکا پھلکا چلتا پرزہ، ہونٹ خوب سرخ، دانت از حد سفید گالوں کی ہڈیاں ابھری ہوئی، وہ کسرت بھی کرتا تھا۔ سننے میں آیا تھا کہ وہ کشتی لڑا کرتا تھا۔ لڑکوں کو خوب پیٹتا... شہباز نے اسے بتایا کہ دیکھو پہلے رعب جمانے کے لیے جنگل کشور تمہیں پیٹے گا، گھبرانا نہیں... ادھر یہ بھی پرانا پاپی تھا۔ چھوٹی موٹی مار کو وہ خاطر میں کب لاتا تھا۔ اسی قسم کی مشترک صفات پر توان کی دوستی قائم تھی۔

پہلے پہل جب وہ جنگل کشور کی جماعت میں بیٹھا تو ماسٹر صاحب نے فرمایا کہ دوسرے دن سب لڑکے اردو سے انگریزی میں ترجمہ کرنے کے لیے نئی کاپیاں خرید کر لائیں۔ جب دوسرا دن ہوا تو بہت سے لڑکے تو کاپیاں لے آئے لیکن وہ ان میں شامل تھا جو کاپیاں نہ لائے تھے۔ خیر اس دن جنگل کشور نے محض لعنت ملامت کرنے پر اکتفا کیا۔ اردو کی چند سطور ترجمے کے لیے دیں۔ دوسرے دن شہباز تو جماعت میں ہی نہ آیا۔ باقی سب لڑکے ترجمہ کر کے لائے تھے سوائے دو کے۔ ان دونوں میں ایک وہ خود تھا۔ ماسٹر صاحب کی آنکھیں مارے غصہ کے خون کبوتر ہو گئیں۔ اس نے بید منگوایا، پہلے تو دوسرے لڑکے کو بید پڑے، دونوں ہاتھوں پر چار چار۔ جب اس لڑکے کے ہاتھ پر بید پڑتی تو وہ ہاتھ جھٹک کر گھٹنوں میں دبا لیتا، منہ سرخ ہو جاتا۔ غرض اس طرح اس نے مار کھائی۔ پھر اس کی اپنی باری آئی۔ ماسٹر صاحب مارنے

میں ماہر تو یہ مار کھانے میں۔ ماسٹر نے بید جو ماری تو اس کا ہاتھ جوں کا توں۔ دوسری مرتبہ پھر اس کا ہاتھ بے حس و حرکت، بید لگنے پر اس کا ہاتھ سرخ ہو گیا لیکن ہاتھ کو جنبش نہیں ہوئی۔ چار ضربوں کے بعد ماسٹر نے کہا، ''بڑھاؤ دوسرا ہاتھ'' اس نے دوسرا ہاتھ اطمینان سے کوٹ کی اندرونی جیب میں ڈال رکھا تھا۔ بولا ''آپ اسی پر لگا لیجیے باقی چار... ''زمیں جنبد نہ جنبد گل محمد۔ ماسٹر دم بخود۔ اس نے بید پھینک دی۔ ''بے شرم!... '' پھر اس کو کبھی مار نہیں پڑی۔

دوسرے دن جب شہباز نے اس کے مار کھانے کا معرکہ خیز کارنامہ سنا تو وہ اس کے گلے سے لپٹ گیا۔ محبت کا رشتہ مضبوط سے مضبوط تر ہو گیا۔

اس کے بعد شہباز کا کارنامہ بھی یاد رہے گا۔ غریب اسکول، نہ معلوم کیسے، پانچ چھ مرتبہ سو روپیہ جمع کر کے سائنس کا سامان خریدا۔ تجویز یہ تھی کہ لڑکوں کو سائنس کی ابتدائی تعلیم بھی دی جائے۔ پہلے پہل شہباز اور وہ شیشے کی نلکیاں، پیالیاں، اسپرٹ کے چراغ وغیرہ دیکھ کر بہت خوش ہوئے۔ بڑی بے صبری سے ان کو استعمال کرنے کے موقع کا انتظار کرنے لگے۔ شروع شروع کے تجربے بھی کھیل تماشے سے کم پر لطف نہ تھے لیکن جب نئے نئے فارمولے یاد کرنے پڑے اور پھر عملی تجربوں سے ان کو ثابت کرنے کی نوبت آئی تو سب لوگ بہت چکرائے خصوصاً سردار شہباز سنگھ... چنانچہ ایک علی الصبح دیکھا تو کھڑکی کے شیشے ٹوٹے ہوئے، سلاخیں مڑی ہوئیں، سائنس کا کل سامان غائب... فرش پر جمی ہوئی گرد کی تہہ پر پاؤں کے یہ بڑے بڑے نشان اتنے بڑے بڑے پاؤں اسکول بھر میں کس کے ہو سکتے تھے؟... شہباز سے باز پرس ہوئی۔ وہ صاف مکر گیا۔ پولیس کو اطلاع دی گئی، شہباز کو اسکول کے سامنے والے بڑے کے نیچے کو توال کے ہاتھوں وہ مار پڑی کہ خدا کی پناہ۔ اس کی پگڑی اتر گئی، بال بھر گئے۔ دو تین دن حوالات میں رکھا گیا، جرح ہوئی، دھمکیاں دی گئیں لیکن وہاں وہی ڈھاک کے تین پاتے۔ آخر جب ہنگامہ ختم ہوا اور بات آئی ہو چکی تو ایک پرسکون شام کو شہباز اس کو اپنے ساتھ شہر سے باہر لے گیا۔ ویرانے میں آپ نے سائنس کا کل ٹوٹا پھوٹا سامان دکھایا... بشمبر مسکرانے لگا۔ نوکر روٹی دینے آیا ''کیوں بے وہ جو ملنے آئے تھے کیا وہ سیکھ تھے؟'' معلوم ہوا نہیں مسلمان تھے۔ ''ابے مسلمان؟ سچ کہہ نا!... '' مسلمان کون ہو سکتا تھا۔ وہ کئی اسکولوں میں پڑھ چکا تھا۔ جس جگہ والد صاحب کا تبادلہ ہو جاتا اس کو بھی ہمراہ جانا پڑتا۔ نیا اسکول نئے ساتھی... اس نے ذہن پر زور ڈالا... مسلمان، آخر مسلمان کون... کہیں حنیف نہ ہو۔ ارے حنیف، وہ کدھر بھول پڑا... برف کے لڈوؤں کا سا شوقین دبلا پتلا، سر پر بے پھندنے کی ٹوپی، کم گو، سست رفتار...

لیکن یہ کیسے ممکن تھا۔وہ اس جگہ کیسے آیا،اس کو پتہ کیسے چلا،اوہ حنیف! افسوس کہیں بے چارا۔۔۔اس کے لیے یہ شہر اجنبی ہے لیکن کیسے ٹپک پڑا وہ، اب ملے بغیر کیوں کر معلوم ہو۔۔۔ہائے کاش آج وہ سرکس دیکھنے نہ جاتا۔۔۔اب تو سالا بڑا ہو گیا ہو گا۔کتنی بے تکلفی تھی دونوں میں نہ کھانے میں پرہیز نہ پینے میں۔۔۔اور تو اور پینے میں بھی دونوں ساتھی تھے۔۔۔ان دنوں وہ اے پی مشن ہائی سکول کا طالب علم تھا۔اسکول کی عمارت نیچ شہر میں تھی۔ارد گرد تھوڑی سی خالی جگہ بھی چھوٹی ہوئی تھی۔ آدھی چھٹی میں لڑکے وہاں بال والی کھیلا کرتے تھے۔

حنیف یوں تو کم گو لڑکا تھا لیکن جس کسی سے گھل مل جاتا تو پھر اس کی زبان بے لگان ہو جاتی۔اس کی باتیں اور اس کے پروگرام ختم ہونے میں ہی نہ آتے تھے۔اسکول کا کام شروع ہونے سے پہلے جب یسوع کے پہاڑی والے وعظ، یا لوقا،متی، یوحنا کسی رسول کی کتاب میں سے کچھ پڑھ کر سنایا جاتا۔کبھی امریکین پرنسپل حضرت داؤد کے گیت پڑھتا۔اس کے بعد دعا شروع ہوتی ''اے خدا! تو جو آسمان پر ہے۔۔۔''اس دوران میں حنیف کھسر پھسر کیے جاتا، کلاس میں، آدھی چھٹی میں، گھر میں، بازار میں، ان دونوں کا ساتھ تھا۔

ایک مسٹر رینگ تھے جو لڑکوں کو پیٹنے میں بڑا لطف محسوس کرتے تھے۔وہ کلاس میں آتے اُچک کر بجائے کرسی کے میز پر چڑھ بیٹھتے۔مار پیٹ کا بہانہ ڈھونڈتے دیر نہ لگتی۔چنانچہ لڑکوں کی پٹائی شروع ہو جاتی۔اگر لڑکا بید کھانے کے بعد آہستہ آہستہ سسکیاں بھرتا ہوا رو تو کہتے ''آہاہا کیسی میٹھی آواز ہے جیسے پہاڑی ندی بہہ رہی ہو''، کبھی لڑکے کی دبی دبی سی چیخ نکل جاتی تو فرماتے ''یہ لیجیے گاڑی کے انجن نے سیٹی دے دی۔۔۔''، تشبیہ و استعارے کے معاملے پر زیادہ غور نہ کرتے تھے۔ان کو تو کچھ نہ کچھ کہنے کی لت تھی۔بات بنے یا نہ بنے اس میں شبہ نہیں لیکن اس لڑکوں کے پیٹنے کا اصلی شوق انہیں کو تھا۔دن کے سب لڑکے کام کر کے لے آتے، کوئی بہانہ مار پیٹ کا نہ سوجھتا تو سٹپٹا کر رہ جاتے۔

ایک صاحب اور تھے مسٹر پیٹرک۔یہ مخلوط قسم کے صاحب تھے۔خاصے سانولے آدھے تیتر آدھے بٹیر۔مسٹر پیٹرک کا رنگ کالا تھا لیکن منہ کے دہانے پر اندرونی سرخی جھلک دکھاتی تھی۔ان کے منہ کا دہانہ بھیڑیے کے جبڑے کی طرح نظر آتا تھا۔لڑکوں کو ہر وقت نہیں پیٹتے تھے لیکن اگر اس پر اتر آئیں تو اللہ دے اور بندہ لے۔اس قدر مارتے کہ ادھ موا کر کے چھوڑتے۔وہ نوجوان تھے، چاق و چوبند۔سیماب کی طرح بے چین اور کلبلاتے ہوئے۔لڑکوں کو ڈرل بھی کرواتے تھے۔آنکھ جھپکتے میں زمین پر ہاتھوں

کے بل ڈنڈ پیلنے کے انداز میں ... اور پھر جھٹ سے سیدھے کھڑے ہو جاتے۔ ایسا معلوم ہوتا جیسے ان کو اسپرنگ لگے ہوئے ہوں۔ میاں حنیف ان کی ڈرل سے بہت گھبراتے تھے اور وہ سست لڑکوں کے دشمن۔

لیکن ایک ہستی ایسی بھی تھی جس کو وہ عمر بھر نہ بھلا سکتے ... مسٹر جیمز... جیمز بے چارے دائم مریض۔ ان کے کندھے جھکے ہوئے۔ گردن خم کھائی ہوئی۔ پیشانی نیلی نیلی ابھری ہوئی، رگیں، بے نور آنکھیں اندر کو دھنسی ہوئی۔ مزاج چڑ چڑا، ہاتھ میں بالشت بھر کا بید، ہنسنے کا تو خیر ذکر ہی کیا۔ وہ مسکرانے سے کتراتے تھے۔ ان کی مونچھیں نہ لمبی نہ چھوٹی، نہ تنی ہوئی نہ گری ہوئی ... وہ لڑکوں کو مارتے وقت زیادہ تر اپنے چھوٹے سے بید سے کچوکے دیتے، ایک مرتبہ مارتے تو چار مرتبہ کچوکے دیتے۔ اس کے ساتھ ایک ہی سوال کی گردان کرتے ''کیوں؟''، ''جناب میرے سر میں درد تھا''، ''کیوں؟''، ''جناب میری بہن نے مجھے دسوتی خریدنے کے لیے بازار بھیج دیا تھا''، ''کیوں؟''، ''جناب میرے خالو آ گئے تھے''، ''کیوں؟''، ''جناب میری دادی اماں کا انتقال ہو گیا تھا''، ''کیوں؟''

ان کی کسی ٹیچر سے دوستی نہ تھی۔ آدھی چھٹی میں وہ شور شرابہ دار چنوں کے ساتھ ایک آدھ کلچہ کھا کر پانی پی لیا کرتے تھے اور اپنے کمرے میں پڑے اونگھتے رہتے۔

ایک مرتبہ آدھی چھٹی میں حنیف اور وہ بازار میں گھوم رہے تھے۔ دفعتاً مسٹر جیمز سامنے آ گئے۔ یہ دونوں ان کو دیکھ کر اس قدر گھبرا گئے کہ سلام کر دیا۔ مسٹر جیمز نے اشارے سے ان کو بلایا، اپنے کمرے میں لے جا کر بید سنبھالتے ہوئے پوچھا۔ ''یہ سلام کرنے کا وقت؟'' حنیف بولا ''جناب ہم نے سلام ہی تو کیا، کوئی بری بات تو نہیں کی نا!''، ''کیوں؟''، ''جناب ہم سے غلطی ہو گئی''، ''کیوں؟'' ''جناب ہم تو کانوں کو ہاتھ لگاتے ہیں، توبہ کرتے ہیں''، ''کیوں؟''

اتنے میں ہوٹل کا منیجر ادھر سے گزرا۔ بشمبر نے کہا، ''منیجر صاحب! آپ نے غضب کر دیا۔ وہ تو میرے پرانے دوست تھے۔ حنیف صاحب بہت دور سے آئے تھے، بے چارے یوپی کے رہنے والے''

''حنیف تو اسلامی نام ہے۔ وہ مسلمان کہاں تھا؟ وہ تو ہندو تھا ہندو''

''ہندو تھا؟ منیجر صاحب! ہوش کی بات کیجیے۔ آخر یہ کیا مذاق ہے۔ میرا مہمان آیا ہے۔ آپ نے اس کو بٹھایا تک نہیں ... دال بھیجیے اور پیاز بھی۔ واہ صاحب واہ!''

''اجی صاحب! وہ ہندو تھا۔کس گدھے نے کہہ دیا کہ وہ مسلمان تھا۔ہندو تھا، کشمیری ہو گا۔گوراچٹا ... کچوری کے سے گال ...''

کچوری کے سے گال؟ علم میں نیا اضافہ ہوا ... گوراچٹا کچوری کے سے گالوں والا شخص کون ہو سکتا تھا؟ اس کے واقف کاروں میں کسی کا حلیہ ایسا نہ تھا۔کس قدر غیر ذمہ دار لوگ ہیں یہ ہوٹل والے۔کوئی ملنے آئے تو اس کا نام تک نہیں پوچھتے۔ آخر کیوں کر معلوم ہو کہ وہ کون شخص تھا ... یہ حلیہ ... ایک دھندلی سی صورت حافظہ میں محفوظ تھی۔گوراچٹا، یہ بڑی بڑی آنکھیں، کچوری کے سے گال ... وہ اس حلیہ والے شخص سے ملا ضرور ... نہ معلوم کہاں ... یا شاید ... اب وہ دھندلی سی صورت واضح ہوتی جا رہی تھی ... لیکن کہاں! کب؟ ... یاد آ گیا، یاد آ گیا ... وہ ان دنوں ایک انگریزی اسکول میں پڑھتا تھا۔وہ اس کا ہم جماعت تھا۔کتنی مشکل سے یاد آیا۔وہ اتنے گہرے دوست نہ تھے لیکن پھر بھی دونوں میں راہ و رسم تھی ... وہاں زندگی دلچسپ تھی۔دو چار مرتبہ تو وہ اچھے خاصے دوستوں کی طرح مچھلیاں پکڑنے بھی گئے۔ کانٹے پانی میں چھوڑ کر وہ ندی کے کنارے درخت کی چھاؤں تلے بیٹھے لوڈو کھیلا کرتے تھے۔مچھلی پکڑنا بھی ایک بہت صبر آزما مشغلہ ہے ... اب تو اسے اس کا نام بھی یاد نہ رہا تھا۔ان کی دوستی بتدریج بڑھ رہی تھی لیکن انہیں دنوں اس کے والد کا تبادلہ ہو گیا ورنہ یہ معمولی دوستی ضرور گہری دوستی میں تبدیل ہو جاتی۔

وہ چند سال جو اس نے انگریزی اسکول میں گزارے تھے، اس کی زندگی کے بہترین سال تھے۔اس قدر پرلطف دن اس نے نہ پہلے کبھی گزارے تھے اور نہ آئندہ اس بات کی امید ہی تھی۔اسکول کی ظاہری صورت بھی اور اسکولوں کی طرح نہ تھی بلکہ وہ دو عمارتیں کسی رئیس کی کوٹھیاں معلوم ہوتی تھیں۔ ہلکے صندلی سے رنگ کی دلکش ہوادار عمارتیں۔عام طور پر ان کا اسکول ییلو ہاؤس (Yellow House) کہلاتا تھا۔ان کوٹھیوں کے ارد گرد کھلے لان تھے۔ روشوں کے دونوں کناروں پر گلاب کے گھنے پودے قطار در قطار کھڑے تھے۔موسم آنے پر یہ پودے بڑے بڑے زرد رنگ کے پھولوں سے لد جاتے ... فیسیں بہت زیادہ تھیں۔صرف امرا کے لڑکے پڑھتے تھے یا اینگلو انڈین طلبا بھی تھے۔کسی کلاس میں بھی تیرہ چودہ سے زیادہ طالب علم نہ تھے۔ برآمدوں میں کلاسیں لگتیں۔وہ مختصر سی کلاسیں کسی قدر بھلی معلوم ہوتی تھیں۔ کوٹھی کے ہر کونے پر خوش پوش لڑکوں کی ایک کلاس ابتدائی جماعت کے لیے علیحدہ عمارت تھی۔جونیئر کلاسیں برآمدوں میں اور سینیئر کمروں میں۔وہاں سب لڑکے خوب سج دھج کر آتے۔ماسٹروں کو پیٹنے کی اجازت نہ تھی صرف پرنسپل لڑکوں کو سزا دے سکتا تھا۔وہ بھی اپنے دفتر کے کمرے میں پبلک سزا شاذ

و ناد رہی دی جاتی۔ کھیل کود کی طرف بھی کافی توجہ کی جاتی۔اس کے علاوہ ڈرامے بھی کھیلے جاتے۔ ہر ہفتے سینما د یکھنے کی بھی اجازت تھی۔

ہوسٹل میں ان کی دیکھ بھال کے لیے دو انگریز عورتیں مقرر تھیں۔ایک بڑی میم دوسری چھوٹی۔ وہ سب ان کو میڈم کہہ کر بلایا کرتے تھے۔ان کے سب کام میڈم کی نگرانی میں ہی ہوتے تھے۔خصوصاً ہفتے والے دن تو میڈم بھی بہت چہکتی پھرتی تھیں۔ لڑکے بھی میڈم میڈم کی رٹ لگائے ان کے آگے پیچھے گھومتے پھرتے۔میڈم! کیا یہ ٹارن کی فلم ہے؟ میڈم! اس کھیل میں کون کام کرتا ہے؟ میڈم! کیا پکچر میں لڑائی بھی ہو گی۔اسی قسم کے بیسیوں سوالات سے میڈم کو پریشان کیا جاتا تھا۔

کیسے کیسے ساتھی تھے وہاں بھی ... اور وہ بلیک برڈ ... ہو ہو ... اس کا اصلی نام نہ معلوم کیا تھا لیکن سب اس کو بلیک برڈ ہی کہتے تھے۔ جو کچھ جماعت میں لکھایا جاتا پہلے تو وہ جلدی سے لکھ لیتا۔ پھر ہوسٹل میں پہنچ کر وہ سب کچھ ازسرِ نو خوش خط لکھتا۔ٹیچر ہمیشہ اس کی تعریف کیا کرتے تھے۔ ویسے بھی وہ بڑا ذہین طالب علم تھا لیکن جب امتحان نزدیک آتے تو اس کی کاپیاں چرا لی جاتیں۔ بے چارے کی سال بھر کی محنت بے کار جاتی۔ بھاگ دوڑ کر بے چارا دوسروں کی کاپیاں مانگ مانگ کر کچھ نقل کرتا، کچھ یاد کر لیتا ...

وہاں بھی پو برادرز بھی تھے۔ یہ تین بھائی تھے۔تینوں لاڈلے اور پرلے درجے کے کند ذہن، ہر جماعت میں پہلے ایک دو برس فیل ہونا ان کے بائیں ہاتھ کا کھیل تھا۔ پہلے سال فیل ہونے پر ان کے کسی رشتہ دار یا دوست کو رنج یا تعجب نہ ہوتا تھا اور پھر اس کا وہ دوست جو آج اس کا مہمان بن کر آیا تھا اور جس کا نام تک اس کو یاد نہ تھا۔ یہ معلوم کر کے کہ یہاں اس کا نام تک یاد نہ تھا، اس کو کس قدر رنج ہو گا ... وہ باغیچہ جہاں گرمیوں کی دوپہر کو گھنٹہ خالی ہونے پر وہ کلوں میں چاکلیٹ دبائے، مٹر گشتی کرتے یا پھر امرود کے کسی درخت تلے بیٹھ جاتے۔اس کے دوست کا جسم فربہ اور گداز تھا۔اس کی آنکھیں نیند کی ماتی ۔ وہ بقول مینیجر ہوٹل کشمیری تھا۔ گورا چٹا لکچوری کے سے گالوں والا، وہ اپنے سہارے پر کبھی نہ بیٹھتا تھا۔ہمیشہ اس کی ٹانگوں سے ٹانگیں چھوا کر اس پر گرا پڑتا تھا ... سر اس کے کندھے پر رکھ کر وہ کہتا، اچھا بھائی کوئی بات سناؤ مزیدار ...

اتنے میں ہوٹل کا باورچی ادھر سے گزرا۔ ''سنو بھائی! کتنی مرتبہ تم کو سمجھا چکا ہوں کہ اگر کوئی ملنے آئے تو اس کا نام پوچھ لیا کرو لیکن تم سے اتنی سی بات بھی نہیں ہو سکتی۔اب مجھے کیا خاک پتہ چلے کہ وہ کون تھے'' ''جناب کھانا کھلا رہا تھا اس وقت ورنہ ضرور پوچھتا ... لیکن وہ واپس آنے کے لیے کہہ گئے تھے بلکہ کہہ رہے تھے اب

آتے ہی ہوں گے۔ میں نے ان سے بیٹھنے کے لیے کہا۔ وہ بولے ذرا بازار تک گھوم آئیں۔ اسی لیے میں نے نام نہیں پوچھا۔ آئیں گے وہ ضرور... عورت ذات کے ساتھ...''

''عورت؟... کیا ان کے ساتھ عورت بھی تھی؟''

''ہاں جی،'' باورچی نے انگلیاں نچائیں۔ ''لڑکی تھی نوجوان، سانولا رنگ، تیکھی ناک اور ناک میں ایک کیل... آئے تو مجھ سے بولے ''کیوں بھائی یہاں کوئی مسٹر بشمبر لعل بھی رہتے ہیں...'' ''، ''ہاں صاحب! رہتے ہیں،'' پھر وہ کہنے لگے...

ارے لڑکی کا تو کسی نے ذکر بھی نہیں کیا۔ افوہ کمبختوں نے کیسا بات کا بتنگڑ بنا دیا۔ تو ہمارے گاؤں کے چین لعل تھے۔ ہم دونوں بچپن کے ساتھی۔ گاؤں میں ہم اکٹھے رہے، اکٹھے پڑھے۔ اس کے ساتھ اس کی بہن ہو گی۔ میں کئی برس بعد گاؤں گیا نا! تو مجھے وہ میر النگو ٹیا یار ملا۔ میں نے پوچھا، بھئی وہ لیلا کہاں ہے؟ اس کی بہن بھی ہمارے ساتھ کھیلا کرتی تھی۔ وہ بولا، تجھے معلوم نہیں اس کی شادی ہو چکی ہے۔ اب وہ سسرال میں ہے۔ میں نے اس سے کہا، بھئی لیلا سے ملنے کو دل چاہتا ہے۔ اس نے جواب دیا، اب میں اس کو سسرال سے لاؤں گا تو راستے میں تمہارے پاس ٹھہروں گا۔ دو دن... لو کتنی سیدھی سی بات تھی۔ تم لوگوں نے تو چکرا دیا مجھ کو۔ گورا چٹا تو نہیں ہے وہ؟''

باورچی چکرایا ''صاحب کس نے کہہ دیا گورا چٹا۔ اچھا خاصا گندمی رنگ ہے۔ ہاں گال تو پھولے ہوئے ہیں اس کے...''

غضب ہو گیا۔ بشمبر نے چھوٹے نوکر کو آواز دی ''تم جانتے ہو نا پچھلی گلی میں جو بابو رہتے ہیں... ابے وہ ہمارے ہاں آیا کرتے ہیں تھے نا، جن کے منہ پر سیتلا کے ہلکے ہلکے داغ ہیں... تو ان کے ہاں جا کر کہنا بشمبر بابو نے دو بستر منگوائے ہیں اور دیکھ دو چار پائیاں میرے کمرے میں پہنچا دے... بھاگا چلا جا۔ سن رہا ہے... فوراً جا، ایسا نہ ہو وہ لوگ سو جائیں... ہاں برتن صاف کر لے لیکن فوراً...''

وہ جلدی جلدی روٹی کھانے لگا۔ کم بخت ایک دم سب کچھ نہیں کہہ سکتے۔ کتنی سیدھی سی بات تھی... میں الگ پریشان... میں بھی کہوں کہ آخر کون تھا مجھ سے ملنے والا... ''واہ رے چین لعل... میرے دوست... چھوٹے سے تھے۔ جب گھر کی چھت پر زرد رنگ کی کوڑیوں سے دونوں کھیلا کرتے تھے۔ چین لعل لمبا سا لڑکا تھا لیکن بے چارا کمزور، ڈھیلا ڈھالا... اور وہ لیلا... سانولی سلونی... ان کے گھر ایک دوسرے سے ملے ہوئے تھے جیسے کہ عام طور پر گاؤں کے سبھی مکان ہوتے ہیں... سردیوں کے

دن تھے، وہ اپنی چھت پر ٹاٹ بچھائے کاغذ کی بھنبھیریاں بنا رہا تھا۔ اس وقت لیلا کٹوری میں ساگ لیے ان کے گھر آئی۔ جب وہ سیڑھیوں سے اترنے لگی تو ان دونوں کی نظریں ملیں۔ وہ بے اعتنائی کے ساتھ نیچے اتر گئی۔ اس کو لیلا کا یہ انداز ذرا نہ بھایا۔ شیخی خوری! جب وہ اوپر آئی تو اس نے اس کی طرف نظر اٹھا کر بھی نہ دیکھا۔ وہ ایک ہاتھ میں روٹی اور ساگ اور دوسرے میں لسی کا کٹورا لیے تھی۔ چاچی نے بھیجا ہے۔ اس کی ماں کو وہ چاچی کہتی تھی۔ ''رکھ دے'' اس نے اس کی طرف دیکھے بغیر جواب دیا۔

روٹی کی رکابی اس کے پاس رکھنے کے بعد وہ اس کے قریب ہی کھڑی رہی۔ قدرے سکوت کے بعد وہ بولی کیا بنا رہے ہو؟ اس نے ذرا فخر سے جواب دیا، بھمیری۔ وہ اس کے پاس ہی اکڑوں بیٹھ گئی۔ تھوڑی دیر تک اس کی انگلیوں کی طرف دیکھتی رہی۔ کیا یہ گھومے گی؟ ہاں بھئی! گھومے گی اور نہیں تو یوں ہی۔۔۔ بے چاری پر رعب جما دیا اس نے۔ اس نے کنکھیوں سے اس کی طرف دیکھا۔ اس کو وہ بہت پیاری معلوم ہوئی۔ کچھ عرصہ پہلے اس نے ایک انگریزی فلم دیکھی تھی ''جنگل کی شہزادی'' لیلا جنگل کی شہزادی کی طرح خوبصورت تھی۔ سانولی سی تیکھی ناک، وحشی سی آنکھیں۔۔۔ اور ہیرو نے جنگل کی شہزادی کے کس کس طرح بوسے لیے تھے۔۔۔

اس کے بعد لیلا کو تکیے کے غلاف پر ''ویلکم'' کاڑھنا تھا۔ اس نے پنسل سے نہ صرف ''ویلکم'' لکھ دیا بلکہ ادھر ادھر کونوں پر پھول بھی بنا دیئے۔ اس دن سے تو لیلا اس کی کنیز بن گئی۔۔۔ پھر تعلقات بڑھے۔ میاں بیوی بن کر کھیلے بھی۔ موقع پا کر وہ اس کو چوم بھی لیتا۔۔۔ اس نے لیلا کو ہوائی بوسہ کی ترکیب بھی بتا دی۔ وہ دور سے اپنے ہاتھ کو چوم کر بوسہ ہوا میں اڑا دیتا۔ جواب میں وہ بھی دور کھڑی ہوا میں بوسہ اڑا دیتی۔۔۔ وہ اس کے لیے کچھ نہ کچھ تحفے بھی لاتا۔ صابن، ویس، کلپ۔۔۔ وہ بہت خوش ہوتی، معمولی سی بات پر بھی وہ پھولی نہ سماتی۔۔۔ ان دنوں وہ معصوم تھے نابالغ تھے۔ اب لیلا نے کیسا جوبن نکالا ہو گا۔ مکمل جوان عورت ہو گی، پکے ہوئے پھل کی طرح۔۔۔ کیا اب بھی وہ۔۔۔ اب اگر وہ موقع پا کر اس کو گلے سے لپٹا لے تو وہ برا مان جائے گی۔۔۔ اس کو بھی اشتیاق ہو گا ملنے کا، اس کی کھاٹ کے قریب چین لعل کی چارپائی، اس سے پرے لیلا کی۔۔۔ وہ اپنے بستر میں گٹھڑی بنی بیٹھی ہو گی۔

اب وہ اس کے بھائی کے سامنے براہ راست اس سے تو کچھ نہ کہے گا۔ یہ تو ہو گی بدتمیزی۔۔۔ باتیں تو وہ چین لعل سے کرے گا۔۔۔ تو وہ آنچل میں منہ چھپا کر ہنسے گی۔۔۔ اور جب چین لعل پیشاب کرنے کی غرض سے یا کسی اور کام سے باہر جائے گا تو حسبِ موقع وہ اس کا ہاتھ تھام لے گا یا گلے سے لپٹا لے گا یا اس کے ہونٹ

چوم لے گا... اور پھر نہ معلوم...

وہ کھانا تو ضرور کھائیں گے۔ ان کے کھانے کے ساتھ کچھ ربڑی اور دہی بڑے بھی منگوا لیے جائیں۔ کھانے کے بعد پھلوں کا انتظام ہو جائے تو رعب جم جائے گا۔ شاید پھل والے کی دکان ابھی تک کھلی ہو۔ اُس نے کھانے کی رفتار اور بھی تیز کر دی۔ اتنے میں باہر سے مینجر کی آواز آئی... '' آپ آ گئے۔ اچھا ہوا صاحب وہ تو ہمارے سر ہو گئے۔ کہنے لگے تم نے ہمارے مہمانوں کو بٹھایا کیوں نہ... جی ہاں اِدھر بائیں جانب... آگے بڑھ جائیے... بیٹھے کھانا کھا رہے ہیں...''

بشمبر نے گھوم کر دیکھا۔ ایک مردانہ صورت کے پیچھے ایک نوجوان لڑکی... وہ کرسی سے اٹھنے لگا... وہ ان صورتوں کو پہچاننے کی کوشش کر رہا تھا۔ اس کا منہ کچھ کہنے کے لیے کھلا... نووارد مرد کے لبوں پر مسکراہٹ پیدا ہو کے معدوم ہونے لگی۔ ایک لمحے کے لیے وہ ایک دوسرے کو دیکھتے رہے۔ وہ چین لعل نہ تھا۔ نووارد نے کچھ محجوب ہو کر معذرت چاہی... اوہ معاف کیجیے... آپ نہیں... بابو بشمبر لعل کمپونڈر...

مینجر بھی آ گیا۔ '' جناب ہمارے ہاں تو یہی بابو بشمبر لعل رہتے ہیں''

نوجوان عورت کی آنکھیں پل بھر کو دکھائی دیں۔ پھر اس نے منہ پھیر لیا۔ نووارد نے پھر معذرت چاہی... '' غلطی ہوئی، معاف کیجیے گا... وہ اور ہیں بابو بشمبر لعل کمپونڈر... انھوں نے اسی بازار کا پتہ دیا تھا... آپ نہیں جانتے ان کو؟''

مینجر، نوکر اور اجنبی باتیں کرتے ہوئے پرے چلے گئے۔ بشمبر پھر کرسی پر بیٹھ گیا... اس نے روٹی کا نوالہ توڑا، بجائے کھانے کے وہ تھالی میں اس کو اپنی انگلیوں سے ٹھوکریں لگا لگا کر کھیلنے لگا۔

شہناز

آگے برساتی ندی تھی ایک میل چوڑی...

کوچوان نے بگھی روک لی۔ گھوڑے تھرتھرائے اور سر گھما کر پیچھے کی طرف دیکھنے لگے۔ کوچوان نے کچھ کہنے سے پہلے جھک کر بگھی کے اندر کی طرف جھانکا مگر دونوں عورتیں سو رہی تھیں... ایک کی عمر ہو گی تقریباً پینتالیس برس۔ چہرہ، جوانی کے عالم میں آ کر خوبصورت نہیں تو بدصورت بھی نہ ہوا ہو گا۔ اب وہ دادی تو نہ معلوم ہوتی لیکن ایک خوش مزاج ماں ضرور نظر آتی تھی۔ اس کے ہمراہ اس کی بوڑھی خادمہ تھی، کہنے کو خادمہ لیکن عورت اس کی گود میں پلی تھی۔

موسلا دھار بارش میں کوچوان کو اپنی جگہ سے اٹھنا پڑا۔ دروازے کے قریب آ کر چلّایا ''بیگم صاحب...''

دونوں نیند میں مدھوش... بڑھاپے کی نیند!

''بیگم!!''

بڑھیا نے جمائی لی۔

''آگے ندی ہے... پانی چڑھا ہوا ہے''

دوسری عورت کی آنکھ بھی کھل گئی۔ کوچوان کے ابروؤں سے پانی کے قطرے ٹپکنے لگے۔

''بیگم ایسے میں پار جانا مشکل ہے''

بڑھیا نے گردن بڑھا کر ندی کا پانی دیکھنا چاہا لیکن تاریکی میں کچھ دکھائی نہ دیا۔

''پانی اتر رہا ہے۔ دن ہونے تک کافی اُتر جائے گا''

عورت نے بجلی کی چمک میں گھڑی دیکھی۔ تین بجے تھے۔ آخر وہ پناہ کس جگہ لے سکتے تھے؟ ''گاڑی

گھماؤ،،

گاڑی گھمالی گئی اور وہ ناہموار سٹرک پر ہچکولے کھاتی آہستہ آہستہ بڑھنے لگی۔

جگہ سنسان تھی، شہر کی سول لائنز سے بھی باہر ایک اکیلی کوٹھی نظر آتی تھی لیکن بے جان پہچان کس کا دروازہ کھٹکھٹائیں۔ دس پندرہ منٹ گزر گئے۔ دو تین جانور سٹرک کاٹ کر بھاگے۔ گھوڑے بدکے۔ چابک کھانے پر بھی بجائے آگے بڑھنے کے الٹے قدموں چلنے لگے۔ ایک دفعہ تو اگلی ٹانگیں اٹھا کر پچھلی ٹانگوں پر کھڑے ہونے کی کوشش بھی کی۔ بگھی ایک گھنی باڑ میں گھس گئی۔

،، کیا ہے؟،، اندر سے آواز آئی۔

،، جو گھوڑے بدک گئے ہیں، آگے نہیں بڑھتے،،

،، ہائے اللہ !... ،، وہ عورت رو ہانسی ہو کر چیخی۔

گھوڑوں نے پھر ہنہنا کر زور مارا، بگھی باڑ کے اندر ہی گھسی چلی گئی۔ عورتیں گھبرا کر نیچے اتر آئیں۔ گرم گرم کمبلوں میں سے یکلخت بارش میں ،، چھتری ! چھتری !!،،

خادمہ نے چھتری اس کے سر پر تان دی۔

،، ہو ہو کون ہے؟ ،، ایک لمبے تڑنگے آدمی نے پھاٹک میں سے لالٹین آگے کرتے ہوئے گردن بڑھائی ... پھر وہ لٹھ لیے ہوئے آگے بڑھا ،، کون ہو بھائی، کیا معاملہ ہے؟،،

،، کچھ نہیں بھیا گھوڑے بدک گئے ہیں۔ جنانہ ساتھ ہے ،،

،، ارے بٹیا پار جانا تھا۔ ندی میں پانی ہے۔ گھوڑے بگڑے ہوئے ہیں۔ بارش ہو رہی ہے ،، خادمہ نے تائید کی۔

نو وارد جو صورت سے دربان معلوم ہوتا تھا، پہلے منہ کھولے ان کی طرف دیکھتا رہا اور پھر اس کو اصل معاملے کی اہمیت کا احساس ہوا۔

،، بھئی اگر کہو تو ہم اندر چلے آئیں، گھڑی کی گھڑی بارش تھمے تو چل دیں ،،

دربان پانا کدو سا سر انکار کے طور پر ہلانے کو ہی تھا کہ خوش پوش عورت نے ملتجیانہ لہجہ میں کہا ،، بھائی ہم شریف لوگ ہیں۔ کوئی چور چکا نہیں ... اگر تم اجازت دو تو... ،،

عورت سمجھدار تھی۔ معلوم ہوتا تھا کہ وہ اس قسم کے اشخاص کی نفسیات کو خوب سمجھتی ہے۔

،، سریپ تو آپ بے سک ہیں ... پھر ناکیسے کہیں؟ ،، اس نے پھاٹک کھول دیا۔

عورتیں تو کوٹھی کی طرف بڑھیں اور وہ دونوں گھوڑوں کو آگے پیچھے سے ہانکنے لگے۔ یہ ہزار دقت بھی سائبان کے نیچے پہنچی۔

برآمدے میں بید کی کرسیاں پڑی تھیں۔ عورتیں ٹھنڈے ٹھنڈے گدوں پر سمٹ کر بیٹھ گئیں۔ دربان نے بجلی کا بٹن دبایا۔ روشنی ہو گئی۔

عمارت سرخ رنگ کی تھی۔ دیواروں پر بیلیں اور کائی جمی ہوئی تھی۔ جگہ بہت وسیع تھی۔ ایک اونچی اور گھنی باڑ کوٹھی کا احاطہ کیے ہوئے تھی۔

دربان ابھی تک متجسس نظروں سے ان کو دیکھ رہا تھا۔ وہ خوش پوش عورت کے کپڑوں اور اس کی صورت سے بہت متاثر ہوا۔ عورت کی شکل سے متانت اور شرافت ٹپکتی تھی۔ رنگ سرخی مائل، جسم کچھ بھاری سا۔ اس کے بیٹھنے کے انداز اور طرزِ گفتگو میں ایک خاص وقار پایا جاتا تھا۔ یہاں تک کہ دربان کو قطعاً یقین ہو گیا کہ وہ ''سریپ'' ہیں۔ . . اور وہ وہاں سے کھسک گیا۔

تھوڑی دیر بعد وہ نمودار ہوا۔ ''آپ لوگ اندر چلیے، مالک نے بلایا ہے''

''اندر۔ . . ؟'' خوش پوش عورت سوچ میں پڑ گئی۔ ''کیا اندر عورتیں ہیں؟''

''جی نہیں، عورت یہاں ایک بھی نہیں''

''تو پھر ہم اسی جگہ ٹھیک ہیں۔ کوئی حرج نہیں، ہم آرام سے ہیں''

''مگر مالک بولتے ہیں آپ لوگوں کو اندر بٹھلایا جائے''

''کون ہیں تمہارے مالک؟''

''۔ . . . . .''

''اچھا تو بوڑھے ہیں، اکیلے رہتے ہیں؟ کوئی بچہ کوئی عورت وغیرہ کوئی بھی نہیں''

''کوئی بھی نہیں''

عورتوں نے ایک دوسرے کی طرف پُرمعنی نظروں سے دیکھا۔

''بہت سریپ ہیں ہمارے مالک، آپ کی طرح سریپ''

عورت کو دربان کی اس بات سے دھوکے کی بو نہیں آئی مگر دونوں عورتیں نامعلوم خوف کا احساس کرتی ہوئی اندر جانے کے لیے تیار ہو گئیں۔

برآمدے میں اوپر کی طرف وسیع سیڑھیاں تھیں۔ دربان ان پر چڑھنے لگا۔ آگے ایک بہت بلند دروازہ

تھا۔ دربان نے دروازے کے تختوں کو باری باری کھولا اور خوش رنگ پردوں کو ہٹا دیا۔ پہلا کمرہ بہت وسیع تھا۔ بڑے بڑے دروازے، عام دروازوں کے برابر کھڑکیاں، اُونچی چھت، فرش پر دری، غالیچے، کوچ، خوش رنگ بھاری پردے، دیواروں پر قیمتی تصاویر، عمدہ فرنیچر۔

دربان کی رہنمائی میں وہ آگے بڑھتی گئیں۔ بڑے کمرے کے بعد ایک تنگ لیکن طویل کمرے میں سے گزرنا پڑا۔ روشنی بھی مدھم تھی۔ اس کے بعد جو دروازہ کھلا تو آنکھیں چندھیا گئیں۔

تیسرا کمرہ چھوٹا مگر سجا ہوا تھا۔ سجاوٹ میں بھی سادگی اور عمدہ ذوق نظر آتا تھا۔ ایک طرف ایک بھاری میز تھی۔ اس پر کاغذات، کتابیں، انسائیکلو پیڈیا، ڈکشنریاں وغیرہ بکھری پڑی تھیں۔ الماریوں میں بے شمار کتابیں۔ صاحب خانہ علم و ادب کا شوقین معلوم ہوتا تھا۔ ایک طرف بڑا تخت جس پر سفید چادر بچھی ہوئی تھی اور کونوں پر دو گاؤ تکیے۔

عورتیں کرسیوں پر بیٹھ گئیں۔ دربان رخصت ہو گیا۔

بغل کے دروازے کا پردہ اٹھا۔ ایک پچاس پچپن سال کا بوڑھا تولیے سے ہاتھ پونچھتا ہوا اندر داخل ہوا اور ایک کرسی پر بیٹھ گیا۔ رسمی علیک سلیک ہوئی۔

’’آپ کو ہماری وجہ سے یقیناً بڑی تکلیف ہوئی۔ ہم نہیں چاہتے تھے کہ آپ کو جگایا جائے۔ نوکر نے ہماری رضامندی کے بغیر آپ کو جگا دیا،‘‘ عورت نے معذرت چاہی۔

’’مطلقاً نہیں، میں آج کل چار پانچ گھنٹہ سے زیادہ نہیں سو سکتا۔ یوں سمجھیے میں دس بجے کے قریب سو جاتا ہوں۔ تین بجے سے پہلے یا اس کے لگ بھگ جاگ اٹھتا ہوں... البتہ اگر آپ آرام کرنا چاہیں تو انتظام ہو سکتا ہے،‘‘

’’شکریہ ہم سوئیں گے نہیں،‘‘ عورت نے اپنے سامان کا خیال کرتے ہوئے کہا کیونکہ ابھی تک اس کو کھٹکا تھا۔ ’’پالم پور سے آگے میرے ایک عزیز ہیں، انہیں ملنے کے لیے جا رہے تھے۔ ابھی ابھی گاڑی سے اترے تھے، خیال تھا صبح تک پہنچ جائیں گے، راستے میں آپ کی ندی حائل ہو گئی،‘‘

بوڑھا ہنسا۔ ’’جی ان برساتی ندیوں کا کچھ اعتبار نہیں... یہاں سے قریب بائیس میل مغرب کی طرف موتی چور جنگل ہے۔ ایک مرتبہ ہم وہاں شکار کھیلنے کے لیے گئے موسم برسات کا تھا۔ واپسی پر ایک برساتی ندی میں سے ہو کر گزرے۔ شام کا وقت تھا، ندی میں پانی معمولی تھا۔ طے پایا کہ رات ندی کے کسی ٹیلے پر بسر کی جائے۔ ایک چٹان پر چڑھ گئے۔ مطلع صاف تھا، چھ سات گھنٹے کے بعد آنکھ کھلی تو دیکھتے کیا ہیں کہ ہر

طرف پانی ہی پانی ... لمحہ بہ لمحہ بڑھتا جا رہا تھا۔ ہم کو تو ڈر محسوس ہوا کہ کہیں پانی چٹان کے اوپر سے ہو کر نہ گزر جائے لیکن بچ گئے ... برساتی ندیاں جلد ہی اتر جاتی ہیں۔ اگر صبح تک پانی نہ اترا تو آپ پُل پر سے چلے جائیے گا۔ پانچ چھ میل کا چکر تو ضرور پڑے گا،،

،، آپ کو شکار کا شوق ہے!،، عورت نے بات کا رخ بدلا۔

،، شوق؟ شوق تو بہت تھے،،

خادمہ آتش دان کے پاس جا دراز ہوئی آرام کرسی پر۔ کمرہ خوب گرم ہو رہا تھا۔ عورت نے بوڑھے کی طرف غور سے دیکھا۔ میانہ قد، چہرہ پر گہرے نقوش، چھوٹی چھوٹی داڑھی، زردی مائل سفید بال، لب و لہجہ میں متانت، نشست و برخاست سے مہذب۔ جسم کے ڈھانچہ سے معلوم ہوتا تھا کہ کسی زمانہ میں اچھا خاصا مضبوط شخص ہو گا۔

،، میرا خیال ہے آپ کے کپڑے بھیگ گئے ہوں گے،،

،، قطعاً نہیں۔ ہم گاڑی کے اندر تھے چھاجوں پانی برس گیا لیکن ہم محفوظ رہے۔ گاڑی سے اترتے وقت دو چار چھینٹے ممکن ہے پڑ گئے ہوں، سو ان کا کچھ مضائقہ نہیں،،

بوڑھے نے سرگوشی میں پوچھا ،، یہ آپ کی والدہ ہیں؟،،

،، نہیں خادمہ ہیں لیکن میں ان کو اماں ہی کہتی ہوں۔ جب میں چھوٹی سی تھی، اس وقت یہ جوان تھیں۔ میں ان کے ہاتھوں میں ہی بڑی ہوئی،،

کچھ دیر سکوت رہا۔

،، عجب اتفاق کی بات ہے۔ چار برس سے میرے ہاں کوئی شخص بطور مہمان کے نہ آیا تھا... ،،

،، آپ کا کوئی عزیز نہیں ہے؟،،

،، نزدیکی کوئی بھی نہیں ... دور کی رشتہ داریاں آپ جانتی ہیں ... ،،

،، آپ اس جگہ بالکل تنہا رہتے ہیں؟،،

،، بالکل،،

،، آپ علم و ادب کے دلدادہ معلوم ہوتے ہیں،،

،، میں پہلے عرض کر چکا ہوں کہ میرے شوق محدود نہیں تھے، اب تو میں کمزور ہو چکا ہوں۔ اس لیے وہی شوق باقی رہ گئے ہیں جن میں کوئی تکلیف نہ اٹھانی پڑے، موسیقی سے مجھ کو لگاؤ ہے۔ میں جوانی میں بنسری

اور ستار بجالیا کرتا تھا۔ شکار کا مجھ کو خاصا شوق تھا۔ شاعری سے بھی دلچسپی تھی۔ اگر چہ میں نے شعر کبھی نہیں کہے، ادب سے بھی شغف رکھتا ہوں، فلسفہ میرا محبوب مضمون ہے، مصوری سے مجھ کو عشق ہے۔ میں اپنے واٹر کلر اور آئلز کے کام دکھاؤں گا۔ مجھ کو امید ہے کہ آپ پسند فرمائیں گی،،

،،شکریہ! کیا سامنے کی تصویر وین گف (Van Gough) کی ہے؟،،

،،جی ہاں! تو گویا آپ بھی ان چیزوں سے دلچسپی رکھتی ہیں؟،،

عورت مسکرائی، مسکرانے میں اس کی آنکھوں کے گوشوں کی مدھم جھریاں گہری ہوگئیں۔ ،،بس دلچسپی ہی رکھتی ہوں... دلچسپی رکھنے سے کیا ہوتا ہے۔ یوں تو مجھ کو ادب سے بھی ہمیشہ سے لگاؤ رہا ہے۔ لکھا وکھا بھی نہیں۔ پڑھنے کا شوق البتہ ہے،،

،،سچ پوچھیے تو میں دل دل میں سوچ رہا تھا کہ دو بوڑھی عورتیں، خیر آپ اتنی بوڑھی نہ سہی اور ایک بوڑھا کیوں کر وقت گزار سکتے ہیں... لیکن یہ معلوم کر کے آپ ادب اور آرٹ سے دلچسپی رکھتی ہیں، مجھ کو بے حد خوشی ہوئی...،،

،،ذرہ نوازی ہے آپ کی۔ آرٹ اور ادب تو بڑی چیزیں ہیں۔ میں کس شمار میں ہوں بھلا،،

بوڑھے کے لبوں پر پسندیدگی کی مسکراہٹ دوڑ گئی ،،وین گف میرا محبوب مصور ہے۔ مجھ کو اس کی شوریدہ سری بہت مرغوب ہے۔ جتنا زور اس کے کاموں میں ہے شاید ہی کسی اور کے ہاں ہوں۔ یہ سامنے کی تصویر اس کی مشہور تصاویر میں سے ہے، آسانی کے لیے ہم اس کو تین حصوں میں تقسیم کیے لیتے ہیں۔ آسمان، پہاڑ اور آگے والے کھیت۔ تصویر میں ایک چیز آپ کو غالب نظر آئے گی۔ ایک ابتری سی، بے چینی سی، شوریدہ سری سی، آسمان کو دیکھیے، بادلوں کے سلسلے کیسے اُچکے پڑتے ہیں۔ کس قدر جان دار معلوم ہوتے ہیں جیسے حرکت کر رہے ہوں۔ یہی کیفیت پہاڑوں کی ہے۔ چھوٹے سے چھوٹا پتھر گھومتا بھاگتا نظر آتا ہے۔ چٹانیں جیسے ایک دوسرے کا تعاقب کر رہی ہوں۔ کتنی تیز رفتاری کا احساس ہوتا ہے۔ اِدھر میدان میں اُگی ہوئی فصل پر نظر ڈالیے۔ جیسے پودے ہوا کے ایک ہی تند جھونکے کے ساتھ آسمان کی طرف اڑ جائیں گے اور وہ پیڑ جیسے آگ کی چتا اور پتے شعلے معلوم ہوتے ہیں۔ اس کی تصویروں کی اس پریشانی، اس بے چینی، اس حرکت، اس زور کا میں دلدادہ ہوں یہ سب کچھ اس کی ذہنی کیفیت کا آئینہ دار ہے۔ ایسا معلوم ہوتا ہے جیسے کمبخت نے برش نہیں تلوار چلائی ہے۔ جیسے رنگوں کا ایک چکر دے دیا ہوا ور جیسے ادب تک وہ گھومتے ہی چلے جائیں گے،،

عورت نے بوڑھے میزبان کی حرکات اور اس کے لہجہ میں جوانوں کے سے جوش کا احساس کیا۔اس کو محسوس ہوا کہ کمرے کی سست فضا میں زندگی کے آثار پیدا ہو چکے ہیں۔

''میں سمجھتی ہوں کہ یہ آپ کے جذبات کی بھی آئینہ داری کرتے ہیں ورنہ آپ اس قدر یگانگت کا احساس نہ کرتے ... آپ خود بھی بڑے جوشیلے ہوں گے ''یہ کہہ کر وہ ہنسی،اس کی ہنسی کشش سے خالی نہ تھی۔

بوڑھے نے گھنی بھنووں کے نیچے سے اپنی پلکوں کو اٹھایا،اس کے چوڑے جبڑے کو حرکت ہوئی۔اس کی ٹھوڑی آگے کو بڑھی۔منہ کھلا، وہ منہ سے ایک ہلکی سی چٹاخ کی آواز نکال کر رہ گیا۔وہ سوچنے لگا کہ اس کو ایک ذہین اور معاملے کی تہہ تک پہنچنے والی عورت سے واسطہ پڑا ہے۔

''بہتر ہوا اگر ہم کافی منگا لیں ... آپ کافی پسند فرمائیں گی یا چائے؟''

''جو آپ پسند فرمائیں،''

''تو کافی رہے ... بڑی بی تو اونگھنے لگیں،''

نوکر کو بلا کر کافی کے لیے کہا گیا۔مہمان عورت کے دل سے بیگانگی کا احساس دور ہونے لگا۔

گفتگو کو جاری رکھتے ہوئے میزبان نے کہنا شروع کیا ''آپ درست سمجھیں ، میرا جوش جسمانی کم تھا ذہنی بہت زیادہ۔میرا دماغ تو ایک کوہِ آتش فشاں سے کم نہ تھا۔ایک ایسا درد، ایک ایسی جستجو، ایک ایسی کرید لگی رہتی تھی جس کی میں تشریح نہیں کر سکتا تھا۔میں تنہائی پسند تھا۔ مجھ کو ایک آدھ دوست کی صحبت پسند تھی۔میرا ایک ہی دوست تھا، مہندر۔مہندر ان دنوں کیمبرج اسکول میں پڑھتا تھا، ہمارے اسکول کی عمارت بالکل سفید تھی۔شہر سے دور، ایک چوڑی برساتی ندی کے کنارے پر دور پہاڑ پر بسے ہوئے شہر کی زرد زرد عمارتیں نظر آتی تھیں۔ کالی راتوں کو جب اس پہاڑی شہر پر برقی روشنیاں جگمگاتیں تو یوں معلوم ہوتا جیسے وادی کے سب جگنو روٹھ کر پہاڑ پر جا اکٹھے ہوئے ہوں۔ کبھی کبھی کسی پہاڑ کی برف پوش سر بلند چوٹی ایسے دکھائی دیتی جیسے کوئی شہزادی سفید تاج سر پر رکھے ایڑیاں اٹھا کر ہمیں دیکھ رہی ہو۔ یوں تو پہاڑ بالکل قریب نظر آتے تھے لیکن جوں جوں ہم ان کی طرف بڑھتے، وہ پیچھے ہٹتے جاتے۔ہم کو ان دنوں قدیم یونان و روما کے بہادروں کے قصے پڑھائے جاتے تھے۔اس لیے ہم پر ایسے مناظر دیکھنے سے ایک رومانی کیفیت طاری ہو جاتی تھی۔ میں اپنے دوست کے ساتھ ندی پار سیر کرنے جایا کرتا تھا۔ میں عموماً سرخ سویٹر، نیکر اور فل بوٹ پہنا کرتا تھا۔کسی خنک شام کو راستے میں جبکی ہماری جماعت جسے ہم پیار سے سائیکی

کہہ کر تھا، سفیدے کے درختوں تلے گھومتی اور لیچیاں کھاتی دکھائی دے جاتی تھی ... اسے میرا سرخ رنگ کا سویٹر بہت پسند تھا۔ جینی کو دیکھتے ہی میں اس کے بٹن جان بوجھ کر کھول دیتا اور اس کے قریب جا کر کہتا، اچھی سائیکی! ہمارے بٹن تو لگا دو ذرا۔ جینی اپنی چمکیلی آنکھیں مٹکا کر ہنستی، اپنے ننھے منے ہاتھوں سے بٹن لگا دیتی اور کہتی ''تم ... مجھ کو یقین ہے بڑے ہو کر جیسن (Jason) بنو گے اور میں اکڑتا ہوا آگے بڑھ جاتا۔ جب کبھی کوئی بڑا سا چمگادڑ اپنے پھیلائے ہمارے سروں سے گزر جاتا تو ہم سوچتے، ممکن ہے یہ پرسی آس ہی ہو، اب شاید میڈوسا کا سر کاٹ کر اڑا جا رہا ہے۔ جنگل کی جھاڑیوں میں گھومتے وقت خیال آتا۔ ممکن ہے اپالو اپنا رتھ چھوڑ کر یہیں کسی جگہ آن بیٹھا ہو، حسن اور موسیقی کا دیوتا، دفنی کا ناکام عاشق، اسے دیکھ پائیں تو شکایت کریں کہ تمہاری داستانِ عشق والاسبق بھی بہت مشکل ہے ... اور وہ آہ سرد بھر کر خاموش ہو جائے ... بھلا اس کے لیے سب وہ کب آسان تھا، ہم چشمے کے قریب بیٹھ جاتے ... ہوا زیادہ خنک ہو جاتی، درخت سائیں سائیں کرنے لگتے، دور چائے کے باغیچوں سے گیدڑوں کی ہوا ہو، ہوا ہو کی صدائیں بلند ہوتیں۔ پہاڑوں کی اوٹ سے چاند نکل آتا اور اس کا عکس پانی میں دکھائی دینے لگتا ... اسے بھی نارسِسَس کی طرح پانی میں اپنا چہرہ دیکھنے کا بہت چاؤ تھا مگر یہ شوق تھا برا ... نارسِسَس بہت ہی حسین لڑکا تھا۔ شفق گول گول، گہری چمکیلی آنکھیں، میلے سونے کے سے بال۔ اس نے ایک مرتبہ اپنا عکس پانی میں دیکھ لیا اور اس صورت پر فریفتہ ہو گیا، وہ بلا ناغہ گھنٹوں پانی میں اپنا عکس دیکھا کرتا، آخر یہ جنون رنگ لایا، وہ وہیں مر گیا۔ تڑپ تڑپ کر اور ... وہ آسکر وائلڈ کے الفاظ یاد کیجیے۔ جب نارسِسَس مر گیا تو وادی کے حسین پھولوں کے دلوں پر غم و اندوہ کی گھٹائیں چھا گئیں۔ وہ اس چشمے سے پانی مانگنے لگے تا کہ وہ اس کے ماتم میں اپنے آنسو بہا سکیں ... آہ، چشمہ نے جواب دیا، اگر میرے پانی کے قطرے آنسو ہی ہوتے تو بھی نارسِسَس کو رونے کے لیے ناکافی تھے ... مجھے خود اس سے عشق تھا۔ تم بھلا اس سے محبت کیے بغیر کیوں کر رہ سکتے تھے۔ پھولوں نے کہا، اتنا حسین تھا وہ ... کیا وہ واقعی حسین تھا؟ چشمہ نے پوچھا۔ اس بات سے تمہاری نسبت اور کون زیادہ آگاہ ہو سکتا ہے، پھول بولے، کیونکہ بلا ناغہ پیٹ کے بل لیٹ کر وہ تمہاری سطح پر اپنا عکس دیکھا کرتا تھا ... اگر میں اس سے محبت کرتا تھا۔ چشمہ نے جواب دیا تو اس کا سبب یہ تھا کہ جب وہ مجھ پر جھکتا تھا تو اس کی آنکھوں میں مجھے اپنے ہی حسن کی جھلک نظر آ جایا کرتی تھی ''۔

مہمان عورت بڑے سے میز بان کی طرف دیکھ رہی تھی۔ آتش دان میں آگ کے شعلے اٹھ رہے تھے۔ بارش کے شور میں بوڑھے میز بان نے اپنا سلسلہ کلام جاری رکھا۔ '' آہ، وہ وادیِ گیاہ و گل، وہ

فرحت انگیز اور عطر بیز ہوائیں جہاں بہار ایسے آتی تھی جیسے دیوی وینس دبے پاؤں، تبسم بر لب، بھیگی راتوں کو جو پیٹر کی خوابگاہ میں جا گھستی تھی، دیکھتے دیکھتے برف پگھل جاتی، پہاڑیاں اور ٹیلے مخملی لباس میں کھڑے نظر آتے، رنگ برنگ کے پرندوں کے جھنڈ کے جھنڈ آن جمع ہوتے، ذرے ذرے میں حسن و شباب انگڑائیاں لینے لگتا، دن کے وقت سورج چمکتا، خاموش راتوں میں چاند اپنی آب و تاب دکھاتا۔ کتنا قیامت خیز! کس قدر حسین!! حسن آنکھ جھپکتے میں نیست و نابود ہو جانے والا قہر ہے۔ یہ ایک خاموش فریب ہے... آہ اب ازسرِ نو قہر سہنے کی تمنا دل میں پیدا ہوتی ہے۔ اب پھر فریب کھانے کو جی مچلتا ہے...''

بات ختم کر لینے کے بعد بھی میزبان کا منہ کھلا رہا جیسے ابھی وہ کچھ کہنے کو ہے لیکن پھر سر کو حرکت دے کر چپ ہو گیا۔ عورت چند لمحوں تک اس کی آواز کی مترنم گونج سے لطف اندوز ہوتی رہی۔ پھر عورت نے کافی کی پیالی بڑھا دی۔

'' شکریہ ''

'' یہ تھا آپ کا بچپن؟ ''

میزبان خاموش چہرے سے ظاہر تھا کہ اس نے سوال سنا ہے مگر وہ اثبات میں جواب نہ دینا چاہتا تھا۔ شاید اس کا مطلب یہ تھا کہ ابھی تو اسے بہت کچھ کہنا تھا۔

'' کیا بیتے ہوئے زمانے کی حسرت ابھی تک دل میں ہے؟ ''

میزبان ہنسا۔ '' آپ کے سوالات اور میرے جوابات سے ظاہر ہوتا ہے جیسے آپ مجھ سے انٹرویو کرنے آئی ہیں... آپ میری مہمان ہیں۔ میرا یہ فرض ہے کہ آپ کے دل کے بہلانے کا سامان کروں۔ آپ اپنی زندگی کے حالات اس طرح بتانے پر شاید ہی راضی ہوں لیکن آپ تعلیم یافتہ ہیں، یہی سبب ہے کہ ہم اتنے تھوڑے عرصہ میں دو بے تکلف دوستوں کی طرح تبادلہ خیال کر رہے ہیں ''

'' میں واقعی بہت محظوظ ہو رہی ہوں ''، یہ کہہ کر عورت اپنے مخصوص انداز میں مسکرائی۔ میزبان بھی اس مسکراہٹ سے لطف اندوز ہوئے بغیر نہ رہ سکا۔

کافی پینے کے بعد دونوں آرام کرسیاں گھسیٹ کر آتش دان کے نزدیک ہو بیٹھے۔ بارش کی بوچھار کی آواز برابر سنائی دے رہی تھی۔ لکڑیاں چیخ چیخ کر جل رہی تھیں۔ کچھ دیر تک اِدھر اُدھر کی باتیں ہوتی رہیں۔

'' میرا خیال ہے کہ ہم اصل موضوع سے بھٹک گئے ہیں۔ آپ اپنی بابت کچھ بتا رہے تھے ''

'' جی وہ بات میں ختم کر چکا... ''

’’میں آپ کے بچپن کے حالات کو باب ال تمہید سمجھی تھی،‘‘

’’تمہید؟ ہاہاہا... جی نہیں، بہت دنوں بعد گفتگو کا موقع ملا تھا اس لیے آج ہی غبار نکال لیا،‘‘

’’میرے خیال میں ایسے رومانی بچپن کے بعد زندگی کے تلخ حقائق نے آپ کے رومان انگیز نظریۂ حیات کو تو ملیا میٹ کر دیا ہو گا،‘‘

کچھ سوچنے کے بعد بوڑھے نے جواب دیا ’’سچ پوچھیے تو زندگی کے وہ حقائق جن کو عام طور پر حقائق سمجھا جاتا ہے، ان سے میں اتنا متاثر نہیں ہوا۔ زندگی میں تنگ دستی بھی ایک تلخ حقیقت ہے مگر مجھ پر اس کا کبھی گہرا اثر نہیں ہوا۔ میں بے کار بھی رہا، بھوک کا پیاسا بھی رہا لیکن یہ ایسی فروئی چیزیں تھیں جن سے میں زیادہ اثر نہ لیتا تھا... میں سمجھتا تھا کہ جہاں تک میری اپنی ذات کا تعلق ہے میں جب چاہوں روپیہ کما سکتا ہوں۔ اگرچہ میں اس شے کا زندگی کی عام ضروریات کے علاوہ حاصل کرنا لازمی نہیں سمجھتا تھا... اس کا سبب مہماتما پن نہ تھا بلکہ یوں سمجھیے کہ میری دلچسپی ہی ان باتوں میں نہ تھی لیکن میں نے زندگی کا کچھ حصہ روپیہ کمانے پر بھی صرف کیا... کامیابی بھی خاطر خواہ ہوئی،‘‘

’’آخر وہ کیا شے تھی جس کی طرف آپ کا ذہن ایسا منتقل ہوا کہ دوسری باتوں کی سدھ بدھ نہ رہی؟‘‘

بوڑھے نے تامل کیا۔ اس کی گھنی بھنووں کے درمیان پیشانی پر سلوٹیں نمایاں ہوگئیں۔ ’’آپ اس قسم کے سوالات کر رہی ہیں جن کے جواب کے لیے میں تیار نہ تھا۔ مختصراً یہ کہ ایک احساسِ تنہائی تھا جس نے میرا ذہن سوچ بچار کی طرف منتقل کر گیا اور یہ احساسِ تنہائی اس لیے نہیں تھا کہ دنیا میں میرا کوئی نہ تھا بلکہ اس لیے کہ میرا جذبہ محبت اس قدر شدید تھا کہ اس میدان میں میرا کوئی بھی حریف نہ تھا یوں سمجھیے کہ میرے خیالات نئے یا دوسروں سے مختلف تھے۔ اس لیے میرا کسی سے سمجھوتا نہ ہو سکا... دراصل میں آپ کو سمجھانہ سکوں گا بس اتنا سمجھ لیجیے کہ میں بالکل تنہا رہا۔ تمہار کسی ایسی شے کا منتظر رہا جس کو میں خود نہ جاتا تھا نہ بیان کر سکتا تھا اور نہ اس کو پا ہی سکا، نہ کسی شخص میں مجھے ایسی خوبی ہی دیکھی کہ وہ مجھ کو غیر معمولی اہمیت دے...،‘‘

’’آپ مایوس ہو گئے ہوں گے، آپ کو کوئی نہ ملا جسے آپ اپنا بنا سکتے،‘‘

’’میں نے کسی سے نہیں کہا کہ وہ میرا بنے... اور نہ کسی نے از خود اس بات کی ضرورت ہی محسوس کی،‘‘

’’زندگی آپ کے لیے تاریک ہو گئی ہو گی،‘‘

’’یہ بات نہیں ہوئی۔ میری طبیعت میں ایک ضد یا ابڈ پن تھا جس نے مجھ کو زندہ رکھا۔ درحقیقت میری زندگی میں محبت کی کمی ہی رہی۔ زندگی میں محبت کی کمی رہ جانا ایک پرانی کہانی ہے۔ بہتوں کی زندگی میں ایسا

ہو جاتا ہے لیکن میں نے ایک تو بڑی نفرت کے ساتھ تمہارا رہنا منظور کر لیا۔ دوسرے اس کا احساس کم ہو جانے کے باوجود اس کے اثرات کم و بیش موجود ہیں ... سب سے زیادہ مایوس کن پہلو اس امر کا یہ تھا کہ میں نے شکست کا اعتراف کبھی نہ کیا اور نہ کبھی اپنے درد کا اظہار ہونے دیا۔ میں اس بات کو اچھی طرح سمجھتا ہوں کہ کائنات میں میر ا وجود یا عدم وجود کچھ بھی اہمیت نہیں رکھتا اور نہ میری انفرادی زندگی کا مسئلہ بنی نوع انسان کے مسائل میں کچھ بھی اہمیت دیئے جانے کے قابل ہے۔ یہ تو میرے نجی معاملات ہیں، قطعاً میری ذاتی الجھن، جسے آپ کرید کرید کر دریافت کر رہی ہیں، ''

عورت دونوں جڑے ہوئے ہاتھوں پر رخسار ٹکائے کھوئی کھوئی نظروں سے بوڑھے کی طرف دیکھتی رہی۔ ''زندگی ... ''

''ہاں انسانی زندگی کی بابت بھی جو کچھ رائے میں نے قائم کی ہے، اس پر میرے ذاتی حالات کا اثر ہے۔ مجھ کو زندگی کے کھو کھلے پن کا سخت احساس ہے۔ میں جانتا ہوں یہ خالص مشرقی خیال ہے لیکن زندہ رہنے کے جواز میں کون سی دلیل ہے جو پیش کی جا سکتی ہے یعنی اگر یہ بھی مان لیا جائے کہ دراصل زندگی صرف ایک ہی ہے اور کچھ بھی فنا نہیں ہوتا ... ''

عورت نے تامل کیا ''اب بات کا رخ بدل چکا ہے اور شاید اس سے آگے میں آپ کا ساتھ نہ دے سکوں ... لیکن میں جاننا چاہتی ہوں کہ کیا آپ خیر و شر پر یقین رکھتے ہیں؟ کیا آپ انسان کی بہبودی پر ایمان رکھتے ہیں؟ ''

''خیر و شر بجائے خود ایسی چیزیں ہیں جن کے لیے دائمی اقدار کا قائم کرنا مشکل ہو گا۔ انسان کی بہبود ایک بہت ہی مبہم سی بات ہے۔ آخر کہاں ہو گی، انسان یا انسانیت کی بہبود ... لیکن اگر ہم کو زندہ رہنا ہی ہے یعنی اگر ہم زندہ رہنے پر بلا کسی خاص وجہ کے مجبور یا مصر ہی ہیں تو یقیناً ہم کو سوچنا پڑے گا کہ زندہ رہنے کے لیے سر دست بہترین طریقہ کون سا ہو سکتا ہے؟ اگر یہ بات تشریح طلب ہو تو اور وضاحت کر دوں؟ ''

''شکریہ! میں چاہتی ہوں گفتگو ہلکی قسم کی ہو، یہ مسائل تو حل ہونے سے رہے۔ کیوں نہ ہم آرٹ کے موضوع پر ہی گفتگو کریں، ''

بادل خوب گرجنے لگے۔ بجلی تو ایسی کڑی جیسے کسی جگہ گری ہو۔

''آرٹ کی صلاحیت ... قدرتی طور پر مجھ میں تھی لیکن دوسری باتوں سے تنگ آ کر اس طرف

متوجہ ہوا۔ میں نے آرٹ کو زندگی کے مسائل کے لیے وقف کر دیا اور زندگی کے مسائل کی بابت آپ سن چکی ہیں کہ میرے خیالات کیا ہیں ... تخلیق کرنے میں یقیناً آرٹسٹ کو کچھ پناہ ملتی ہے ''

عورت سوچنے لگی کہ بات گھوم گھام کر پھر زندگی کے مشکل ترین مسائل کی دلدل میں پھنس جاتی ہے۔ وہ آتش گیر سے جلتی ہوئی لکڑیوں کو کچوکے دینے لگے۔ بوڑھی خادمہ کی بھی آنکھ کھل گئی اور آگ ایک مرتبہ پھر بھڑک اٹھی۔

'' اس عمر میں آپ کے احساسات اور بھی شدید ہو گئے ہوں گے۔ آپ کے بال بچے کیا ہوئے! ''

بوڑھے نے حیرت سے عورت کی طرف دیکھا۔ '' بچے! بچے کیسے؟ میں نے شادی ہی کب کی تھی۔ باقی احساسات کے شدید رہنے کی بابت بس یہ سمجھ لیجیے کہ یہ دنیا کسی کی رعایت نہیں کرتی ''

اس کے بعد بہت دیر تک سکوت طاری رہا صرف بارش کی آواز ہی آتی رہی۔ مہمان اور میزبان دونوں کے سر جھک گئے۔ وہ کسی گہری سوچ میں غرق ہو گئے۔ بوڑھی خادمہ کا چہرہ جذبات سے خالی تھا۔ وہ ان کی خشک باتوں سے قطعی بے نیاز نظر آتی تھی۔

'' کیا کبھی کسی عورت سے آپ کے تعلقات پیدا نہیں ہوئے؟ '' عورت نے آگ کی طرف ہاتھ بڑھائے۔

'' میزبان آتش دان کو گھورتا رہا ... تعلقات تو ضرور پیدا ہوئے، ایک دوسرے کے بہت قریب جانے کا موقع بھی ملا لیکن ... لیکن کسی سے بھی مجھ کو یگانگت کا احساس نہ ہوا ''

'' کسی سے بھی نہیں؟ ''

بوڑھے میزبان نے ہاتھ ملتے ہوئے کچھ تامل کے بعد مہمان کی طرف دیکھا۔ '' سوائے ایک کے ... ''

'' ایک؟ ''

'' جی ہاں ایک۔ لیکن میں نے اس کو دیکھا بھی نہیں۔ بس قرب کا احساس ہو کر ہی رہ گیا۔ آپ شاید ایک ناکام داستانِ محبت سننے کی توقع رکھتی ہوں لیکن وہ بات نہیں ہے ''

عورت پھر ایک مرتبہ اپنے مخصوص انداز میں مسکرائی '' وہ کون تھی؟ ''

'' میں زیادہ کچھ نہیں جانتا ... اس کا نام تھا ... ''

عورت آگے کو جھک گئی۔

بوڑھے نے فرش پر نظریں گاڑ کر کہا '' اس کا نام تھا شہناز ''

عورت نے دوپٹے سے سر ڈھانپ لیا اور ٹانگیں سمیٹ کر بیٹھ گئی۔

''مجھ کو اس کی دو چٹھیاں موصول ہوئیں... اس نے کسی نمائش میں میرے ہاتھ کی بنی ہوئی تصویریں دیکھیں اور اس کو اس قدر پسند آئیں کہ وہ مجھ کو چٹھی لکھنے پر مجبور ہوگئی، امید ہے کہ برا نہیں مانیں گے، جواب جلد از جلد دیں۔ وغیرہ''

''آپ نے کیا جواب دیا؟''

''میں نے... آپ جانتی ہیں عورتوں سے تعلق نبھانے کے آداب سے نابلد محض ہوں۔ خیر اس چٹھی کا جواب تو میں نے دے دیا۔ پہلے تو میں نے لکھا کہ ''شہناز'' اس کا فرضی نام تھا۔ چاہیے کہ وہ اپنا اصل نام اور حالات لکھے۔ پھر میں نے اپنی جدید تصویروں پر اس کی رائے طلب کی۔ اس بات پر تعجب کا اظہار کیا کہ اس کو میرا پتا کہاں سے ملا۔ آخر میں میں نے لکھا کہ عورتوں سے خط و کتابت کرنے کے آرٹ سے واقف نہیں، آپ کسی بات کا برا نہ مانیں''

عورت کی دلچسپی بڑھی۔ ''اس نے کیا جواب دیا؟''

''اس نے جواب بہت عرصہ کے بعد دیا... یعنی وہی حوا کی پرانی عادت... اس نے لکھا... ذرا ٹھہریئے۔ شاید اصل چٹھی ہی یہیں کہیں مل جائے''

بوڑھا اٹھا۔ بڑی میز کی درازیں باہر کھینچ کھینچ کر ٹٹولیں اور ایک قدرے بڑا سابو سیدھہ لفافہ اٹھا لایا۔ ''یہ رہی، سنیے۔ جواب غیرمعمولی تاخیر سے دے رہی ہوں۔ آپ تو انتظار کرتے کرتے تھک گئے ہوں گے۔ بخار اور کھانسی نے اتنا طویل کھینچا کہ خدا کی پناہ۔ نقاہت بے حد ہوگئی۔ آپ کی ناراضی کا خیال نہ ہوتا تو ابھی خط لکھنے کی ہمت نہ ہوتی۔

آپ میرے متعلق کیا جاننا چاہتے ہیں؟ میں وعدہ کرتی ہوں کہ آپ جو سوالات کریں گے، ان کا صحیح جواب دوں گی۔ نام تو میرا واقعی شہناز نہیں لیکن آپ مجھے اس کے لیے مجبور نہ کریں تو بہتر ہو گا۔ آپ کے پتے کے متعلق یہ عرض ہے کہ ڈھونڈنے سے خدا بھی مل جاتا ہے...

مجھے خوشی ہے کہ آپ نے میری جرأت کا برا نہیں مانا...'' وغیرہ وغیرہ اس کے بعد میری تصویر پر تنقید ہے آخری سطور یہ ہیں۔ میں نے وضاحت سے اپنے خیالات ظاہر کر دیئے ہیں۔ اپنی رائے سے آگاہ فرمائیں تو عین نوازش ہو گی۔

آپ کے خط کی آخری سطور کے متعلق یہ عرض ہے کہ مجھے آپ کے خط سے بڑی مسرت ہوئی، ناگوار کیوں

گزرنے لگی کوئی بات۔ آخر میں غیر معمولی تاخیر کی پھر سے معافی چاہتی ہوں... آپ کے جواب کا بے حد انتظار رہے گا، براہِ کرم دیر نہ فرمائیں،،

منتظر''شہناز،،

عورت نے آنکھیں جھپکائیں ''آپ نے کیا جواب دیا؟،،

بوڑھا کچھ دیر تک اس کی طرف بے معنی نظروں سے دیکھتا رہا۔ ''ان کو اب تک کا بے جواب کا حد انتظار ہے،،

عورت کرسی کے پیچھے کی طرف جھک گئی ''آپ نے ایسا رویہ کیوں اختیار کیا؟،،

''ذرا الفاظ پر غور فرمائیے... مثلاً آپ تو انتظار کرتے کرتے تھک گئے ہوں گے احمق کہیں کی! میری بلا انتظار کرے۔ اس کے بعد اپنی نقاہت اور بیماری کا رونا اور پھر آپ کی ناراضی کا خوف نہ ہوتا... ''احمق کو دیکھ بھلا مجھ کو ناراض ہونے کا کیا حق تھا؟ پھر اپنی ذات کو اتنی اہمیت دے دی کہ شریف زادیوں کی طرح سیدھی بات نہ لکھ دی، کیا نام ہے، کون ہیں، کیا کام کرتی ہیں، کیا شغل ہے، بس دو راز کار بکو اس چیز کا معنی؟،،

عورت نے سفارش کے لہجے میں کہا ''آخر عورت ذات تھی، ممکن ہے کچھ مصلحت مدِّنظر ہو،،

''عورت ذات؟ ممکن ہے وہ کوئی چڑیل ہو، ممکن ہے ایک سرے سے عورت کا وجود ہی نہ ہو۔ یوں ہی کوئی حضرت دل بہلا رہے ہوں... آپ ذرا چٹھی کے الفاظ پر غور فرمائیں،،

''ممکن ہے وہ شریف زادی ہو، آرٹ کی دلدادہ، آپ کی دوست... خیر کبھی اس کی یاد تو آتی ہوگی؟،،

بوڑھے نے ماتھے پر تیوریاں ڈالیں۔ ''یاد؟ کبھی نہیں میں اس کو ہمیشہ کے لیے بھول گیا بلکہ نفرت کرنے لگا،،

اس بات پر عورت گہری سوچ میں ڈوب گئی ''ارے آپ سوچنے کیا لگیں...''بوڑھا قہقہہ لگاتا ہوا باہر نکل گیا۔

بادل ہلکے ہو گئے۔ بارش قریب قریب تھم گئی۔ سپیدہ سحر نمودار ہونے لگا۔

پندرہ بیس منٹ کے وقفہ کے بعد بوڑھا واپس آیا ''اب آپ لوگ ناشتا کر لیں، میں نے نوکر کو ناشتا لانے کے لیے کہہ دیا ہے،،

مہمان عورت بولی ''اب آپ اجازت ہی دے دیں تو بہتر ہوگا،،

ناشتا پر بھی اِدھر اُدھر کی مزید باتیں ہوتی رہیں۔ نوکر نے آ کر پوچھا کہ کو چوان کہتا ہے کہ گاڑی تیار کی

جائے؟ عورت نے اثبات میں جواب دیا۔

''آئیے! اتنے میں آپ کو اپنا اسٹوڈیو دکھاؤں''

وہ تینوں اسٹوڈیو میں پہنچے۔ ایک وسیع کمرہ تھا اور بے شمار تصویریں، واٹر اور آئل کلر میں دیواروں پر آویزاں تھیں۔ عورت ان کو دیکھ کر بہت محظوظ ہوئی۔ ایک گھنٹہ اسی طرح گزر گیا۔ پھر بھی دل نہ بھرا۔ جب وہ جانے کو تیار ہوئی تو بوڑھے نے کہا ''ذرا ٹھہریے، میں کوٹ پہن آؤں، پھر نیچے چلیں گے''۔ اس کے چلے جانے کے بعد دونوں عورتیں پھر تصویروں کی طرف متوجہ ہو گئیں۔ ایک طرف بوسیدہ سا دروازہ تھا۔ خادمہ نے اس کی چٹخنی کھول دی۔ عورت نے منع بھی کیا لیکن دروازہ کھل جانے پر اندر جھانک لینے میں اس نے کچھ حرج نہ سمجھا۔ چھوٹا سا کمرہ تھا۔ اِدھر اُدھر معمولی سامان بکھرا ہوا تھا۔ کاغذات رنگوں کی پیالیاں، پیمانے وغیرہ۔ وہ دروازہ بند کرنے کو ہی تھی کہ کمرے میں ایک طرف کو ایک خوشنما پردہ نظر آیا۔ خادمہ کے ساتھ وہ آگے بڑھی اور پردہ ہٹا دیا۔ پردے کے پیچھے ایک نہایت حسین دوشیزہ کی قد آدم تصویر بڑے اہتمام کے ساتھ ایک سنہری چوکھٹے میں جڑی رکھی تھی۔ لڑکی اس قدر حسین تھی کہ عورت دم بخود رہ گئی۔ وہ حیران تھی کہ بوڑھے آرٹسٹ نے یہ تصویر ان کو کیوں نہ دکھائی۔ یہی تو اس کا شاہکار تھا۔ یہ تصویر مکمل کر لینے کے بعد یقیناً بوڑھے نے اور تصویریں بنانا ترک کر دی ہوں گی۔ خادمہ تک تصویر کو دیکھ کر حیران رہ گئی۔ نیچے چند مدھم حروف نظر آ رہے تھے۔ عورت نے آگے بڑھ کر غور سے پڑھنے کی کوشش کی۔ لکھا تھا ایک لفظ ''شہناز''۔

''شہناز'' عورت کے ہونٹ لرزے۔ بارش میں بھیگی ہوئی گلاب کی دو تازہ کلیں چوکھٹے کے آگے رکھی تھیں۔

اتنے میں بوڑھے کی آواز آئی ''ہاہاہا... مجھے ایسا محسوس ہوتا ہے جیسے میں آپ سے صدیوں سے...'' اس کی آواز بند ہو گئی، وہ اِدھر اُدھر دیکھنے لگا... جلدی سے دروازے کے اندر داخل ہوا اور دیکھا کہ عورت کانپتے ہوئے ہاتھوں سے ''شہناز'' کی تصویر پر پردہ گرانے کی کوشش کر رہی ہے... بوڑھا اپنا ایک بازو کوٹ کی آستین میں ڈال چکا تھا اور دوسرا بازو... وہ ہلا ہی نہ سکا... عورتیں بگھی میں بیٹھ گئیں۔

مہمان عورت نے دوسری مرتبہ ملتجیانہ لہجہ میں بوڑھے میزبان سے پوچھا۔ ''میں آپ کی کیا خدمت کر سکتی ہوں؟''

بوڑھا خاموش رہا۔ وہ سائبان پر چڑھی ہوئی گھنی بیل کے پتوں سے ٹپکنے والے پانی کی قطروں کی طرف دیکھ رہا تھا... پھر اس نے کھوکھلی نگاہوں سے عورت کی طرف دیکھا۔ بے کیف آواز میں آہستہ سے بولا۔

،، شکریہ!...،، اس کا منہ کھلا رہا۔ نچلا جبڑا ذرا سا آگے کو بڑھا جیسے وہ کچھ کہنے کو ہے مگر پھر وہ سر کو جنبش دے کر خاموش ہو گیا۔

پیٹھ موڑ کر، بوڑھا سیڑھیوں پر بھاری قدموں سے چڑھنے لگا۔ اس کے سر کے زردی مائل سفید بال چمک رہے تھے۔ وہ ایسے دکھائی دیتا تھا جیسے ایک بہت بڑا ٹوٹا ہوا جہاز جس کے بادبان پھٹ چکے ہوں... ان وسیع سیڑھیوں پر، چوڑے اور بلند دروازے کے مقابل وہ کس قدر چھوٹا اور حقیر نظر آتا تھا...

ایک ہلکے سے ہچکولے کے ساتھ بگھی چل پڑی اور گھوڑوں کے سُموں تلے بجری اُڑنے لگی۔

عورت کی پلکیں بھیگی ہوئی تھیں... پھر اس کی آنکھیں آنسوؤں سے لبریز ہو گئیں۔ یکلخت اس نے جھک کر دونوں ہاتھوں میں اپنا چہرہ چھپا لیا...

خادمہ اس کے لرزتے ہوئے شانوں پر ہاتھ پھیرنے لگی۔

خود دار

جن دنوں صوبہ بہار میں زلزلہ آیا تھا میں آسام کی ایک غیر معروف ریاست میں بحیثیت ایک انجنیئر ملازم تھا۔ زلزلے کے بعد ریلیف کا کام شروع ہوا تو میں نے بھی ملازمت کے لیے ہاتھ پاؤں مارے۔ ریاست کا وزیر ایک بارسوخ شخص تھا۔ اس کے ساتھ میرے اچھے مراسم تھے۔ چنانچہ مجھے ملازمت مل گئی۔ میرا کام بہت تسلی بخش تھا۔ جلد ہی ایگزیکیٹیو انجنیئر بنا کر موتی ہاری بھیج دیا گیا۔

اس جگہ اپنی زندگی میں پہلی مرتبہ قدرت کی تباہ کاریاں دیکھنے کا موقع ملا۔ ہمارا دفتر میری کوٹھی کے قریب ہی تھا۔ دفتر کی عمارت ابھی زیر تعمیر تھی۔ تین چار کمرے ہمارے تصرف میں تھے۔ سوائے میرے کمرے کے باقی کمروں میں سفیدی بھی نہ ہوئی تھی۔ فرش کی بھدی اینٹوں کو چھپانے کے لیے دری بچھا دی گئی تھی۔ میرے کمرے میں دو بڑی کھڑکیاں اور دو دروازے تھے۔ ایک دروازہ بڑے کمرے میں کھلتا تھا۔ یہاں کلرک کام کرتے تھے۔ اس وقت عملہ میں آٹھ کے قریب اشخاص تھے، چیڑ اسی ان کے علاوہ۔ زلزلے نے جہاں ایک طرف خاندان کے خاندان تباہ اور بدحال کر دیئے تھے وہاں بے کاروں کے لیے روزی کے دروازے بھی کھول دیئے تھے۔ کئی اشخاص کے لیے یہ سانحہ دولت و شادمانی کا مژدہ لے کر آیا تھا۔ جب شام کے وقت ہم لوگ سیر کے لیے باہر نکلتے تو جگہ جگہ دھرتی ماتا کو نہنگ کی طرح منہ کھولے پاتے۔ بچے حیرت سے ان اتھاہ دراڑوں میں جھانکتے۔

سردیوں کی ایک صبح کو جب میں دفتر پہنچا تو رگھوناتھ نے کاغذوں کا بڑا سا پلندہ میرے سامنے رکھ دیا۔ پچھلی شام کو میں دورے سے واپس آیا تھا۔ تین چار دن کے کاغذات جمع ہو گئے تھے . . . پہلے رگھوناتھ کاغذات رکھ کر فوراً دوسرے کمرے میں چلا جاتا تھا لیکن آج وہ ہاتھ سہلاتا ہوا میری میز کے قریب ہی کھڑا رہا۔ یہ سوچ کر کہ شاید وہ مجھے کچھ کہنا چاہتا ہے، میں نے اس کی طرف دیکھا۔ اس کے چہرے کے اتار چڑھاؤ

سے معلوم ہوتا تھا کہ وہ کسی گہری ذہنی کشمکش میں مبتلا تھا۔

پیش تراس کے کہ وہ کچھ کہے، چپڑاسی خبر لایا کہ پنڈت دیوی دیال اندر آنے کی اجازت چاہتے ہیں۔ میں اس چاپلوس شخص سے ملنا نہ چاہتا تھا لیکن میری غیر حاضری میں وہ کئی مرتبہ میری کوٹھی کے چکر لگا چکا تھا۔ بچوں کے لیے پھل اور مٹھائیاں بھی دے گیا تھا۔ میں نے اس کو بلوالیا۔ اس پر رگھوناتھ دوسرے کمرے میں چلا گیا۔

دیوی دیال شہر کا ایک متمول رئیس تھا۔ اس کے باوجود میری اس قدر زیادہ چاپلوسی کر رہا تھا کہ جی چاہتا تھا کہ دھکے دے کر باہر نکلوا دوں۔ میری بے اعتنائی کو خاطر میں نہ لاتے ہوئے اس نے ڈوراز کا راشاروں سے اپنا مدعا بیان کیا تھا، وہ چاہتا تھا کہ میں ٹھیکیداروں سے اس کے بھٹے کی اینٹوں کی سفارش کروں . . .

میرا دھیان رگھوناتھ کی طرف تھا۔ رگھوناتھ ہمارے عملے میں سب سے معمر شخص تھا بلکہ دوسرے تو سب کے سب نوجوان تھے۔ دسویں پاس اسٹینو گرافر، نشست و برخاست میں سلیقہ مند، بات چیت میں ہوشیار لیکن مجھے رگھوناتھ پر ہی بھروسا تھا۔ وہ ہمیشہ رک رک کر دھیمی آواز میں بات کرتا۔ اس کو دیکھ کر اتنا کہا جا سکتا تھا کہ وہ ایک ذمہ دار شخص ہے۔ اسی وجہ سے اس کو کام بھی زیادہ کرنا پڑتا تھا۔

نوکری کے لیے وہ براہ راست مجھ کو ملنے کے لیے آیا تھا۔ دوپہر کے وقت کھانا کھانے کے بعد قیلولے کے لیے پلنگ پر پاؤں ہی رکھا ہی تھا کہ نوکر نے رگھوناتھ کا ملاقاتی کارڈ لا کر دیا۔ میں نے اس کی بے وقت آمد کو محسوس کیا۔ نوکر کی زبانی معلوم ہوا کہ ملازمت کے لیے آئے ہیں۔ میں نے جواب بھجوادیا کہ دفتر میں ملیں۔

اتفاق کی بات اس وقت میں ڈرائنگ روم میں ایک کتاب لینے کے لیے گیا۔ سونے سے پہلے کسی رسالے یا کتاب کی ورق گردانی کرنا میری عادت سی ہو گئی تھی۔ کھڑکی میں مجھ کو رگھوناتھ واپس جاتا ہوا دکھائی دیا۔ کھدر کا ایک نیل لگا ہوا پاجامہ، انگلش ٹویڈ کا ایک پرانا گرم کوٹ، سر پر کالے رنگ کی گول ٹوپی، گھٹنے کے قریب اس کے پاجامے میں ایک ابھار سا پیدا ہو گیا تھا۔ اسے دیکھ کر مجھ کو خیال آیا کہ بے چارہ بوڑھا شخص ہے۔ اس کو بلا لینا چاہیے۔ چنانچہ نوکر بھیج کر میں نے اسے بلوالیا۔

جب میں نے اس کے چہرے پر خصوصاً اس کی نیچے کو لٹکتی ہوئی سفید مونچھوں پر نگاہ ڈالی تو مجھ کو اپنا جواب یاد کر کے افسوس ہوا۔ اس نے آتے ہی بے موقع آمد کے لیے معذرت چاہی۔ اس نے کہا کہ وہ میرا زیادہ وقت خراب نہیں کرے گا۔ وہ نوکری کے لیے آیا تھا۔ ٹائپ کرنا جانتا تھا۔ ہر قسم کی کاروباری نیز دفتری خط

وکتابت میں اس کو کافی تجربہ حاصل تھا۔

میں نے اس کو شام تک بٹھائے رکھا۔ وہ اسی جگہ کا باشندہ تھا۔ میں اس سے مختلف باتیں پوچھتا رہا۔ اس کے چشم دید واقعات کے حالات بڑی دلچسپی سے سنتا رہا۔ باتوں باتوں میں میں نے اس کے ذاتی حالات بھی معلوم کر لیے۔ پہلے وہ ایک متمول شخص تھا۔ اس نے اپنے بچوں کو اعلیٰ تعلیم دلوائی۔ سب سے بڑا بیٹا ویٹرنری ڈاکٹری پاس کر کے سرکاری ملازمت کرنے لگا۔ اس کے ملازم ہو جانے پر گھر والوں کو کچھ تسلی ہوئی کیونکہ اس کی کمائی کا بیشتر حصہ انھی کی تعلیم اور لڑکیوں کی شادیوں پر خرچ ہو چکا تھا۔۔۔ لیکن جب برے دن آتے ہیں تو آنکھ جھپکتے میں تقدیر کا پانسا پلٹ جاتا ہے۔ بھرا پڑا گھر بری طرح تباہ ہوا۔ لڑکے چھٹیوں میں گھر آئے ہوئے تھے۔ شادی شدہ لڑکیاں بھی والدین کو ملنے کے لیے آ گئی تھیں۔ معلوم ہوتا تھا کہ قدرت نے یہ سازش کر رکھی تھی کہ ان کے گھر کے سب افراد کو یکجا کر کے کچل دیا جائے۔ قدرت کی ستم ظریفی، اب گھر میں رگھوناتھ کی نیم پاگل بیوی، اس کی بیوہ بہن، اس کا تین سالہ پوتا رہ گئے تھے صرف بڑا لڑکا بچا تھا لیکن وہ بھی دق میں مبتلا ہو کر گھر پہنچا۔ باپ نے رہی سہی پونجی اس پر خرچ کر دی لیکن اس کو موت کے چنگل سے نہ بچا سکا۔۔۔ اس کی آپ بیتی سن کر دل کو یقین نہ آتا تھا کہ قدرت اس قدر جابر بھی ہو سکتی ہے لیکن یہ ایک حقیقت تھی۔

شام کی چائے کے بعد جب وہ رخصت ہونے لگا تو میں نے کہا ''رگھوناتھ جی اتنے مصائب جھیلنے کے بعد بھی آپ کی ثابت قدمی اور حوصلہ دیکھ کر میں آپ کی بہت عزت کرنے لگا ہوں''

وہ اپنی چھڑی سے زمین کریدنے لگا۔ ''نوازش ہے جناب کی ۔۔۔''، قدرے سکوت کے بعد مجھ سے نظر ملانے سے کتراتے ہوئے بولا ''لیکن میرا حافظہ کمزور ہو گیا ہے کچھ ۔۔۔ میں بھول جاتا ہوں کئی باتیں ۔۔۔''

اس کے چلے جانے کے بعد میں دیر تک اس کی بابت سوچتا رہا۔

میری سفارش پر وہ دفتر میں ہیڈ کلرک مقرر ہو گیا۔ اس کی موجودگی میرے لیے اطمینان کا باعث تھی۔ مجھ کو تسلی اس بات کی تھی کہ دفتر میں کم از کم ایک ذمہ دار شخص موجود تھا۔ چونکہ میں خود محنتی اور ذمہ دار شخص ہوں، اس لیے اس قسم کے اشخاص پا کر ہمیشہ خوشی محسوس کرتا ہوں۔ غیر ذمہ دار کلرکوں کا مجھے بہت تلخ تجربہ تھا۔ کئی بار مجھ کو رگھوناتھ سے بھی مشورہ لینا پڑا۔ بار ہا ایسا ہوا کہ ضروری کام پڑنے پر میں اطمینان کے ساتھ دورے پر چلا جاتا لیکن میری غیر حاضری میں دفتر کے کام میں گڑبڑ نہ ہوتی تھی۔

اپنی میز کے آگے بیٹھے بیٹھے میرا دل رگھوناتھ کی طرف کھنچا رہتا۔ اس کی بعض حرکتوں سے میرا دل بہت متاثر ہوتا، مثلاً اس کے کوٹ کا کالر گردن کے قریب پھٹ گیا تھا۔ وہ قمیص کے کالر کو اس پر چڑھا کر اس کو چھپائے رکھتا۔ کبھی ایسا بھی ہوتا کہ فائل کے لیے میرے کمرے کی طرف بڑھتا۔ پردے کے قریب پہنچ کر ایک دم رک جاتا۔ مجھ کو معلوم ہو جاتا کہ اس وقت وہ کوٹ کے کالر پر قمیص کا کالر چڑھا رہا ہے … کبھی کبھی اس کی قمیص کے بوسیدہ کف کوٹ کی بانہہ سے باہر نکل آتے۔ وہ زخم چھپاتے ہوئے کبوتر کی طرح انگلیوں سے کف کو کوٹ کی بانہہ کے اندر کر دیتا۔ ہر چند وہ یہ حرکتیں اس انداز سے کرتا کہ مجھ کو پتہ نہ چلے لیکن میری متجسس نگاہوں سے اس کی کوئی حرکت پوشیدہ نہ رہتی تھی۔

دیوی دیال باتیں کیے جا رہا تھا لیکن میرا دھیان دوسری طرف تھا۔ چنانچہ جس قدر جلد ہو سکا، میں نے اس کو ٹالا۔ پھر تھوڑی دیر تک میں رگھوناتھ کا منتظر رہا لیکن وہ اپنے کام میں مصروف تھا۔ دو تین مرتبہ بلا پیاس چپڑاسی سے پانی منگوا کر پیا۔ کھڑکی کے آگے کھڑا ہو کر سگریٹ کے لمبے لمبے کش لیتا رہا تا کہ رگھوناتھ کو معلوم ہو جائے کہ میں اتنا مصروف بھی نہیں، وہ چاہے تو آ کر مجھ سے بات کر لے۔ اس کے بعد میں کچھ دیر کاغذات دیکھتا رہا … کھانا بھی دفتر میں ہی منگوا لیا لیکن وہ نہ آیا۔

شام کو دفتر کا وقت ختم ہو جانے پر عملہ میری روانگی کا منتظر تھا۔ میں نے چپڑاسی کی زبانی کہلوا دیا کہ وہ میرا انتظار نہ کریں۔ کھڑکی میں سے میں ان لوگوں کو ٹوٹی پھوٹی اینٹوں کے ڈھیروں کے قریب سے ہو کر جاتے ہوئے دیکھتا رہا۔ وہ اسکول کے لڑکوں کی طرح ایک دوسرے پر لپکتے جھپٹتے چلے جا رہے تھے لیکن ان میں رگھوناتھ شامل نہ تھا۔ چپڑاسی نے بتایا کہ بابو رگھوناتھ ابھی کام کر رہے تھے۔ میں نے سگریٹ سلگایا اور کاغذات پر جھک گیا۔

دس پندرہ منٹ بعد رگھوناتھ اندر آیا۔ میں نے قلم ایک طرف رکھ کر اس کی طرف دیکھا۔ وہ مسکرا کر بولا ’’ کیا آپ کا کام ختم نہیں ہوا؟ آج آپ نے دوپہر کے وقت آرام بھی نہیں فرمایا … اگر میرے لائق کوئی خدمت ہو تو فرمائیے … ‘‘

میں جواب میں ہنس پڑا، معمول کی نسبت زیادہ بے تکلفانہ انداز میں بولا۔ ’’ آپ بزرگ ہیں، خدمت کرنا تو ہمارا فرض ہے … آپ ابھی تک گھر کیوں نہیں گئے؟ اگر کچھ کام باقی رہ گیا ہو تو کل ہو سکتا ہے ‘‘

’’ جی بس اب چلا جاؤں گا … آپ، کیا آپ ابھی تشریف رکھیں گے؟ ‘‘

’’ جی ہاں، میں ذرا ایک صاحب کا منتظر ہوں ‘‘

رگھوناتھ اِدھر اُدھر بے معنی نظروں سے دیکھتا رہا... ''آپ باہر لان میں بیٹھنا پسند کریں گے؟ کہیے تو کرسیاں نکلوادوں؟''

میں رگھوناتھ کے رُوبرُو زیادہ افسرانہ شان کا مظاہرہ نہیں کرتا تھا۔ کچھ اس لیے اور کچھ اپنی عمر کے تقاضے سے مجبور ہو کر وہ کبھی کبھی پدرانہ لہجہ میں باتیں کرنے لگتا تھا۔

''نہیں رگھوناتھ جی۔ میں ذرا یہ کاغذات دیکھوں گا''

قیاس سے معلوم ہوتا تھا کہ وہ کچھ کہنا چاہتا تھا لیکن تذبذب میں تھا۔ وہ دفتر کی نامکمل عمارت، فرنیچر، ٹھیکیداروں، ایک حد سے زیادہ رشوت خور اور شیئر کی باتیں کرتا رہا... بالآخر اس نے کچھ کہنے کے انداز سے میری طرف دیکھا۔ میں ہمہ تن گوش تھا ''اچھا... تو... اگر آپ اجازت میں... میں جا سکتا ہوں''

میں مایوس سا ہو گیا۔ ''ضرور ضرور...''، میں نے ہنس کر جواب دیا۔

اس نے کھانس کر چھڑی اٹھائی۔ ٹوپی کو سر پر درست کرتے ہوئے وہ رُک رُک کر دروازے کی طرف بڑھا۔

''رگھوناتھ جی!''

''جی''، وہ واپس چلا آیا۔ میرے سامنے میز کے قریب کھڑا ہو گیا۔

میں نے سگریٹ کا لمبا کش کھینچ کر اس کے چہرے کا بغور جائزہ لیا۔ ''کیا آپ کچھ کہنا چاہتے ہیں؟'' وہ خاموش کھڑا رہا۔ پھر وہ یوں ہی کمرے کے کونے کی طرف دیکھنے لگا۔ اس کے لبوں سے ایک مبہم سی آواز نکلی۔

''کہیے نا''

''میں... میں...''، اس نے اُچٹتی ہوئی نظر مجھ پر ڈالی۔ ''مجھ کو...''

وہ کچھ گھبرا سا گیا۔ میں نے اشارہ کرتے ہوئے کہا ''رگھوناتھ جی، آپ کرسی پر تشریف رکھیے۔ کوئی حرج نہیں، تشریف رکھیے''

وہ بیٹھ گیا۔ مجھ کو منتظر پا کر وہ آہستہ سے بولا ''میں بہت شرمسار ہوں''

میں کھلکھلا کر ہنس پڑا۔ ''رگھوناتھ جی! آج تو آپ نے تکلف کی حد کر دی... توبہ''

لاٹھی سے فرش کو بجاتے ہوئے وہ بڑی جرأت سے کام لے کر بولا ''... مجھ کو ایک روپیہ درکار ہے''

''ایک روپیہ؟''، میں نے حیرت سے نسبتاً بلند آواز میں پوچھا۔

اس نے پھر میری طرف اُچٹتی ہوئی نظر سے دیکھا۔شاید وہ میرے چہرے پر اپنی بات کا ردِّعمل معلوم کرنا چاہتا تھا۔

اس نے دھیمی آواز میں کہا''شاید آپ کو یاد ہوگا۔آپ نے مجھ سے ایک دفعہ ایک روپیہ لیا تھا۔ یہ تین ساڑھے تین مہینے پہلے کی بات ہے...،،

''ایک روپیہ؟...وہ کب؟،،میں دل ہی دل میں سوچنے لگا۔ میرے چہرے پر غور و خوض کے آثار دیکھ کر اس نے پھر کہا۔''اس دن بینک کا چپڑاسی آیا ہوا تھا۔ آپ کے پاس دس سے کم کا نوٹ نہیں تھا۔ آپ نے مجھ سے ایک روپیہ لیا۔آپ نے یہ بھی ہدایت کی تھی کہ اگر آپ کو یاد نہ رہے تو میں آپ کو یاد دلا کر روپیہ واپس لے لوں،،وہ پھیکی ہنسی ہنسا''اور میں نے جواب میں کہا تھا کہ ایک روپیہ بھی کوئی بڑی رقم تھی جو میں یاد دلاتا پھروں... لیکن کل شام مجھ کو نہ معلوم کس طرح یہ بات یاد آ گئی۔ مجھ کو امید ہے کہ آپ بھولے نہیں ہوں گے،،

ہاں مجھ کو یاد آ گیا۔ رگھوناتھ پر مجھ کو بے اعتمادی نہ تھی لیکن افسوس اس امر کا تھا کہ میں روپیہ واپس کرنا بھولا کیوں؟ وہ روپیہ... لیکن میرا خیال ہے، میں نے روپیہ واپس کر دیا تھا۔اسی دن شام کو یقیناً میں نے واپس کر دیا تھا۔ رگھوناتھ اس جرأت کے لیے معذرت طلب کرتا رہا۔ میں نے چپکے سے اپنی نوٹ بک نکالی۔اکتوبر کی سات تاریخ کو رگھوناتھ سے ایک روپیہ لیا گیا تھا۔ میں نے یاد داشت کے لیے نوٹ بک پر لکھ لیا تھا اور اسی شام کو روپیہ واپس کرنے کے بعد میں نے اس کے آگے انگریزی میں Paid لکھ دیا تھا۔

رگھوناتھ کو میں یقین دلانا چاہتا تھا کہ میں ایسا غیر ذمہ دار اور بے اصول شخص نہیں کہ اس کا روپیہ لے کر بھول جاتا''رگھوناتھ جی میں نے وہ روپیہ...،،

''میں پھر دست بستہ معافی کا خواستگار ہوں۔ باور فرمائیے۔شرم کے مارے میری نظر نہیں اٹھی... ضرورت ہی کچھ ایسی آن پڑی... ورنہ میں ایک روپیہ کے لیے تقاضا نہ کرتا،،

میں خاموش ہو گیا۔ رگھوناتھ پانی پانی ہوا جاتا تھا۔اس کی نظریں فرش پر گڑی ہوئی تھیں جیسے وہ مارے ندامت کے زمین میں سما جانا چاہتا ہو۔

''نہیں نہیں رگھوناتھ جی، معمولی بات ہے،،یہ کہہ کر میں مسکرایا اور کرسی پر پیچھے کی طرف جھک گیا ''شرمندہ تو میں ہوں۔ معافی کا طلب گار تو مجھ کو ہونا چاہیے،،

شکرگزاری کے آنسو اس کی آنکھوں میں جھلکنے لگے۔ ''آپ سے کیا چھپانا... کل سے گھر پر روٹی نہیں پکی... آٹا ختم ہے۔ کسی کے آگے ہاتھ پھیلانے کی میری عادت نہیں... بس یہ تھی اصل بات... ورنہ ایک روپیہ کی حیثیت ہی کیا۔ میں ہرگز آپ کو اس کی یاد نہ دلاتا''

میں نے اس کا ہاتھ تھام لیا ''آپ کو کتنے روپوں کی ضرورت ہے... میرا مطلب ہے تنخواہ ملنے پر مجھ کو واپس دے دیجیے گا''

اس کے چہرے پر اذیت کے آثار پیدا ہوئے۔ ''میں نے آپ کو گھر کی حالت اس لیے بتائی تھی کہ آپ ایک روپیہ کے لیے تقاضا کرنے پر مجھ کو اوچھا اور نیچ نہ سمجھنے لگیں'' یہ کہہ کر اس نے میری طرف ایسی نظروں سے دیکھا جو عمر بھر نہ بھلا سکوں گا۔ ''میں ایک بااصول اور باعزت شخص ہوں۔ اگرچہ یہ گستاخی ہے کہ آپ مجھ پر عنایت فرمانا چاہیں اور میں انکار کر دوں لیکن چونکہ میں نے آج تک نہ کسی کے سامنے ہاتھ پھیلایا، نہ کبھی ایک کوڑی کا قرض دار بننا منظور کیا۔ اس لیے آخری عمر میں اپنے اصول سے گرنا نہیں چاہتا...''

میں نے چپکے سے ایک روپیہ نکال کر میز پر رکھ دیا۔ اس نے لرزتے ہوئے ہاتھوں سے اُسے اٹھا کر اپنی مٹھی میں بھینچ لیا۔ پیشانی سے پسینہ پونچھتے ہوئے پردہ ہٹا کر لڑکھڑاتے قدموں سے کمرے سے باہر نکل گیا۔

کمپوزیشن ٹیچر

پرشوتم نے ایک مرتبہ پھر چونک کر آنکھیں کھول دیں۔ چلچلاتی دھوپ پر نظر نہ ٹھہرتی تھی۔ گھڑی کی ٹک ٹک، جیسے اس کے سر پر ہتھوڑے کی ضربیں لگائی جا رہی ہوں... کتنی دیر سے ایسا ہو رہا تھا۔ پہلے تو اس کو یوں محسوس ہوتا تھا جیسے اس کے دماغ میں اَن گنت ڈورے یکے بعد دیگرے ٹوٹ رہے ہوں۔ پھر جیسے یکلخت کسی مضبوط کمان کی تانت ٹوٹ جائے اور کمان کے دوسرے سرے پوری قوت کے ساتھ اس کے دماغ کے اندر سیدھے ہو جائیں۔ اس کا دماغ بھِنّا جاتا۔ کانوں میں سائیں سائیں کی آوازیں آنے لگتیں۔ نہ جانے کتنی مرتبہ اس طرح ہوا۔ ابھی ابھی وہ بخار سے اٹھا تھا۔ کھچڑی کھاتا تھا اور روٹی سے پرہیز۔ دماغ میں کونین کی خشکی تھی... اس نے کروٹ بدلی اور تکیے سے لپیٹ کر وہ پیٹ کے بل لیٹ گیا۔ اس کا جسم پھوڑے کی طرح دکھ رہا تھا۔ جی چاہتا تھا کہ کوئی سارے جسم پر مرہم مل کر روئی لپیٹ دے۔ اس کے پپوٹے بھاری ہو رہے تھے۔ اٹھائے نہ اٹھتے تھے۔ اگر اس کی نیند سورج نکلنے سے پہلے کھل جاتی تو وہ فرحت محسوس کرتا لیکن دھوپ نکل آنے کے سبب اس کے دل کو کس قدر کوفت ہو رہی تھی۔ دن کی روشنی سے آنکھ ملانے کو جی نہیں چاہتا تھا۔ اب نیند کیا تھی، بس ایک غنودگی سی تھی۔ دماغ کمزور، دل میں دھڑکن، جسم تکان زدہ... اس نے پھر گنتی شروع کر دی۔ ہزاروں، لاکھوں، اربوں، کھربوں تک... اور پھر بوجھ ہی بوجھ، بادل ہی بادل، کالے، بھدے، بے کنار، بے شمار، ٹھوس، سیاہ پہاڑوں کی طرح، بڑھتے ہوئے اچکتے ہوئے، وہ آنکھ کھولنا چاہتا تھا لیکن آنکھ نہیں کھلتی۔ وہ بولنا چاہتا تھا لیکن آواز حلق میں پھنس کر رہ جاتی۔ وہ کروٹ بدلنا چاہتا تھا لیکن جنبش نہ کر سکتا تھا۔ پھر دماغ میں ڈورے ٹوٹتے ہیں۔ آخر کمان کی تانت تڑاپ سے ٹوٹ جاتی ہے۔ آنکھوں کے سامنے چنگاریاں سی اڑنے لگتی ہیں۔ وہ پپوٹوں کو جھپکنے لگتا ہے۔ اس نے آنکھیں کھولے رکھیں۔ اگرچہ بستر میں سے نکلنا تکلیف دہ تھا لیکن اس قسم کی نیند اور بھی اذیت

رساں تھی۔ وہ اٹھ بیٹھا اور پھر پاؤں لٹکا کر چارپائی پر بیٹھ گیا اور اپنی لرزتی ہوئی انگلیوں سے الجھے ہوئے بالوں میں کنگھی کرنے لگا۔

آج سے دس ماہ پیشتر تک اس کا بڑا بھائی اس کا کفیل تھا۔ ہر چند وہ اس بات کے لیے اپنے بھائی کا شکر گزار تھا کہ اس نے اسے بی اے تک تعلیم دلوائی لیکن اس کے ساتھ اس کے دل میں یہ بات ہمیشہ کھٹکتی رہی کہ اس کے بھائی نے اپنا احسان جتلانے میں کبھی سنجیدگی سے کام نہیں لیا۔ جب کبھی کتابوں یا فیس وغیرہ کی ضرورت ہوتی تو اس کا بھائی فوراً کہتا۔ ''آج کل تو مٹھیاں بھر بھر روپے دے رہے ہیں۔ دیکھیں اب ہمارے بھیا مٹھیاں بھر کر واپس کب لاتے ہیں،'' امتحان کے قریب وہ بیمار پڑ گیا تھا۔ پرچے اچھے نہ ہوئے تھے۔ اسے خوف تھا کہ وہ فیل نہ ہو جائے لیکن پر ماتما کا ہزار ہزار شکر کہ بے چارا پاس ہو گیا ورنہ بقول شخصے ''بی اے پلکڈ'' ہو کر رہ جاتا اور پھر عمر بھر بی اے پاس کرنے کی نوبت ہی نہ آتی۔ بی اے کا نتیجہ نکلنے پر اس کا اُن پڑھ بھائی حقہ تازہ کر کے گلی والے دروازے میں اسٹول پر بیٹھ جاتا۔ آتے جاتے لوگ مبارک دیتے تو وہ ان کو چارپائی پر بیٹھ جانے کا اشارہ کرتا اور پھر ان مشکلات کا ذکر کرتا جو عام طور پر بی اے تک پڑھانے میں پیش آسکتی ہیں۔ پھر وہ اپنے نجی حالات کا نقشہ کھینچنا شروع کرتا۔ ''پر ماتما کا دیا سب کچھ ہے لیکن چوہدری سوچنا! میں بال بچے دار آدمی اور یہ لڑکیاں ابھی بچیاں ہیں لیکن تم جانوان کو بڑھتے کیا دیر لگتی ہے اور پھر بھائی! برادری میں ملنا جلنا دکھ سکھ، بھائی ایشور جانتا ہے۔ ہم سے جو بن پڑا، کیا۔ پرسوں تم نے ایک کارڈ لکھ دیا شہر سے اتارو پیہ پھوراً بھیجو۔ منی آرڈر کر دو ... چوہدری جی! یہاں بھائی موجود تھا نا! ... اب لاکھ لاکھ شکر پر ماتما کا ... پاس ہو گیا بی اے تو سر کھڑو ہو گئے۔ دیکھیں اب ہمیں یاد بھی رکھتا ہے یا نہیں،''

بی اے پاس کرنے کے بعد اس کا گھر میں رہنا دوبھر ہو گیا۔ نوکری کا مطالبہ ہونے لگا۔ چنانچہ وہ پریشانی میں گھر سے نکل آیا لیکن گاؤں سے خط پر خط چلے آتے تھے کہ نوکری ملی یا نہیں۔ اگر ملی تو کیا تنخواہ مقرر ہوئی ... اور ہاں پچھلوں کا بھی خیال رکھنا۔ پہلے تو وہ ایک ٹھیکیدار کے پاس کلرک ہوا لیکن وہاں اس قدر پریشانی کا سامنا کرنا پڑا کہ آخر اس کو استعفیٰ دینا پڑا۔ پھر ایک فرم میں نوکری ملی۔ صبح سات بجے سے غروب آفتاب تک کام کرنا۔ تنخواہ چالیس روپے عمر عزیز اس طرح گنوانے کے بجائے اس نے نوکری چھوڑ دی۔ پھر اپنے پرانے دوست کے ہاں دن کاٹنے لگا۔ وہ دوست اس کی قابلیت کا معترف تھا۔ وہ دولت مند تھا اور اب وہ ایم اے کا طالب علم ... موسم خراب تھا۔ وہ ملیریا میں مبتلا ہو گیا۔ سات آٹھ دن چارپائی پر پڑے

پڑے گزار دیئے۔ بخار اترا ہی تھا کہ اس نے اخبار میں اشتہار دیکھا۔ مقامی ہائی اسکول میں کمپوزیشن ٹیچروں کی ضرورت تھی۔ وہ کمزوری کی وجہ سے نہ جانا سکا لیکن اس نے عرضی بھیج دی۔ آج اس کا خیال تھا کہ وہ ہیڈ ماسٹر کو ملے۔

وہ دبلا پتلا، تندوروں کی روٹیوں پر پلا ہوا زرد و رنو جوان تھا۔ بخار نے رہی سہی صحت بھی برباد کر دی تھی۔ خیر اس نے منہ ہاتھ دھو کر، پہلے کا سلا ہوا ایک سوٹ نکالا۔ ٹائی لگائی۔ ہیڈ ماسٹر کے ہاں پہنچ کر اس نے گھنٹی کا بٹن دبایا۔ ہیڈ ماسٹر نے اندر بلوایا۔ اس نے بتایا کہ بیماری کے سبب حاضر خدمت نہیں ہو سکا۔ اس ملاقات کا نتیجہ یہ نکلا کہ ہیڈ ماسٹر نے اسے دوسرے دن اسکول میں بلوالیا۔ وہ خوش تھا، واپس آیا۔ کپڑے اتار کر آرام سے بستر پر لیٹ گیا۔ اب اس کو اطمینان تھا۔ دوست کے ہاں بے کار پڑے روٹیاں کھاتے اس کو شرم محسوس ہو رہی تھی۔ کم از کم کچھ تو سہارا ملا۔

دوسرے دن جب وہ دس بجے کے قریب ہیڈ ماسٹر کے دفتر میں پہنچا تو ہیڈ ماسٹر نے بالوں پر ہاتھ پھیرتے ہوئے کہا۔ '' ہم آپ کو پچاس روپے دے سکیں گے۔ اگر آپ ٹرینڈ ہوتے تو کچھ زیادہ مل سکتا تھا . . . یہ دیکھیے ان صاحب کو بھی ہم آپ کے برابر تنخواہ دے رہے ہیں۔ یہ بھی گریجویٹ ہیں، '' پرشوتم نے تنخواہ منظور کر لی۔ اب چپڑاسی نے کمپوزیشن اسٹاف کا کمرہ بتا دیا۔ ہیڈ کلرک کے کمرے کے اوپر یہ کمرہ تھا۔ جب وہ اوپر پہنچا تو شیروانی پہنے سر پر بڑا سا پگڑ باندھے ایک حضرت کھڑے تھے۔ اس نے قریب جا کر پوچھا '' کیوں جناب! آپ ہی مسٹر رام سہائے گوہل ہیں؟ ''

'' جی ہاں، '' پرشوتم نے کوٹ کی شکن درست کرتے ہوئے کہا۔ '' میں آپ کے اسٹاف میں ابھی ابھی شامل ہوا ہوں، '' کمپوزیشن اسٹاف کے ہیڈ نے ہاتھ بڑھاتے ہوئے کہا '' بڑی خوشی ہوئی آپ سے مل کر، '' قدرے توقف کے بعد بولے '' اچھا آپ تشریف رکھیے۔ میرا ایک پیریڈ (Period) ہے، '' مسٹر گوہل کی صورت دیکھ کر پرشوتم کے دل کو ایک گونا تسکین سی محسوس ہوئی۔ اس نے سوچا کم از کم یہاں سب لوگ پڑھے لکھے ہیں۔ اگر تنخواہ زیادہ نہیں تو کام بھی زیادہ نہیں اور پھر سب لوگ مہذب طریقے سے گفتگو کرتے ہیں۔ یہاں کام کرنے پر انسان بے عزتی محسوس نہیں کرتا۔ پھر وہ کمرے کا جائزہ لینے لگا۔ خوب بڑا سا کمرہ تھا۔ ایک بھاری اور لمبی میز کمرے کے درمیان میں رکھی گئی تھی۔ یہ میز پنگ پانگ کھیلنے کی میز کے مانند تھی۔ میز کے چاروں طرف دیوار کے ساتھ لکڑی کی بڑی الماری تھی۔ اس میں کئی خانے تھے جن میں غالباً لڑکوں کی کاپیاں رکھی جاتی تھیں۔ خانوں کے اوپر جماعت اور سیکشن درج تھے۔ کمرہ خوب ہوا

دار تھا۔ایک تو دوسری منزل پر تھا اور دوسرے کئی دروازے اور کھڑکیاں بھی تھیں۔اتنے میں باہر میدان میں سکول کے لڑکوں کی پرارتھنا شروع ہوئی۔

’’ہم بالکوں کی اور بھی بھگوان تیرا دھیان ہو‘‘

چار لڑکے گیت کے بول مترنم آواز میں بولتے۔ان کے پیچھے سب لڑکے گاتے۔ پرشوتم کو اپنے سکول کے دن یاد آ گئے اور بڑی پرلطف بات یہ تھی کہ وہ اس اسکول میں بھی کچھ عرصہ پڑھ چکا تھا۔اس کو یہاں کی ہر شے اچھی طرح سے یاد تھی۔ان دنوں بھی وہ اسی قسم کے گیت گایا کرتے تھے۔ آج وہ اسی اسکول میں ٹیچر بن کر آیا تھا۔ اب لڑکے اس کو نمستے کیا کریں گے۔ اس کو معلوم تھا کہ کمپوزیشن سٹاف کو لڑکوں سے براہ راست واسطہ نہیں پڑتا سوائے ہیڈ کے لیکن وہ چاہتا تھا کہ ایسا ہو کیو نکہ اس نے لڑکوں کی نفسیات پر کتابیں پڑھی تھیں اور اس کا خیال تھا کہ وہ لڑکوں کو قابو میں رکھتے ہوئے ان کا بہترین استاد ثابت ہو سکتا تھا۔ پرارتھنا گانے والے پہلے چار لڑکوں کی مجموعی آواز بہت صاف اور دلکش تھی۔ وہ دل ہی دل میں اس سے لطف اندوز ہو رہا تھا۔اتنے میں اسے پاؤں کی چاپ سنائی دی۔ سبز رنگ کا چار خانوں والا کوٹ پہنے ہوئے، پتلون کی جیب میں ہاتھ ٹھونسے، آنکھوں پر چشمہ لگائے ایک حضرت اندر آئے اور بڑی میز کا سہارا لے کر کھڑے ہو گئے۔ قدرے سکوت کے بعد سنجیدہ لہجہ میں بولے۔ ’’کیوں جناب آپ کمپوزیشن اسٹاف میں شامل ہوئے ہیں‘‘،... ’’جی ہاں‘‘، وہ خفیف طور پر مسکرائے ہاتھ بڑھاتے ہوئے بولے۔ ’’خوشی ہوئی آپ سے مل کر‘‘، پھر اِدھر اُدھر کے سوالات پوچھتے رہے۔ ’’میں بھی کمپوزیشن اسٹاف میں ہوں۔میرا نام گو بند کمار چو پڑا ہے... دیکھیے نا! مسٹر پرشوتم! اس جگہ کام مشکل نہیں۔ کام نہ صرف تھوڑا ہے بلکہ آسان بھی۔ اس لیے ایک نوجوان کو اپنی ساری قوتیں اس جگہ خرچ نہ کر دینی چاہیئیں۔ آپ سمجھے نا! میرا جو مطلب ہے یعنی کہ یہ کام کسی محنتی نوجوان کی شان کے شایان نہیں۔ یہ عارضی کام ہونا چاہیے۔ ہمارے اسٹاف کے ہیڈ... مسٹر گوہل! آپ ملے نہیں ان سے؟... جی ہاں بڑے شریف آدمی ہیں یعنی انہیں کی شرافت کی وجہ سے ہم لوگ یہاں پڑے ہوئے ہیں...‘‘

اتنے میں ایک کالا شخص اندر داخل ہوا۔ یوں تو سارے ہندوستانی کالے آدمی ہیں لیکن وہ کالے آدمیوں میں بھی کالا آدمی تھا۔ اس کے دانت ذرا آگے کو نکلے ہوئے اور ٹیڑھے میڑھے سے داڑھی مونچھ صفا۔ اس کے باوجود چہرہ اس کے دلی جذبات چھپائے رکھنے میں سو فیصدی کام یاب تھا۔ ’’یہ ہیں ہمارے... کیا کہوں میں؟‘‘ ’’کو ورکر‘‘، ’’کیا میں درست ہوں؟... دیوان جسونت لعل... دیوان صاحب! ان سے

ملیے۔ یہ ہیں مسٹر پرشوتم داس۔۔۔ نو گرفتار۔۔۔ میری بے تکلفی، معاف فرمایئے گا۔ہم۔۔۔ آخر ہم لوگ اب ساتھی ہیں۔۔۔''

کمپوزیشن اسٹاف روم کی فضا کالج کے ہوسٹل کی سی تھی یعنی مکمل آزادی۔مسٹر گوہل کی موجودگی سے بھی فضا ویسی ہی رہتی لیکن ان کی غیر حاضری میں تو سبھی لڑکوں کی طرح کھل کھیلتے۔ان میں زیادہ تعداد بھی انہیں لوگوں کی تھی جو ابھی ابھی کالجوں سے نکلے تھے۔صرف ایک صاحب عمر رسیدہ تھے۔مسٹر نندہ! ان کو سب ہیڈ ماسٹر صاحب کہتے تھے۔ان کو کئی طریقوں سے بنایا جاتا۔سادہ لوح تھے۔فوراً جھانسے میں آجاتے۔کبھی کسی مڈل اسکول میں ہیڈ ماسٹر رہ چکے تھے۔بس اب ان کو ہیڈ ماسٹر کا لقب عطا کر دیا تھا۔

مسٹر گوہل کے علاوہ اسٹاف میں چھ اشخاص اور تھے۔ گوبند کمار، دیوان صاحب، ہیڈ ماسٹر صاحب، بال کرشن سری واستو، مسٹر بھاٹیہ اور چھٹا وہ خود سری واستو ابھی کالج میں پڑھتا تھا۔ ہر وقت لڑکوں کی صحبت میں رہتا تھا۔اگرچہ وہ شادی شدہ لیکن بڑا چونچال اور کھلنڈرا تھا۔مسٹر بھاٹیہ ایک عجب شے تھے۔آم کی گٹھلی کی طرح ان کا سر تھا۔بالوں کی حالت بھی عجیب تھی۔ آگے کو گھرے ہوئے۔ چھوٹے چھوٹے وہ کئی فنون میں تاک تھے۔ادب سے بھی لگاؤ تھا۔علم موسیقی سے بھی کچھ دلچسپی تھی۔فلسفہ سے بھی شغف تھا۔ روحانیت میں بھی دخل تھا۔ یوگ آسن بھی کر لیتے تھے اور فرماتے تھے کہ وہ ایک وقت میں دس سیر پانی پی کر فوراً اُمنہ کے رستہ خارج کر سکتے ہیں۔

دن بھر میں تقریباً تیس چالیس کاپیاں درست کرنی پڑتی تھیں۔ ہر شخص کو علیحدہ علیحدہ سیکشن ملے ہوئے تھے۔ کام اگرچہ خشک تھا لیکن اس قدر سخت نہ تھا۔ دوسرے ہنسی مذاق اس قدر زیادہ ہوتی تھی کہ کام کا پتہ نہ چلتا تھا۔نشست و برخاست کی بھی کچھ پابندی نہ تھی۔ جب چاہو اُٹھ کر چل دو۔لائبریری تک گھوم آؤ یا ٹک شاپ (Tuck Shop) میں جا کر کچھ کھا پی آؤ۔ پوری، گلاب جامن، قلاقند، لسی، چائے وغیرہ مل سکتی تھی۔ یوں تو ٹک شاپ بڑے اہتمام سے تیار کی گئی تھی۔ دروازوں پر جالی، کھڑکیوں اور روشن دانوں پر بھی لوہے کی جالی مڑھی ہوئی لیکن اندر بے شمار مکھیاں بھنکتی تھیں۔ ایسا معلوم ہوتا تھا جیسے جالی اس لیے نہیں لگائی گئی تھی کہ باہر کی مکھیاں اندر نہ آئیں بلکہ اس لیے کہ اندر کی مکھیاں باہر نہ جا سکیں۔

کبھی کبھی جب مسٹر گوہل کی کلاس ہوتی تو ان کی غیر موجودگی میں کھانے پینے کا سامان کمرے میں ہی منگوا لیا جاتا۔ در حقیقت اک ہنگامہ بہ موقوف تھی گھر کی رونق۔۔۔ ہنسی مذاق میں سب سے بڑھ کر گوبند کما رحصہ لیتے تھے بلکہ انہیں کے دم سے ساری چہل پہل تھی۔وہ دلیل بازی خوب کر لیتے تھے۔ٹھٹھول بھی طفلانہ

ہوتے تھے۔سب لوگ اس بات کو بخوبی محسوس کرتے تھے لیکن اس کے باوجود ہنستے جاتے تھے۔ گو بند کمار کے ساتھ دیوان صاحب کا جوڑ تھا۔ دونوں میں گاڑھی چھنتی تھی۔ ایک دوسرے پر آواز بھی کستے تھے۔ وہ دونوں ہیڈ ماسٹر صاحب کو بھی اپنے مذاق کا نشانہ بناتے تھے۔ ایک دن نہ معلوم کیا بات ہوئی۔ مسٹر گو بند کمار ہنس کر بولے ''ارے بھائی تمہارے ہاتھوں کسی کی پگڑی محفوظ نہیں''، اس بات پر تکرار ہوئی لیکن کم از کم ہیڈ ماسٹر صاحب کو ہم بزرگ سمجھتے تھے اور تہ دل سے ان کی عزت کرتے تھے۔ دیوان صاحب بولے ''مثلاً کہنا، کس قسم کا ادب؟''، مسٹر گو بند کمار بولے ''مثلاً آپ کچھ ہی سمجھ لیں''، دیوان صاحب نے کہا ''سمجھ کیسے لیں۔ تم منہ سے کہو''، دراصل دیوان صاحب اس کے منہ سے کچھ کہلوانا چاہتے تھے۔ چنانچہ گو بند نے سب کی طرف شرارت اور شوخی سے دیکھتے ہوئے کہا ''مثلاً گِرڑ بھگوان یعنی میرا مطلب ہے جیسے ہم ہندو گِرڑ بھگوان کی عزت کرتے ہیں ...''، اس بات پر سب لوگ ہنس ہنس کو دہرے ہو گئے۔ دراصل ہیڈ ماسٹر صاحب کی صورت بھی اس پرندے سے ملتی جلتی تھی۔ ان کی بڑی سی مڑی ہوئی ناک گِرڑ کی چونچ سے مشابہت رکھتی تھی ... ان کی سنجیدگی اور گِرڑ کی خاموشی ایک سی چیزیں تھیں ... چنانچہ باوجود یکہ ہیڈ ماسٹر صاحب زود رنج شخص نہ تھے، اس بات پر بگڑ گئے۔ گو بند کمار کو نصیحت فرماتے لگے کہ بزرگوں کی عزت کا کچھ پاس تو ہونا چاہیے ... اس کے بعد دوسرے دن سے یا رلوگوں نے مشہور کر دیا کہ مسٹر گو بند کمار اپنے کیے پر اس قدر پشیمان ہیں کہ انھوں نے مہاتما گاندھی کی طرح فاقہ کرنا شروع کر دیا ہے ... ان دنوں مسٹر گو بند کمار کی صورت بھی کچھ اتری ہوئی سی تھی۔ اب بے چارے ہیڈ ماسٹر صاحب ان کی خوشامد کرنے لگے کہ آپ برت توڑ دیجے۔ اس وقت خصوصاً بہت لطف آتا جب وہ چپکے سے گلاب جامن رکھ کر کہتے ... ''نہیں ہیڈ ماسٹر صاحب! جب تک آپ مجھے سچے دل سے معاف نہ کر دیں گے، میں برت نہیں توڑوں گا''، ... دیوان صاحب کہتے ''بھئی اب توڑ ڈالو برت ...'' ہیڈ ماسٹر صاحب اپنے الفاظ واپس لینے پر تیار ہیں۔ غلطی ہو گئی ان سے ... انسان ہی سے غلطی ہوتی ہے کیوں ہیڈ ماسٹر؟'' بے چارے ہیڈ ماسٹر نے تسلیم کر لیا کہ غلطی دراصل ان ہی کی تھی۔ دیوان صاحب نے لقمہ دیا۔ ''بھئی گو بند کمار! کیوں اپنا خون خشک کر رہے ہو ... اب تو ہیڈ ماسٹر صاحب تک شاپ میں تم کو کچھ کھلانے کو بھی تیار ہیں''، ہیڈ ماسٹر اس بات پر بھی آمادہ ہو گئے۔ اس دوران میں سب آستینوں میں منہ چھپا چھپا کر ہنستے۔ ان کی سادگی کو مد نظر رکھتے ہوئے ان کی جیب خالی کرنے کی کوشش نہیں کی گئی۔ پر شو تم کے پہلے چند دن اچھے گزر گئے لیکن آہستہ آہستہ اس ہنسی مذاق کے پس پردہ جو بے بسی تھی اس کا

احساس ہونے لگا۔اس نے محسوس کیا کہ اسکول کے دوسرے ٹیچر کمپوزیشن ٹیچروں سے بات کرنا اپنی ہتک سمجھتے تھے۔ کبھی کسی کمپوزیشن ٹیچر سے بے تکلف ہونے کی کوشش نہ کرتے۔ خالی گھنٹوں میں بڑی رعونت سے لان میں کرسیوں پر بیٹھے آپس میں گپ ہانکتے۔ یوں ہی چلتے پھرتے کبھی مل جائیں تو اس بات کی توقع رکھتے کہ کمپوزیشن ٹیچر ان کو سلام کریں گے۔ ایک دن پرشوتم کے پندار کو سخت دھچکا لگا جب اس نے ایک لڑکے کی کاپی پر لکھا۔ ''بہت عمدہ''، اس پر بے ہودہ کلاس ٹیچر نے ایک اور لڑکے کے ہاتھ کے کاپی واپس بھیج دی اور کہلا بھیجا کہ ''یہ بتائیں کہ اس لڑکے کے مضمون میں کیا خوبی ہے جو اس کے نیچے ''بہت عمدہ'' لکھا گیا ہے''، اس پر اسے بہت ٹیش آیا۔خون کا گھونٹ پی کر رہ گیا۔

یہی نہیں بلکہ اسکول والے کمپوزیشن اسٹاف کو یوں ہی سمجھتے تھے۔ انہیں طویل چھٹیوں کی تنخواہ نہیں دی جاتی تھی۔ اپنے کام کے علاوہ بھی اسکول کا کوئی فالتو کام ہوتا تو وہ کمپوزیشن ٹیچروں کو کرنا پڑتا۔ اگر کسی جماعت کا امتحان ہوتا تو کمپوزیشن ٹیچر کی ڈیوٹی لگا دی جاتی کہ وہ لڑکوں کی دیکھ بھال کرے یا شہر کے کسی برانچ اسکول میں اگر کوئی ٹیچر کسی دن غیر حاضر ہوتا تو کمپوزیشن اسٹاف میں سے کسی کو بھیج دیا جاتا۔ بے چارے کمپوزیشن ٹیچر جوتیاں چٹخاتے جاتے۔ سارا دن ان سے بیگار لی جاتی۔

کمپوزیشن ٹیچروں کی لڑکوں کے دلوں میں بھی کچھ عزت نہ تھی۔ کلاس ٹیچر اپنی جماعت کے لڑکوں کے سامنے کوئی نہ کوئی ایسی بات ضرور کہہ دیتے جس سے ان لڑکوں کو اپنے کلاس ٹیچروں کی برتری کا احساس ہو اور کمپوزیشن ٹیچران کی نظروں سے گر جائیں۔ کمپوزیشن ٹیچر کو کسی دن کی چھٹی نہیں مل سکتی تھی۔ اگر وہ ایک آدھ چھٹی لینے پر مجبور بھی ہو تو اس کی عرضی ہیڈ ماسٹر کے پاس پہنچنا لازمی تھی۔ اس کے باوجود چھٹیوں کے دنوں کی تنخواہ کاٹ لی جاتی تھی۔ کچھ دنوں کے بعد ایک نیا آرڈر جاری کیا گیا۔ اس کی رو سے کوئی کمپوزیشن ٹیچر اسکول کے وقت میں اسکول کی حدود سے باہر نہ جا سکتا تھا۔ اس کے محرک بھی کلاس ٹیچر تھے کیونکہ ان کے کام کی نوعیت ہی ایسی تھی کہ وہ اسکول ٹائم میں اسکول سے باہر نہ جا سکتے تھے۔اس لیے انھوں نے دباؤ ڈالا کہ کمپوزیشن اسٹاف کی یہ رعایت جبراً روک دی جائے۔ جس دن یہ آرڈر نکلا، کمپوزیشن اسٹاف میں کافی لے دے ہوئی لیکن یہ کھچڑی اندر ہی اندر پک کر رہ گئی۔

کلاس ٹیچر کمپوزیشن ٹیچروں کو ذلیل کرنے کا کوئی موقع ہاتھ سے جانے نہ دیتے تھے بلکہ اگر کوئی سبب نہ بھی ہو تو وہ پیدا کر لیتے۔ سینکڑوں کاپیوں میں سے ایک آدھ غلطی درست ہونے سے رہ جاتی تو فوراً اتنی سی بات کا پروپیگنڈا شروع کر دیتے۔ اگر زیادہ غلطیاں نکالی جاتیں تو اعتراض کرتے کہ اتنی غلطیاں نکالنے

سے کیا فائدہ؟ لڑکے نہ اتنی غلطیوں پر غور کرتے ہیں نہ ان کو اس قسم کی درستی سے کچھ فیض پہنچتا ہے اور اگر غلطیاں کم نکالی جاتیں تو پھر کہتے ''صاحب! بڑے سست ہیں۔ یہ کمپوزیشن ٹیچر مفت کی کھاتے ہیں۔ غلطیاں نظر انداز کر جاتے ہیں۔ آخر کاپیاں دیکھنے سے فائدہ ہی کیا۔ اگر غلطیاں جوں کی توں موجود رہنے دی جائیں،''

پرشوتم نے ''ضرورت'' کے اشتہار از سرِ نو دیکھنے شروع کر دیئے۔ اس کا دل اس جگہ سے اچاٹ ہو رہا تھا۔ پہلے اس کا خیال تھا کہ ان تعلیم یافتہ لوگوں میں رہ کر وہ خوشی کے دن بسر کرے گا لیکن معلوم ہوا کہ یہ نام نہاد تعلیم یافتہ ان پڑھوں سے بھی گئے گزرے ہیں۔ ان کے ہتھیار زیادہ اوچھے ہیں۔

ایک مرتبہ اس نے ایک کاپی میں بے شمار غلطیاں دیکھیں۔ اس نے مسٹر گوہل سے کہا ''جناب اس کاپی میں بہت زیادہ غلطیاں ہیں۔ اس کو درست کرنے کے معنی تو یہ ہیں کہ از سرِ نو ایک مضمون لکھ دیا جائے،'' گوہل صاحب بظاہر تو یوں دکھائی دیتے تھے جیسے ان کے منہ میں دانت ہی نہیں ہیں لیکن جب ہنستے تو یہ بڑے بڑے دانت نمایاں ہو جاتے۔ چنانچہ آپ ہنس پڑے۔ ''ارے صاحب! کیے جائیں۔ اگر ایسے لڑکے نہ ہوں تو ہم آپ کو کون رہنے دے یہاں پر۔ انہیں کی تو کمائی کھاتے ہیں۔'' دو ایک نے اور ہاں میں ہاں ملائی۔ پرشوتم کے دل میں یہ بات تراز وہو کر رہ گئی۔ پیٹ بھرنے کا مسئلہ جس قدر سیدھا سادا تھا، ان اشرف المخلوقات کے بچوں نے اسی قدر زیادہ دشوار اور پیچیدہ بنا دیا تھا۔ اس دن وہ دیر تک دل ہی دل میں کڑھتا رہا۔

دسویں جماعت کے سالانہ امتحان قریب آ رہے تھے۔ لڑکوں کے فارم وغیرہ بھیجنے کا کام تھا۔ اس کے لیے سوائے کمپوزیشن ٹیچروں کے اور کون موزوں ہو سکتا تھا۔ چنانچہ انہیں کے سپرد کیا گیا۔ سارا کام معمول کے کام کے علاوہ یہ بیگار بھی انہیں کے حصہ آئی۔ ہیڈ کلرک بھی آن بیٹھتا، کچھ ہاتھ بٹاتا، کچھ جلی کٹی سناتا۔ اس کی صورت منحوس اور بات چیت ہمیشہ گستاخانہ ہوتی تھی۔ مسٹر گوہل اور پرشوتم ساتھ ساتھ کام کر رہے تھے۔ فارموں کے اندراجات رجسٹر میں نقل کیے جا رہے تھے۔ ہیڈ کلرک باتوں باتوں میں کہنے لگا ''ارے صاحب! اب تو کمپوزیشن ٹیچر مزا کرتے ہیں مزا۔ جب دیکھو اِدھر اُدھر مٹر گشتی کرتے پھرتے ہیں۔ جب جی چاہا اسکول آ گئے۔ جب دل چاہا گھر کو چل کھڑے ہوئے۔ پہلے ان سے بہت سختی سے کام لیا جاتا تھا۔ ہر کلاس سے خود کاپیاں لاتے تھے اور درستی کے بعد خود کلاسوں میں جا کر کاپیاں بانٹتے تھے اور اگر ذرا سی غلطی ہو جاتی تو فوراً جواب طلبی ہوتی... اور صاحب اب؟...،''

جب ہیڈ کلرک اس طرح بک رہا تھا، پرشوتم کا خون کھولنے لگا۔

ایک دن کمپوزیشن اسٹاف کے ٹیچر اپنے کام میں مصروف تھے۔ اتنے میں چپڑاسی کاغذ کا پرزہ لے کر آیا۔ مسٹر گوہل چند لمحوں تک اسے دیکھتے رہے، پھر چپڑاسی کے چلے جانے کے بعد آپ نے یکایک دانت نکال دیئے۔

'' کیوں جناب، کیا بات تھی؟ نیا آرڈر تھا؟ ''

'' ہاں نیا آرڈر... آپ کو معلوم ہے کہ دسویں جماعت کے لڑکوں کے امتحانات نزدیک آ رہے ہیں۔ اس لیے کمزور طلبا کی جماعت شام کو ہوا کرے گی۔ اب چھٹی پانچ کے بجائے ساڑھے چھ بجے ہوا کرے گی۔ آپ لوگوں میں سے ہر ایک کی ڈیوٹی لگا دی جائے گی۔ نوٹ کر لیں ''

'' کیوں جناب، یہ زائد کام کس سلسلے میں لیا جائے گا۔ کیا ہم کو تنخواہ بھی زیادہ ملے گی؟ ''

'' نہیں صاحب، تنخواہ و نخواہ وہی پرانی ہو گی ''

'' تو یہ زائد کام کیوں؟ ''

'' یہ ہیڈ ماسٹر سے پوچھیے ''

اس پر ہنگامہ پیدا ہوا۔ خوب بحث ہوئی۔ زور شور سے احتجاج کیا گیا لیکن صرف کمرے کے اندر اور اس لہجہ میں کہ آواز باہر نہ جائے۔

جنگل میں منگل

موسم سرما کی صبح۔ سورج طلوع ہو چکا تھا لیکن ابھی کہرے میں چھپا ہوا تھا۔

وہ کس قدر خوش تھی۔ زندگی میں ایسے مواقع کم ہی آتے ہیں۔ یوں تو ہفتہ بھر سے گھر میں مہمانوں کا جمگھٹا تھا۔ خوب چہل پہل تھی لیکن کل شام کیپٹن جاوید کی آمد تو گویا سونے پر سہاگے کا کام کر گئی۔

پہلے پہل جب اس نے سنا کہ اس کے چچازاد بھائی سے اس کی بابت بات چیت ہو رہی ہے۔ اس وقت نہ تو وہ خوش تھی اور نہ مایوس۔ آخر شادی تو کسی نہ کسی سے ہونی ہی تھی۔ جاوید کے ساتھ وہ بچپن میں کھیلتی رہی تھی۔ کیا بلحاظ صورت کیا بلحاظ عادات وہ ایک معمولی لڑکا تھا لیکن اب کنگز کمیشن لے کر وہ لیفٹیننٹ بنا تو اس نے اپنا فوٹو بھیجا۔ افوہ! چار برس کے قلیل عرصہ میں وہ کس قدر بدل گیا تھا۔ اب تو وہ اچھا خاصا حسین نظر آتا تھا۔ جسم بھی بھر گیا تھا۔ کاندھے چوڑے، سینہ ابھرا ہوا۔ گردن خوب اکڑی ہوئی۔ فوٹو میں وہ سنجیدہ اور متین شخص نظر نہ آتا تھا بلکہ اچھا خاصا اکڑا ہوا تھا۔ یہ خواہ مخواہ کی اینٹھ ذوقِ سلیم پر گراں ضرور گزرتی تھی لیکن اس کے باوجود فوٹو دیکھتے ہی وہ اس کی تسبیح پڑھنے لگی۔ کل شام جب جاوید کیپٹن بن کر، چھٹیوں کے چند دن گزارنے کے لیے ان کے ہاں پہنچا تو وہ اس کو ڈرائنگ ہال کی کھڑکی میں سے دیکھتی رہی تھی۔ موٹر پورچ میں آ کر رکی۔ اندر سے کیپٹن جاوید ہاتھ میں بید لیے برآمد ہوئے۔ آنکھوں پر ہلکے سیاہ رنگ کا چشمہ، بغل میں ٹوپی، پاؤں میں کچر مچر بولنے والے بوٹ ٹھاٹھ سے اٹھاتا تھا... آتے "ہلو شمی!"... سب دم بخود کیپٹن صاحب کے سامنے کون دم مار سکتا تھا۔

بعد میں ماں نے ہدایت کر دی "بیٹی! زیادہ شرمانے کی ضرورت نہیں۔ انگریزی لوگوں میں رہتا ہے، یوں چھوئی موئی سی بنی رہو گی تو بر امان جائے گا... اور بھئی! بڑا آدمی ہے۔ اب موم کی ناک کی طرح جدھر گھمائے، گھوم جاؤ۔ قیاس سے معلوم ہوتا ہے تمہاری ہی جانچ پڑتال کرنے آیا ہے۔"

بلی کے بھاگوں چھینکا ٹوٹا... کیپٹن جاوید بات بات میں ''بھئی شمی'' کا استعمال فرماتے ہیں اور بی شمی چون و چرا حکم بجا لاتی ہے۔ باتوں کا مسکرا کر جواب دیتی ہے۔ تولیہ بڑھاتی ہے، سونے کے کمرے تک چھوڑ آتی ہے۔ اپنے ہابی (مشغلے) بتاتی ہے۔ وہ کس قدر خوش تھی!!

وہ باورچی خانے میں کھڑی گھر والوں کی باتوں کی آوازیں سن رہی تھی۔ آج بھی جلدی سے اٹھ بیٹھے تھے۔ پکنک پر جانے کا پروگرام تھا۔ تین چار میل پر گندھک کے پانی کا چشمہ تھا۔ بڑی پُرفضا جگہ تھی۔ ایک اونچا آبشار، قریب ہی ایک شوریدہ سرنالہ وہاں کئی لوگ جایا کرتے تھے بعض تفریح کے لیے، بعض علاج کی غرض سے۔ رستہ بھی پہاڑی تھا۔ ایک پتلی سی پگڈنڈی، پہاڑی نالوں ڈھلوانوں، کھڈوں اور کھیتوں میں سے ہو کر جاتی تھی اور پھر سب مہمانوں... خصوصاً کیپٹن جاوید کے ساتھ پکنک کا لطف دوبالا ہو جائے گا۔

شمی کے لبوں سے مسکراہٹ پھوٹی پڑتی تھی۔ اس نے توے پر گھی ڈال کر اٹھا الٹا دیا۔ ابھی نو کر سو کر بھی نہ اٹھے تھے۔ بے چارہ پہاڑی لڑکا برآمدے میں ہی پڑا تھا۔ اس کو جگایا۔ دونوں نے مل کر سب مہمانوں کو چائے پلائی۔ رات بھی دیر تک باتیں ہوتی رہی تھیں۔ صبح مرغ نے باغ بھی نہ دی تھی کہ چچا رفیع یوں ہی باہر نکلے، شمی کی ماں کے کھانسنے کی آواز سن کر ادھر چلے آئے۔ اماں نے شمی کو بھی جگا دیا۔ اس کے بعد اس کی بوا، دادی اماں، پھوپھا ڈاکٹر منظور، ایک دور کے رشتہ دار حامد ریٹائرڈ ڈی پی سی۔ ایس... غرض بچوں سمیت سبھی جاگ اٹھے۔ البتہ کیپٹن جاوید اپنے کمرے میں پڑے سوتے رہے... بجلی کی روشنی میں، سب لوگ رضائیاں لپیٹ، بستروں میں ہی گھس کر بیٹھ گئے۔ بات شروع ہوئی تھی۔ شمی کے مرحوم ابا کے اوصاف سے... پھر بات جو چلی لگی بے پر کی اڑنے، لطیفے پہ لطیفہ، قہقہے پر قہقہہ۔ چچا رفیع بڑی بے تکلف ہنسی ہنستے تھے۔ ان کی عام بات چیت بھی بلند آواز ہوتی تھی۔ پولیس انسپکٹر رہ چکے تھے۔ رسی جل گئی بل نہ گئے۔ آواز میں رعب اور صورت سے دبدبہ ٹپکتا تھا۔ وہی روایتی مونچھ والے مرد تھے، بھاری ٹھڈی، ایک دوسرے سے جڑے ہوئے مضبوط اور خوبصورت دانت، پھیلی پھیلی بھنویں، باتیں کرتے تو دور سے سننے والے کو یوں معلوم ہوتا جیسے جھگڑ رہے ہوں۔ قہقہہ لگاتے تو اس زور سے کہ کھڑکیوں کے شیشے لرزا اٹھیں۔ اس کے برعکس ڈاکٹر گویا ان کی ضد تھے۔ یوں مونچھیں تو ان کی بھی بچھو کے ڈنک کی طرح تھیں لیکن رعب خاک بھی نہ تھا۔ ان کو کوئی لطیفہ نہ سوجھتا تھا۔ دوسروں کے چھبے ہوئے فقروں یا رمزوں کو بالکل نہ سمجھتے تھے۔ سب کو ہنستے دیکھ کر ہنس پڑتے تھے لیکن اس انداز سے جیسے معذرت کر رہے ہوں۔ دھیرے دھیرے رک رک کر جیسے کہہ رہے ہوں، کیوں ہنساتے ہو مجھ کو۔ مجھے ہنسی آتی تو ہے نہیں۔ ہنسنے کی بات ہی کیا ہے آخر لیکن حامد

صاحب بڑا شستہ مذاق رکھتے تھے۔ کم گو تھے لیکن نکتہ رس اور رمزشناس۔

پراٹھے پر پراٹھا پک رہا تھا۔ سب ایک ایک پیالہ چائے پی چکے تھے۔ بے چارے جاوید رہ گئے وہ پڑے سوئے رہے ورنہ ان کو بھی چائے مل جاتی۔ اب تو شاید جاگ اٹھے ہوں۔ باتوں کی آواز سن کر ممکن ہے اماں کے کمرے میں آ جائیں اور اس کو وہاں نہ پا کر...

’’بھئی شمی!‘‘

شمی نے آنچل سنبھالا۔

’’آپ یہاں ہیں؟ کب سے ڈھونڈ رہا ہوں... کیا بن رہا ہے یہ؟‘‘

’’جی پراٹھے ہیں قیمے والے...‘‘ وہ زمین کی طرف دیکھنے لگی۔

’’پراٹھے؟ اوہو پکنک کی تیاریاں ہیں... نوکر کیا ہوئے۔ آپ کیوں پکا رہی ہیں۔ میں کچھ مدد کر سکتا ہوں آپ کی؟‘‘

شمی کے سر سے آنچل کھسکا جا رہا تھا... بمشکل بولی ’’پک جانے دیجیے، پھر ضرورت ہو گی آپ کی‘‘ گال سرخ ہو گئے۔

’’ہو ہو ہو‘‘ جاوید نے قہقہہ لگایا۔ اس کے گاؤن کے اونی پھندنے ہلنے لگے۔ ’’ہمیں ایک پیالہ چائے دیجیے نا!‘‘

چائے کا پیالہ ہاتھ میں لے کر وہ چھوٹے چھوٹے گھونٹوں میں اسے پینے لگا۔ ’’تو بھئی کیا پراٹھے ہی رہیں گے! کچھ اور نہ ہو گا کھانے کے لیے؟‘‘

’’فہرست تو کافی بڑی تھی...‘‘

’’مثلاً...‘‘

’’پھل، مربے، پیسٹری، مٹھائی، مچھلی...‘‘

’’مچھلی!... کیوں نہ وہاں مچھلیاں پکڑنے کا شغل رہے‘‘

’’بڑی نہیں، بہت چھوٹی چھوٹی ہیں...‘‘

’’تو ان ہی کو پکڑیں گے‘‘

شمی خاموش رہی۔

’’فہرست مکمل نہیں ہوئی؟‘‘

’’نوکر جائیں تو کسی کو بازار بھیجا جائے۔ رات پروگرام بہت دیر سے بنا۔ اب اگر نوکر سائیکل پر جائے تو بھی ڈھائی میل جانا، ڈھائی میل آنا۔ بازار نزدیک تو ہے نہیں،‘‘

’’تو بھئی سرونٹ کوارٹر میں جاکر کسی نوکر کو بلا لاتا ہوں۔ آخر دیر بھی کیوں کی جائے؟‘‘ جاوید خالی پیالہ میز پر رکھ کر شمی کے قریب کھڑے رہے۔

شمی نے چھپتی نظروں سے ان کی طرف دیکھا۔

’’شمی!‘‘ وہ آگے کو جھک گئے۔ شمی کا دل دھڑکنے لگا۔

’’آپ کے لیے ایک چیز لایا ہوں،‘‘ جاوید نے گاؤن کی جیب میں سے دمکتے ہوئے موتیوں کا ایک ہار نکالا ’’اجازت دیجیے، میں یہ ہار آپ کے گلے میں پہنا دوں،‘‘ ۔ ۔ ۔ اور پھر بلا اجازت جاوید نے آگے بڑھ کر ہار پہنا دیا۔ ’’پکنک پر اس کو پہن کر چلیے گا،‘‘ پیشتر اس کے کہ اس کا گداز سینہ موتیوں کی ٹھنڈک کو محسوس کر سکے جاوید کچن سے باہر نکل گیا۔

شمی امیر گھر کی بیٹی تھی۔ وہ ان موتیوں کی قیمت کا اندازہ لگا سکتی تھی ۔ ۔ ۔ اوہ! اس نے موتیوں کو دونوں ہاتھوں میں لے لیا اور اپنے رخسار پر رکھ دیا۔ ۔ ۔

کوٹھی کے باہر ایک بڑا چوکور چبوترا تھا۔ گرمیوں میں شام کے وقت بڑے پھاٹک والا لان ’’مردانے‘‘ کا کام دیتا اور کوٹھی کے اس جانب چبوترے پر عورتیں جمع ہو جاتیں یا اگر گھر کے سب لوگ مل بیٹھنا چاہتے تو یہی موزوں جگہ ہو سکتی تھی۔

چونکہ اب دھوپ اچھی خاصی نکل آئی تھی اس لیے گھر کے لوگ بے ترتیب کرسیوں پر بیٹھے تھے سوائے شمی کے سب لوگ ایسے بے فکرے تھے جیسے کہیں جانے کا خیال ہی نہ ہو۔ ادھر ادھر کی ہانک رہے تھے لیکن جب نوکر بازار سے لدا پھندا الوٹا تو پھر ہر کوئی اچک اچک کر چیزوں کا جائزہ لینے لگا۔ پھلوں کی ٹوکریاں، مچھلی کے ڈبے، پیسٹریاں، اچار، مربے، ڈبل روٹیاں، گرم گرم سموسے، رس گلوں اور بنگالی مٹھائی سے لبریز آبخورے ۔ ۔ ۔ دادی نے اور ضروری چیزیں منگوائیں ۔ ۔ ۔ اسٹو، تھرماس، چورا چائے کا ڈبہ، شکر، پلیٹیں وغیرہ ۔ ۔ ۔ اتنے میں ان کے پڑوسی، پارسی میاں بیوی آن پہنچے۔ وہ بھی مدعو کیے گئے تھے۔ مسٹر گزدر دجن کو لوگ مذاق سے گز بھر بھی کہا کرتے تھے۔ ٹھنگنے سے ادھیڑ عمر کے شخص تھے۔ شہر میں ان کے دو سینما ہاؤس تھے۔ ایک اسکیٹنگ رِنک، ایک موسیقی کے سازوں کی دکان ۔ ۔ ۔ صحتمند، چست و چالاک نوجوانوں کو مات کرتے تھے۔ بات کرتے وقت ان کی بھنویں خوب حرکت کرتیں۔ ان کی بیوی شیریں بلا

کی حسین عورت تھی۔ اونچی ایڑی کی گرگابی پہن کرو ہ خاوند سے بلند قامت نظر آتی تھی۔ادھیڑ عمر ہونے کے باوجود خوب رُو اور طرح دار ۔ ۔ ۔ بات کرتی تو منہ سے پھول جھڑتے ۔خوش ادا، نفاست پسند اور ہنس مکھ ۔ ۔ ۔ ان کی اولاد بھی خوبصورت اور سمجھدار تھی۔سب سے چھوٹے دو بچے ان کے ساتھ تھے۔ آتے ہی محبوب کو ڈھونڈنے لگے۔محبوب جس کو پیار سے ''بوبی'' کہہ کر پکارا جاتا تھا، شمی کا پانچ سالہ بھائی تھا۔وہ طوطے کی طرح بات کیے جاتا تھا اور شمی اس کی ہر بات کا جواب آج بہت ہی پیار سے دے رہی تھی۔کتنا پیارا بچہ تھا، شمی نے اس کو گلے سے لگا کر بھینچا۔

ناشتا کا سامان پہلے کھانے کے کمرے میں لگایا گیا تھا۔ پھر تجویز یہ ٹھہری کہ باہر چبوترے پر ہی ناشتا کیا جائے۔سب انسپکٹر خوب زور سے ہاتھ ملتے ہوئے کرسی کھسکا کر آگے بڑھے۔ انھوں نے باقی کا کام سنبھالا۔غلاف میں لپٹی ہوئی بڑی سی چائے دانی کا ڈھکنا اٹھا کر ۔ ۔ ۔ ۔ ۔ اندر جھانکتے ہوئے بولے ''چائے سٹرانگ رہے گی کچھ''

بڑی اماں لاکھ بوڑھی سہی لیکن ان کا دل جوان تھا۔جوان کیا بلکہ بچہ تھا۔ کیا مجال جو سیر و تماشے کا کوئی موقع بھی ہاتھ سے جانے دیں۔ادھر بچوں کے لیے دو ٹوسٹ سج دھج کر آئے تو ادھر بڑی اماں کے لیے ڈانڈی بھی آن پہنچی۔ بچے مارے خوشی کے ٹینس کورٹ میں دوڑ لگاتے رہے۔ پھر باغ کے گرد ا گر د گھنی باڑ کے نیلے رنگ کے چھوٹے چھوٹے پھول اور زرد زرد دانوں کے گچھوں کی کلغیاں بنا کر ٹوپیوں میں ٹھونس لیں۔ بزعم خود بادشاہ اور نواب بنے ہوئے آئے۔ان کو دیکھ کر کیپٹن جاوید نے گٹار بجانی شروع کر دی۔

خدا خدا کر کے یہ قافلہ روانہ ہوا۔

ڈانڈی پر بیٹھی ہوئی اماں دادی اماں سب سے بلند گویا سالارِ قافلہ تھیں۔ان کے چہرے پر باوجود بڑھاپے کے بہترین صحت کے آثار نمایاں تھے۔ وہ بار بار اپنے بالوں پر ہاتھ پھیرتیں اور مسکراتیں۔ان کا دم بھی غنیمت تھا۔ایسی کئی پکنکوں میں حصہ لے چکی تھیں۔اس لیے کل انتظامات کرنے میں بڑی ماہر تھیں۔ کیا مجال جو کوئی بھی ضروری شے ان کی نظر سے بچ جائے یا کوئی شے منزلِ مقصود پر پہنچ کر یاد آئے۔چھوٹے چمچے اور جھاڑن تک لے جانا نہ بھولتی تھیں۔

مسز گزدر سب انسپکٹر صاحب کے ساتھ ہنس ہنس کر باتیں کر رہی تھیں۔مسٹر گزدر ہاتھ میں چھڑی لیے حامد کے ساتھ گپ اڑا رہے تھے۔اماں، پھوپھی اور شمی کی ایک علیحدہ ٹولی تھی۔ کیپٹن جاوید شمی کے ارد گرد منڈلا رہے تھے۔ادھر ڈاکٹر منظور ایک نوکر سے کرید کرید کر سوالات پوچھ رہے تھے ''کیوں بے تیری

شادی ہو گئی کیا؟ پھر کہاں گئی بیوی؟ ابے تو نے اسے چھوڑ دیا یا اس نے دی لات... ''اور بچے ٹٹوؤں پر سوار ٹھمک ٹھمک کر چلے جا رہے تھے۔ بوبی چھوٹی بہن کو ساتھ بٹھائے ایک ذمہ دار شخص نظر آتا تھا۔ مسٹر گزور کے دونوں بچے بھی اپنے ٹٹو پر سوار تھے۔ بچوں میں بحث ہو رہی تھی۔ موضوع یہ تھا کہ ان میں کون سا ٹٹو اصلی پیٹو تھا۔

گزور صاحب کی نیو فونڈ لینڈ نسل کی کتیا بھی زمین سونگھتی چلی جا رہی تھی۔

پہلے وہ اکیلی و کیلی کوٹھیوں کے قریب سے ہوتے ہوئے تھوڑی دور تک چھوٹی نہر کے کنارے کنارے چلتے رہے۔ اس نہر کا پانی نہایت صاف تھا۔ چھوٹے چھوٹے مختلف ڈیل ڈول کے رنگ برنگ پتھر پانی میں سے جھلک رہے تھے۔ پانی کے کنارے لمبی ہری ہری گھاس لہلہا رہی تھی۔ بیچ بیچ میں پودینے کی خوشبودار بوٹی اُگی ہوئی تھی۔ کہیں کہیں گول گول پتوں والی برہمی بوٹی بھی نظر آ جاتی تھی۔ سب سے بلند کتا گھاس تھی۔ اگر کسی کا کپڑا اس سے چھو جاتا تو اس کے دانے کپڑے سے چپک کر رہ جاتے۔ نہر چھوڑ کر وہ پگڈنڈی پر ہو لیے جو ڈھلوانوں میں سے ہوتی ہوئی چائے کے باغ میں غائب ہو جاتی تھی۔

ابھی دھند صاف نہ ہوئی تھی۔ جوں جوں سورج بلند ہو رہا تھا، دھند بھی غائب ہوتی جا رہی تھی۔ قہقہوں پر قہقہے بلند ہو رہے تھے۔ باتوں میں چچا رفیع سے کون بازی لے جا سکتا تھا۔

دادی اماں نے گزور صاحب کو پکار کر کہا۔ '' کیا اچھا ہوتا اگر آپ بڑے لڑکے کو بھی ساتھ لے آتے۔ کیا نام... بھلا سا نام ہے اس کا ''

گزور صاحب ہنسے۔ ان کے مضبوط دانت اور سرخ مسوڑھے نمایاں ہو گئے۔ '' سوبی؟ آپ کو معلوم نہیں، سوبی نے موٹر سائیکل خریدی ہے۔ آج کل اسی دھن میں ہے۔ جب سے میں نے لائسنس لے دیا ہے، تب سے دن رات موٹر سائیکل کا بھتنا سر پر سوار ہے۔ اگر موٹر سائیکل اس رستہ سے جا سکتی تو وہ ہمارے ہمراہ ضرور آتا... '' اماں بولیں '' موٹر سائیکل کس خوشی میں خرید دی آپ نے؟ ''

'' میں کاہے کو خرید کر دیتا۔ یہ تو ایسی بدبخت سواری ہے کہ میں عمر بھر اس کو خرید کر نہ دیتا۔ خود پانچ ماہ کا جیب خرچ جمع کر کے خرید لی شریر نے ''

شیریں نے دادی اماں سے پوچھا '' آپ اب نئی کار کب خرید رہی ہیں؟ ''

'' نئی؟ نئی کا کیا ہو گا؟ پہلے جو ایک موجود ہے ''

'' رہنے دیجیے، اب اس میں کیا رکھا ہے۔ پرانا ماڈل ہوا اور پھر فورڈ ''

''تو فورڈ کچھ بری تو نہیں ہے،،

''آپ کو تو رولز رائس رکھنی چاہیے،،

شمی کی اماں بولیں ''رولز رائس خرید نے کا دم تو حامد صاحب میں ہے۔دیکھو تو کیسے دم سادھے جا رہے ہیں۔بینکوں کے مالک ہیں۔۔۔،،

شیریں کے لبوں پر دلفریب مسکراہٹ پیدا ہوئی ''کیوں مسٹر حامد کچھ فرمائیے نا! آپ کار لیجیے تو ہم بھی فخر سے گھومنے جایا کریں گے۔۔۔ وہ کون سے بینک کے مالک ہیں آپ، ہم کو تو آج تک پتہ ہی نہ چلا،،

''بانو آپ تو مجھ کو بنا رہی ہیں۔آپ بھی ان کی باتوں میں آ گئیں،،

اماں بولیں ''لیجیے اور سنیے۔کہیے نا وہ کازمو پالیٹن بینک،،

''واہ صاحب واہ! آپ نے مجھ کو مالک کب سے بنا دیا۔میرا نام حصہ داروں میں لیجیے نا!،،

اب پارٹی چائے کے باغ میں داخل ہو گئی۔

دادی اماں نے کشمیری چادر کندھوں پر ڈالتے ہوئے پکار کر کہا ''ایک بات ہماری سمجھ میں نہیں آئی۔ یہ چائے کی سبز پتیاں ہماری چور چائے میں کیوں کر تبدیل ہو جاتی ہیں۔ کیوں نہ پتیاں توڑ کر لے چلیں اور سکھا کر چائے بنائیں اور دیکھیں کیا لطف آتا ہے،،

رفیع صاحب آگے بڑھ کر بولے۔ ''لیجیے میں سمجھاتا ہوں آپ کو۔اس پودے کی ساری پتیاں کام میں نہیں لائی جاتیں۔صرف کونپلوں کی تین یا ڈھائی پتیوں کی چائے بنتی ہے،،

سب لوگ کھڑے رفیع صاحب کی باتیں سن رہے تھے۔شمی اماں کے پاس گھسی کھڑی تھی۔جاوید نے پیچھے سے برقعے کا دامن کھینچ لیا۔اس نے گھوم کر دیکھا، بڑی دیر بعد شرارت کو بھانپ سکی۔رفیع صاحب کا لیکچر ختم ہوا اور سب لوگ آگے چل کھڑے ہوئے۔

چائے کا باغ ختم ہونے پر تھوڑی سی ہموار جگہ آئی۔ آگے برسات کا پانی کھڑا تھا۔کنارے پر ہری بھری لمبی لمبی گھاس اُگی ہوئی تھی۔سرسبز جھاڑیاں، قریب ہی ایک گھر ات اس کے بعد جنگل چھوٹی چھوٹی حسین پہاڑیاں۔

تھوڑی دیر تک قافلہ گھر ات کے قریب رکا۔ پانی تیزی کے ساتھ نیچے گر رہا تھا۔جگہ تنگ تھی۔ پانی کلبلاتا، شور مچاتا، جھاگ اڑاتا بہہ رہا تھا۔

شمی کی اماں نے پھر بات چھیڑی ''بانو! آج آپ کی ساڑھی غضب ڈھا رہی ہے۔ کتنے کی ہے؟،،

شیریں مسکرائیں ''سستی ہے، ڈیڑھ سو کی لی تھی،،

'' اللہ میرے ،، دادی پکاریں۔ ''مسٹر گزور! یہ کیا ظلم ہے۔اب آپ کنجوس ہوتے جارہے ہیں،،

'' جی نہیں،، شیریں بولیں۔ ''ساری کنجوسی میرے لیے ہے ورنہ بیلے کا جیب خرچہ ملاحظہ ہو۔ چار مہینے میں موٹر سائیکل خرید لی۔خود پرسوں کارنیوال میں پانچ سو سے اوپر کھڑے کھڑے ہار گئے ،،

گزور صاحب اپنی پوزیشن صاف کرتے ہوئے بولے ''دیکھو بانو! اگر آپ نے ہمارے بھید کھولے تو ہم آپ کے راز بھی افشاں کر دیں گے ... کہو بتا دوں؟،،

شیریں بانو شرما گئیں۔ نیچی نظروں سے شوہر کی طرف دیکھتے ہوئے بولیں ''کہہ ڈالیے نا! چھپاتے کیوں ہیں؟،،

ایسی مسکراہٹ کے بعد بے چارے گزور صاحب۔

'' کس قدر خوبصورت جگہ ہے، ونڈرفل!!،، جاوید ایک جگہ اسکول کے چھوکرے کے ماند اکڑ کر رک گئے۔

انسپکٹر رفیع بولے ''تو کپتان صاحب! یہاں ایک کوٹھی بنوا ڈالیے نا؟،،

'' درحقیقت میرا دل تو یہی چاہتا ہے۔اگر ... اگر ...،، انھوں نے شمی کی طرف چھپی نظروں سے دیکھا ... سب لوگ کھلکھلا کر ہنس پڑے۔

رستہ میں ایک چھوٹا سا گاؤں تھا۔سب لوگ اس جگہ ٹھہر گئے۔ایک طرف ایک دکان تھی جسے جنرل مرچنٹ کہنا چاہیے۔ دودھ، دہی، مٹھائی، پکوڑوں کے علاوہ آٹا، دال، موم بتی، سگریٹ، ماچس، پان، صابن، ازار بند، آئینے غرض ہر قسم کا سامان اس جگہ سے مل سکتا تھا۔

انسپکٹر رفیع پکار کر بولے '' بھئی اس جگہ پان کھائے جائیں گے ،،

حامد صاحب کہنے لگے ''لیکن پانوں کے خرچ کا بار کون اٹھائے گا؟،،

'' ڈاکٹر منظور!،، سب لوگ بول پڑے۔سب کی آنکھوں میں شرارت تھی۔ ''ڈاکٹر منظور ساری پارٹی کو پان کھلائیں گے۔ وہی سب سے موٹی آسامی ہیں،،

ڈاکٹر منظور حسبِ معمول بڑی مشکل سے ہنسے ہنسنے سے معذور رہوں۔وہ تھے صاحبِ ثروت لیکن کنجوس بھی پرلے درجے کے۔ باریک آواز میں بولے ''پان کھلانا تو بسرو چشم قبول ... لیکن میں موٹی آسامی کیوں کر ہوا؟،،

''بھئ وہ سٹّے میں جو تم نے لاکھوں روپے پیدا کیے ہیں اور یہ جو گھڑ دوڑ کے لیے بمبئی بھاگے جاتے ہو۔۔۔'' رفیع نے آواز کسی۔

منظور کچھ جھینپے۔ ''پولیس انسپکٹر ہوں، اڑتی چڑیا پہچانتا ہوں''

لاکھوں روپے کا نام سن کر دو ہٹے کٹے گورکھے جو دکان پر کھڑے سوڈا پی رہے تھے، ڈاکٹر منظور کی طرف دیکھنے لگے۔

پان کھانے کے بعد پارٹی روانہ ہوئی۔

ایک جگہ بڑی بے ڈھب اترائی تھی بعض لوگ بھاگے، بعض پھسلے، بعض چاروں شانے چت۔ رستے میں کمہاروں کے چند گدھے بجری سے لدے ہوئے اوپر آ رہے تھے۔ ان ہنستے کھیلتے ہلڑ مچاتے اشخاص سے جو مڈبھیڑ ہوئی تو بدک کر بھاگے یہ طرفہ تماشا ہوا۔ غرض اترتے وقت سارا قافلہ منتشر ہو گیا۔ نیچے پہنچ کر سب لوگ مارے ہنسی کے دہرے ہو ہو گئے۔ عورتوں کے سروں سے برقعے کھسک گئے۔

آگے بلند پہاڑیوں کے دامن میں بھدی بھدی جھونپڑیاں نظر آنے لگیں۔

چند پہاڑی کاٹھ کے مرتبان نما برتنوں میں دہی بھرے شہر کی طرف لپک رہے تھے۔ ان سے دو مرتبان دہی خریدا گیا۔

اب وہ بڑی ندی کے کنارے کنارے چل کھڑے ہوئے اور جنگلوں سے ڈھکے ہوئے پہاڑوں کے بیچ میں سے بہتی ہوئی آ رہی تھی۔

ایک طرف پہاڑی کے اوپر پانی کا چشمہ تھا۔ گاؤں کی عورتیں گھڑے کولھوں پر رکھے ست قدموں سے پہاڑی چڑھ رہی تھیں۔

میل بھر چلنے کے بعد آبشار کا شور سنائی دینے لگا۔

سب کے دل اچھلنے لگے۔ ذرا آگے بڑھے تو آبشار دکھائی دینے لگا۔ سب لوگ ٹھٹک کر رک گئے۔ پانی بڑی بلندی سے ندی میں گر رہا تھا۔ رستہ میں جہاں کہیں بھی ٹکراتا وہاں متواتر چھینٹے اڑنے سے بادل سے اٹھتے دکھائی دے رہے تھے۔ گہرے سبز رنگ کی جھاڑیوں کے بیچ میں پانی کی سفید سی لکیر کھینچی ہوئی جیسے بالوں کے درمیان مانگ۔

مسٹر حامد کو آرٹ سے دلچسپی تھی۔ قدرت کے نظارے بھی کس قدر پُرعظمت ہوتے ہیں۔

آہستہ آہستہ قدم اٹھاتے ہوئے وہ آگے بڑھے۔ اب پرانا مندر بھی نظر آنے لگا۔ وہ کھوہ بھی دکھائی دینے لگی جہاں ہر وقت پہاڑ میں سے بوندیں ٹپکتی رہتی تھیں۔ ایک طرف ایک چھوٹا سا مسافر خانہ تھا جو مریض زیادہ دن ٹھہرنا چاہتے، وہ اسی میں قیام کرتے۔

سب سے پہلے گندھک کا چشمہ دیکھا گیا۔ ایک چٹان کی دراڑ میں سے گندھک کا پانی ابل رہا تھا۔ صاف و شفاف جن پتھروں کو چھو کر پانی گزرتا تھا، ان پر سفید رنگ کی ایک موٹی سی لجلجی تہہ چڑھ گئی تھی۔ گندھک کی بو دور تک پھیلی ہوئی تھی۔

چشمے سے ذرا ہٹ کر لوگوں کی نظروں سے دور چٹائیاں بچھا دی گئیں۔ گراموفون ایک ہموار پتھر پر رکھ دیا گیا۔ بے ترتیب سامان کے درمیان عورتوں نے برقعے اتار پھینکے۔ مردوں نے پیٹیاں ڈھیلی کر دیں۔ دم لینے کے بعد مرد، کپڑے اتار ندی میں کود پڑے۔ دادی اماں کے دوپٹے سے مچھلیاں پکڑی گئیں۔ ایک دوسرے پر پانی اچھالا گیا۔ کارڈ بجائے گئے۔ تاش کھیلی گئی۔ لطیفے سنائے گئے۔ کیپٹن جاوید نے گٹار بجائی۔ اس قدر ہلڑ مچا کہ توبہ ہی بھلی۔ آخر تھک ہار کر شام کے وقت سب لوگ ایک ایک پتھر سر کے نیچے رکھ کر لیٹ گئے۔ اب صلاح یہ ٹھہری کہ چائے تیار کی جائے اور چائے پینے کے بعد واپسی کا بگل بجے۔ اس بات کی فکر نہ تھی کہ رات ہو جائے گی۔ چاندنی راتیں تھیں، سفر کا لطف دوبالا ہو جائے گا۔

اسٹوو پر پانی کا پتیلا رکھ دیا گیا۔ نوکر اُبلے ہوئے انڈے چھیلنے لگا۔ شمی کو پیاس محسوس ہوئی۔ دن بھر سب لوگ گندھک کا پانی پیتے رہے تھے لیکن اس کو بو بری معلوم ہوتی تھی۔ جاوید نے اس کی بات سن پائی۔ بولا ''چلو میرے ساتھ پانی پلا لاؤں۔ قریب ہی تو چشمہ ہے۔ دس منٹ کا رستہ۔''

وہ آزاد گھرانہ تھا لیکن اس حد تک آزادی مناسب تھی یا نہیں شمی کی اماں فیصلہ نہ کر سکیں لیکن کیپٹن جاوید کی بات کو رد کیوں کر کیا جائے۔ دادی اماں نے بگڑی بات بنائی ''جاؤ شمی! پی آؤ نا پانی۔''

شمی نے برقعہ سر پر ڈال لیا اور سمٹی سمٹائی پہلے جاوید کے پیچھے اور پھر اس کے ساتھ ساتھ ہو لی۔ اس نے چہرے کے آگے کا نقاب الٹ رکھا تھا۔ دونوں کے دل دھڑک رہے تھے۔ تنہائی میں کیپٹن جاوید کا حلق بھی خشک ہو رہا تھا۔ پہاڑی کے موڑ پر وہ سب کی نظروں سے اوجھل ہو گئے۔ گاہے شمی دانتوں تلے ہونٹ دبا لیتی۔ سیاہ برقعے میں سے اس کا دمکتا ہوا مکھڑا!!!

چشمے کے قریب پہنچ کر جاوید نے پانی کا پیالہ بھرا اور شمی کی طرف بڑھا دیا۔ پانی پینے کے بعد جب وہ لوٹنے لگے تو جاوید رک گیا۔

سورج غروب ہو رہا تھا اور اس کی الوداعی کرنوں نے پہاڑوں کی چوٹیوں کو سنہری رنگ سے رنگ دیا تھا، اونچے اونچے پروقار درخت جیسے آسمان کے سینے میں گھس گئے ہوں۔ درختوں کے بیچ میں سے نکل کر آنے والی دھوپ جیسے آری سے چرے ہوئے لکڑی کے بڑے بڑے تختے یا جیسے دریا کا بند ٹوٹ جانے سے برساتی نالی پانی کی میلی چادر سی بہہ نکلی ہو۔ ہر چہار جانب پراسرار خاموشی تھی۔ ان بلند قامت درختوں کے قدموں میں کھڑے ہوئے جاوید نے کہا '' کس قدر حسین منظر ہے شمی! ''

'' جی ''، شمی زمین کی طرف دیکھتی رہی۔ چند لمحوں کے لیے پھر خاموشی طاری ہو گئی۔

'' تم ... تمہیں وہ ہار پسند بھی آیا؟ '' ... کس قدر پھسپھسا سا سوال تھا۔ اس نے شمی کا ہاتھ تھام لیا۔ شمی تیز تیز سانس لینے لگی۔ اس کی چھاتیوں میں سمندر کی لہروں کے مدوجزر کی سی کیفیت نظر آنے لگی۔

'' بھئی یہ برقع بھی کیا '' جاوید نے آناًفاناً برقع جھپٹ کر اچھال دیا اور وہ ایک شاخ سے الجھ کر لٹکنے لگا۔ شمی نے اس کو روکنے کے لیے ہاتھ اوپر اٹھائے۔ جاوید کو اس کی کمر بازوؤں میں جکڑ لینے میں آسانی ہو گئی۔ اس نے اس کے ہونٹوں پر ہونٹ رکھ دیئے۔

اس نے سہمی ہوئی کبوتری کی متجسس نظروں سے اِدھر اُدھر دیکھا ... '' ہائے اللہ! کوئی دیکھ نہ لے ... کوئی دیکھ نہ لے ... ''

'' کون ...؟ ''

'' کوئی نہیں۔ کوئی بھی تو نہیں ''

گھاس کا گٹھا سر پر اٹھائے ایک لڑکی تیز تیز قدم بڑھاتی چلی جا رہی تھی۔ پاؤں میں چاندی کے پازیب، کہنیوں پر میل ... شہر کی گھاس منڈی ابھی بہت دور تھی۔ اس کا سر گھاس کے گٹھے میں اس قدر دھنسا ہوا تھا کہ وہ چار قدم سے آگے کچھ نہ دیکھ سکتی تھی۔ اس کا چہرہ تک چھپا ہوا تھا۔ صرف اس کی سرمئی رنگ کی گول چکنی ٹھڈی دکھائی دے رہی تھی جس جگہ اس کے لہنگے کا ازار بند بندھا ہوا تھا اس جگہ اس کے جسم کی جلد کی تنی ہوئی تکون سی نظر آ رہی تھی ... عظیم الشان آبشار کی عظمت سے بے خبر ... رواں دواں ... اس سے پرے گھاس کا گٹھا اٹھائے ایک اور لڑکی ... اس سے پرے اک اور ... پرے اک اور ... اک اور ... اور ... اور ...

اُس کی بیوی

سب کی آنکھ بچا کر وہ کھسکا... آخر وہ تھک گیا تھا۔ شادی کے موقع پر جو شور وغل ہوتا ہے اس سے کون واقف نہیں اور پھر دلہا بے چارے کی وہ مٹی پلید ہوتی ہے کہ توبہ ہی بھلی۔ موسم گرم، سالیوں کی چھیڑ چھاڑ، گرم تر۔ آخر وہ دلہن کو لے بھاگا۔ اب ایک مرحلہ رہ گیا تھا۔ وہی روایتی پہلی سنہری رات، ہنی مون... لیکن اس سے پہلے وہ چاہتا تھا کہ اس کے حواس درست ہو جائیں۔ اس لیے وہ دوستوں اور عزیزوں کے جھرمٹ میں سے جو بھاگا تو پرانی کتابوں کی دکان پر جا کر دم لیا... اور ''خونی کتیا''، دیکھنے لگا۔ بوسیدہ سی کتاب آرتھر کینن ڈوئل کے جاسوسی ناول ہاؤنڈ آف باسکروائلز کا ترجمہ تھی... دکاندار نے سفید پوش گاہک کو تاڑ کر آٹھ دس ناول اس کی طرف دھکیل دیئے... ڈاکٹر نکولا، بہرام کا ٹولہ، خون آشام محبوبہ، ہائے میری جان، زندہ مردہ کفن پوش، بے گناہ قیدی، سلطانہ ڈاکو عرف شیر بجنور... اب وہ جاسوسی ناولوں سے کس قدر نفرت کرتا تھا۔ لڑکپن میں اس کو جاسوسی ناول پڑھنے کا اس قدر شوق تھا کہ اس نے ''چندر کانتا''، کے کل حصے چار مرتبہ پڑھ ڈالے۔ آخر ایک وقت ایسا آیا کہ اس کو ہر نیا ناول پرانے کی نقل معلوم ہوتا تھا... تو پھر وہ وقت گزارنے کے لیے کیا خریدے۔ ''بھئی کوئی نئی چیز''

''نئی چیز؟''... دکاندار نے الیگزینڈر ڈوما کا ''تھری مسکٹئیرز'' بڑھایا۔ اس ''نئی چیز'' کے بجائے کیوں نہ وہ ''مین اونلی'' (Men Only) خرید لے۔ ہر اشاعت میں دو عریاں عورتوں کی تصویریں، ہر تصویر کے نیچے عنوان جو نیم شاعرانہ طبیعتوں پر وجدانی کیفیت طاری کر دیتا ہے... خوب یاد آیا۔ شاید مرکری کے پرچے موجود ہوں۔ خالص ادبی رسالہ۔ وہ اس کونے کی طرف بڑھا۔ معاً ایک بہت ہی فربہ اور دیو پیکر کتاب نظر آئی۔ اس پر لکھا تھا ''گھوسٹ اسٹوریز'' (Ghost Stories) یعنی بھوت کہانیاں۔ لفظ بھوت تو خوب بڑے بڑے حروف میں لکھا تھا اور اس کے نیچے لفظ Stories بہت

چھوٹے حروف میں، جیسے وہ لفظ بھوت کی ٹانگیں ہوں، نیچے سچ مچ کے بھوت کی تصویر۔۔۔ اس کا جی متلانے لگا۔ آخر ان حرکتوں سے کیا حاصل؟ وہ کچھ پڑھنے کے موڈ میں کہاں تھا؟ غیر شعوری طور پر وہ اس حقیقت سے بے خبر نہ تھا لیکن بھوت کہانیاں دیکھتے ہی اس کی قوت ارادی مضبوط ہو گئی۔ وہ الٹے پاؤں دکان سے نکل آیا۔

اب وہ بیئر پینا چاہتا تھا۔

چار بجے کے قریب گاہکوں کے آنے کا وقت نہیں لیکن گاہک اور موت کے وقت کا تعین نہیں ہو سکتا۔ چنانچہ دکاندار دکان پر موجود تھا۔ وہ بھنبھناتی مکھیوں کے درمیان کچھ بھنایا سا بیٹھا تھا۔ اس کے استقبال کے لیے دکاندار کی مونچھیں متحرک ہوئیں اور وہ پانی میں ڈوبی ہوئی آنکھوں سے اس کی طرف گھورتا رہا۔ جب اس نے دیکھا کہ گاہک اس کی دکان میں داخل ہو چکا ہے تو اس نے منہ پھیلا کر نوکر کو آواز دی ''ابے چل سور کے بچے۔ تیری۔۔۔''، نوکر معمولی زق زق بک بک کے بعد گاہک کے پاس پہنچا۔

جاسوسی ناولوں میں کسی مڑے ہوئے ہونٹ والے مجرم کا سراغ لگانے کے لیے جب کوئی جاسوس کسی ہوٹل میں جاتا ہے تو اس ہوٹل کا حلیہ بالکل اس سے ملتا جلتا بیان کیا جاتا تھا۔ تاریک کمرہ، بڑے بڑے پروں والے چھت کے پنکھے مدھم روشنی، شراب اور گوشت کی ملی جلی بو، مختلف میزوں پر منحجس صورتیں، پلیٹیں چاٹتے ہوئے کتوں کی چپڑ چپڑ کی آوازیں۔۔۔ یہ احساس اس وقت اور بھی تیز ہو جاتا ہو اس کے سامنے جُو جُو بیٹھا ہوتا۔ اسے سب جُو جُو کہتے تھے۔ جُو جُو کے معنی بخوبی سمجھ سکتا تھا یعنی یہ بے معنی لفظ با معنی معلوم ہونے لگتا۔ جُو جُو کی پیشانی تنگ، چہرہ سر سمیت ایک تنے ہوئے گھونسے کی طرح، اس کے چہرے پر بال بہت تھے۔ پیشانی پر، گالوں پر، کانوں پر حد یہ کہ ناک پر بھی بال تھے جس جگہ بال نہ ہونے چاہیئیں، وہاں وہ استرا چھیر لیتا شیو کے بعد معلوم ہوتا جیسے کسی نے اس کے چہرے پر کالک مل دی ہو۔ پھر اس کی گھنی بھنووں تلے اس کی اندر کو دھنسی ہوئی چمکدار تیزی سے گھومنے والی منحجس آنکھیں۔۔۔ لیکن وہ اس کے ساتھ کبھی خوش نہ ہوتا تھا۔ اب اور کوئی نہ ملے تو لاچاری کی بات دوسری ہے۔ اگر کہیں جُو جُو سے ملاقات ہو جاتی تو جُو جُو اپنے مخصوص انداز سے پوچھتا ''ہو سکتا ہے؟''

''ہاں ہو سکتا ہے''

''تو ہو جائے''۔۔۔ اور باتیں تو غنیمت تھیں لیکن اس کے لیے سب سے نفرت انگیز بات یہ تھی کہ جب وہ پینے کی تیاری کرتا تو حلوائی کے ہاں سے تلی ہوئی دالیں خرید لیتا۔ نہ گوشت نہ کباب۔

اگر شراب پینا حرام ہے تو تنہا پینا حرام تر۔ بعض لوگوں کی صحبت اس قدر اچھی ہوتی ہے کہ پلّے سے پلا کر بھی دل خوش رہتا ہے۔ بعض منحوس ایسے ہوتے ہیں کہ ان کی موجودگی میں انہیں کی گرہ سے پی کر بھی دل کو فرحت حاصل نہیں ہوتی۔ جگندر پال کو ہی لیجیے، آخر تک کس تمکنت سے بیٹھا رہتا ہے۔ ہنستا ہے تو سنبھل کر۔ بات کرتا ہے تو تول کر۔ ممکن ہے اس کے بھاری بھرکم جسم پر چار پانچ پیگ کا اثر ہی نہ ہوتا ہو۔ بے چارا کھیل کھیلے بھی کیوں کر، کہاں وہ پیارے لعل ایک مشت بال و پر۔ گلہری کی طرح چونچال اور نچلا۔ وہ ان لوگوں میں سے تھا جو شراب کا نام ہی سن کر سُرور میں آنے لگتے ہیں اور بوتل سے کاک کا اڑتا دیکھ کر بہکنے لگتے ہیں۔ جہاں ایک پیگ پیا، لگے کلبلانے، لہک لہک کر لگے ٹھمری کے بول سنانے اور پھر قہقہہ جو لگایا تو چھت صاف اڑ گئی۔

سب سے افضل بات تو یہ ہے کہ کوئی محشر خرام پری چہرہ ساقی ہو۔ پھر اللہ دے بندہ لے ... مگر ساقی دستیاب ہی کہاں ہوتے ہیں۔ یہاں اگر ساقی ملنے کی امید ہو سکتی ہے تو شادی ہونے پر۔ وہ بھی اگر بیوی منظور کر لے اور پھر سوسائٹی کے دوسرے افراد کو بھی پتہ نہ چلے ... بیوی ... کتنی ناقابلِ یقین بات ہے۔ اس کی شادی ہو چکی تھی۔ اب وہ ایک عورت کا شوہر تھا، واقعی؟

وہ ان اشخاص میں سے تھا جو شادی کے معاملہ میں از حد محتاط ہوتے ہیں۔ کس کس طرح سے اس کو پریشان کیا گیا۔ اس پر کیسے کیسے دباؤ ڈالے گئے لیکن وہ ٹس سے مس نہ ہوا۔ شادی اس نے تبھی کی جب اس نے دیکھا کہ وہ گھریلو اخراجات برداشت کرنے کے قابل ہو گیا ہے۔ اس کی طرف سے سب انتظامات ہو جانے پر بھی شادی اس کے لیے لاٹری ہی رہی۔ بیوی صاحبہ اس کی ماں کا انتخاب تھیں ...

اس نے جنسیات پر بیسیوں کتابیں پڑھ ڈالیں۔ کل رموز حفظ کر لیے۔ وہ کم از کم بدصورت نہ تھا، صحت بھی اچھی تھی اور پھر " کماؤ " بھی تھا۔ وہ ہر طرح سے مکمل شوہر تھا۔ اس قدر صبر آزما طویل کنوارپن کے بعد اگر بیوی بے کار ثابت ہوتی ... ؟

کڑوی کسیلی بیئر کے دو گھونٹ پی کر اس نے منہ بگاڑا۔ پلیٹ میں سے کوفتہ اٹھایا ... پتھر کی طرح سخت۔ اس نے کوفتہ کو انگلیوں میں دباتے ہوئے نوکر کو ڈانٹا۔ " کیوں بے یہ کوفتہ ہے۔ اسی کو تم لوگ کوفتہ کہتے ہو؟ "

۔ رات

وہ آرام کرسی پر آنکھیں موندے بیٹھا تھا۔ اس کی تھکان زدہ پھیلی ہوئی ٹانگیں تپائی پر ٹکی تھیں۔ پاؤں

دُکھ رہے تھے اور تلووں میں جلن۔ دل دھڑک رہا تھا اور بیوی کا انتظار ۔۔۔ دماغ میں خیالات خلط ملط ہو رہے تھے۔ ایک بڑا حادثہ پیش آنے والا تھا۔ بیوی! ۔۔۔ تیری اچھوتی چھاتیاں! میری فاختہ! میری کبوتری! ۔۔۔ یہ الفاظ نامعلوم اس نے کہاں پڑھے تھے یا سنے تھے۔ کس قدر رومینٹک!

’’لو افیمیوں کے مانند پڑے ہیں پینک میں ۔۔۔ جاؤ دلہن، تمہارے فراق میں گھل گھل کے ہاتھی ہو رہے ہیں بے چارے‘‘

وہ پلٹا۔ لڑکیوں کے قہقہے بلند ہوئے۔ دلہن کمرے کے اندر، شہر یہ سہیلیاں باہر دروازہ بند ۔۔۔ ’’اندر سے چٹخنی چڑھانا نہ بھول جانا‘‘ پھر قہقہہ پر قہقہہ ۔۔۔ رفتہ رفتہ۔ قہقہے مدھم پڑ گئے۔

تین برس گزر گئے ۔۔۔ ماضی مبہم، غیر اہم، حقیر، بے معنی ۔۔۔ دھندلا، دھندلا۔

بعض عورتیں پہلے دن ہی پھول کی طرح کھل جاتی ہیں ۔۔۔ بعض پہلے تو بند کلی کی طرح سمٹی رہتی ہیں لیکن رفتہ رفتہ ان کے جوہر کھلنے لگتے ہیں لیکن اس کی بیوی ان دونوں میں سے ایک بھی نہ تھی۔ وہ محض ایک عورت تھی۔ اس کی حیثیت ایسی تھی جیسے میونسپلٹی کی لالٹین ۔۔۔ وہ چاہتا تھا کہ اس کی بیوی تیتری کی طرح اڑتی پھرے، اگر وہ ہلکے پھلکے لباس میں، چونچال سی، اٹھکیلیاں کرتی، کبھی ادھر کو نکل جائے اور کبھی بادِ بہاری کی طرح اِدھر ادھر کو تو وہ کیسی رومینٹک دکھائی دے۔ کبھی وہ ناز سے بل کھا کر کہے ’’یہ ٹائی آپ کو کس قدر بھلی معلوم ہوتی ہے‘‘ اگر وہ گھر دیر سے پہنچے تو کہے ’’کوئی جان سے جائے آپ کی بلا سے‘‘ وہ رقصاں و شاداں، پھولوں کی مہک کی طرح سبک رفتاری سے گھر میں چلتی پھرتی نظر آئے۔ برعکس اس کے حد درجہ کی غیر رومینٹک تھی۔

ان سب باتوں کو مدِنظر رکھتے ہوئے اس نے کس قدر اہتمام سے کام لیا تھا۔ شادی کے فوراً بعد وہ اس کو تنہا اپنے ہمراہ لے کر چلا آیا تھا۔ علیحدہ مکان، متوسط گھر کی ہر ممکن آسائش اس کے باوجود اس کے خواب شرمندۂ تعبیر نہ تھے ۔۔۔

وہ کہتا ’’کمل! تم روٹی مت پکایا کرو۔ اس کے لیے نوکر رکھ لیتے ہیں‘‘ لیکن اس نے یہ بات کبھی قبول نہ کی۔ ایک عورت آ کر برتن صاف کر جاتی تھی دو وقت۔ اس سے زیادہ وہ کسی مدد کی ضرورت ہی نہ سمجھتی تھی۔ اس کو ہمیشہ اس بات کا ڈر لگا رہتا تھا کہ نوکر مزیدار کھانا نہ پکا سکے گا۔ وہ یہ سمجھ نہ سکتی تھی کہ اس کے خاوند کو اگر نوکر کے ہاتھ کا پکا ہوا کھانا ہی کھانا پڑا تو پھر اس کا ہونا نہ ہونا برابر تھا۔ وہ چاہتی تھی کہ آٹا، دالیں،

چاول، گھی وغیرہ سب بقدرِ ضرورت خرچ ہوں۔ یوں ہی بے کار نہ جائیں۔ وہ ماتھے پر ہاتھ مار کر کہتا ''لیکن کما کر میں لاتا ہوں، محنت مجھ کو کرنی پڑتی ہے۔ جب مجھ کو اس بات پر کوئی اعتراض نہیں تو پھر کیوں اس فکر میں مری جاتی ہے،'' کمل منطق سے واقف نہ تھی، بحث تو نہ کرتی لیکن یہ بات اس کی سمجھ میں کبھی نہ آئی کہ آخر گھر لٹانے میں کیا مصلحت ہے۔ کمل کا خیال تھا کہ دھوبی کو سب کے سب کپڑے دینے کی ضرورت نہیں۔ جو کپڑے گھر پر دھل سکتے ہوں، وہ دھوبی کو کیوں دیئے جائیں۔ شوہر یہ بات اپنی شان کے خلاف سمجھتا تھا۔ وہ چاہتا تھا کہ اس کی بیوی ہر وقت مہندی رچائے گدیلوں پر ایرانی بلّی کی طرح بیٹھی رہا کرے۔ اس کو اس کے جسم کی مضبوطی اور صحت و رجلد ہرگز پسند نہ تھی۔ وہ نازک اور زردی مائل رنگ کی عورتوں کو پسند کرتا تھا۔

یہی نہیں، زن و شوہر کے تعلقات وغیرہ پر بھی ان میں اختلاف تھا۔ اس کا سب سے بڑا الزام یہ تھا کہ ہندوستانی عورت مرد کی محبت کا جواب دینا نہیں جانتی۔ اس معاملہ میں وہ اس قدر جاہل ثابت ہوئی ہے کہ پاکیزہ ذوق رکھنے والے خاوند کے حسین تصورات خس و خاشاک کی طرح بہہ جاتے ہیں۔ اس کی یہ کتنی خواہش تھی کہ ازدواجی زندگی کا ایک خاص پروگرام مرتب ہو۔ ایک ایسی رومینٹک فضا پیدا ہو جائے جس میں نون تیل، لکڑی ... جیسے حقائق کا ذکر نہ ہو۔ بس سرمستی ہو، سکون ہو اور رنگ و بو محبت کی پینگیں بڑھیں، چنگ و رباب کی تانیں بلند ہوں۔ زندگی ایک ورقِ رنگین بن جائے ... اس نے کتنی مرتبہ سمجھا۔ ''کمو! سنو محبت بہت بڑی چیز ہے لیکن تم محبت کے لفظ سے نا آشنا ہو۔ تمہاری نظر تمہارے پاؤں سے آگے نہیں بڑھتی۔ تم نے چیزوں کی غلط اقدار قائم کر رکھی ہیں۔ تمہارا زاویہ یہ ... '' پھر سوچ کر کہ وہ اتنی گہری باتیں نہ سمجھ سکے گی، وہ کہتا ''میں جب بھی گھر سے باہر جانے لگوں تو تم سب کام چھوڑ کر میرے قریب آ جایا کرو تا کہ جانے سے پہلے میں تم کو پیار کر سکوں اور جب میرے آنے کا وقت ہو تو تمہارا پہلا فرض یہ ہے کہ اس وقت منہ ہاتھ دھو کر کپڑے بدل لو اور دروازے پر میرا انتظار کرتا رہو کہ ... '' اگر وہ یہ باتیں بڑے پیار سے سمجھاتا تو وہ ''اچھا جی،'' کہہ کر تہِ دل سے اس بات کا ارادہ کر لیتی اور اگر وہ خفگی سے بات کرتا تو وہ جھنجھلا کر خاموش ہو جاتی لیکن ہوتا یہ کہ وہ بہت کم اس کے حکم کی تعمیل کرنے میں کام یاب رہتی۔ جب شوہر کے آنے کا وقت ہوتا تو ظاہر ہے پیار کرنے کو کس کا دل نہیں چاہتا لیکن اس کو اس بات کی فکر لاحق ہوتی کہ انہیں بھوک لگی ہو گی۔ وہ چائے بنانے لگتی، توس سینکتی۔ وقت کا خیال نہ رہتا۔ اتنے میں اس کے شوہر کے پاؤں کی چاپ سنائی دیتی۔ خاوند اپنی بیوی کی محبوب مٹھائی، بنگالی رس گلے، آ بخورے میں لیے اندر داخل

ہوتا۔ وہ بھاگی بھاگی جاتی، کچھ مجوب سی ہو کر کہتی ''جی بھول گئی'' یا ''جی دیر ہو گئی''، پہلے پہل تو اس نے نظر انداز کیا لیکن بعد میں وہ آپے سے باہر ہو جاتا... کبھی وہ پراٹھے پکانے کے لیے آٹا گوندھ رہی ہوتی تو وہ پہنچ جاتا۔ وہ آٹے سے بھرے ہوئے ہاتھ لٹکائے ہوئے آتی۔ یہ پوچھتا ''ابھی آٹا گوندھ جا رہا ہے'' کمل شوہر کے لہجہ میں سختی محسوس کرتے ہوئے شرم سے سر جھکا لیتی ''جی بھول گئی''، یہ کہہ کر وہ منہ آگے بڑھا دیتی اور وہ جلدی سے ایک بوسہ جھپٹ کر اندر چلا جاتا۔

اس قسم کی سینکڑوں چھوٹی موٹی باتیں تھیں جو بے چاری کمل کی سمجھ میں نہ آتی تھیں۔ ہزار سمجھانے پر بھی وہ یہ نہ سمجھ سکی کہ شوہر کی آمد پر اس کے ہاتھ پاؤں دھونے کے لیے پانی، کھانے کے لیے توس یا پراٹھے، پینے کے لیے چائے تیار کرنا ضروری ہے یا سبح دھج کر آتے ہی لاڈ بگھار نالازمی ہے۔ وہ اس طرح سوچتی تھی، بحث نہ وہ کر سکتی تھی اور نہ کرتی تھی۔ کبھی جب وہ چائے کا ٹرے اٹھائے جاتی تو شوہر منہ پھلائے بیٹھا ہوتا۔ وہ غرا کر کہتا: ''میں چائے نہیں پیوں گا''،

وہ سبب پوچھتی، وہ کہتا ''میں پی آیا ہوں''،

پہلے پہل اس کا خیال تھا کہ اس کی بیوی اس کی خوشامد کرے گی۔ کہے گی ''ناتھ! شما کیجیے۔ داسی سے بھول ہو گئی''، لیکن وہ ٹرے اٹھا کر لے جاتی اور سب کچھ چٹ کر جاتی۔ پھر رات کا کھانا تیار کرنے میں مصروف ہو جاتی۔

اس نے بیوی کو سینما بھی دکھایا تا کہ وہ رومان کا مطلب سمجھ سکے اور اس موقع پر جب کہ ہیروئن چھوئی موئی کی طرح سمٹی جاتی اور ہیرو پریم رس میں ڈوبے ہوئے الفاظ کہتا ہوا اس پر جھکا جاتا۔ کمل کو دفعتاً اس چھوٹے سے کمرے کا خیال آتا جس میں نقدی اور گہنے پڑے تھے ''جی میں پوچھتی ہوں، چھوٹے کمرے کو تالہ لگا دیا تھا آپ نے؟''

اس پر وہ چڑ جاتا۔ بھاڑ میں گیا وہ کمرہ اور اس کے گہنے کپڑے۔ وہ سینما کیوں نہیں دیکھتی۔ کمل بے چاری کی عقل بھی کام نہ کرتی۔ وہ بات سمجھنے سے قاصر تھی کہ آخر تماشہ دیکھتے وقت اپنے گھر کا خیال کیوں نہ آئے۔ تماشہ آخر تماشہ ہے۔

رفتہ رفتہ اس کو اس بات کا پختہ یقین ہو گیا کہ اس کی ازدواجی زندگی بہتر نہیں ہو سکتی۔ پہلے پہل اس نے نہایت نرمی اور محبت سے کام لینے کی کوشش کی۔ پھر کچھ درشتی سے پیش آنے لگا۔ کبھی وہ ایک ماہر نفسیات کی طرح اپنی بیوی کے خیالات سمجھنے کی کوشش کرتا لیکن سب بے سود۔ خانہ جنگی بڑھی تو وہ گالم گلوچ اور بعض

اوقات ہاتھ اٹھانے سے بھی باز نہ آتا لیکن بہتری کی صورت نظر نہ آئی۔ آخر کار وہ قطعاً ناامید ہو بیٹھا۔ وہ بیوی اور اپنے گھر سے لاپروائی برتنے لگا۔ صبح کھانا کھا کر وہ دفتر کو چل دیتا۔ شام کو چائے پینے کے بعد وہ بیڈمنٹن کھیلنے کے لیے کلب کی راہ لیتا۔ راتیں رنگ رلیوں میں گزرنے لگیں۔ اِدھر اس کی بیوی نے بھی کسی قسم کی تشویش کا اظہار نہیں کیا۔ وہ اپنے کام میں مصروف رہتی۔ کبھی گیت گنگناتی، کبھی اڑوسیوں پڑوسیوں کے ہاں بیاہ شادی کے موقع پر ڈھولک بجا بجا کر گاتی۔ کبھی منڈیر پر بیٹھی مداری کا تماشہ دیکھا کرتی۔

شوہر زندگی سے بے زار ہو گیا۔ اس کی صورت سے وحشت ٹپکنے لگی۔ وہ اپنی دانست میں ''دیوداس'' بن گیا۔ دُکھ کے اب دن بیتت نا ہی ... شراب پیتا، رقص و سرود کی محفلوں میں شامل ہوتا۔ بازارِ حسن میں کوٹھوں پر راتیں بسر ہونے لگیں۔ لباس سے بے پروا مستقبل سے ناامید، نفس کی آمد و رفت سے متنفر ... جیسے اس کو بہت بڑا حادثہ پیش آیا ہو۔

بیوی گھر کے چھوٹے موٹے کاموں میں مگن رہتی۔ اگر وہ اس کو زیادہ دق کرتا تو رو دیتی، اس کے بعد مزے سے نہا دھو کر پھر نئی نویلی بن بیٹھتی۔ گھر کی چیزیں بنائے جا رہی تھی۔ بستروں کی چادریں تیار کی جا رہی ہیں، غلافوں پر پھول کاڑھے جا رہے ہیں، میز پوش میں جالی بُنی جا رہی ہے۔ شوہر کی پگڑیاں رنگی جا رہی ہیں۔ بڑے اہتمام سے نیمبو اور آم کا اچار ڈالا جا رہا ہے۔ محلے کی عورتوں سے اچھے پیمانے پر لڑائی جھگڑے مول لے کر پھر چکائے جا رہے ہیں۔ وہ زندگی کے دن اس طرح بسر کر رہی تھی جیسے کوئی خاص بات پیش نہ آئی ہو۔ جیسے جو کچھ ہو رہا تھا بالکل اس کی امیدوں کے مطابق ...

ایک مرتبہ جب وہ آدھی رات کے وقت گھر لوٹا تو اس کی بیوی جاگ رہی تھی۔ وہ حسبِ معمول اس کی راہ دیکھ رہی تھی۔ جب بیوی نے کھانے کے لیے پوچھا تو اس نے کہا کہ وہ کھانا باہر سے ہی کھا کر آیا تھا۔ اس پر بیوی نے نرم لہجہ میں احتجاج کیا۔ بات معمولی تھی لیکن وہ طیش میں آ گیا۔ منہ سے کف اڑنے لگی ''تو میرے پلّے بندھی، میرے نصیب پھوٹ گئے۔ اب میرا کوئی نہیں۔ میرے لیے گھر اور ویرانہ ایک برابر ہے۔ یہ میرے کرموں کا پھل ہے کہ تو مجھ کو ملی۔ میں تیری صورت سے بے زار ہوں اور تو اس قدر ڈھیٹ ہے کہ نہ تو مرتی اور نہ اس گھر سے منہ کالا کرتی ہے تا کہ میری جان تو چھوٹے عذاب سے۔''

کمکل زمین کی طرف دیکھتی رہی۔ وہ نہ جانتی تھی کہ بات کا بتنگڑ بن جائے گا۔ ایسے وقتوں میں پڑوسیوں کے کانوں تک شور پہنچنا بھی مناسب نہ تھا۔ اس لیے وہ معاملے کو رفع دفع کرنے کے لیے جان بوجھ کر خاموش رہی لیکن شوہر پر تو بھوت سوار تھا۔ ''کمبخت تو جانتی ہے کہ تیرے پھوہڑپن نے میری زندگی

پر کیا اثر ڈالا ہے۔ اب میں شراب پیتا ہوں۔ گانا سنتا ہوں اور ... اور ... اب میں رنڈی بازی کرتا ہوں۔ سمجھی؟ آج تجھ کو بتائے دیتا ہوں۔ تو نے میری تمناؤں کا خون کیا، میرا گھر برباد کیا۔ تو نے مجھ کو شراب کی پناہ لینے پر مجبور کیا۔ تو نے مجھ کو بازاری عورتوں کے گھر کا راستہ دکھایا،،

اس کا خیال تھا کہ یہ باتیں سن کر اس کی بیوی کے پاؤں تلے سے زمین نکل جائے گی اور وہ شدتِ غم سے بے ہوش ہو کر گر پڑے گی ... لیکن اس کی بیوی نے سب باتوں کے جواب میں تھالی اٹھائی اور چلی گئی۔

وہ ذہنی اذیت میں مبتلا کمرے میں وحشی درندے کی طرح اِدھر سے اُدھر ٹہلنے لگا۔ باہر چاندنی چھٹکی ہوئی تھی۔ گلی میں بلّی کے بچے کھیل رہے تھے۔ کبھی ایک دوسرے پر لپکتے ہوئے چاندنی میں نظر آنے لگتے اور کبھی دیوار کے سائے تلے چلے جاتے۔ وہ یوں ہی دبے پاؤں باورچی خانے کی طرف گیا۔ چپکے سے جھانک کر دیکھا کہ اس کی بیوی خلاف امید روٹی کھا رہی ہے۔ اس کو اطمینان سے روٹی کھاتے دیکھ کر وہ اور بھی جل بھن گیا۔ اس کو کچھ نہ سوجھتا تھا۔ وہ جھلّایا ہوا واپس کمرے میں آیا اور اپنا سر دونوں ہاتھوں میں تھام کر کرسی پر گر پڑا۔

دن گزرتے گئے، گرمیوں کا موسم، دوپہر کے وقت وہ اپنے کمرے میں سو رہا تھا۔ معاشور و غل سن کر اس کی آنکھ کھل گئی۔ عورتوں کے چلانے کی آوازیں آ رہی تھیں۔ اس کی بیوی کا پڑوسیوں سے کسی بات پر جھگڑا ہو گیا تھا۔ عین اس وقت جب کہ جنگ زوروں پر تھی۔ وہ جاگ اٹھا۔

اُدھر سے آواز آئی ... ،، اور وہ جو تمہارے بابو جی گانا سننے جاتے ہیں۔ بازاری عورتوں سے پریم بڑھاتے ہیں ... کیا وہ شرافت ہے؟،،

اس کی بیوی چمک کر بولی ،، تو اس میں بدمعاشی کی بات کیا ہے۔ سبھی مرد ایسا کرتے ہیں ... لیکن تم کو آگ کیوں لگی۔ کیا تمہاری لڑکی کو اٹھا لائے تھے یا جن کے پاس وہ جاتے ہیں، تم ان کی سوکن ہو؟ آخر کیوں جلی مرتی ہو تم؟،،

،، مر جاؤ نہ شرم سے ... لے دے کے یہ رہ گئی شرافت،،

اب لڑائی اور تیز ہوئی۔ اس کی بیوی بپھر کر چلّائی ،، جب تم ہی شرم کے مارے نہ مریں تو میں کیوں مروں؟ کیا تیرے باپ کا دیا کھاتی ہوں؟،،

عورتوں کی لڑائی میں بھی خاص گر برتے جاتے ہیں۔ جو عورت دوسری کے زیادہ سے زیادہ بھید جانتی ہو وہی بازی لے جاتی ہے۔

پڑوسن نے قہر آلود آواز میں کہا '' ہمیں کیا شرم ... ہم نے کیا بدمعاشی کی؟ ''

'' بدمعاشی؟ ... وہ لمبے لمبے پتوں والا جو تمہاری رنڈوی بہن کے پاس آتا ہے، کون ہے؟ ہم کو بھی تو معلوم ہو۔ اور وہ جو تمہاری چندرا بھاگ گئی تھی موٹر ڈرائیور کے ساتھ ... اور جناب دو رات گھر اڑانے کے بعد آئی واپس ... ''

پڑوسن کی یہ بات سب سے زیادہ دکھتی رگ تھی۔ اس بات پر تو وہ رو ہانسی ہو گئی۔

'' تو جو ہے نا بدمعاش ... سب کو وہی کچھ سمجھو گی ... ''

معلوم ہوتا ہے اس وقت پڑوسن کے شوہر باہر نکل آئے۔ وہ ناک میں بولتے تھے۔ نہ معلوم انھوں نے ناک میں گنگنا کر کیا کہا۔ اس کی بیوی نے بھی کچھ جواب دیا تب بابو ذرا بلند آواز میں بولا '' گوں زارش یہ ہے کہ آنخر آپ ... ''

اس پر اس کی بیوی کو اور طیش آیا۔ '' خبردار! جو تو نے عورتوں کی لڑائی میں دخل دیا۔ یہ '' گوں زارش '' اپنی میّا سے کیجیو جا کر۔ وہ اندر سوئے پڑے ہیں۔ ابھی جگا دوں تو سر پر وہ جوتے پڑیں کہ ایک بال نظر نہ آئے چندیا پر ... ''

اس پر پڑوسی نسبتاً دھیمی آواز میں بڑبڑ کرتے اندر گھس گئے اور اس کی بیوی پہلے تو زور زور سے پاؤں مارتی ہوئی آئی لیکن اس کے کمرے میں سے دبے پاؤں گزر گئی تا کہ اس کی نیند خراب نہ ہو۔ تھوڑی دیر بعد کپڑا سینے کی مشین چلنے کی آواز سنائی دینے لگی۔

وہ آنکھیں موندے لیٹا رہا۔ گھڑی پر نظر پڑی۔ ساڑھے پانچ ہو چکے تھے۔ سات بجے گرینڈ ہوٹل میں پارٹی تھی۔ پروگرام یہ تھا کہ شراب کے دور کے بعد کھانا بھی ہوٹل میں کھایا جائے اور پھر گلزار بیگم کا گانا سنا جائے۔ اچھا ہوا جو اس کی آنکھ کھل گئی ورنہ نہ معلوم وہ کب تک پڑا سویا رہتا۔

نہا دھو کر وہ بڑے آئینے کے سامنے کھڑا ہو کر بالوں پر برش پھیرنے لگا۔ قریب اس کی بیوی چٹائی پر بیٹھی کپڑے سی رہی تھی۔ وہ حسبِ معمول خاموش تھا۔ لاتعلقی سے اپنے بال سنوار رہا تھا۔ مع اس کو کپڑے دیکھ کر تعجب ہوا ... بچے کے کپڑے؟

کتنے عرصے سے اس نے اپنی بیوی کی طرف نظر بھر کر بھی نہ دیکھا تھا۔ وہ ہمیشہ اپنے کمرے میں پڑا رہتا۔ اس کے کام چھوٹا نوکر کرتا۔ وہ اپنے گھر سے بے خبر دن گزار رہا تھا۔ نہ اس نے کبھی بیوی کی طرف توجہ دی۔ نہ اس کو بات چیت کا موقع دیا۔ اس کی بیوی ایک بچے کی ماں ہونے والی تھی، آج تک وہ اس

بات سے بے خبر تھا۔

وہ اپنے کمرے میں چلا گیا۔ پہلے وہ درمیانی دروازے کے پردے کو احتیاط سے پھیلا دیا کرتا تھا لیکن اب کے وہ پردہ پھیلانا بھول گیا۔ موزے پہننے کے بعد اس نے بوٹوں کے تسمے باندھے۔ جب ٹائی کو گرہ دینے لگا تو آئینے میں اپنے لبوں پر موہوم سی مسکراہٹ دکھائی۔ وہ پھرتی سے قدم اٹھاتا ہوا گھر سے باہر نکلا اور سائیکل پر سوار ہو کر بازار کی طرف چل دیا۔

ہوٹل کے باہر وہ اِدھر اُدھر گھومتا رہا۔ وہ کچھ کشش و پنج میں تھا۔ اگر صرف آج کے دن وہ پارٹی میں شامل نہ ہوتا اس میں حرج ہی کیا ہے لیکن وہ جانتا تھا کہ اگر وہ ایک مرتبہ ہوٹل میں داخل ہو گیا تو دوست اس کو ہرگز نہ آنے دیں گے۔

اتنے میں پیارے لعل آتا دکھائی دیا۔ قریب پہنچ کر وہ دونوں حسبِ معمول بغل گیر ہو گئے۔ ''میرے یار! اس جگہ کیوں کھڑے ہو، چلو نا اندر''

اس نے معذرت چاہی۔ کئی بہانے گڑھے۔ بڑی مشکل سے جان چھوٹی۔ اس نے پیارے لعل کو سمجھایا کہ وہ اس کی طرف سے دوستوں سے معافی مانگ لے۔ پیارے لعل اس سے دوسرے دن کا وعدہ لے کر چلا گیا۔

اس کام سے فرصت پانے کے بعد وہ ایک معزز اور ذمہ دار شخص کی طرح اِدھر اُدھر ٹہلتا رہا۔

رات ہو گئی۔ اس نے گھر کو واپس جانے کی ٹھانی۔ ہاتھ میں رس گلوں کا آبخورہ لیے جب وہ گھر میں داخل ہوا تو اس کی بیوی اس وقت چھت پر خشک کپڑے جمع کر رہی تھی۔ وہ اندر چلا گیا۔ آبخورہ ریڈیو کے پاس تپائی پر رکھ دیا۔ مشین کے قریب ادھ سلے کپڑے پڑے تھے۔ وہ ان کو اٹھا اٹھا کر دیکھنے لگا۔ دفعتاً اس کی بیوی اندر داخل ہوئی۔ اس نے فوراً کپڑے پھینک دیئے۔ اس کا ایک ہاتھ مشین کی طرف اشارہ کر رہا تھا اور دوسرا آبخورے کی طرف۔ وہ ہکلا رہا تھا۔ بیوی کی اچانک آمد سے وہ اس قدر گھبرا گیا تھا کہ کچھ کہہ نہ سکا۔

اس کی بیوی نے اتنے دنوں کے بعد اس کے پھیلے ہوئے بازو دیکھے تو اس کے چہرے پر خون کی سرخی جھلکنے لگی۔ محجوب سی ہو کر بولی ''جی میں بھول گئی...''

اس نے صابن دانی اٹھائی اور تولیہ جھپٹ کر سلیپر پھٹ پھٹاتی غسل خانے کی طرف لپکی۔

بیمار

محض بارش ہوتی تو خیر، مشکل تو یہ تھی کہ ہوا بھی چل رہی تھی۔ اس قدر تیز و تند کہ انسان کے پاؤں زمین سے اکھڑ جائیں۔ ہوا کی تیزی کی وجہ سے پانی کی بوندیں بھی ترچھی ہو کر بھالوں کی طرح گر رہی تھیں۔ جلدی جلدی کھانا کھانے کے بعد وہ کپڑے پہن چکا تھا۔ اور اب بے صبری سے کھڑکی میں سے جھانک رہا تھا کہ بارش تھمے تو وہ دفتر کو چل دے لیکن بادل تھے کہ گھر گھر کے چلے آتے تھے۔ چھاجوں پانی برس چکا تھا اور ابھی ایسے برس رہا تھا جیسے آج برس کر پھر کبھی نہ برسے گا۔

وہ چاہتا تھا کہ آج وہ بروقت گھر سے چلے تا کہ دفتر میں پہنچ کو منیجر کی کئی جلی باتیں نہ سننی پڑیں۔ دو دن سے اسے دیر ہو رہی تھی۔ ایک دن کھانا بروقت نہ پک سکا۔ دوسرے دن اس کی قمیص میں بٹن ہی نہ ٹنکے تھے۔ حالانکہ وہ جانتا تھا قصور دراصل اس کے چڑ چڑے بچے کا تھا لیکن اس نے آ کر بیوی کی پیٹھ پر ایک دھول جما دی اور آج بارش نے آن لیا۔ بوندوں کے شور اور ہوا کی سنسناہٹ میں کان پڑی آواز نہ سنائی دیتی تھی۔ گلی میں پانی کی چھوٹی موٹی لہریں سانپ کی سی تیزی کے ساتھ ادھر ادھر لپکی جا رہی تھیں اس پر طرہ یہ کہ محلہ بھر کے مکان کے پرنالوں سے پانی کے گرنے کا غل۔ بارش میں شرابور کتے دم دبائے گوشوں میں دبکتے پھرتے تھے۔

آخر کھڑے کھڑے گھر پر ہی دس بج گئے۔ وہ چھتری لے کر نیچے اترا۔ سائیکل ڈیوڑھی سے نکال کر گلی میں کھڑی کی اور پھر تی سے چھتری کھول کر سائیکل پر بیٹھ گیا۔ ہوا کے ایک ہی تند جھونکے سے چھتری کی کمانیاں الٹ گئیں۔ اس مضحکہ خیز صورت میں چھتری ادھ کھلے پھول کی طرح نظر آنے لگی۔ وہ سائیکل سے اترا۔ چھتری کو پھر سے درست کر کے سائیکل پر بیٹھا۔ پیڈل پر زور ڈالا ہی تھا کہ چھتری کی کمانیاں پھر الٹ گئیں۔ وہ ڈیوڑھی کے اندر چلا آیا۔ چھتری بیوی کے ہاتھ میں تھما دی اور بلا چھتری کے جانے کی ٹھانی۔ سب سے نیچے اس کے بدن پر ایک بنیان تھی۔ اس کے اوپر ایک پرانا سویٹر۔ اس پر قمیص اور اس

نے بند گلے کا سویٹر پہن لیا۔ گرم کوٹ کے کلر دہرے کر کے پن لگا دی تا کہ سینہ سرد ہوا سے محفوظ رہے۔ ٹوپی پر رومال باندھ لیا۔ سائیکل پر سوار ہو کر یا علی! کہہ کر اس نے زور لگایا۔ پہیے چرخ چرخ چوں کر کے گھومے۔ اور جب تک وہ گلی کے موڑ پر نظروں سے اوجھل نہیں ہو گیا۔ اس کی بیوی کی اندر کو دھنسی ہوئی آنکھیں دروازے کی دراڑ میں سے جھانکتی رہیں اور اس کے دوپٹے کا میلا آنچل دروازے میں سے باہر نکل نکل کر لہراتا رہا۔

بادل جھکے پڑتے تھے۔ بوندوں کی تاریں سی بندھ گئی تھیں۔ بارش کی بوچھار، اور جھڑی میں انسان دور تک دیکھ بھی نہ سکتا تھا۔ کڑاکے کی سردی جگر تک اترتی چلی جاتی تھی۔ بارلے بنک کی بلند عمارت کی دیواریں نظر آنے لگیں۔ سرمئی رنگ کے بڑے بڑے چکنے پتھر پانی میں بھیگے ہوئے ایسے دکھائی دیتے تھے جیسے عظیم الجثہ کچھوے قطار اندر قطار اوپر تلے دھرے ہوں۔ وہ سائیکل اٹھا کر جلدی سے بڑے دروازے کے اندر داخل ہو گیا۔

وہ پانی میں تر بتر ہو گیا تھا۔ ٹوپی بھیگ کر سکڑ گئی مونچھیں گیلی ہو کر نیچے بیٹھ گئیں۔ کپڑے تر ہو کر کالے سے نظر آنے لگے تھے۔ بوٹ علیٰحدہ پھٹ پھٹا رہے تھے۔ سردی کی شدت کا یہ عالم تھا کہ ناک سے پتلی رطوبت بہہ رہی تھی۔ انگلیاں بالکل بے جان۔ کان سرخ اور ناخن ہلکے نیلے رنگ کے ہو گئے تھے۔ دفتر دوسری منزل پر تھا۔ وہ آہستہ آہستہ اوپر چڑھنے لگا۔ ایک کلرک اوپر سے نیچے آ رہا تھا۔ ''بلو عارف! آج مینجر صاحب بھرے بیٹھے ہیں''

یہ سن کر عارف کے لبوں پر پھیکی سی مسکراہٹ پیدا ہوئی۔ اس نے ٹوپی کو ہاتھ پر رکھ کر پے در پے پٹخنیاں دیں۔ رومال نچوڑ کر کوٹ پر پھرایا اور پھر دبے پاؤں دفتر میں داخل ہوا۔ دعا مانگ رہا تھا خدایا! مینجر اپنے کمرے میں ہو۔ لیکن اس کی دعا قبول نہ ہوئی۔ مینجر دفتر کے بڑے کمرے میں کھڑا تھا۔ وہ چپکے سے لپک کر اپنی اونچی کرسی پر جا بیٹھا۔ رجسٹر اٹھا کر ادھر ادھر رکھنے لگا۔ اپنے گیلے کپڑوں اور بھیگے ہوئے جوتوں کے سبب وہ عجیب بے چینی سی محسوس کر رہا تھا۔ ۔۔۔ بنک کے کلرکوں کے لیے کوئلوں کی انگیٹھیوں کا انتظام کیا گیا تھا۔ وہ چاہتا تھا کہ مینجر ٹلے تو وہ دیکتے کوئلوں کی انگیٹھی ٹانگوں کے درمیان رکھ لے۔

دفعتاً مینجر مڑا۔ وہ کچھ لمبا اور اکہرے بدن کا شخص تھا۔ ادھیڑ عمر سرد مزاج۔ اس کے چہرے سے خشونت کے آثار ہویدا تھے۔ ''تم آج پھر پون گھنٹہ لیٹ ہو''

وہ خاموش رہا۔ کل اور پرسوں بھی تم دیر سے آئے۔ آخر اس کا سبب کیا ہے۔ ماشااللہ جوان ہو۔ کماتے کھاتے ہو۔ پڑھے لکھے ہوش مند ہو۔ آخر تم کو اپنی ذمہ داری کا احساس کیوں نہیں؟

وہ ذمہ داری کے احساس سے عاری تو نہ تھا...اس نے دبی زبان میں بارش کا عذر پیش کیا۔

اس پر مینجر آپے سے باہر ہو گیا۔ اس نے بہت لعنت ملامت کی۔ پھر اس نے دیر سے آنے کی وجہ کا تحریری جواب مانگا۔ اس پر عارف کو بہت خوشامد کرنی پڑی اور ہاتھ جوڑنے پڑے۔ وہ تحریری بیان دینے سے کترا تا تھا۔ کیوں کہ اس طرح اس کا ریکارڈ خراب ہو جاتا۔ بڑی مشکل سے مینجر نے اس کو معاف کیا اور وہ مینجر کے کمرے سے نکلا تو اس کی آنکھیں جھکی ہوئی تھیں طبیعت مضمحل تھی۔ وہ جانتا تھا کہ سب لوگ اسی کی طرف دیکھ رہے ہیں۔ وہ چپ چاپ اپنی کرسی پر بیٹھ گیا اور بلا کسی سے آنکھ ملائے اس نے دیکھتے ہوئے کو ئلوں کی انگیٹھی اپنے قریب گھسیٹ لی۔

پندرہ بیس منٹ بعد اس کے حواس درست ہوئے۔ اس نے چپکے سے چپڑاسی کو بازار بھیج کر چائے کا پیالہ منگوایا اور جب طبیعت قدرے بحال ہوئی تو رجسٹروں کی ورق گردانی کرنے لگا۔

دراصل آج کام کرنے کا دن نہ تھا۔ ہندوستان میں بادل کی آمد خوشی اور کھیل تماشے کی تمہید سمجھی جاتی ہے یا پھر سردیوں کی برسات میں انسان لحاف میں گھسا کچھ نہ کچھ کھائے اور کہاں یہ چالیس پچاس روپے کے لیے کڑاکے کی سردیوں میں بجلی کی روشنی میں آنکھیں پھوڑے۔ دن کے وقت بجلی کی روشنی میں کام کرنا سب سے بڑھ کر آفت تھی۔ اس پر اس کا بہت ہی برا ردِّ عمل ہوتا تھا۔ پیشانی بھاری محسوس ہونے لگتی اور آنکھوں میں تکان آمیز درد۔

جب تک تیزی سے بارش ہوتی رہی بنک میں کوئی متنفس نظر نہیں آیا۔ ادھر بارش تھی اور ادھر لوگوں کی آمد شروع ہوئی۔ اور پہلا ریلا ہی جو آیا تو ان کو سنبھالنا مشکل ہو گیا۔ دوسرے روز بنک میں چھٹی تھی اس لیے بھیڑ اور بھی زیادہ ہو گئی۔

وہ سیونگ فنڈ کی کھڑکی پر مقرر تھا۔ چیک پر چیک چلے آتے تھے۔ اور اس پر ہر ایک کا یہی تقاضا کہ صاحب جلدی سے پاس کر وا کر خزانچی تک پہنچوائے۔ ہر ایک کو یہی شکوہ تھا کہ بنک میں کام درست نہیں ہوتا۔ خدا خدا کر کے اس کی کھڑکی کے آگے سے بھیڑ کم ہوئی اتنے میں ایک کالجئیٹ آگے بڑھا۔

''کیوں صاحب! آپ نے میرا چیک آگے بھیج دیا''۔

''جی ہاں! بھیج دیا''

اتنے میں ایک اور نوجوان چیک لیے ہوئے آیا۔اور اخاہ کا نعرہ لگا کر پہلے سے بغل گیر ہو گیا۔علیک سلیک کے بعد پہلے نے پوچھا۔ ''یار ڈیوڈ! بڑے دنوں کی چھٹیوں میں کہاں غائب ہو گئے تھے۔تم تو چھٹیوں کے علاوہ پندرہ دن اور رو پوش رہے''

ڈیوڈ نے کھڑکی میں سے چیک بڑھاتے ہوئے کہا۔ ''بھئی کچھ نہ پوچھو۔ بتا دوں تو ہنسو گے''

دونوں خوش پوش، بے فکر اور کھلنڈرے نوجوان دکھائی دیتے تھے۔ عارف نے ٹوکن کا نمبر لکھ کر ٹوکن کھڑکی میں رکھ دیا۔ ڈیوڈ نے اپنی ہنستی ہوئی آنکھوں سے اس کی طرف دیکھا۔ ''تھینک یو''

ڈیوڈ کا دوست اصرار کر رہا تھا۔ ''قسم خدا کی مذاق نہیں اڑاؤں گا''

''تو سنو یار! مسوری گیا تھا میں''

''مسوری؟ اس قدر شدت کی سردی میں کیا دھرا تھا اس جگہ''

''ارے کم بخت! تم کیا جانو ان باتوں کو''

اس کے بعد ڈیوڈ نے بتایا کہ وہ مسوری میں برف گرنے کا تماشہ دیکھنے گیا تھا۔اس کو اس بات کا بڑا اشتیاق تھا۔ دراصل وہ ایک برات میں دہرہ دون گیا تھا۔اس نے پہاڑوں کے سلسلے برف سے ڈھکے ہوئے دیکھے تو... ''برات والوں سے رخصت لے کر میں نے بازار سے چند ضروری اشیا خریدیں۔ مچھلی کے بند ڈبے، مکھن، ڈبل روٹیاں، بسکٹ، خشک میوے، منجمد دودھ کے دو بڑے ڈبے۔ اور آخر میں وہ ''نورنگی''... دوسرے دن علی الصبح بستر اور کپڑوں کا سوٹ کیس تانگہ پر رکھ کر موٹروں کے اڈے پر پہنچا۔

تو ایک گھوڑے کا انتظام کیا۔ راجپورہ عین دامن کوہ میں واقع ہے اسی جگہ سے مسوری کی چڑھائی شروع ہوتی ہے جس دکان سے چائے پی اس نے بتایا کہ مسوری سے دو میل ادھر، یعنی بارلو گنج سے برف پڑنی شروع ہو جاتی ہے۔اس لیے گرم کپڑے پہن کر چلنا چاہیے۔ گرم کپڑے تو خیر میں نے پہن ہی رکھے تھے۔ مزید احتیاط کے طور پر دستانے، اوور کوٹ اور ایک شیشی میں ''نورنگی'' بھر لی۔ ''نورنگی'' سمجھے نا؟ پاؤ ڈیڑھ پاؤ خشک میوہ جات از قسم کشمش، خوبانی، مغز اخروٹ وغیرہ اوور کوٹ کی جیب میں بھر لیے۔ مجھے یہ بھی اطلاع ملی کہ وہاں ٹھہرنے کا کوئی انتظام نہیں۔تم جانتے ہی ہو میں گرمیوں میں مسوری جایا کرتا ہوں۔سو چا کوئی نہ کوئی ٹھکانہ ڈھونڈ نکالوں گا۔

ڈیوڈ کا دوست ہمہ تن گوش تھا۔ ڈیوڈ اپنا قصہ اس قدر مزے لے لے کر بیان کر رہا تھا کہ عارف خود اسی کی طرف کان لگائے تھے۔

''شاید تم کو معلوم ہو۔ راج پور۔ اور مسوری کے درمیان ایک مقام جھڑی پانی ہے اس جگہ میں نے ایک دکان سے جو اتفاق سے سے کھلی تھی چائے تیار کروا کر پی اور دم لے کر آگے بڑھا۔ اور بھی جب بارلو گنج پہنچا تو قسم سے جی خوش ہو گیا۔ اب تم سے کیا بیان کروں۔ گہرے بادل چھائے ہوئے تھے۔ تناور درخت خاموش کھڑے تھے۔ ایک طرف پہاڑی دوسری جانب سڑک کے کنارے کنارے پتھروں کی بنی ہوئی ڈھائی تین فٹ کی دیوار، دیوار کے ادھر انواع و اقسام کے پودے اور جنگلی جڑی بوٹیاں اور گہری کھائیاں اور کھڈ۔ پھر تا حد نگاہ پہاڑوں کے خوشنما سلسلے . . . اس جگہ میں نے زندگی میں پہلی مرتبہ برف گرتی دیکھی۔ بس یوں سمجھ لو جیسے روئی کے گالے۔ سپید، پاکیزہ، ہلکے پھلکے، دو دھیا رنگ کے پھول سے، جیسے فردوس کی حوریں ٹوکریاں بھر بھر کر یہ پھول دنیا والوں پر پھینک رہی ہوں . . . میں گھوڑے پر سوار تھا۔ گھوڑے نے بھی کنوتیاں ہلائیں۔ اور مڑ مڑ کر میری طرف دیکھنے لگا۔ اس کے بعد پر سکون فضا میں جہاں اس وقت ایک چڑیا تک نہ بولتی تھی، میں نے گھوڑے کو کچھ دیر تک روکے رکھا اور پھر آہستہ آہستہ آگے بڑھا۔ جب مسوری ایک میل رہ گیا تو میں نے بجائے اندرون کی طرف جانے کے کلکڑی بازار کی طرف گھوڑے کی باگ پھیر دی اور بالکل میجسٹک سنیما کے پاس جا نکلا۔ اب تم سے کیا کہوں۔ جدھر نگاہ اٹھاؤ برف ہی برف۔ عمارتیں برف سے اس قدر ڈھکی ہوئی تھیں کہ چھتیں تک دکھائی نہ دیتی تھیں۔ کہاں وہ چہل پہل اور گہما گہمی اور کہاں یہ پراسرار خاموشی . . . رکشوں اور پہاڑی ٹٹوؤں کے اڈے، بازار، سنیما، دکانیں غرض ہر جگہ سنسان۔ جیسا کہ ہم لوگ قصوں میں پڑھا کرتے تھے کہ آدم خور دیو کی آمد ہوتی تو لوگ شہر چھوڑ کر بھاگ جاتے۔ میں روایتی ہیرو شہزادے کی طرح گھوڑے پر سوار تن تنہا بازار میں سے گزرنے لگا۔ دل میں کرید پیدا ہوئی کہ آخر ٹھکانہ کس جگہ ہو گا۔ کوئی دکان یا ہوٹل کھلا نظر نہ آتا تھا۔ میں الفاہ ہوٹل کی نیت سے وہاں گیا تھا۔ قلیوں کو بھی اسی جگہ پہنچنے کی ہدایت کی تھی لیکن جب میں وہاں پہنچا تو دیکھا کہ ہوٹل کا بڑا پھاٹک بند ہے۔ بلند آواز میں پکارا لیکن جواب ندارد۔ ہوٹل کا پھاٹک بڑی سڑک پر واقع تھا۔ پھاٹک سے ہوٹل کی عمارت تک ایک ہموار سڑک چلی گئی تھی۔ ہوٹل کی عمارت پچاس ساٹھ قدم پرے بلندی پر پرشکوہ انداز میں کھڑی تھی۔ اسی ادھیڑ بن میں تھا کہ بڑی سڑک پر سایہ سا دکھائی دیا۔ برف کے گرتے ہوئے تودوں میں سے کسی آدمی کو پہچاننا بھی دشوار تھا۔ سمجھا قلی آ پہنچے لیکن جب وہ شخص قریب آیا تو معلوم ہوا

کہ قلی نہیں بوری اوڑھے کوئی اور ہی شخص تھا۔اس نے آتے ہی پھاٹک میں لگے ہوئے تالے کو کھولا اور اندر جانے لگا تو میں نے بات چیت شروع کر دی۔معلوم ہوا کہ ہوٹل بند ہے۔میں نے اس کی منت بھی کی بھائی کوئی ٹھکانہ بتاؤ لیکن اس نے ٹکا سا جواب دے دیا۔مرتا کیا نہ کرتا۔میں آگے بڑھ کر پانچ روپے کا نوٹ اس کے ہاتھ میں تھما دیا۔اس نے نوٹ جیب میں رکھتے ہوئے کہا ''حضور! ہم رشوت نہیں لیتے مالک کے حکم سے ہوٹل کھولنے کی اجازت نہیں۔سب کمرے بند ہیں۔نکڑ والے کمرے کی چابی میرے پاس ہے ہے ''میں نے مزید رعب جمانے کے لیے کہا بھائی! ہم تو ہمیشہ اسی ہوٹل میں ٹھہرتے ہیں۔چنانچہ اب بھی اسی بھروسے پر چلے آئے ... ۔

میرے خیال میں مالک نے بھولے بھٹکے مسافر سے روپیہ وصول کرنے کے لیے اسے ایک کمرے کی چابی دے رکھی ہو گی اور نو کر اپنے ٹکے کھرے کرنے کے لیے اسی شخص کو جگہ دیتا ہو گا جو اسے رشوت دے ... کمرہ خوب سجا ہوا اور آرام دہ تھا۔دراصل دو کمرے تھے۔ایک بہت بڑا کمرہ اس کے پیچھے ایک چھوٹا کمرہ۔باتھ وغیرہ وغیرہ۔اس کے علاوہ کمرے کے آگے برآمدہ۔اس جگہ سے پہاڑوں کا نظارہ خوب تھا۔اس لحاظ سے دو روپے یومیہ کرایہ۔بہت کم تھا ... ''

یہ کہہ کر ڈیوڈ خاموش ہو گیا۔اور اس کے ساتھ والے نے اندر جھانک کر پوچھا۔''کیوں صاحب چیک پاس ہو گیا کیا؟''

عارف کچھ پریشان سا ہو کر بولا۔''جناب! میں اپنا فرض پورا کر چکا ہوں۔اکاؤنٹنٹ صاحب کے دستخط ہو جائیں تو چیک آگے بھیجا جائے ''

اس پر اسے بہت طیش آیا۔ہندوستانیوں کی نااہلیت پر لیکچر دے ڈالا۔پھر ڈیوڈ کی طرف مخاطب ہو کر بولا۔ ''یار تمہارے دن اچھے کٹ گئے کئی روز ٹھہرے وہاں ''

ڈیوڈ نے بالوں پر ہاتھ پھیرتے ہوئے کہا۔''ارادہ تو یہی تھا کہ چار پانچ روز کے بعد واپسی کا بگل بجے لیکن بائیس دن تک ٹکا رہا ''

''کیوں کیا کوئی خاص بات پیش آئی؟''

''ہاں یار بڑے مزے کی بات تھی ''

''بھئی ہم بھی تو سنیں ''

ڈیوڈ نے اپنے ساتھی پر فاتحانہ نظر ڈالتے ہوئے کہا۔''غالباً تیسرے روز کا ذکر ہے۔بعد از دو پہر چار

بجے کے قریب میں برآمدے میں آرام کرسی بچھائے بیٹھا تھا۔ قریب ہی ایک چھوٹی تپائی دھری تھی۔ میں ''نورنگی'' کا ایک پیگ پینے کے بعد بیٹھا انڈوں کے ٹکڑے کھا رہا تھا۔ برف کے تودے حسبِ معمول گر رہے تھے... گرمیوں کے دنوں میں زیادہ رونق کتاب گھر پر ہوتی یا کلکڑی بازار میں عورتوں کے جھلڑ کے جھلڑ دکھائی دیتے تھے۔ ایک طرف طرح دار عورتیں آرائشِ جمال کے بعد بازاروں میں ہمہما کر نکلیں... دوسری جانب تماشائیوں کا ہجوم بظاہر اپنے کاموں میں مصروف... اس طرف جوہریوں کی دکانیں ادھر فوٹو گرافروں کی۔ ادھر سبجی سجائی دکانوں میں خرید و فروخت ہو رہی تو اس طرف ہوٹلوں میں کاک ٹیل پارٹیوں کے ہنگامے... یورپین ہندوستانی پہاڑی سبھی لوگ نظر آتے تھے۔ رکشوں کی بھی خوب ریل پیل ہوتی اور پھر گھوڑوں اور ٹٹوؤں کی بھرمار... کبھی گرجے کے دل کش گھنٹے بج اٹھتے۔ یہی وہ مقام تھا جہاں سے سامنے پھیلی ہوئی وادی میں شہر دہرہ دون کی عمارتیں حقیر کنکر پتھروں کی طرح دکھائی دیتی تھیں اور پھر رات کو سونے پر سہاگہ ہو جاتا مسوری دلہن کی طرح آراستہ و پیراستہ نظر آنے لگتی۔ تبھی تو اسے ''پہاڑیوں کی ملکہ'' کہا جاتا ہے... کہاں وہ نظارے اور کہاں یہ منظر کہ ہر طرف ہو کا عالم ہے۔ روئی کے گالے گر رہے ہیں۔ کوئی دکان کھلی ہوئی نہیں کوئی روشنی دکھائی نہیں دیتی، کوئی صورت نظر نہیں آتی۔ ہر طرف زندگی کے آثار مفقود ہیں۔ گرجے کی باوقار عمارت برف تلے دبی جاتی ہے۔ ہر شے پر سفید روغن سا پھر گیا ہے۔ سنسان بازار اور عمارتیں بہت پراسرار نظر آتی ہیں۔ یہ ایک بالکل نئی دنیا تھی۔ میں ہلکے سرور میں ان نظاروں سے لطف اندوز ہو رہا تھا کہ اتنے میں دور سے چند متحرک سائے نظر آئے۔ تعجب ہوا۔ سائے بڑھتے ہوئے جب بالکل قریب پہنچے تو میں نے جھک کر دیکھا کہ کوئی پورا خاندان کا خاندان چلا آ رہا تھا سو جا کوئی ہمارے ہی ساتھی ہیں برف دیکھنے کے شیدائی... میری نگاہیں ان کا تعاقب کرتی رہیں۔ یہاں تک کہ وہ پھاٹک میں سے گزر کر ہوٹل کی طرف بڑھے۔

وہ لوگ تھکے ماندے قدم اٹھاتے میرے قریب پہنچے۔ مجھ سے پوچھنے لگے۔ یہاں کوئی کمرہ خالی ہے۔ میں نے آگے کی طرف اشارہ کر کے کہا کہ نوکر سے دریافت کر لیجیے۔ وہ آگے بڑھ گئے صورت سے عیسائی معلوم ہوتے تھے۔ کچھ مبہم سا خیال تھا کہ جو صاحب مجھ سے مخاطب ہوئے تھے ان کو پہلے بھی کسی جگہ دیکھا تھا۔

جب وہ لوگ برآمدے کے دوسرے سرے پر پہنچ گئے تو نوکر باورچی خانے میں سے باہر نکل آیا اور وہ بات چیت کرتے ہوئے لوٹ آئے۔

نوکر نے قطعی انکار کر دیا۔ ہر چند انھوں نے بہت اصرار کیا لیکن دراصل نوکر تھا۔ اس نے ہاتھ جوڑ دیئے۔ اس کے بعد وہ صاحب مجھ سے مخاطب ہو کر بولے۔ ''جناب آپ ہی اس کو سمجھایئے''، میں نے جواب دیا۔ ''لیکن صاحب! دراصل نوکر بے بس ہے''، اب وہ صاحب انگریزی زبان میں کہنے لگے۔ ''ذرا غور کیجیے میرے ہمراہ چار بچے ہیں۔ آخر ان کو لے کر کہاں جاؤں۔ سچ عرض کرتا ہوں بازار بند ہے۔ نہ کوئی دکان کھلی ہوئی ہے اور نہ کوئی ہوٹل۔ اتنا وقت بھی نہیں کہ واپس چلا جاؤں۔ آپ اس شخص کو کہیے کوئی نہ کوئی کمرہ ضرور ملنا چاہیے''۔

میں نے اُچٹتی ہوئی نگاہ ان کے خاندان پر ڈالی۔ ان کی بیوی کی عمر چالیس برس کے قریب ہو گی۔ لیکن صحت ور عورت تھی۔ گود میں بچہ تھا۔ غالباً لڑکا کا۔ باقی تین بچیاں تھیں دو کمسن ایک جوان۔ جب میں نے بڑی لڑکی کو دیکھا تو کلیجا دھک سے ہو کر رہ گیا۔ . . .''

ڈیوڈ کے ساتھی کا منہ ذرا سا کھل گیا۔

''. . . اب تو مجھے پورا یقین ہو گیا کہ میں نے اس لڑکی کو کبھی پہلے کسی جگہ دیکھا ہے میں کھڑا ہو گیا۔ اس شخص کی طرف غور سے دیکھتے ہوئے بولا ''جناب میرا خیال ہے کہ میں نے آپ کو نیز آپ کی فیملی کو پہلے بھی کسی جگہ دیکھا ہے''، وہ بولے۔ ''مجھے بھی یہی شک گزرتا ہے''، چند سکوت کے بعد کہنے لگے۔ ''اگر میں غلطی نہیں کر رہا تو تقریباً چار برس پہلے میں نے آپ کو لکھنؤ یونیورسٹی کے پروفیسر مہتہ کے ہمراہ دیکھا تھا''، اب مجھے بھی یاد آیا ایک ایک ہی مرتبہ ملاقات ہوئی تھی۔ ہم دونوں میں بحث بھی ہوئی تھی اور میری گفتگو سے بہت متاثر ہوئے تھے۔ پوچھنے لگے۔ آپ ہی کا نام ڈیوڈ ہے . . . ہم آپ کے مضامین ''مسیحی دنیا'' میں پڑھا کرتے ہیں' ہم ایک دوسرے کو پہچان گئے۔ پھر تو بڑی گرم جوشی سے مصافحہ کیا گیا۔ خیریت دریافت کی گئی۔ بچوں کے سر پر ہاتھ پھیرا گیا۔ میں نے ان سے کہا کہ اگر انہیں کچھ اعتراض نہ ہو تو میرے کمرے میں گذارا کر لیں۔ وہ بہت شکر گذار ہوئے اندر جا کر انھوں نے کمرہ دیکھا تو بہت خوش ہوئے۔ سارا سامان اندر منگوا لیا گیا۔ . . . میرے سنسان کمرے میں چہل پہل ہو گئی۔ ایک گھنٹہ بعد ہم دونوں برآمدے میں اطمینان سے کرسیوں پر بیٹھے گفتگو کر رہے تھے۔ ان کی بیوی نے چائے بھیجی۔ انھوں نے کہلا بھیجا کہ سبھی باہر آ جاؤ۔ آخر شرمانے کی بھی کیا بات ہے؟ ڈیوڈ اپنا لڑکا ہی تو ہے۔ اس پر ان کی بیوی باہر آئیں۔ معذرت کرتے ہوئے بولیں۔ بیٹا دل میلا نہ کرنا۔ سب چیزیں ٹھکانے لگا لوں ذرا پھر ہم اکٹھے ہی کھایا پیا کریں گے۔ اس وقت برتن کم ہیں۔ بوری میں سے برتن نکال کر صاف کر لیے جائیں گے تو پھر کوئی

دقت نہ ہوگی،، اس کے بعد یہ سمجھ لو کہ مجھے کچھ بھی تردد نہ کرنا پڑتا تھا۔ یوں تو وان کی آمد سے پہلے بھی تو کبھی کبھار روٹی پکا دیا کرتا تھا۔ لیکن وہ مزا کہاں۔ اس رات بڑی رغبت سے کھانا کھایا۔ ہم لوگ جلد ہی آپس میں گھل مل گئے۔ ایک تو میری وجہ سے ان لوگوں کی پریشانی دور ہوئی۔ دوسرے میں ان کا پرانا شناسا نکلا۔ تیسرے وہ میرے مذہبی مضامین پڑھتے رہے تھے۔ غرض ہر طرح سے وہ مجھ سے مرعوب ہو چکے تھے...،،

ڈیوڈ کے دوست نے بے چینی سے کہا۔ ،، بھئی وہ لڑکی کون تھی، پہلے اس سے تعارف کیسے ہوا تھا؟،،

،، سنو وہ بات بھی بتلاتا ہوں... تقریباً چار برس پہلے کا ذکر ہے میں اس وقت لکھنؤ یونیورسٹی میں پڑھتا تھا۔ ان دنوں چند لڑکے اور دو پروفیسر تفریحی دورے کے لیے جنوبی ہندوستان کی طرف گئے۔ جن دنوں ہم جبل پور میں مقیم تھے تو ایک دن اور سب وہاں کا ایک آبشار اور سنگ مرمر کی چٹانیں دیکھنے چلے گئے۔ چونکہ میں اور پروفیسر مہتہ ان چٹانوں کو پہلے بھی دیکھ چکے تھے اس لیے ہم لوگ نہ گئے۔ ان کے چلے جانے کے بعد پروفیسر مہتہ کہنے لگے بھئی کہو تمہارا کیا پروگرام ہے۔ میں نے جواب دیا کہ جناب شہر سے واقف نہیں۔ ایک مرتبہ کسی تقریب میں آیا تھا اس لیے چٹانیں ہی دیکھ پایا اور کسی شخص سے واقفیت نہیں... مہتہ کہنے لگے میں ایک دوست کے ہاں جا رہا ہوں چاہو تو میرے ساتھ چلو سیر ہو جائے گی... میں چل دیا تو بھئی انہیں صاحب کے ہاں پہنچے انھوں نے خوب آؤ بھگت کی اس وقت میں ان کی لڑکی کو پہلی مرتبہ دیکھا۔ تیرہ چودہ کا سن۔ رنگ اگرچہ گندمی تھا لیکن کہ نور کے سانچے میں ڈھلا ہوا اور پھر ہر لڑکی کی ایک خصوصیت ہوتی ہے۔ اس کی سب سے دلکش چیز اس کے ہونٹ اور اس کی مسکراہٹ تھی۔ ہونٹوں میں نہ جانے پارہ بھرا تھا۔ یوں لفظوں میں جو زندگی ان کے اندر کروٹ لے رہی تھی اس کا بیان کرنا ناممکن ہے اور پھر وہ مسکراہٹ... یوں تو ایک سے ایک حسین لڑکی نظر سے گزری ہے لیکن ایسی دل فریب تو بہ شکن مسکراہٹ دیکھنے میں نہیں آئی۔ نہ معلوم قاتلہ کی مسکراہٹ میں کیا کشش تھی۔ ایک مرتبہ بھولے سے مسکرا دے تو انسان بندۂ بے دام ہو جائے... اسی روز رات کے وقت انھوں نے ہماری دعوت بھی کی۔

اس وقت مولی، یہ اس کا پیارا نام تھا، کمسن لڑکی تھی۔ مسکراہٹ ہر دم لبوں پر کھیلتی رہتی تھی۔ لیکن بھئی طبیعت سیر نہ ہوتی تھی۔ اس وقت میری عمر بھی یہی اٹھارہ انیس برس کی ہوگی۔ میں نے اس سے خوب گھل مل کر باتیں کیں۔ جب وہاں سے چلا آیا۔ بس، کچھ نہ پوچھو دنوں تک ذہن پر سرور طاری رہا اور دل کی خلش تھی کہ مٹائے نہ مٹتی تھی۔ لیکن حوادث زمانہ نے سارے تصورات مدھم کر دیئے وہ برق ریز مسکراہٹ دھندلی پڑ گئی۔ اب جو وہ معشوقہ نظر آئی تو کلیجا اچھل کر حلق میں آن رہا۔ بارے دل سنبھلا...،،

ڈیوڈ کے ساتھ کی آنکھیں پھیل گئیں۔ ''یار اب تو پٹھی سٹھی سٹھ گئی ہوگی،،

''ارے یہ بھی کوئی پوچھنے کی بات ہے اب تو وہ جو بن نکالا تھا کہ نگاہ نہ ٹکتی تھی۔ کیا بناوٹ تھی جسم کی۔ کیا لچک تھی عضو عضو میں۔ کیا لباس کی پھبن تھی ۔۔۔ اور اس بھولی بسری مسکراہٹ کا اب کیا ٹھکانہ تھا۔ اگر کبھی بھی نظر سے دیکھ لے تو بڑے سے بڑا پرہیز گار سب کچھ بھول جائے۔ سچ پوچھو تو میری ہستی ہی کیا تھی اس کے سامنے ۔۔۔ ،،

دوسرے نوجوان نے ہونٹوں پر زبان پھیرتے ہوئے پوچھا۔ ''یار کچھ گٹھ جوڑ بھی ہوا۔ یا بس یوں ہی دور ہی دور سے مراکیے،،

'' کچھ نہ پوچھو ۔۔۔ بھئی ان دنوں کو میری زندگی کا ماحصل سمجھو ۔۔۔ وہ لوگ بڑے ملنسار تھے۔ کھانے پینے کا افر سامان اپنے ہمراہ لائے تھے۔ پہلے روز ہی ہم لوگ ایسے گھی شکر ہوئے جیسے مدت سے اکٹھے ہی زندگی بسر کر رہے ہوں۔ یار میرا دل تو ایسا الجھا کہ وہاں سے آنے کو جی ہی نہ چاہتا تھا۔ لیکن تھوڑا بہت تکلف بھی لازمی تھا۔ چوتھے روز میں نے کہا کہ اب میں چلا جاؤں گا۔ پہلے تو سبھی نے ہنسی میں ٹال دیا۔ لیکن جب ان کو معلوم ہوا کہ میں اس معاملے میں بالکل سنجیدہ ہوں تو سب لوگ اصرار کرنے لگے۔ اس وقت ہم رات کا کھانا کھا رہے تھے۔ ان کی اماں بولیں۔ '' بھئی رائے شماری کی جائے،، چنانچہ جب یہ کہا گیا کہ جو لوگ چاہتے ہیں کہ مسٹر ڈیوڈ اسی جگہ رہیں وہ ہاتھ اٹھا دیں تو سبھی نے ہاتھ اٹھا دیئے سوائے مولی کے۔ پاپا نے عینک کے نیچے سے آنکھوں ہی آنکھوں میں سرزنش کرتے ہوئے ہاتھ اٹھانے کا اشارہ کیا۔ لیکن مولی بولی۔ دیکھیے پاپا! یہ ڈیموکریسی ہے ڈکٹیٹرشپ نہیں ۔۔۔ میری آزاد رائے تو یہ ہے کہ اگر مسٹر ڈیوڈ جانا چاہتے ہیں تو ان کو نہ روکا جائے ۔۔۔ یہ کہہ کر اس نے میری طرف ایسی برق پاش نظروں سے دیکھا کہ ہزار جانے کی کوشش کرتا نہ جا سکتا۔ میں کچھ خفیف سا ہو کر بولا۔ ''اچھا بھئی اس معاملے میں ''بلیبی،، کی رائے لے لی جائے،، ان کے چار پانچ ماہ کے بچے کو ہم بلیبی کہا کرتے تھے۔ تین لڑکیوں کے بعد یہی ایک لڑکا تھا۔ والدین کی آنکھوں کا تارا، تینوں بہنوں کا دلارا۔ خوب موٹا تازہ پیارا بچہ تھا۔ اس وقت ہمک ہمک کر ہاتھ پاؤں چلا رہا تھا۔ امی نے کہا۔ کیوں بلیبی! تم رائے دو گے۔ نہیں بھی میں تو چھوٹا سا ہوں۔ ابھی میں بول بھی نہیں سکتا ۔۔۔ میں نے کہا کہ آپ بلیبی کی بغلوں میں ہاتھ دے کر میز کھڑے کیے رکھیں۔ اگر وہ دایاں پاؤں اٹھائے تو میں رک جاؤں گا اور اگر وہ بایاں اٹھائے تو میں چلا جاؤں گا۔ اس بات پر خوب لے دے ہوئی۔ سبھی اس بات کے خلاف تھے۔ بالآخر بلیبی کو میز پر کھڑا کیا

گیا۔وہ اس وقت بہت خوش تھا۔خوشی کے مارے کلکاریاں مار رہا تھا... اس کے دونوں پاؤں میز پر ٹکے ہوئے تھے... پہلے اس کا دایاں پاؤں اوپر اٹھ گیا۔اس پر خوب ہلڑ مچا۔قہقہے لگائے گئے...چنانچہ مجھ کو رکنا پڑا... تھوڑی دیر بعد مجلس برخاست ہوگئی۔ آج مولی بڑی بے باک نظروں سے گھورتی رہی تھی۔ آنکھوں میں شرارت کروٹیں لیتی رہی اور ہونٹ دعوت دیتے رہے۔موقع پا کر میں نے اس کی لچکتی ہوئی کمر میں چٹکی لے لی تو تڑپ کر بل کھا گئی...،،

ڈیوڈ رکا۔اس کے ساتھی نے بے چینی سے پہلو بدل کر کہا۔ ''بڑا ہاتھ مارا استاد!''

''ابھی کیا... ایک دن شام کے وقت ہم دونوں دیر تک باہر گھومتے رہے...،،

''تو وہ تم دونوں کو اجازت دے دیتے تھے؟''

''ارے بھائی! وہ بھی کوئی مسلم منچی تھی کہ برقع میں لپٹی گھوما کرتی... تو بھی اسی طرح گھومتے گھومتے شام خوب گہری ہوگئی۔تاریکیاں چھانے لگیں۔وہاں بس برف کا تماشا خوب تھا۔روئی کے پھوئے سے جھڑ رہے تھے۔ہم گرجے کے پچھواڑے جا کھڑے ہوئے۔سامنے دور تک نگاہ نہ جاتی تھی۔درختوں کی گھنی شاخیں برف کے بوجھ تلے دبی جا رہی تھیں۔جب برف زیادہ ہو جاتی تو پھسل کر نیچے گر پڑتی... میں نے سگریٹ کیس میں سے سگریٹ نکال کر سلگایا۔اور یوں ہی از راہ مذاق سگریٹ کیس اس کی طرف بڑھا دیا۔وہ بولی۔ ''کوئی دیکھ نہ لے''...یہ کہہ کر اس نے ایک سگریٹ اٹھا لیا۔میں نے دیا سلائی بڑھائی اور ایک بازو اس کے شانوں پر رکھ دیا۔وہ چپ چاپ سگریٹ پیتی رہی۔میں اس کے ساتھ کھڑا ہو گیا۔وہ کچھ نہ بولی بلکہ میری طرف اپنی کٹاری سے آنکھوں سے دیکھ دیکھ کر بجلیاں گرانے لگی۔اس خاموش گوشے میں کس قدر دلکش نظر آرہی تھی۔اس کی توبہ شکن مسکراہٹ کو برداشت کرنا میری قوت سے باہر ہو رہا تھا۔میں نے پہلے اس کے نرم پھڑکتے ہوئے ہونٹوں کو چوما اور پھر پاگلوں کی طرح لپٹا لپٹا کر اس کے ہونٹ ابرو رخسار، آنکھیں، گردن سبھی کچھ چوم ڈالا۔یہاں تک کہ وہ نڈھال سی ہو کر مجھ سے لپٹ گئی۔ بولی۔ ''بس اب تو رک جائیے...''پھر ہم ہانپتے کانپتے واپس آئے...اس کے بعد وہ مجھ سے اس بے باکی سے آنکھیں نہ ملاتی تھی۔ نہ قہقہے ہی لگاتی۔لیکن میری دل جوئی کرنے میں کوئی دقیقہ فروگذاشت نہ کرتی تھی''

ڈیوڈ کے ساتھی کی آنکھیں باہر کو ابلی پڑتی تھیں۔ ''یار ڈیوڈ تم تو بڑے گھنے نکلے... اچھا تو پھر... کبھی...!''

ڈیوڈ نے پھر اپنے بالوں پر ہاتھ پھیرتے ہوئے ان کو ہموار کیا۔ ''... ایک مرتبہ شام کو میں اسے گھمانے کے لیے لے گیا۔ طبیعت کچھ خراب تھی۔ اماں سے کہنے لگی میں فوراً ہوا کھانے جا رہی ہوں ... مسوری میں ایک سٹرک ہے کیملز بیک روڈ ... یہ سنسان رہتی ہے۔ گرمیوں میں بھی اس سٹرک پر زیادہ آمد و رفت نہیں ہوتی۔ بعض جگہ سٹرک کے کنارے پر حجرے سے بنے ہوئے ہیں۔ اوپر چھت ہوتی ہے۔ چاروں طرف محض جنگلہ لگا ہوتا ہے ... ہم لوگ تھک کر اسی قسم کے ایک حجرے میں بیٹھ گئے ... یار! شاید تم بار بار برف کا ذکر سن کر پریشان ہو رہے ہو گے لیکن سچ کہتا ہوں برف کی وجہ سے مسوری جادو نگری بنی ہوئی تھی۔ بر دبار، ٹیلے، پہاڑ، سٹرک ہر چیز برف سے اَٹی ہوئی کسی قدر خاموشی، سکون، تند و تیز ہوا کے سرد جھونکے اور اس قدر طرح دار معشوقہ میرے ساتھ تھی ... کہنے لگی سر میں تھوڑا سا درد ہے۔ اتفاق سے میری جیب میں ''نورنگی'' کی چھوٹی سے شیشی تھی۔ میں نے اس کو دوا کہہ کر پلا دی۔ اسے بنچ پر لٹا کر اس کا سر اپنی گود میں رکھ کر آہستہ آہستہ سہلانے لگا۔ تھوڑی دیر بعد میں نے اس کے ہونٹوں کو چوم کر پوچھا۔ اب سر میں درد ہے کیا؟ ... اس کے بعد میں نے پھر وہی حرکت کی۔ اسے بھی ہلکا سا سرور آ گیا اس نے بڑی گرم جوشی سے جوابی کارروائی کی ... یار ہم دونوں تو ہوش و حواس کھو بیٹھے۔ وہ مجھ سے بری طرح لپٹ گئی اور پیار و محبت کے کلمے کہنے لگی۔ بس پھر کیا تھا ... میں نے ...'' اس کے بعد ڈیوڈ آگے کو جھک کر کچھ کہنے کو تھا کہ خزانچی نے ہانک لگائی۔ ''ہاں صاحب! ٹو کن نمبر بتیس اور تینتیس،''

خدا خدا کر کے چیک وصول ہوا۔ روپیہ لے کر جانے سے پہلے وہ پھر عارف کی کھڑکی کی طرف آئے۔ بظاہر وہ رجسٹروں کی ورق گردانی کر رہا تھا۔ لیکن باطن میں اس کی تمام تر توجہ ان کی باتوں کی طرف لگی ہوئی تھی۔ ڈیوڈ نے کھڑکی کے آگے آ کر کہا۔ ''لائیے صاحب! مجھے ایک نئی چیک بک عنایت کر دیجیے،'' اس کے ساتھی نے پوچھا۔ ''تو پھر تم بلانا غہ اس حجرے میں جایا کرتے تھے،''

''بس میاں! پھر پانچوں انگلیاں گھی میں اور سر کڑاہی میں۔ ہمیں فکر کاہے کی تھی ... میں نے اس کے فوٹو بھی لیے ... کسی سے ذکر نہ کرنا، میں دکھاؤں گا تمہیں۔ وہاں ایک جگہ ہے گن ہل۔ ہم اس پہاڑی پر چڑھ گئے۔ اس جگہ میں نے اس کے کئی فوٹو لیے،''

چیک بک لے کر وہ دونوں ہاتھ میں ہاتھ ڈالے آہستہ آہستہ چل دیے۔ ڈیوڈ نے سلسلہ کلام جاری رکھتے ہوئے کہا۔ ''اس دن دھوپ شان دار تھی۔ میں نے اس کے کچھ پوز لیے پھر میں نے اس سے کہا بھئی اس

طرح لطف نہیں آتا ... وہ بولی۔ اس طرح مجھے شرم آتی ہے ... میں نے محبت کا واسطہ دیا۔ گلے سے لپٹا کر پیار کیا ... اور بھئی بڑی مشکل سے وہ جھینپ جھینپ کر بدن کے کپڑے ... ''
وہ دونوں سیڑھیوں سے اتر گئے۔

____

آنے جانے والوں کا تانتا بند ھا ہوا تھا۔ لوگ آتے چیک دیتے وہ ٹوکن پھینک کر کام میں مصروف ہو جاتا۔ اتنے میں ایک صاحب منشی کے ساتھ اندر داخل ہوئے۔ آتے ہی چیک لکھنے لگے۔ پھر یکایک ہاتھ رک گیا۔ منشی سے مخاطب ہو کر بولے۔ ''منشی جی! چار ہزار کافی ہو گا؟ کہو تو بڑھا دوں۔ پانچ ہزار سے کام چل جائے گا،''

''جناب دو ہزار کی تو اگلے بدھ کو بھی ضرورت ہو گی،''

''اجی چلو پھر منگوا لیں گے۔ ممکن ہے ہیریسن کمپنی والوں سے بل وصول ہو جائے۔ کتنا تھا وہ، تین یا ساڑھے تین ہزار ... ''

عارف نے بے جان ہاتھوں سے چیک پر کچھ لکھا اور رجسٹر کھولا منشی جی بولے۔ ''بابو جی! ذرا ہمارا حساب بھی بتا دیجیے،''

عارف نے ورق الٹتے ہوئے جواب دیا۔ ''چورانوے ہزار سات سو ساڑھ تیس روپے گیارہ آنے ... ''
منشی جی نے عینک صاف کرتے ہوئے کہا۔ ''سیٹھ جی! اس بنک میں آپ نے بہت تھوڑا سا روپیہ رکھا ہے،''

عارف نے چیک رجسٹر میں رکھ کر چپڑاسی کو دیا ہی تھا کہ اس کو اپنے چچا دکھائی پڑے۔ اس کو تعجب ہوا کہ چچا اس جگہ کیسے آن ٹپکے۔ خیر! وہ باہر نکلا۔

اس کے تو ندیل چچا ہنسے۔ ادھر ان کا پیٹ نیچے اوپر ہوا اور ان کی ٹوپی کا پھندنا لرزنے لگا۔ وہ بلا وجہ ہنستے ہوئے بولے۔ ''کہو برخوردار اچھے تو ہو۔ میں ادھر سے جا رہا تھا، سوچا برخوردار کو دیکھ لوں،''
عارف کے چچا پہلے کسی شہر میں خوانچہ لگایا کرتے تھے اب اپنے شہر میں ان کی پھلوں کی دکان تھی۔ خوب روپیہ کماتے تھے۔ بلا کے چلتے پرزے ... عارف سوچنے لگا کہ چچا ایسے متوالے کہاں کہ یوں ہی دیکھنے چلے آئیں۔ پچھلے دنوں روپے کی انتہائی تنگی کی وجہ سے اسے کپڑا سینے کی مشین بیچ ڈالنے کا خیال آیا۔ چونکہ بزنس کے معاملے میں وہ نرا بدھو ہی تھا اس لیے چچا کے پاس گیا۔ بولا، چچا! یہ مشین بیچ کرنی لینے کا خیال

ہے، اس کا سودا کرو ادیجیے کسی سے۔ چچا آمادہ ہو گئے۔ عارف نے دبی زبان میں کچھ روپے مانگے۔ چچا نے چالیس روپے دیئے اور پھر تیسرے روز کہا لو برخوردار تمہاری مشین پچاس روپے میں بک رہی ہے، دس روپے اور تھا مو اور رسید لکھ دو۔ عارف بے چارا حیران۔ بولا، چچا! یہ تو لوٹ ہے لوٹ۔ چچا بھی اس کی رگ سے واقف تھے۔ بولے۔ بیٹا! تو چالیس روپے لاؤ اور مشین اٹھالو۔ وہ بڑا گھبرایا۔ روپیہ خرچ ہو چکا تھا۔ اس نے کہا ' چچا میں اخبار میں اشتہار دے رہا ہوں، ممکن ہے کوئی اچھا گاہک مل جائے ''۔

دو ہی دن گزرے تھے کہ چچا بینک میں آن دھمکے۔ ادھر ادھر کی رسمی باتوں کے بعد بولے۔ ' بیٹا! تمہاری مشین کا وہ گاہک اپنے چالیس روپے واپس مانگتا ہے ''۔

عارف جانتا تھا کہ چچا اس کی مشین ہضم کرنا چاہتے تھے۔ اس نے چچا کی بھاری بھرکم توند کی طرف دیکھتے ہوئے کہا۔ ' چچا کل اشتہار نکل آئے گا، ذرا صبر کیجیے نا! ''

چچا نے مسکین صورت بنا کر کہا۔ ' برخوردار تم جانتے ہی ہو۔ میں بال بچے دار معمولی دکان دار ہوں۔ وہ شخص صبح شام دکان پر آن کر تقاضا کرتا ہے اگر تم کو مشین نہیں بکتی تو اس کے روپے دے ڈالو ''۔

' چچا روپے تو ایک ضرورت کے لیے آپ سے مانگے تھے میں نے ''۔

چچا نے باچھوں سے پان کا لکھا صاف کرتے ہوئے جواب دیا۔ ' عارف بیٹا! وہ روپیہ میرا نہیں تھا۔ تم میرے بیٹے ہو سوچو اگر روپیہ میرا ہوتا تو میں تم سے طلب ہی کیوں کرتا۔ وہ میرا دوست ہے۔ میں نے اس سے کہا کہ بھئی مشین والا چالیس روپے مانگتا ہے روپیہ دے دو اور کسی کو دکھا لو۔ باقی بعد میں دے دینا۔ اس نے میری بات پر اعتبار کیا اور روپیہ دے دیا۔ اب تم ہی بتاؤ کہ میں کیا کروں۔ اب تم نہ مشین دیتے ہو اور نہ روپیہ ہی واپس دینے پر تیار ہو ''

اب عارف پر اصلیت روشن ہو گئی لیکن وہ مجبور تھا۔ ' چچا مشین بیچنے کو میں تیار ہوں لیکن وہ شخص تو مجھ کو لوٹنا چاہتا ہے ''۔

' بیٹا! مشین کی حالت بھی تو دیکھو۔ کل وہ پھر ملا تھا۔ میں نے اس سے کہا کہ بھئی مشین کی قیمت کچھ زیادہ ادا کر دو۔ کہنے لگا اچھا بھئی تم کہتے ہو تو میں دو روپے زائد دے دوں گا ... اب اگر تم کو باون روپے منظور ہوں تو کر لو سودا ''

' چچا مجھے معلوم نہ تھا کہ روپے کا تقاضا اس شدت سے شروع ہو جائے گا۔ اب میں روپیہ کہاں سے لاؤں؟ ''

’’برخوردار تمہاری تنخواہ تو مل گئی ہوگی۔ سنا ہے اب تمہاری تنخواہ بھی بڑھ گئی ہے۔ بیٹا سنبھل کر خرچ کیا کرو۔ پینسٹھ روپے کچھ معمولی رقم تو نہیں۔ تمہارے اخراجات بھی کیا ہیں، میاں بیوی اور دو بچے۔۔۔‘‘

عارف خاموشی سے بازار کی طرف دیکھتا رہا۔ چچا اپنی گھنے دار مونچھوں پر ہاتھ پھیرتے ہوئے بولے۔ ’’آج کیا تاریخ ہے، تنخواہ نہیں ملی کیا؟‘‘

’’پرسوں ملے گی‘‘

چچا نے ذرا خوش مذاقی سے ہنستے ہوئے کہا۔ ’’کوئی حرج نہیں بیٹا! میں پرسوں چلا آؤں گا۔ دیکھونا! دنیا کے کام بس یوں ہی چلا کرتے ہیں‘‘ یہ کہہ کر انھوں نے ہاتھ سے ٹوپی پیچھے کی طرف سرکائی اور چندیا کھجلانے لگے۔

اس کے بعد وہ سیمنٹ کے بھاری بھرکم بورے کی طرح ہلے اور آہستہ آہستہ سیڑھیوں سے نیچے اتر گئے۔ عارف واپس آ کر اپنی کرسی پر بیٹھ گیا۔

شام ہو گئی۔ سب لوگ کام ختم کر کے چلنے کو تیار ہوئے۔ عارف کا یہ دن بہت برا گزرا۔ کوٹ ابھی تک سیلا ہوا تھا۔ وہ از حد تھکاوٹ محسوس کر رہا تھا۔ اس کا دل چاہتا تھا کہ گھر جا کر تھوڑی دیر آرام کرے۔ اتنے میں مینجر آیا، بے اعتنائی سے بولا۔ ’’عارف! آج ظفر نہیں آیا اس لیے آج شام کی ڈیوٹی پر خزانچی کے ساتھ تم رہو گے‘‘

سب لوگ باتیں کرتے شور مچاتے چلے گئے۔ کمرہ خالی رہ گیا اور پہلے کی نسبت فضا اور بھی بے کیف ہو گئی۔ مہتر جھاڑو دینے آیا، چپڑاسی گرے پڑے کاغذات اٹھا رہا تھا۔ خزانچی نے آواز دی کہ عارف میاں! یہاں چلے آؤ۔۔۔ عارف اٹھ کر خزانچی کے کٹہرے میں بیٹھ گیا۔

خزانچی سیدھا سادھا اینٹ ٹائپ کا ہندو تھا۔ بے تکان اور بے چون و چرا کیے کام میں مصروف رہتا۔ طرافت تو اس کو چھو کر بھی نہ گئی تھی۔ اگر کبھی اپنی دانست میں کوئی ہنسی کی بات کہے بھی تو سننے والے کو الٹا رونا آ ئے۔ بے کاری میں وقت کاٹنا مشکل ہو رہا تھا۔ جب کوئی شخص روپیہ جمع کروانے کے لیے آ جاتا تو ایک آدھ بات ہو جاتی۔ ورنہ دونوں چپ چاپ بیٹھے رہتے۔۔۔ ایک کونے میں میری کورلی کا کوئی ناول پڑا تھا۔ شروع کے اوراق گم تھے۔ وہ اسی کی ورق گردانی کرنے لگا۔

خزانچی فائلیں کھول کھول کر دیکھ رہا تھا۔ لوگ روپیہ جمع کروانے کی غرض سے آتے تین سو روپیہ، ہزار، سولہ سو کی آوازیں سنائی دینے لگتیں۔ روپوں کی گنتی سنتے سنتے یکایک اسے خیال آیا کہ آج اس کو چند روپے

درکار تھے۔ آج گھر میں نہ لکڑی تھی نہ آٹا۔ مٹی کا تیل بھی لالٹین میں تھوڑا ہی سارہ گیا تھا۔ اس نے بیوی سے کہا تھا کہ شام کو سب چیزیں لے آئے گا۔ بے چاری انتظار کرتی ہو گی۔ شاید کام چلانے کے لیے کہیں سے تھوڑا بہت آٹا لے لیا ہو۔

پھر وہ مشین کی بات سوچنے لگا۔ شاید کوئی اچھا گاہک مل جائے۔ اگر سوا یا ڈیڑھ سو روپیہ وصول ہو جائے تو کچھ کام چل جائے۔ چچا سے چالیس روپے لے کر اس نے بڑی غلطی کی۔ اب وہ روپے بچوں کے کپڑوں پر اور کچھ ادھر ادھر خرچ ہو چکے تھے۔ اس کی زرد رو بیوی کے پاس کپڑوں کی اتنی کمی تھی کہ وہ گھر سے باہر نہ نکل سکتی تھی اور نہ کسی اور کو اپنے ہی گھر میں بلا سکتی تھی۔ اگر مشین نہ بکی اور چچا کو چالیس روپے تنخواہ میں سے دینے پڑے تو اس صورت میں گوالا، دھوبی، بنیا، نائی سبھی اس کے پیچھے پڑ جائیں گے۔ اس نے سوچا کہ سر دست خزانچی سے پانچ روپے ادھار لے لوں تا کہ جب تک تنخواہ نہیں ملتی گھر کا کام تو چلے۔

لالہ شریف آدمی تھا۔ ''لو خان صاحب! پانچ چھوڑ پچاس مانگو تو انکار نہیں،'' اس نے نوٹ تو موڑ کر جیب میں ٹھونس لیا۔

خدا خدا کر کے آٹھ بجے اور وہ چلنے کو تیار ہوا۔ لالہ بولے۔ ''خان صاحب! میں ابھی پندرہ بیس منٹ تک یہیں بیٹھوں گا۔ تھوڑا سا کام باقی ہے''

عارف نے سیلے ہوئے بوٹوں میں پاؤں ڈالے تو اس کی ٹانگیں جھجھا اٹھیں۔ سیڑھیوں سے نیچے اترا تو دیکھا کہ بازار کی اکثر دکانیں بند ہو چکی تھیں۔ بازار میں روشنی بھی کم تھی۔ دکانوں کے پیچھے مکان ایک دوسرے میں گڈمڈ ہو رہے تھے۔ سڑک معمول کے خلاف بہت صاف ستھری اور بارش سے دھل گئی تھی۔ گیلی سڑک جگمگ کر رہی تھی۔ اس وقت آسمان میں بادل کا ایک ٹکڑا تک نہ تھا۔ نکھرے ہوئے آسمان میں ستارے جھلملا رہے تھے۔ وہ بڑے بازار کو چھوڑ کر کوچہ گل محمد کو ہو لیا۔ لال خان کبابی کی دکان سے کچھ ہی دور پہنچا ہو گا کہ میونسپلٹی کی لالٹین کے قریب چند آشنا صورتیں نظر آئیں۔ ابھی یہ ان کو اچھی طرح پہچان نہ پایا تھا کہ انھوں نے اس کی طرف دیکھا اور ایک دم چلا اٹھے۔

وہ اس کے دوست تھے۔ سب نے اسے گھیر لیا۔ شکایتوں کے دفتر کھول دیے۔

''یار! ہم تمہارے گھر گئے۔ وہاں بالکل تاریکی تھی۔ آوازیں دیں۔ بھاوج نے کہلا بھیجا کہ آپ گھر پر نہیں۔ بھئی ہم تو دل میں شک کر رہے تھے کہ تم ضرور پڑے سو رہے ہو گے۔ ہمیں چکمہ دے دیا ... آج کہیں سے ذرا سی 'یہ'، مل گئی۔ ہم اس خیال سے گئے تھے کہ تمہارے ہاں ذرا کچھ کھانے کو مل جائے گا۔

کھانا کھانے کے بعد سنیما دیکھنے کا خیال تھا،،

یہ کہہ کر ان میں سے ایک نے کوٹ کے اندر سے بوتل کی جھلک دکھائی۔

کافی بحث مباحثہ کے بعد عارف نے ان کو منالیا کہ یہیں کسی دکان سے کچھ کھاپی لیں۔ وہ جانتا تھا گھر پر نہ لکڑی تھی نہ آٹا۔

چنانچہ لوگ لال خاں کبابی کے ہاں پہنچے۔ دکان کے آگے ایک پرانی لالٹین لٹک رہی تھی جس کی مدھم روشنی میں کباب۔ سینخیں اور مچھلی کے ٹکڑے نظر آ رہے تھے۔ چند ایک ڈھیلی پگڑیوں اور الجھے ہوئے بالوں والے حضرات بیٹھے کھاپی رہے تھے۔

وہ لوگ اندر چلے گئے۔ آدھی بوتل کے چار پینے والے۔ نشہ تو خیر کیا ہوتا البتہ ہلکا سا سرور آ گیا۔ کھانے پینے میں چار روپے سے اوپر عارف کی گرہ سے کھل گئے ... جب وہ سنیما گھر پہنچے تو عارف اپنے ٹکٹ کے دام بمشکل پورے کر سکا۔ فلم شروع ہوئی۔ ایک پہاڑی لڑکی کی داستانِ محبت تھی۔ فلک بوس پہاڑوں کے مناظر تھے۔ دامن کوہ میں ایک جھونپڑی تھی۔ اس جھونپڑی میں حسن و جمال کا ایک نمونہ ایک پری مثال لڑکی ... عارف کی طبیعت بحال ہونے لگی۔ اس نے آج تک ایسی دل ربا لڑکی نہ دیکھی تھی اور پھر اس کا شباب تھا کہ جوار بھاٹا۔ عارف کی تھکاوٹ دور ہو گئی۔ دل کی پریشانیاں رفع ہوگئیں۔ طبیعت اس قدر مسرور ہو رہی تھی کہ جی چاہتا تھا کہ وہ خوب باتیں کرے اور چہکے۔ اس نے اپنے دوستوں سے مخاطب ہو کر کافی بلند آواز میں کہا۔ ،، یار کسی کا فر جوانی ہے۔ اس کی گول گول چھاتیاں تو دیکھو کیسا ابھار ہے۔ جو بن پھٹا پڑتا ہے اس کے پھڑکتے ہوئے ہونٹوں کے بوسے لینے میں کیسا مزا آئے۔ ہائے کیسی سمٹی ہوئی رانیں ہیں،،

ادھر ادھر کچھ خواتین بیٹھی تھیں۔ وہ سمٹ سمٹ کر سر ڈھانپنے لگیں۔

اتنے میں پردہ پر جنگل کی وہ شہزادی گھاس پر لیٹ گئی۔ اس نے بصد ناز بازو اٹھائے اور سینہ تان کر انگڑائی لی کہ عارف کی طبیعت نہال ہو گئی۔ اس نے اپنے ساتھی کی ران پر ہاتھ مارا اور دانت پیستے ہوئے پہلے کی نسبت بلند تر آواز میں للکارنے لگا۔

،، مار ڈال! مار ڈال ... ظالم! ... یار مزا آ گیا ... اگر کہیں ویرانے میں اسی طرح گھاس پر لیٹی ہوئی مل جائے ... تو استاد ... بس،،

خلا

جب میں کوٹھی کے نزدیک پہنچا تو ٹھٹھک کر ایک درخت کے تلے کھڑا ہو گیا۔ اس وقت میری صورت سے بھی وحشت ٹپک رہی ہو گی۔ گرمیوں کے دن گیارہ بجے کا وقت دھوپ کی تمازت، سڑک کے کنکر دہکتے انگارے ہو رہے تھے۔ چند ایک کنکر میرے بوٹوں میں داخل ہو گئے تھے۔ راستہ بھر پریشان رہا۔ کبھے کھول کر بوٹوں کو جھاڑا . . . اور پھر پسینہ پونچھ کر سوچنے لگا کہ اندر جا کر کیا کہوں گا۔ شاید وہ لوگ حیران رہ جائیں کہ آج اس قدر تیز دھوپ میں میں اکیلا چلا آیا۔

خاں صاحب ہمارے دور کے رشتہ دار تھے۔ ہم لوگ ان کے مقابلے میں غریب تھے۔ جب تک میرے والد صاحب ملازمت میں تھے اچھا گزارا ہو جاتا تھا۔ لیکن حالات نے پلٹا کھایا۔ نوکری چھوٹ گئی اور وہ گھبرا کر کسی بیمہ کمپنی کے ایجنٹ بن گئے۔ پہلے شہر سے باہر سرکاری مکان میں رہتے تھے، اب ہم لوگ شہر میں آ گئے تھے۔ موجودہ مکان کے آگے ایک اونچا چبوترا تھا۔ چند پختہ سیڑھیوں کے بعد برآمدہ۔ برآمدے کے دونوں گوشوں پر ایک ایک غسل خانہ۔ اس چھوٹے سے مکان کے نصف حصہ میں ایک اور کرایہ دار رہتے تھے۔ باہر کے برآمدے میں اپنے غسل خانے کی طرف انھوں نے ٹاٹ کا ایک بڑا ٹکڑا لٹکا رکھا تھا۔ اندر ایک دو کمرے تھے۔ ایک چھوٹا ایک بڑا۔ صحن مشترک کہ ہی تھا البتہ ایک چھوٹا سا باورچی خانہ ہمارے حصے میں آیا تھا اور ایک ان کے۔ ادھر ہماری یہ حالت تھی۔ ادھر خاں صاحب شہر سے چار میل پرے شان دار کوٹھی میں رہتے تھے۔ خیر یہ تو اپنے نصیب کی بات ہے ورنہ خاں صاحب جن کو میں چچا کہہ کر پکارتا تھا بڑے فراخ دل اور سلجھے ہوئے خیالات کے شخص تھے۔ ہنسی اور مذاق تو ان کی گھٹی میں پڑی تھی۔ مجھ کو بہت پیار کرتے تھے۔ شاید اس کا سبب یہ تھا کہ وہ اولاد نرینہ سے محروم تھے۔ ہماری مالی حالت میں اس قدر تفاوت تھا کہ زیادہ راہ و رسم کی صورت ہی نہ تھی۔ بہر حال خاں صاحب کی بیوی اور اماں کے اصرار

پر کبھی کبھی امی ان کے ہاں چلی جاتیں اور ان کے ہمراہ میں بھی ضرور جاتا۔ میری وہاں خوب آؤ بھگت ہوتی۔ وہ مجھ کو آنکھوں پر بٹھاتے۔ بڑی اماں اگر چہ محبت کا اظہار اس قدر گرم جوشی سے نہ کرتیں البتہ میرے لیے کھانے کی اچھی اچھی چیزیں مہیا کرتیں۔ لیکن آج تک میں ان کے ہاں اکیلا کبھی نہ گیا تھا۔ . . . ایک دن پہلے خاں صاحب کا نو کر بازار میں ملا۔ اس کی زبانی معلوم ہوا کہ خاں صاحب کی انگریزی کتیا، لوسی نے بچے جنے ہیں۔ میں بے چین ہو گیا۔ شام ہو چکی تھی۔ خاں صاحب کے ہاں پہنچنا تو خیر مشکل تھا اس لیے دوسرے دن کے جانے کی ٹھانی۔ رات بھر نیند نہ آئی۔ اف! کتیا پالنے کا مجھے کس قدر شوق تھا۔ میں نے ڈر کے مارے گھر میں کسی سے اس بات کا ذکر تک نہ کیا مبادا وہ منع کر دیں۔ خصوصاً امی کتے کو نجس سمجھتی تھیں۔ اگر ان کو معلوم ہو جاتا تو مجھے گھر سے ہی نہ نکلنے دیتیں۔ . . . ہمارے گھر کی فضا بڑی خشک تھی۔ میرے والد صاحب تنو مند، متین اور غصہ ور شخص تھے۔ ان کے سامنے چوں کرنے کی بھی جرأت نہ ہوتی تھی۔ امی بے چاری اپنے کام دھندوں میں مصروف رہتیں۔ کوئی بھائی یا بہن نہ تھی۔ اس لیے گھر کی فضا بے کیف ہی رہتی تھی۔ خصوصاً جب تک والد صاحب گھر میں رہتے۔ کوئی متنفس دم نہ مار سکتا تھا۔ لیکن وہ کتے سے متنفر نہ تھے۔

دوسرے دن دودھ پینے کے بعد میں اکیلا ہی کوٹھی کی جانب چل کھڑا ہوا۔ وہاں پہنچ کر اندر جانے کی ہمت نہ ہوتی تھی۔ مجھے اچھی طرح یاد ہے کہ میں کیوں کر دس پندرہ منٹ باہر کھڑا مختلف جذبات کے بحران میں مبتلا رہا۔ کئی دفعہ تو ٹھان لی کہ واپس چل دوں۔ لیکن کتے کی کشش نہ جانے دیتی تھی۔ بالآخر دل کڑا کر کے پھاٹک کے اندر داخل ہو گیا۔

سامنے کوٹھی تھی خاموش و بے حس . . . فضا بے کیف۔

میں کچھ مایوس سا ہو گیا۔ لڑکھڑاتے قدموں سے ہو کر برآمدے کی طرف بڑھا۔ نیلے رنگ کے بھاری پردے پڑے ہوئے تھے تا کہ دھوپ برآمدے میں نہ جا سکے۔ میں نے ڈرتے ڈرتے پردہ اٹھایا۔ برآمدہ خالی تھا۔ تین چار کرسیاں بچھی ہوئی تھیں۔ ایک طرف ایک بڑا آئینہ تھا۔ اس کے ساتھ ہی ہیٹ لگانے کی کھونٹیاں یا دروازوں کے آگے پائیدان۔ چند ایک گملے تھے جن میں بے رنگ و بو پھولوں کے پژمردہ پودے تھے۔ میری عقل کچھ کام نہ کرتی تھی۔ کاش کوئی مجھے دیکھ کر اندر بلا لیتا۔ برآمدے سے نکل کر میں نے کوٹھی کا چکر کاٹا اور پچھواڑے سے باورچی خانے کی طرف بڑھا۔ ادھر چھوٹا صحن تھا۔ دروازوں کے آگے جالی لگی ہوئی تھی۔ اس لیے اندر کا شخص باہر سے دکھائی نہ دیتا تھا۔ البتہ کچھ مبہم آوازیں سنائی دے رہی تھیں۔ شاید کوئی ہو۔ جالی کے قریب پہنچ کر میں نے اندر کی طرف جھانکا۔ بڑی

اماں میری طرف پشت کیے کھڑی تھیں۔ میں نے دروازہ کھولا اور اپنی ایرانی طرز کی ٹوپی اتار کر ہاتھ میں لے لی اور موٴدبانہ کھڑا ہوگیا۔ بڑی اماں نے گھوم کر نہ دیکھا۔ میرے دل میں پھر وسوسے پیدا ہونے لگے کہ نہ معلوم بڑی اماں کا مجھ سے کیسا سلوک ہو۔ ایک دفعہ پھر بھاگ جانے کی سوجھی۔ اسی حیض بیض میں تھا کہ بڑی اماں نے گھوم کر میری طرف دیکھا۔۔۔ گوناگوں جذبات کی وجہ سے نہ معلوم میرے چہرے کی کیفیت کیا ہو رہی ہوگی۔۔۔ لیکن اماں کا چہرہ جذبات سے خالی رہا۔ میں نے ادب سے ہاتھ پیشانی تک لے جاکر کہا۔ ''اماں جی! سلام کرتا ہوں''

بڑی اماں نے سلام کا جواب نہیں دیا۔ ان کی نظر کمزور تھی۔ گھور کر دیکھتے ہوئے بولیں۔ ''تو کون ہے چھوکرے''

میں بہت پریشان ہوا۔ دل میں پچھتانے لگا کہ ناحق آیا۔ بوڑھی اماں نے آگے بڑھتے ہوئے عینک صاف کرکے ناک پر ٹکائی اور قریب سے دیکھنے لگیں۔ میرا دل دھڑک رہا تھا۔ زبان سوکھی جارہی تھی۔ بارے وہ مجھے پہچان کر اندر لے گئیں۔ کرسی پر بٹھایا۔ بے چاری پریشان تھی کہ نہ معلوم کیا افتاد پڑی کہ بے چارا ننگے سراس قدر دھوپ میں پیدل چلا آیا۔۔۔ ٹوپی بغل میں تھی۔۔۔ انھوں نے برقی پنکھا چھوڑ دیا اور شربت کا گلاس منگوایا۔ نوکر گلاس پلیٹ میں رکھ کر لایا۔ میں نے لرزتے ہوئے ہاتھوں سے گلاس اٹھایا۔ مجھ کو خوف تھا اگر گلاس پلیٹ میں سے پھسل کر گر پڑا تو وہ مجھے بے تمیز سمجھیں گی۔

بڑی اماں باوضع اور مہذب خاتون تھیں۔ جب میرے دم میں دم آیا تو انھوں نے آنے کا مدعا پوچھا۔ میں نے بتایا تو بے چاری کے چہرے سے مایوسی کے آثار دکھائی دینے لگے۔ بولیں۔ ''بیٹا! پہلے کیوں نہ بتایا۔ اب تو لوگوں نے بچے لے لیے''

میرا دل ٹوٹ گیا۔ رو ہانسا ہو کر پوچھا۔ ''ایک بھی باقی نہیں بچا؟''

وہ مجھے خاں صاحب کے پاس لے گئیں۔ خاں صاحب نے اخاہ کا نعرہ لگا کر مجھے بہت پیار کیا۔ گھر باہر ان کا کس قدر بد بہ تھا اور جو کوئی انہیں ملنے کے لیے آتا تو ان سے آنکھ نہ ملا سکتا تھا۔ اماں نے اصل بات بتائی۔ خاں صاحب نے میرے بالوں میں انگلیاں پھیرتے ہوئے کہا۔ ''بیٹا! کل چار بچے دیئے لوسی نے۔ تین ''لڑکے'' اور ایک ''لڑکی''۔ کیا سمجھے''۔ پھر ہنس پڑے۔ ''تم جانتے ہی ہو کہ ہمارا کتا انگریزی نسل کا ہے اور لوسی بھی لیکن نسل دونوں کی علیحدہ علیحدہ ہے۔ اب نتیجہ یہ نکلا کہ کتیا اور دو کتے تو اپنے باپ کی طرح خوب لمبے لمبے بالوں والے ہیں۔ اور ایک کتا چھوٹے بالوں والا۔ ہو بہو لوسی کی طرح۔ سمجھے

بھائی؟ لمبے بالوں والا ایک کتا تو ہماری پڑوسن میم صاحب نے لے لیا ہے۔ اور دوسرا ریاست نابھ کے ایک رئیس نے مانگ لیا ہے۔ میم صاحب تو اپنا کتا لے بھی گئیں۔ دوسرے کے لیے ہم وعدہ کر چکے ہیں اب کہو۔۔۔ کتیا لو گے؟''

میں نے انکار کے طور پر سر ہلا دیا۔

پھر ہم لوگ نوکروں کے کوارٹروں کی طرف گئے۔ لوسی پیال میں لیٹی ہوئی تھی۔ تین بچے اوں اوں کرتے ہوئے ماں کا دودھ پینے کی کوشش کر رہے تھے۔ خاں صاحب نے چھوٹے بالوں والے پلے کی طرف اشارہ کیا۔۔۔ دوسرے پلے خوب لمبے لمبے بالوں والے تھے اور اپنے باپ کی طرح ان کے جسم پر کہیں کہیں سفیدی بھی موجود تھی۔ لیکن چھوٹے بالوں والا پلا بالکل اپنی ماں کی طرح تھا۔ کالا بھجنگ۔ اس کی آنکھیں بھی نہ کھلی تھیں۔ نیچے کو لٹکتے ہوئے لمبے کان میموں کے ہموار کٹے ہوئے پٹوں کی طرح دکھائی دیتے تھے۔ وہ خوب موٹا تازہ گول مٹول سا تھا۔ پہلے میں اس کی جلد پر ہاتھ پھیرتا رہا جو مخمل کی طرح نرم تھی پھر میں نے اس کو اٹھا لیا۔ وہ ہاتھ پاؤں چلانے لگا۔ اس کے پنجوں کے ناخن گنے۔ چاروں پنجوں کے ناخن گنتی میں بیس تھے۔ سنا تھا کہ بیس ناخنوں والا کتا بڑا لڑاکا اور طاقت ور ہوتا ہے۔ اس کے بعد میں نے اسے زمین پر رکھا اور دونوں کانوں سے پکڑ کر او پر اٹھا دیا۔ وہ چپ رہا۔ میں نے ایک کان سے پکڑ کر اٹھایا پھر بھی نہیں چیخا۔ جب تک میں یہ آزمائش کرتا رہا خاں صاحب کھڑے مسکراتے رہے۔ میں تھوڑی دیر تک کتے کو دیکھتا رہا۔ جب دل میں یہ آیا کہ میں اسے اپنا سکتا ہوں تو پھر وہ مجھ کو پیارا معلوم ہونے لگا۔ بالآخر میں نے اسے اٹھا کر جھولی میں ڈال لیا اور کہا۔ ''چچا مجھے یہ کتا پسند ہے،''

خاں صاحب بولے۔ ''بیٹا! بھی اسے اسی جگہ رہنے دو۔ بچہ ہے نا! ماں کا دودھ پئے گا۔ جب آنکھ کھولے تو لے جانا یا ہم بھجوا دیں گے،''

میں اس بات پر آمادہ نہ ہوا اور فوراً اٹھ چل کھڑا ہوا۔

پلا میری جھولی میں پڑا ہوا بلکتا رہا۔ پھر رفتہ رفتہ سو گیا۔ میں نے جیب میں سے رومال نکال کر اس پر ڈال دیا اور دھوپ سے بچاتا ہوا گھر کی طرف لپکا۔

ایک مشکل تو حل ہو چکی تھی۔ اب دوسرا مرحلہ درپیش تھا۔ فکر یہ تھی کہ کتا گھر میں کیسے لے جاؤں۔۔۔ وہ ننھی سی جان میری گود میں تھی۔ اس کے دل کی دھڑکن اپنے سینے پر محسوس کر رہا تھا۔۔۔ جوں جوں میں گھر کے قریب پہنچ رہا تھا توں توں میرے قدم سست پڑ رہے تھے۔

ہمارے گھر کے نصف حصے میں کرایہ دار رہتے تھے۔ان سے ہمارے بہت اچھے تعلقات تھے۔ فقط میاں بیوی کا ایک جوڑا تھا۔میاں کسی دفتر میں ملازم تھے۔نو بجے دفتر کو سدھارتے۔شام کو پانچ بجے آن صورت دکھاتے۔ابھی نوجوان تھے۔ان کی بیوی نئی نویلی دلہن تھی۔خدوخال اچھے تھے۔رنگ بہت گورا چٹا تھا۔بالکل میم صاحب معلوم ہوتی تھیں۔جسم خوب مضبوط اور بھرا ہوا تھا۔جب مہندی رچا کر آنکھوں میں سرمہ ڈال لیتیں تو بڑی اچھی لگتی تھیں۔میاں پردے کی سختی سے پابندی کرتے تھے۔ان کی بیوی جن کو میں خالہ کہا کرتا تھا ایک تو وہ یوں ہی چھوکری سی تھیں دوسرے شرمیلی تیسرے اپنے میاں سے بہت ڈرتی تھیں۔اس لیے بے چاری کبھی کمرے سے باہر جھانکنے کی جرأت نہ کرتی تھیں۔میری عمر اس وقت غالباً گیارہ برس کی تھی۔مجھ سے پردہ نہ تھا۔خالہ امی کی منہ بولی بہن تھیں۔بڑی ہنسوڑ اور کھلنڈری۔معمولی سی بات کو ان کو اتنی ہنسی چھوٹتی کہ آنکھوں میں آنسو آجاتے۔وہ مجھ سے بہت بے تکلف تھیں۔الہڑ اور طبیعت میں لڑکپن۔چھپانے سے کیا حاصل۔انھوں نے ابھی تک اپنے گڈے اور گڑیاں میاں کی نظر سے سنبھال رکھے تھے۔جب ان کے میاں دفتر کو چلے جاتے تو دو پہر کے وقت ہم دونوں گڈوں گڑیوں کے کھیل کھیلتے۔اس معاملے میں میں ہی ان کا رازداں تھا۔امی بھی اس بات سے بے خبر تھیں۔

بے چاری خالہ جان پر بہت سی پابندیاں عائد تھیں۔نہ کوئی سہیلی کہ دل بہلا لیں۔امی کا وہ ادب کرتی تھیں۔یعنی کم از کم گڑیاں کھیلنے کا تو سوال ہی نہیں پیدا ہو سکتا تھا۔مجبوراً خالہ جان کو مجھی سے رجوع کرنا پڑتا۔جب تک میاں غائب رہتے وہ پریشان سی کمرے میں پڑی رہتیں۔کبھی دو گھڑی امی سے بات کر لیتیں۔مجھے دیکھتیں تو آنکھوں میں طفلانہ چمک پیدا ہو جاتی۔ہم خوب کھیلتے، باتیں کرتے، لڑتے جھگڑتے، روٹھتے مناتے . . . کبھی وہ نہا دھو کر بال بکھرائے، ایک دھوتی لپیٹے جس کے ایک پلو سے جسم کے اوپر کا حصہ ڈھانپے ہوتیں، آئینہ کے سامنے کھڑی بالوں میں تیل رچاتیں اس دوران میں مجھ سے گپ ہانکی جاتی۔ پھر وہ میری طرف دیکھ کر شرما کر کہتیں۔ "ذرا منہ ادھر کر لو نا میں قمیص پہن لوں . . . "، کبھی میں ان کو اپنا گھوڑا بنا لیتا۔بے چاری چوپائے کی طرح چلتیں اور میں ان کی پیٹھ پر سوار ان کی لمبی چوٹی گھما کر ان کے دانتوں میں دے دیتا۔اور اس لگام کو کھینچ کھینچ کر انہیں کمرے کے اندر خوب دوڑاتا . . . ایک دن امی نے دیکھ پایا۔مارے ہنسی کے پیٹ پکڑ کر بیٹھ گئیں۔ "اللہ رے! تم اچھی خالہ ہو گھوڑا بنی گھٹنوں کے بل چل رہی ہو"، اس دن امی نے ہنسی ہنسی میں یہ بات ابا کو بھی بتا دی۔ابا کھانا کھا رہے تھے۔یہ سن کر بہت بگڑے۔"حرام زادے! کتاب لے کر پڑھا کر . . . شرم نہیں آتی، کیا اب تو دودھ پیتا بچہ ہے جو اس قسم کے

لاڈ بگھارتا ہے۔ پھر انھوں نے اٹھ کر مجھ کو دھواں دھواں پیٹ ڈالا۔ میں مار کھا کر روتا ہوا چھوٹے چھوٹے کمرے میں چلا آیا۔ بے چاری خالہ مارنے کی آواز سن کر بھاگی ہوئی آئیں اور دروازے کے قریب کھڑی ہو گئیں۔ انھوں نے میرا بازو چھو کر آنے کا اشارہ کیا۔ میں نے سر ہلا دیا اور سسکیاں بھرتا ہوا الگ جا بیٹھا۔ انھوں نے لپک کر مجھے بڑی مشکل سے گود میں اٹھایا اور اپنے کمرے میں لے گئیں۔ بہت پیار کیا، کہنے لگیں۔ ''تو میرا انتھا سا بھیا سب انکھوں کا تارا ہے۔ بتا میرا کیا قصور ہے۔ وہ بات میں نے تو ابا کو نہیں کہی ای ہی نے تو کہی۔ اچھا! ہم ای سے بھی سمجھ لیں گے''، اس کے بعد انھوں نے مجھے ایک چونی خرچ کرنے کے لیے دی۔

گھر کے قریب پہنچ کر میں رک گیا۔ ابھی تک یہ بھی طے نہ کر سکا کہ گھر کے اندر کیوں کر جاؤں۔ شاید ابا گھر میں موجود ہوں۔ نہ معلوم کس قدر خفا ہوں۔ پوچھیں کہ صبح سے کہاں تھا... کاش! ابا گھر پر نہ ہوں ای سے تو خیر نپٹ لوں گا۔ اگرچہ وہ کتوں سے سخت متنفر تھیں۔ اگر ضد پر اڑ گئیں تو کتے سے ہاتھ دھونے پڑیں گے۔ آخر کار یہ ترکیب سوجھی کہ چپکے سے پہلے خالہ کے کمرے میں گھس جاؤں اور وہاں سے اپنے گھر کے حالات معلوم کروں۔

چنانچہ چبوترے کے ساتھ ساتھ قدم ناپتا ہوا سیڑھیوں پر چڑھ گیا اور دم سادھے دبے ٹاٹ کا پردہ اٹھا کر ایک دم کمرے کی کھڑ کی کے سامنے جا کھڑا ہوا۔ خوش قسمتی سے خالہ آئینے کے سامنے کھڑکی کے قریب کھڑی بالوں میں کنگھی کر رہی تھیں۔ میں پہنچا تو بدک کر پیچھے ہٹ گئیں۔ مجھے ہنسی آ گئی۔ ان کے لیے اچنبھے ہی کی بات تھی۔ مجھے دیکھ کر دم میں دم آیا لیکن سانس ابھی تک سینہ میں نہ سماتا تھا۔ ''میں تو ڈر ہی گئی... ارے آج تو چوروں کی طرح...''، میں نے ہونٹوں پر انگلی رکھ کر چپ رہنے کا اشارہ کیا۔ انھوں نے دروازہ کھولا۔ حیران تھیں کہ آخر بات کیا ہے۔ میں منہ سے کچھ نہ بولا صرف رومال ہٹا کر جھولی آگے کر دی۔ وہ ڈر کر پیچھے ہٹیں۔ پھر ایک ہاتھ سے کنگھی دوسرے میں بالوں کی لٹیں سنبھالے آگے کو جھک جھک کر دیکھنے لگیں۔ پھر انھوں نے ہاتھ بڑھا کر پلے کو چھو کر انگلی فوراً پیچھے ہٹالی... میں نے آگے بڑھ کر کہا۔ ''چھوئیے آپ ڈرتی کیوں ہیں کیا یہ کاٹ کھائے گا؟'' لیکن اس بات سے وہ بہت گھبراتی تھیں کچھ کہنے سننے کے بعد انھوں نے ملائمت سے ہاتھ پھیرنا شروع کیا۔ ''ہی کس قدر خوب صورت... نرم... گدا... گدا...'' میں نے بتایا کہ ''چچا کے ہاں سے لایا ہوں... وہ خاں صاحب چچا ہیں نا! انگریزی کتا ہے یہ''

''ہائے کتنا پیارا ہے یہ''، انھوں نے ہلکی سی تالی بجا کر کہا۔ ''لاؤ میں ذرا گود میں اٹھالوں''

''ارے آپ تو بڑی بہادر ہوگئیں... ابھی تو چھونے سے دم نکلتا تھا،'' انھوں نے بانہوں نے پلے کو اس طرح لے لیا جیسے وہ روئی کا گالا ہو۔ مسرت کے مارے باچھیں کھلی جاتی تھیں۔ ''اس کا نام کیا رکھو گے؟''

قدرے سوچ کر میں نے کہا۔ ''بھئی اس کا نام جیک رہے گا،''

خالہ جیک جیک کہہ کر اس کو پکارنے لگیں جیسے وہ باتیں ہی تو کرنے لگے گا۔

یہ پوچھنے پر کہ ابا گھر پر نہیں ہیں نا! انھوں نے لاعلمی ظاہر کی۔ میں نے کہا ذرا چکر لگا آئیے۔ بولیں بھئی میں پہلے کنگھی کر لوں پھر قمیص پہن کر جاؤں۔ اگر بہن (امی) اس طرح دیکھ پائیں گی تو مفت میں خفا ہو جائیں گی،''

''قمیص پہن کر ذرا پتہ لگا دیجیے۔ کنگھی پھر کر لیجیے گا،'' میں نے منت سے کہا۔

''بھئی ہٹاؤ۔ اس طرح قمیص پر بال جو گر پڑیں گے،''

''آپ میری خالہ نہیں کیا؟ جائیے نا... آپ کی قمیص پر بال گریں گے تو میں چن دوں گا،''

بڑی مشکل سے گئیں اور پتہ لائیں کہ ابا گھر پر نہیں ہیں اور امی چھوٹے کمرے میں چارپائی پر بیٹھی جراب بن رہی ہیں،''

جیک کو بغل میں دبایا اور آگے آگے میں، پیچھے پیچھے خالہ... پہلے اندر جھانک کر دیکھا اور پھر لپک کر جیک کو امی کی گود میں ڈال دیا۔ پہلے تو گھبرا کر وہ کتے کو اچھالنے لگیں لیکن جب انھوں نے چھوٹا سا پلا دیکھا تو ہاتھ اوپر اٹھا کو چلانے لگیں۔ خالہ نے پلا اٹھا لیا۔ امی کے دم میں دم آیا۔ بولیں یہ کتا یہاں نہیں رہے گا۔ یہ پلید جانور ہے۔

''تو امی چچا کے گھر میں بھی کتے ہیں...''

''وہ بڑے آدمی ٹھہرے۔ پھر ان کے ہاں وسیع جگہ ہے یہاں کتا رکھنے کو جگہ کہاں ہے۔ ایک بڑا کمرہ اور ایک چھوٹا آخر یہ کتا رہے گا کہاں؟ اور پھر کھائے گا کیا؟''

اسی ہنگامے میں برآمدے میں ابا کے پاؤں کی چاپ سنائی دی۔ انھوں نے دروازہ کھٹکھٹایا۔ امی دروازہ کھولنے کے لیے گئیں ادھر خالہ بھی سٹک گئیں۔ میں اکیلا رہ گیا۔ بڑا گھبرایا۔ جلدی سے جیک کو کرسی پر رکھ کر الماری میں اپنی کتابوں کو ہلانے جلانے لگا۔ ابا نے چھوٹتے ہی سوال کیا۔ یہ کیا شور تھا؟ امی نے بلند آواز میں کتے کا قصہ دہرایا۔ ابا ماتھے پر تیوریاں ڈالے اس طرف آئے۔ میں مسکین صورت بنائے کتابیں ادھر

ادھر رکھ رہا تھا۔ جیسے مجھ کو اس قصہ سے کچھ سروکار ہی نہ ہو۔

جیک آنکھیں بند کیے کھڑا ہونے کی کوشش کر رہا تھا۔ اباکچھ دیر کھڑے کھڑے اس کی طرف دیکھتے رہے لیکن ماتھے پر بل بدستور قائم تھے۔ امی بولیں۔ ''کھانا لاؤں۔'' ابانے خاموشی سے سر ہلا دیا۔ امی کھانے لانے کے لیے باورچی خانے کی طرف چلی گئیں اور ابا چارپائی پر بیٹھ گئے۔ جیک کی کرسی نزدیک کھسیٹ لی۔ آہستہ آہستہ اس کی پیٹھ پر ہاتھ پھیرنے لگے۔ ''بہت اعلیٰ نسل ہے۔''

میں مسرت کو دبا کر نہایت سنجیدگی سے نصاب کی کتاب ہاتھ میں لیے ان کے قریب چلا گیا۔ ''اباجی! چچا کہتے تھے کہ اس کا ابا بھی انگریزی نسل کا ہے اور اس کی ماں بھی، لیکن ان دونوں کی نسل جدا جدا ہے۔''

''ہاں ہاں ... لیکن یہ انگریزی نسل کا ہوانا! بہت اعلیٰ نسل ہے۔''

امی دو رکابیاں اٹھائے اندر داخل ہوئیں ... ابھی میں اس کو کہہ رہی تھی کہ کتا واپس کر دے۔ ہم اسے کہاں رکھیں گے کیا کھلائیں گے؟''

ابا کے ماتھے کے بل اور گہرے ہو گئے۔ لیکن بولے نہیں۔

پھر امی ابا کو پنکھا جھلتی رہیں اور کتے کے خلاف بولتی رہیں۔ ابا بالکل خاموش رہے۔ کھانا کھا لینے کے بعد انھوں نے تولیے سے مونچھیں صاف کرتے ہوئے کہا۔ ''تھوڑا سا دودھ لے آؤ۔''

امی لمحہ بھر کے لیے بے حس و حرکت کھڑی رہیں۔

ابانے دوبارہ اپنی بھاری اور بے کیف آواز میں کہا۔ ''دودھ لے آؤ۔''

امی چکی سے دودھ لے آئیں۔ ابانے ایک ٹوٹی ہوئی پلیٹ دھو کر اس میں دودھ ڈالا اور جیک کے آگے رکھ دی۔ لیکن جیک کا سوائے اوں اوں کرنے کے اور کسی طرف دھیان ہی نہ تھا۔ ابا دودھ کی پلیٹ اس کی ناک کے قریب لے گئے لیکن اس نے دودھ پینا تھا نہ پیا۔ اب میں اٹھا اور ایک ہاتھ سے اس کی گردن پکڑ کر اس کا سر دودھ میں ڈبو دیا۔ لیکن جیک نے دودھ نہ پیا۔ دودھ اس کی تھوتھنی سے بوند بوند کر کے ٹپکنے لگا۔ خالہ چھپ کر کھڑی ہنس رہی تھیں۔ امی نے کپڑے کے ٹکڑے سے جیک کا منہ پونچھ دیا۔

جب ابا کسی بات پر اڑ جائیں تو امی بھی ہامی بھرنے لگتیں۔

کچھ دیر تک یہی سلسلہ جاری رہا۔ جیک اندھا دھند ادھر ادھر لپکنے لگا۔ ابانے کہا۔ ''ابھی رہنے دو۔ بھوک لگے گی تو خود ہی پی لے گا۔''

امی بدستور جراب بننے لگیں۔ ابا دوسرے کمرے میں چلے گئے تو خالہ چھم سے اندر آ کر کولہے پر ہاتھ رکھ کر کھڑی ہو گئیں۔

میری فاتحانہ نظریں امی سے ملیں تو امی نے ملامت آمیز محبت کے ساتھ مسکرا کر کہا۔ ''ارے یہ کالو کلوٹا اٹھا لایا۔ چتکبرا یا سفید لایا ہوتا''

پہلے دو تین دن تک جیک رات بھر چیختا رہا۔ کسی کو سونے نہ دیا۔ لکڑی کے خالی کھوکھے میں ٹاٹ ڈال کر اس پر جیک کو بٹھا دیا گیا۔ بعد ازاں اس میں پانی اور دودھ بھی رکھ دیا گیا۔ خالہ نے ایک چھوٹا سا گدیلا سیا۔ لیکن جیک رات کے وقت پانی دانی گرا کر اسے بھگو دیتا تھا۔ خالہ صبح ہی صبح گدیلا اٹھا کر سوکھنے کے لیے دیوار پر ڈال دیتیں اور حسب عادت کہتیں۔ ''ہائے! بے چارے کو نمونیا نہ ہو جائے کہیں''۔ ان دنوں ہم بہت تنگ دست تھے۔ تاہم جیک کے لیے ہر روز ایک پاؤ دودھ لینے لگے۔ پہلے دو چار روز تو جیک نے سوائے شور مچانے کے اور کوئی کام نہیں کیا۔ نہ دودھ پیتا نہ روٹی کھاتا۔ عجب مشکل تھی۔ ایک ترکیب سوجھی۔ روئی دودھ میں بھگو کر جیک کا منہ کھولتے اور وہ منہ چھڑانے کی کوشش کرتا لیکن ہم کہاں چھوڑنے والے تھے۔

جیک عموماً پڑا سویا کرتا۔ جب وہ پاؤں پھیلائے ٹاٹ پر پڑا سویا کرتا تو ٹاٹ پر کالی مخمل کا پیوند دکھائی دیتا تھا۔ اُرد کے دانے کی طرح اس پر سفیدی نام کو نہ تھی۔ ابا باہر سے آ کر کھانا کھانے کے بعد جیک کو اٹھا کر سامنے کرسی پر بٹھا دیتے۔ چٹکی بجا بجا کر اس کا نام لے کر پکارتے۔ ''جیک! جیک! جیک!! جیکی! جیکی . . . '' لیکن جیکی اندھوں کی طرح ادھر ادھر ہل کر رہ جاتا۔

ایک دن ہم سب سے بڑے کمرے میں بیٹھے تھے۔ اتنے میں چھوٹے کمرے کے دروازے پر کھٹکا ہوا۔ میں نے ادھر دیکھا تو خالہ اپنی مہندی لگی انگلیوں سے اشارے کر رہی تھیں۔ میں اٹھا خالہ خوشی سے پھولی نہ سماتی تھیں۔ منہ میرے کان کے قریب لے آئیں۔ شاید الائچی چبا رہی تھیں۔ ان کے منہ سے خوشبو کا ایک بھبکا سا نکلا۔ بولیں۔ ''جیکی نے آنکھیں کھول دی ہیں''، میں لپک کر آگے بڑھا۔ کیا دیکھتا ہوں کہ جیک آنکھیں کھولے ٹک ٹک دیکھ رہا ہے۔ میرے منہ سے مسرت کی ایک چیخ نکل گئی۔ میں نے جھپٹ کر اس کو اٹھا لیا اور بھاگا بھاگا ابا کے پاس پہنچا۔ ''ابا! دیکھیے جیکی نے آنکھیں کھول دی ہیں''، ابا نے جیک کو گود میں بٹھا لیا۔ امی بھی جھک جھک کر دیکھنے لگیں۔ خالہ دروازے کے قریب ابا کی نظروں سے ہٹ کر کھڑی مارے خوشی کے ہاتھ پر ہاتھ رگڑ رہی تھیں۔ کبھی کمسن لڑکیوں کی طرح اچھلنے لگتیں۔

ایک ڈیڑھ مہینے میں جیک سب کو پہچاننے لگا۔ پہلے پہل تو امی کو بھی بہت دقت ہوئی۔ مہترانی کو بلاکر اس کی غلاظت اٹھوانی پڑتی لیکن جلد ہی وہ ''حاجاتِ ضروری'' کے لیے باہر جانے لگا۔

بھلے دنوں میں ابا سیرو شکار کے بہت شوقین تھے۔ کتوں سے بھی انس تھا۔۔۔ جیک کا رنگ ہی کالا تھا ورنہ وہ اصلی۔ ''انگریز کتا''، بے وقت روٹی نہ کھاتا تھا اسے دن میں دو مرتبہ پابندیِ وقت کے ساتھ کھانے کو دودھ روٹی ملتی۔ پھر وہ آرام سے پڑا رہتا کیا مجال کیا دن میں کوئی کھانا کھائے اور وہ للچائی نظروں سے دیکھے۔ اس کے بال چھوٹے تھے لیکن بہت ملائم اور از حد چمکیلے۔ آنکھوں سے ذہانت ٹپکتی تھی۔ پہلے پہل جب وہ رات کے وقت چلاتا تو ابا اس کو اپنی کھاٹ پر بٹھا لیتے۔ امی کو پلید جانور کا سفید بستر پر بیٹھنا سخت ناگوار گزرتا تھا لیکن ناچار تھیں۔ اور اب تو جیک خیر سے کسی اور جگہ سونے پر رضامند ہی نہ ہوتا تھا۔ اگر اس کو کھوکھے میں سلا دیا جاتا تو رات کو ابا کی چارپائی کے قریب جاکر زور زور سے بھونکنے لگتا۔ ابا کو پائنتی کی طرف ڈال دیتے آرام سے چپ چاپ پڑا سوتا۔ اگر کہیں رات کو ابا کے پاؤں حرکت کرتے تو وہ سمجھتا کہ وہ اس کے ساتھ کھیل رہے ہیں چنانچہ وہ کم کس کر اٹھ کھڑا ہوتا۔ لاڈ میں غراتا، بھونکتا، کبھی اچک کر آگے بڑھتا کبھی پیچھے ہٹتا اور کبھی پاؤں کا انگوٹھا منہ میں لے لیتا۔

جو کبھی میں سنیما دیکھنے کے لیے چلا جاتا ابا بھی دیر سے گھر آتے تو امی چارپائی پر بیٹھی ان کا انتظار کرتیں۔ اس وقت جیک امی کی چارپائی کے نیچے دبکا بیٹھا ہوتا اور اگر کوئی ذرا سی آواز سنائی دے جاتی تو فوراً بھونکنے لگتا۔ امی کہتیں۔ ''بھئی اب تو مجھے ڈر نہیں لگتا''۔

پہلے پہل جب کبھی ابا گھر پر آتے تھے تو اگر ہم لوگ بولتے بھی ہوتے تو خاموش ہو جاتے۔ عموماً خالہ، امی اور میں بیٹھے آپس میں ہنسی مذاق کرتے۔ خوشی میں ہنستے چلاتے اور جوں ہی ابا کے پاؤں کی آہٹ سنائی دیتی خالہ پھرتی سے اپنے گھر کو چل دیتیں۔ میں کوئی کتاب اٹھا لیتا اور امی دروازہ کھولنے چلی جاتیں۔ ابا کے ماتھے پر پہلے ہی کئی تیوریاں ہوتی تھیں۔ گھر کے اندر داخل ہوتے تو ان کی تعداد میں اور بھی اضافہ ہو جاتا۔ لیکن اب وہ آتے تو سب سے پہلے جیک کو ان کے آنے کی خبر ہو جاتی۔ وہ سب سے پہلے دروازے کے قریب پہنچتا۔ چونکہ دروازے کی کنڈی اندر سے چڑھی ہوتی تھی اس لیے دروازہ پنجوں سے کھر چتا اگر اتنی دیر میں امی پہنچ جاتیں تو بہتر ورنہ وہ اپنی مخصوص آواز میں بے تابی کے ساتھ بھونکتا ہوا امی جہاں کہیں بھی بیٹھی ہوتیں ان کے پاس پہنچ جاتا۔ جب دروازہ کھلتا تو جیک کو در ان کے پاؤں میں پہنچ جاتا اس کی

تیزی سے ہلتی ہوئی دم ریت پر پڑی ہوئی مچھلی کی طرح تڑپتی سی نظر آتی تھی۔ پانچ سات منٹ تک لاڈ کرتا اس دوران میں اگر اباذرا بھی کسی اور طرف دھیان کرتے تو وہ بھونک کر ان کو اپنی طرف متوجہ کرتا۔ عموماً ہوتا یہ کہ جوں ہی ابا اندر آتے وہ پتلون کی کریز کا خیال کیے بغیر پاؤں کے بل اکڑوں بیٹھ جاتے اور جیکی اچھل اچھل کر پیار کرتا۔ ابا کے خشونت انگیز چہرے پر مسکراہٹ آ جاتی اور وہ بچوں کی طرح چلانے لگتے۔ ''ہو ہو ہو جیکی! یو جیکی!!'' پھر وہ اس کو دونوں ہاتھوں سے تھپتھپا کر کہتے۔ ''میرے گھر پہنچنے کی جیکی کو سب سے زیادہ خوشی ہوتی ہے،''

جب ابا پلنگ پر بیٹھے ہوتے تو جیکی کو گود میں بٹھا لیتے۔ جیکی کی صورت سے تفاخر کے جذبات صاف عیاں ہوتے تھے۔ وہ اپنے آپ کو بڑی بھاری ہستی محسوس کرتا تھا۔ اگر ہم میں سے کوئی اس کو چھونے کی کوشش کرتا تو وہ غرانے لگتا یعنی اس وقت وہ کسی اور کے پاس جانا پسند نہیں کرتا تھا۔ ہم بار بار اس کو چھونے کی کوشش کرتے اور جب وہ غراتا تو ابا کہتے۔ '' بھئی ہٹو اس وقت جیکی ہمارے پاس ہی بیٹھے گا. . . '' اور ان کی سرخ کنپٹیوں کے قریب آنکھوں کے گوشوں کی جھریاں اور بھی گہری ہو جاتیں۔

رفتہ رفتہ جیکی بہت سمجھدار ہو گیا۔ وہ سب کو پہچانتا تھا۔ گھر کے لوگ جب اکٹھے بیٹھے ہوتے تو وہ کبھی زمین پر بیٹھنا پسند نہ کرتا تھا۔ اس لیے اسے اسٹول پر بٹھایا جاتا تھا۔ اسٹول پر بڑی تمکنت سے وہ اس انداز میں بیٹھتا جیسے وہ سب کی باتیں سنتا ہو اور بعض اوقات سر گھما گھما کر ہماری طرف اس انداز سے دیکھتا جیسے وہ سب کچھ سمجھتا بھی ہو۔ رات کو پائنتی پر سوئے سوئے اگر کہیں پیشاب کی حاجت ہوتی تو اٹھ کر زور زور سے بھونکنے لگتا۔ چونکہ چھوٹا سا تھا اس لیے تاریکی میں پلنگ سے چھلانگ لگاتے ہوئے اسے ڈر معلوم ہوتا تھا جب اسے نیچے اتارا جاتا تو دروازے کے پاس جا کر بھونکنے لگتا۔ دروازہ کھلنے پر وہ باہر جاتا اور پیشاب کرنے کے بعد لوٹ آتا۔

امی اس کو باورچی خانے میں نہ گھسنے دیتی تھیں۔ کبھی ایسا بھی ہوتا کہ ہم باورچی خانے میں چوکیوں پر بیٹھے کھانا کھاتے۔ اس وقت جیک کو باورچی خانے سے باہر دروازے کے قریب بیٹھنا پڑتا۔ وہ دروازے کی چوکھٹ میں بیٹھا بے چینی سے پہلو بدلتا۔ ٹیاؤں ٹیاؤں کرتا لیکن امی کے خوف سے اندر داخل نہ ہو سکتا تھا۔ وہ یہ بات ہرگز نہ سمجھ سکتا تھا کہ آخر اس کے لیے یہ ممانعت کیوں تھی۔ امی گاہے گاہے بیلن اٹھا کر خشمگیں نظروں سے اس کی طرف دیکھتیں۔ اس وقت جیک کی حرکات قابل دید ہوتی تھیں اور اگر امی کی توجہ اس کی طرف نہ رہے تو وہ دم دبائے چپکے سے چوروں کی طرح دبے پاؤں ہمارے پیچھے آ کر بیٹھ جاتا۔ معاً

امی دروازے کی طرف دیکھ کر کہتیں۔ ''ارے جیک کہاں گیا''، اس وقت جیک ہم دونوں کے نیچے میں سے تھوتھنی نکال ان کی طرف خوف زدہ نظروں سے دیکھتا۔ہم اس کی یہ حرکات دیکھ دیکھ کر ہنسی کے مارے دہرے ہو جاتے۔ابا سفارش کرتے۔ ''اچھا رہنے دو۔ بیٹھا ہے اپنا چپکے سے''

جب ابا گھر پر نہ ہوتے تھے تو خالہ جان کے کمرے میں ہم دونوں گڑیوں کے کھیل کھیلا کرتے۔اب ہم جیک کو بھی شامل کر لیتے تھے۔ کبھی دلہا دلہن کو ڈبے کی بگھی میں بٹھا کر جیکی کو گھوڑا بنایا جاتا۔ کپڑے کے لمبے ٹکڑوں سے بگھی کے دونوں سرے باندھ کر جیک کی گردن بیچ میں پھنسا دی جاتی۔ جیکی کو قابو میں رکھتا اور اس طرح وہ دلہا دلہن کی بگھی گھسیٹتا، کبھی تو وہ یہ کام اچھی طرح کر دیتا اور کبھی اچھل کود کر اپنی بے اعتنائی کا اظہار کرتا۔ ایک دن بڑا مزا آیا۔ بگھی کے اندر گڈا اور گڑیا ٹھنسے بیٹھے تھے۔ جیک بگھی کے آگے جتا ہوا تھا۔ اتنے میں ابا باہر سے آئے۔ انھوں نے باہر سے جیک کا نام لے کر پکارا۔ جیک بے قابو ہو کر سر پٹ بھاگا تو بگھی (ڈبہ) اڑاتا سید ھا ان کے پاس پہنچا۔ ابا حیران تھے کہ آخر اس کے گلے میں کیا بلا بندھی تھی۔ جب اصل حال معلوم ہوتا تو مجھ کو گالیاں سننی پڑیں۔

ایک مرتبہ اسی طرح کھیلتے کھیلتے جیک چارپائی کے نیچے سے نکلا دبے پاؤں آگے بڑھا اور پھر جھپٹ کر گڈے کو اس کی چھوٹی سے کرسی سے منہ میں دبوچا اور بھاگ کھڑا ہوا۔ ادھر خالہ اور میں شور مچاتے اس کے پیچھے ہو لیے۔ جیک کی چمکیلی آنکھوں سے شرارت عیاں تھی۔ وہ کان سمیٹے تیر کی سی تیزی کے ساتھ کمرے سے غائب ہو گیا۔ہم نے بہتیرا اس کو ادھر ادھر ڈھونڈا لیکن سب بے سود۔ آخر بڑی مشکل سے معلوم ہوا کہ وہ اوندھے تب کے نیچے دبکا بیٹھا ہے۔ تب اٹھایا تو دیکھا کہ گڈے کے پھوسڑے اڑ چکے ہیں۔ اس پر خالہ منہ بسورنے لگیں۔

ایک روز چارپائی پر لیٹا میں ایک رسالہ پڑھ رہا تھا۔ابا باہر گئے ہوئے تھے۔ اتنے میں صحن سے امی کے بولنے کی آوازیں آنے لگیں۔ میں باہر نکلا تو معلوم ہوا کہ امی نے گھی کا ڈبہ دھوپ میں رکھا تھا کہ خوب پگھل جائے۔ کوئی پاؤ ڈیڑھ پاؤ گھی کہیں جیک کی نظر پڑ گئی۔ نہ معلوم وہ کیا سمجھ کر سارا گھی پی گیا۔ خالہ گھبرائی ہوئی قریب کھڑی تھیں۔ جیک کا پیٹ خوب پھولا ہوا تھا، اس کی پھرتی مفقود ہو چکی تھی، بھاری بھرکم قدموں سے ادھر ادھر گھوم رہا تھا۔

ہم سب پریشان ہو رہے تھے۔ہمارا خیال تھا اس کو اتنا گھی ہضم نہیں ہو گا اور وہ ضرور ہیضہ کرے گا۔ کسی صورت بچ نہیں سکتا۔ خالہ نے چورن کھلانے کی رائے دی لیکن میں نے سوچا نہ معلوم چورن سے کچھ خرابی

ہو جائے۔ جیک کی صورت سے بے چینی کا اظہار نہ ہوتا تھا۔ البتہ معلوم ہوتا تھا جیسے کہ وہ غنودگی سی محسوس کر رہا ہو۔ امی نے تجویز پیش کی کہ اسے باہر گھمالاؤں شاید اس طرح گھی ہضم ہو جائے۔ چنانچہ میں اسے زنجیر سے باندھ کر گھمانے کے لیے لے گیا۔ وہ پھرتی کے ساتھ چل رہا تھا۔ اس کے پھولے ہوئے پیٹ کے نیچے اس کی چھوٹی چھوٹی ٹانگیں بمشکل دکھائی دیتی تھیں۔ گھنٹہ ڈیڑھ گھنٹہ گھمانے کے بعد میں واپس آیا۔ ہمارے شبہات غلط نکلے۔ جیک کو نہ بدہضمی ہوئی اور نہ اس کو ہیضہ ہی ہوا۔ اگر چہ رات بھر ہم فکرمند رہے لیکن دوسرے دن اس کا پیٹ بالکل ہموار دیکھ کر دل کو تسلی ہوگئی۔ ہم سنتے آئے تھے کتے کو گھی ہضم نہیں ہوتا نہ معلوم جیک نے کیسے ہضم کر لیا۔

سردیوں کی آمد آمد تھی۔ جیک قدرے بڑا ہوا تھا۔ اس کے لیے دودھ بھی بجائے پاؤ بھر کے آدھ سیر آنے لگا تھا۔ اگر چہ دودھ روٹی صبح شام ہی ملتی تھی لیکن اب دوپہر کو چند بسکٹ بھی کھلائے جاتے تھے۔ کچھ دنوں بعد جیک کچھ کمزور سا نظر آنے لگا۔ پہلے تو ہم یہ سمجھے کہ اب وہ بڑھ رہا ہے اس لیے کمزور دکھائی دیتا ہے لیکن رفتہ رفتہ یہ خیال غلط ثابت ہوا۔ اب وہ کچھ مضمحل سا نظر آتا تھا۔

ایک روز ابا کے ایک دوست ملنے کے لیے آئے۔ جیک کو دیکھا کہنے لگے۔ اچھی نسل کا کتا ہے لیکن ہم دیسی لوگ ان کو پال نہیں سکتے۔ ان کتوں کی غور و پرداخت ماہرِ شخص ہی کر سکتا ہے۔ ابا نے بتایا کہ پہلے جیک خوب موٹا تازہ تھا لیکن اب نہ معلوم اس کو کیا ہو گیا ہے۔ کوئی خفیہ روگ ہے جس کا علم نہیں۔ غالباً معدے میں گڑبڑ ہے، فراخت بھی ٹھیک نہیں ہوتی، بھوک بھی کم لگتی ہے، اب پہلے کی طرح چونچال بھی نہیں رہا۔ ابا کے دوست نے بتایا کہ اس حالت میں اس کے دودھ میں تھوڑی سی پسی ہوئی گندھک ملا دیا کریں۔

یہ نسخہ بھی آزمایا گیا۔ پہلے تو کچھ افاقہ معلوم ہوا لیکن اس دوا کا اثر دیر پا ثابت نہ ہوا۔

رفتہ رفتہ جیک بالکل دل شکستہ رہنے لگا۔ یوں ہی مضمحل سا ایک جگہ پڑا رہتا۔ دودھ کی پیالی کو پہلے سونگھتا پھر کبھی تھوڑا سا زبان سے لپلپاتا ... لیکن کبھی پیالہ بھر نہ پیتا تھا۔ اب اگر ابا کے پاؤں کی آہٹ آتی تو وہ دروازے تک جاتا ضرور لیکن وہ جوش و خروش مفقود تھا۔ ابا چارپائی پر بیٹھ جاتے تو یہ چھوٹے کمرے میں واپس آ کر اپنے بورئیے پر بیٹھ جاتا۔

ہم روز اسی کا ذکر کرتے بسکٹ کے ٹکڑے اس کے آگے ڈالتے، اس کے سامنے گیند لڑھکاتے لیکن سب بے سود، جو دوا کسی نے بتلائی کھلائی گئی لیکن کچھ افاقہ نہ ہوا۔

ایک دن ابا ایک شخص کو ہمراہ لائے اس نے بڑے غور سے جیک کو دیکھا بھالا۔ اس کی آنکھیں پیٹ اور رانیں ٹٹولیں۔ پھر ابا نے اس کو ایک روپیہ دیا۔ وہ بولا یہ کتا بہت جلد اچھا ہو جائے گا۔ ہم سب خوش ہوئے۔ ابا نے مجھ کو اس کے ساتھ بھیجا اور میں اس کے گھر سے دوالے آیا۔

دوسرے دن جیک کچھ بہتر ہو گیا۔ ابا جیک کے لیے ایک عمدہ سا ٹپکا لائے جس میں نکل کیے ہوئے سفید سفید بڑے سرے کیل جڑے ہوئے تھے۔ اس کے ساتھ ہی ایک بہت مہین اور خوب صورت سی زنجیر تھی۔ اس دن شام کے وقت میں جیک کو نئے ٹپکے اور نئی زنجیر کے ساتھ گھمانے لے گیا۔ ابا کہنے لگے اب جیک بہت جلد اچھا ہو جائے گا۔

تین چار روز بعد جیک پر کچھ ایسا شدید درِّ عمل ہوا کہ چلنے پھرنے سے بھی معذور ہو گیا۔ بس بوریے پر لیٹا رہتا۔ ابا باہر سے آتے تو وہ اٹھنے کی کوشش کرتا لیکن اٹھ نہ سکتا تھا۔ چنانچہ ابا جب اس کے قریب جاتے تو پڑے پڑے دم ہلا کر پیار کر لیتا۔

اس کے بعد اس کی آنکھیں اندر رہنے لگیں۔ اگر کھلی بھی ہوتیں تو پتھرائی ہوئی سی۔ ہم اس کی یہ حالت دیکھ کر بہت گھبرائے۔ امی نے ابا سے کہا کہ جیک کو حیوانوں کے ہسپتال لے جائیں۔ چونکہ وہ چلنے سے معذور تھا اس لیے میں نے اسے تولیہ میں لپیٹ کر اٹھا لیا اور ابا کے ساتھ حیوانوں ق کے ہسپتال میں پہنچے۔ ڈاکٹر نے معائنہ کرنے کی فیس لی۔ جیسا کہ میں پہلے کہہ چکا ہوں ہم ان دنوں بڑی مشکل سے گزر کرتے تھے۔ خیر ابا نے فیس دے دی اور جیک کی بیماری کا طویل بیان دیا۔ ڈاکٹر نے معائنہ کرنے کے بعد کہا اب اس کی حالت بہت نازک ہے۔ اس کے بعد وہ انگریزی میں ابا سے باتیں کرنے لگا۔ ابا نے اللٹے ہاتھ سے اپنی ناک کو قدرے رگڑا۔ دوائی کے دام دے کر کسی کام سے چلے گئے اور میں جیک کو لے کر گھر آ گیا۔

تھوڑی دیر ابا بھی آ گئے۔ ہم گئی رات تک جیک کے پاس بیٹھے رہے۔ جیک بے حس و حرکت پڑا رہا۔ کئی مرتبہ خالہ جیک کا حال پوچھنے آئیں۔ چونکہ ابا جیک کے پاس بیٹھے تھے اس لیے باہر سے لوٹ جاتی تھیں۔

دوسرے دن علی الصبح میری آنکھ کھلی تو دیکھا کہ ابا اور امی جیک کے قریب بیٹھے ہیں میں بھی اٹھ بیٹھا۔ چارپائی سے اتر کر ان کے قریب گیا دیکھا کہ جیک بڑی بری حالت میں ہے۔ اس کی خوشنما کھال بھدی میلی اور ڈھیلی ہو چکی تھی۔ وہ ایک پہلو پر لیٹا تھا۔ ایک کان پیچھے کو الٹ گیا تھا۔ کان کے اندر قدرے سرخ گوشت دکھائی دے رہا تھا۔ آنکھیں بے نور تھیں۔ مکھیاں اڑانے کے لیے وہ کان تک نہ ہلا سکتا تھا۔ وہ ٹانگیں جو صحت کی حالت میں ڈھیلی اور قدرے خم دار تھیں اب اکڑ کر سیدھی ہو گئی تھیں۔ پیٹھ کے منکے

صاف نظر آ رہے تھے۔ اس کی حالت بڑی قابل رحم تھی۔ امی گرم پانی والی ربڑ کی بوتل سے اس کو ٹکور کر رہی تھیں۔ جیک کو نہ معلوم کیا مرض تھا۔ وہ بالکل خاموش اور بے حس و حرکت پڑا تھا۔ اباذرا جھک کر ملائم آواز میں اس کا نام لے کر اس کو پکارنے لگے۔ ''جیکی! ... جیکی!!''

جیک نے بڑی مشکل سے آنکھیں کھولیں۔ بہت مشکل سے ... پھر جیسے اس نے پہچان لیا ہو صرف اس کی دم میں ہلکی سے لرزش پیدا ہوئی۔ دم ایک مرتبہ فرش سے ذرا سی اٹھی اور پھر گر گئی ... اس کی آنکھیں بند ہونے لگے جیسے پپوٹوں پر اس کا قابو نہ رہا ہو ... اس کے بعد سینہ نیچے ہوا اور پھر نہ اٹھا ... اس کا دم نکل گیا۔

وہ صبح بہت ہی سہانی تھی۔ ہوا میں خنکی تھی۔ چمک دار دھوپ سایوں کو دھکیلتی دیواروں کے اوپر سے نیچے کی طرف اتر رہی تھی۔ گھڑونچی پر رکھے ہوئے گھڑوں اور دروازوں پر گھریلو چڑے اور چڑیاں پھدکتی پھرتی تھیں۔

جیک دیوار کے ساتھ بورے پر سفید کپڑے سے ڈھکا پڑا تھا۔ اس کی کالی کالی پتلی ٹانگیں کپڑے سے باہر نکل آئی تھیں ... ابا دوسرے کمرے میں بیٹھے قینچی سے انگلیوں کے ناخن کاٹ رہے تھے۔ امی چھوٹے کمرے میں، چارپائی سے پاؤں لٹکائے دونوں ہاتھ اپنی گود میں رکھے عجب بے ڈھنگے طریقہ سے بیٹھی تھیں ... اور میں یوں ہی رسی کے ایک ٹکڑے میں گرہیں دیئے جا رہا تھا ... خالہ کے میاں دفتر کو روانہ ہو چکے تھے۔ ان کے جانے کے بعد خالہ عموماً ہلکے سروں میں کوئی گیت گنگنایا کرتی تھیں اور پھر غسل خانے میں آدھ پون گھنٹہ نہانے دھونے میں صرف کرتیں ... آج وہ دروازے میں خاموش کھڑی تھیں اور وہ اپنی سفید موم بتی کی سی انگلی سے ناک کی چمکتی ہوئی کیل کو بار بار بے خبری کے عالم میں چھو رہی تھیں۔ ہم میں ہر ایک اپنے چہرے سے یہی ظاہر کرنے کی کوشش کر رہا تھا کہ کوئی اہم واقعہ پیش نہیں آیا،''

پنجاب کا البیلا

یوں تو اس وقت میری عمر چودہ برس کی تھی لیکن اس قدر دبلا پتلا اور منحنی سا لڑکا تھا کہ یہ مشکل گیارہ بارہ برس کا دکھائی دیتا تھا۔

ان دنوں میں شہر کے ایک اسکول میں نویں جماعت میں پڑھتا تھا اور بورڈنگ میں رہتا تھا۔ یہ بورڈنگ تو برائے نام ہی تھا۔ اسے گھوڑوں کا اصطبل کہنا زیادہ موزوں ہو گا۔ شہر سے باہر ایک کچی سڑک کے کنارے ایک بڑی سی عمارت تھی جس کے ارد گرد کچھ جگہ چھوڑ دی گئی تھی۔ عمارت چو کور تھی، اندر گھاس کا ایک بہت بڑا قصہ تھا جس کے ایک سرے سے دوسرے سرے تک برآمدہ تھا۔ فرش کی اینٹیں جگہ جگہ سے اکھڑ چکی تھیں اور ان میں سے گرد نکل نکل کر چلنے والوں کے قدموں کے ساتھ اڑا کرتی تھی۔ کمرے بہت بڑے بڑے تھے اور ایک میں کئی کئی لڑکے رہتے تھے۔ ہر لڑکے کے لیے ایک الماری، ایک چارپائی، ایک کرسی اور آدھی میز مخصوص تھی۔

باورچی خانے کا کل انتظام لڑکوں کے سپرد تھا۔ رسوئی میں تین نوکر تھے۔ ایک باورچی اور دو نوکر کھانا کھلانے اور دوسرے کاموں کے لیے۔

باورچی خانے میں کوئی شے مول تھوڑے آتی تھی۔ سب کے سب جاٹوں کے لڑکے تھے۔ گھی اور گیہوں گھروں سے آجاتے تھے اور ضروریات کی باقی چیزیں مثلاً ایندھن، سبزی، ترکاری مار دھاڑ سے حاصل کی جاتی تھی۔ ہوسٹل کے پیچھے ایک ''ارائیں'' (پنجاب میں سبزی ترکاری بونے اور بیچنے کا کام کرنے والی جماعت) کے کھیت تھے۔ اس ارائیں کی ایک طرح دار لڑکی اور دو سجیلے بیٹے تھے۔ دن بھر لڑکے ہوسٹل کی چھت پر بیٹھے لڑکی کو آنکھیں مار مار کر اشارے کرتے اور راتوں کو کھیتوں سے تازہ سبزیاں اڑا لاتے۔ بے چارے ارائیں نے ہوسٹل کے سپرنٹنڈنٹ سے ان لڑکوں کی شکایتیں کیں لیکن بے چارہ سوچے ہوئے

چہرے والا سپرنٹنڈنٹ اپنی داڑھی کھجلا کر رہ جاتا۔ وہ خود ناچار تھا۔ ارائیں کو تشفی دے کر واپس بھیج دیتا اور لڑکوں سے محض زبانی باز پرس کرتا ... لیکن لڑکوں کے معمول میں فرق نہ آیا۔

سپرنٹنڈنٹ پکا سکھ تھا۔ خوب لمبی لہراتی ہوئی داڑھی چھوٹے پیلے رنگ کی پگڑی پر اس کا یہ بڑا انیلے رنگ کا صافہ تنگ پائجامہ، ڈھیلا ڈھالا کوٹ۔ اس کا ازار بند اس سے کبھی نہیں سنبھلتا تھا۔ ہمیشہ نیچے لٹکتا رہتا۔ ہر روز بلاناغہ گوردوارے جا کر پاٹھ کرتا ... وہ لڑکوں کی اس زیادتی کے سخت خلاف تھا لیکن ہوٹل میں اس کی حیثیت بس برائے نام ہی تھی۔ بے چارے کی بیوی اور بچے ہمیشہ بیمار رہتے۔ ان کی تیمارداری سے فرصت پاتا تو کبھی کبھی ہوٹل میں آ نکلتا۔ لڑکے بظاہر اس کا بڑا احترام کرتے تھے لیکن حقیقت میں انہیں اس کی کوئی پروا نہ تھی۔

جب وہ ہوٹل میں داخل ہوتا تو عموماً باورچی خانے کا ایک نوکر اس کے ساتھ ہوتا۔ برآمدے میں داخل ہوتے ہی وہ رک جاتا اور ٹانگیں پھیلا کر کھڑا ہو جاتا۔ اس کا منہ اور آنکھیں ہمیشہ سوجی رہتی تھیں اور آنکھوں سے ہمیشہ پانی بہتا رہتا تھا جسے وہ ایک جھاڑن نما روماسے گاہے گاہے صاف کر لیا کرتا تھا۔ آتے ہی وہ ایک ہلکی سی جھوٹی کھانسی کھانستا تا کہ سب کو اس کی آمد کی خبر ہو جائے۔ سب سے پہلے وہ نوکر سے گفتگو شروع کرتا۔ کسی معمولی سی بات پر باز پرس ہونے لگتی۔ ''ہوں ... کیوں بے سور! یہ پانی یہ تو نے گرایا ... ابے راستے ہی میں ... ایں؟ ... کسی نے بھی گرایا۔ تو نے اسے صاف کیوں نہیں کر دیا جھاڑو سے ... ''

اتنے میں لڑکوں کو بھی معلوم ہو جاتا کہ حضرت آ گئے ہیں۔ عموماً سب سے پہلے بغداد سنگھ جس کا چہرہ چقندر کی طرح سرخ تھا، ہاتھی کی طرح جھومتا ہوا آگے بڑھتا اور بڑی متانت سے ہاتھ جوڑ کر کہتا ''ست سری اکال سردار جی! ''

''ست سری اکال '' پھر سپرنٹنڈنٹ کا پہلا سوال یہ ہوتا ''کیوں سب ٹھیک ٹھاک ہے نا؟ '' بغداد سنگھ یہ بڑا ہاتھ دھپ مارنے کے انداز میں اٹھا کر کہا ''ساب ٹھیک ٹھاک ہے جی '' سپرنٹنڈنٹ قدرے سکوت کرتا۔ اب اور لڑکے بھی جمع ہونے شروع ہو جاتے۔

سپرنٹنڈنٹ کے جسم کی بناوٹ بھی عجیب سی تھی۔ موٹا تو وہ تھا، ہی لیکن ورزش نہ کرنے کی وجہ سے اوپر کا دھڑ اور ٹانگیں ہلکی تھیں اور پیٹ خوب پھولا ہوا۔ چنانچہ جب وہ اطمینان کے ساتھ بڑی سنجیدہ صورت بنا کر کوٹ کو پیٹ کے آگے سے ہٹا کر دونوں ہاتھوں کو کولھوں پر رکھ کر کھڑا ہوتا تو اس کا پھولا ہوا پیٹ اور بھی آگے کو بڑھ جاتا اور وہ کسی سپیرے کی بین کی طرح نظر آنے لگتا۔ اسے دیکھ کر لڑکوں کو ہنسی آ جاتی۔ سپرنٹنڈنٹ

دل میں سمجھتا کہ لڑکے اسی پر ہنس رہے ہیں۔ چنانچہ وہ مقبول ہونے کی غرض سے ذرا بے تکلف ہو کر بناوٹی غصہ سے پوچھتا ''بغداد سنگھ تم بڑے شیطان ہو گئے ہو''

''جی میں؟''، ''بغداد سنگھ اپنی موٹی سی انگلی اپنے سینے پر رکھ کر حیرت کا اظہار کرتے ہوئے کہتا'' باہو رو ... میں تو آپ کا داس ہوں جی۔ کہیے تو ابھی سرا تار کر کے دوں قدموں میں''

اس بات پر لڑکے خوب قہقہے لگا کر ہنستے۔ کوئی لڑکا کسی کی اوٹ میں ہو کر کہتا ''کس کا سر؟''

اب بغداد سنگھ نتھنے پھلا کر للکارتا ''اوئے اوئے ... بچو سردار جی کھڑے ہیں ورنہ ابھی تیرا مور بنا دیتا پکڑ کر ''

اس کے بعد سپرنٹنڈنٹ اسی طرح باتیں کرتا ہوا سارے ہوسٹل میں لٹو کی طرح گھوم جاتا اور باہر نکلنے سے پہلے ایک مرتبہ لڑکوں کو تنبیہ کے طور پر کہتا ''اچھا اب سبزی بازار سے آتی ہے نا؟''

'' جی بالکل۔ اب تو ہم روز کا حساب بھی لکھ کر رکھتے ہیں۔ دیکھیے گا''

وہ اچھی طرح جانتا تھا کہ یہ لوگ جھوٹ بول رہے ہیں لیکن وہ اسی بات پر مطمئن تھا کہ کم از کم اس کی عزت تو رکھ لیتے ہیں۔ وہ اسی بات پر اپنی خیر مناتا۔ حساب وغیرہ دیکھے بغیر اچھا اچھا کہتا ہوا چلا جاتا۔

اس کے جانے کے بعد لدھا سنگھ پانی کے گلاس میں سے چند بوندیں آنکھوں پر ٹپکا لیتا۔ کولھوں پر ہاتھ رکھ کر تو لیے سے آنکھیں پونچھتا ہوا کہتا ''اوہوں اوہوں ... بغداد سنگھ! سب ٹھیک ٹھیک ہے نا؟''

میں صرف کمسن بلکہ دبلا پتلا بھی تھا۔ اس لیے وہ سب مجھے میرے اصلی نام کے بکری سنگھ کہہ کر پکارتے تھے۔ بکری سنگھ نام تو بہت برا تھا لیکن تھوڑے ہی دنوں بعد میں اس نام سے مانوس ہو گیا۔ اب مجھے بکری سنگھ مذاقاً شاذ و نادر ہی کہا جاتا تھا۔ نہایت سنجیدہ گفتگو میں بھی سب مجھے اسی نام سے پکارتے تھے۔ میں کمزور تھا اور وہ لوگ سرکاری سانڈوں کی طرح پلے ہوئے تھے لیکن وہ مجھ پر ہاتھ اٹھانا تیا کے برابر پاپ سمجھتے تھے۔ یہاں تک کہ اگر کبھی میں طیش میں آ کر ان میں سے کسی کو لڑنے کے لیے للکارتا بھی تھا تو وہ میرے سامنے ہتھیار ڈال دیتا۔ میں اپنی کمزوری کے طفیل ان لوگوں میں قطعاً محفوظ تھا۔

ایک مرتبہ گرمیوں کے موسم میں کسی سکھ تہوار کی ہفتہ بھر کی چھٹیاں ہوئیں۔ تقریباً سبھی لڑکے بوریا بستر باندھ کر اپنے اپنے گھروں کو چل دیئے۔ میں محنتی لڑکا تھا۔ پہلے تو ہوسٹل ہی میں چھٹیاں گزارنے کا ارادہ کیا لیکن پھر اتنے بڑے ہوسٹل میں اکیلے جی نہ لگا۔ نہ وہ ترو تازہ سبزیاں نہ وہ چہل پہل۔ رات کے وقت تاریک برآمدوں میں بھتنے ناچتے دکھائی دیتے تھے۔ چنانچہ دو ہی دن بعد میں نے اپنے گاؤں جانے کی ٹھانی۔

گاؤں میں میری اماں، پھوپھی اور دو بڑے بھائی رہتے تھے۔ میں نے میلے کپڑوں اور چند کتابوں کی گٹھڑی باندھی اور سائیکل کے پیچھے کیریر پر رکھ کر رسی سے باندھ دی، پچیس میل کا سفر تھا۔ پمپ سولیوشن ربڑ وغیرہ ضروری سامان چمڑے کے چھوٹے تھیلے میں رکھ لیا۔ دوپہر کے کھانے کے بعد تھوڑی دیر آرام کیا اور دھوپ کی تمازت نسبتاً کم ہوئی تو چل دیا۔ اس وقت پانچ بجے تھے۔ خیال تھا کہ زیادہ سے زیادہ چار گھنٹے میں گاؤں پہنچ جاؤں گا۔

جب شہر سے باہر نکل آیا تو ایک کمہار کی دکان پر رکنا پڑا۔ میں شام کو جب کبھی اِدھر سے گزرتا تھا تو میری آنکھیں کسی کی تلاش میں اس دکان کی طرف اٹھ جاتی تھیں۔ کمہار کی بیوی بہت خوبصورت تھی۔ اس کا سن اگرچہ تیس سے کم نہ تھا لیکن تھی بڑی طرح دار اور پھر اس کی چھہ دہ سالہ لڑکی کے کیا کہنے۔ میں شرمیلا اور خاموش ضرور تھا لیکن بچپن ہی سے ایک حسن پرست طبیعت اور عاشقانہ مزاج رکھتا تھا۔ کمہار کی بیٹی کو دیکھ کر مجھے سوہنی کا خیال آ جاتا تھا۔ سوہنی بھی کمہارن تھی۔ وہ لوگ اسی قسم کے قصّوں کو باور نہیں کرتے اور انہیں ڈھکوسلوں سے زیادہ اہمیت نہیں دیتے لیکن میری نظروں کے سامنے یہ زہرہ جبیں لڑکی تھی۔ اس پر کوئی بڑے سے بڑا شہزادہ بھی عاشق ہو سکتا تھا۔ میرا عشق کس قدر بے بس اور اپنے آپ ہی میں سلگنے والا تھا۔ نہ میری شکل اچھی تھی نہ جسم۔ مہینوال جب سوہنی کمہارن کی دکان پر گیا تو اس نے ساری کی ساری دکان ہی خرید ڈالی تھی لیکن میں دکان تو کیا خرید کرتا، بس اس کی صورت دیکھنے کے لیے وہاں چلا جاتا۔ کبھی مٹی کا دیا یا ایک پیالہ صراحی خرید لیتا، اس کی ماں پرے کھاٹ پر بیٹھی رہتی تھی۔ مجھے مطلوبہ برتن اٹھا اٹھا کر دکھاتی۔ اس کی ماں مجھے نابالغ سمجھ کر اس طرف زیادہ توجہ نہ کرتی تھی۔ ادھر میں جی بھر کر اس ننھی سوہنی کو دیکھا کرتا۔ وہ بھی الہڑ ہی سی تھی۔ اسے کبھی میری آنکھوں میں کوئی غیر معمولی بات نظر نہ آئی۔ وہ سرد مہری سے میری طرف دیکھتی ''اچھا یہ پیالہ تمہیں پسند نہیں ... کیا خرابی ہے اس میں ... اچھا یہ لو ... ''

میں مرعوب ہو کر کہتا ''نہیں نہیں، اگر تم کہتی ہو تو میں یہی خرید لیتا ہوں ... ''

وہاں سے برتن لا کر میں ہوٹل کی پچھلی دیوار کے ساتھ لگا کر رکھ دیتا اور دل شکستگی کے عالم میں ہوٹل کے اندر داخل ہو جاتا تو اودھم سنگھ میرا منہ لٹکا ہوا دیکھ کر پکار کر کہتا ''سنا بائی بکری سنہیا!''

اس دن جب میں ان کی دکان کے سامنے رکا تو اس وقت ماں تو غالباً گرمی کے مارے مکان کے اندر گھس بیٹھی تھی۔ البتہ لڑکی کے سر پر ایک ٹکڑا ڈالے ادھر اُدھر گھوم رہی تھی۔ اس کا چہرہ گرمی سے تمتمایا ہوا تھا۔ گال خوب سرخ ہو رہے تھے۔ میں اس کے قریب جا کھڑا ہوا۔ اس نے میری طرف دیکھا تو میرا دل اچھل کر حلق

میں آن پھنسا۔ کیا یہ ممکن تھا کہ وہ مجھے کبھی اپنے گال چومنے کی اجازت دے دے... ''کیا چاہیے؟'' اس نے پیٹھ موڑ کر کوئی برتن ہلاتے ہوئے کہا۔ میں نے کوئی اچھی صراحی طلب کی۔ اس نے نمکین مٹی کی بنی ہوئی صراحی میری طرف دھکیلتے ہوئے کہا ''یہ لے جاؤ، پانی ایسا ٹھنڈا ہوا کرے گا کہ بس یاد کرو گے عمر بھر''

''عمر بھر یاد کرنے'' والی بات تو اس نے محض دکانداری کے خیال سے کہہ دی تھی لیکن میرا دل چھاتی کے قفس میں سے نکل کر اس کے قدموں پر نچھاور ہو جانا چاہتا تھا۔ میں اسے بتا دینا چاہتا تھا کہ میں تو اسے ہر وقت یاد کیا کرتا ہوں لیکن کچھ نہ سکا... میں تھوڑی دیر تک چپ کھڑا رہا۔ اس نے میری طرف دیکھا تو میں نے دانت نکال کر کہا ''اب میں گاؤں جا رہا ہوں''

''پھر کب آؤ گے؟'' یہ کہہ کر وہ میرا جواب سنے بغیر اپنے کام میں مصروف، اِدھر اُدھر گھومنے لگی... میرے ہاتھ پاؤں پھول گئے۔ میں نے جلدی سے دام دیئے اور پیڈل پر پاؤں رکھ کر چل کھڑا ہوا۔ میرا دل زور زور سے دھڑک رہا تھا۔ آخر اس نے یہ بات کیوں پوچھی۔ میں جانتا تھا کہ یہ ایک سراب ہے۔ اسی لیے یہ مجھے اس قدر عزیز بھی تھا۔ دل ہی دل میں شاداں و فرحاں سفر پر روانہ ہو گیا۔

دھوپ ہلکی پڑ چکی تھی لیکن گرمی اب بھی کافی تھی۔ سڑک بڑے بڑے کھیتوں میں سے ہو کر جاتی تھی۔ راستے میں سڑک کے ذرا پرے ہٹ کر جابجا رہٹ چلتے دکھائی دے رہے تھے۔ کنوں کا صاف و شفاف پانی جھالوں میں گرتا ہوا آنکھوں کو کس قدر بھلا معلوم ہوتا تھا۔ اِن پُرانے کنوں کے ارد گرد قینچی سے کتری ہوئی داڑھیوں والے کسان موٹے سوتی کپڑے کے تہبند باندھے، بڑے سُرور کے عالم میں حقے گڑگڑاتے نظر آتے تھے۔ جب کنوؤں پر کام کرنے والی لڑکیاں اور عورتیں کھیتوں میں مٹک مٹک کر اِدھر اُدھر چلتی تھیں تو ان کی لمبی لمبی چوٹیاں ناگنوں کی طرح بل کھا کھا کر لہراتی تھیں۔ بیلوں کی ٹانگوں میں گھس گھس کر بھو نکنے والے کتے اپنا الگ شور مچا رہے تھے اور اپنی میلی کچیلی چندریوں میں سوکھے ہوئے گوبر کے ٹکڑے جمع کرنے والی لڑکیاں کبھی کبھی اپنا کام چھوڑ کر گلہریوں کی طرح میری طرف دیکھنے لگتی تھیں۔

ابھی میں نے چار پانچ میل ہی کا فاصلہ طے کیا تھا کہ سائیکل پنکچر ہو گئی۔ میں نے سڑک سے ہٹ کر پانی کی تلاش میں اِدھر اُدھر نگاہ دوڑائی۔ رہٹ بہت پیچھے رہ گیا تھا۔ چنانچہ ایک جوہڑ کے کنارے سائیکل کو لٹا دیا۔ ٹیوب میں بہت بڑا پنکچر ہو گیا تھا۔ ڈبل پنکچر لگانے میں بیس پچیس منٹ صرف ہو گئے۔ دو میل چل کر سائیکل کی ہوا پھر نکل گئی۔ اب کے پانی بھی قریب نہیں تھا۔ چنانچہ سائیکل لڑھکاتے ہوئے آدھ میل کے

قریب پیدل چلنا پڑا۔سڑک کے کنارے ایک گاؤں آباد تھا۔ وہاں ایک سائیکل والے کی دکان بھی تھی۔ میں نے سائیکل اس کے سپرد کر دی۔ میرا لگا یا ہوا پنکچر اکھڑ گیا تھا۔ اسے از سرِ نو درست کیا گیا۔ اسی گڑ بڑ میں سورج افق تک جا پہنچا اور میں نے ابھی آدھا سفر بھی طے نہیں کیا تھا۔ پنکچر لگ جانے پر میں نے سائیکل خوب تیز چلا دی۔ یہاں تک کہ راستے میں مرغیاں کڑ کڑاتی اور پر پھر پھڑاتی ہوئی اِدھر اُدھر دیواروں پر جا بیٹھیں ... گاؤں سے باہر نکلا تو سورج تقریباً غروب ہو چکا تھا۔ کھلی ہوا تھی۔ دھواں، گرد، شہر کی پکی دیواروں کی تپش وغیرہ کا نام تک نہ تھا۔ کچھ دور تک میں نے خوب زور سے سائیکل چلائی۔ یہاں تک کہ میں ہانپ گیا۔ پیاس بھی محسوس ہونے لگی۔ کھلے آسمان تلے کھیت حد نگاہ تک پھیلے ہوئے تھے۔ کہیں کہیں ببول کے درخت جھنڈوں میں ایک دوسرے کے قریب کھڑے ہوئے ایسے دکھائی دیتے تھے جیسے سرگوشیاں کر رہے ہوں۔ کھیتوں کی پگڈنڈیاں قینچیوں کی طرح ایک دوسرے کو کاٹتی ہوئی دور تک چلی گئی تھیں۔ دور افق میں کوئی شخص گھوڑے پر سوار اسے سرپٹ دوڑائے چلا جا رہا تھا۔ اس قدر تیزی اور روانی سے جیسے نہ تو اس کا گھوڑا کبھی تھکے گا اور نہ زمین ہی کہیں پر ختم ہو گی۔ بس اسی تندی اور برق رفتاری سے ابد تک دوڑتا چلا جائے گا اور وہ خود اسی جوش و خروش سے رہتی دنیا تک اس پر بیٹھا رہے گا۔ بلند پرواز پرندوں کی ٹکڑیاں آسمان کی طرف پرواز کرتی چلی گئیں۔ یہاں تک پرندے چھوٹے چھوٹے نقطوں کی طرح نظر آنے لگے۔ آسمان کی وسعت بے کنار تھی اور پرندوں کی طاقتِ پرواز بے انداز۔ ہوا کے جھونکے چلنے لگے اور میلوں تک پھیلے ہوئے کھیتوں میں اُگے ہوئے پودے ایک رخ کو سربسجود ہوئے جاتے تھے جیسے کوئی ازلی نغمہ سن کر وہ ایک ساتھ سر دھن رہے ہوں۔ دراصل وہ شاہدِ قدرت کی ایک صدا تھی جسے سن کر سوار نے منہ زور گھوڑے کو سرپٹ دوڑا دیا۔ پرندے تیر کی سی تیزی کے ساتھ آسمان کی وسعتوں میں پرواز کر گئے اور کھیتوں میں پودے وجد میں آ کر جھومنے لگے۔

موسم خوش گوار تھا۔ میں نے رو رو کرتے ہوئے رہٹ کے قریب سائیکل روک لی۔ نہانے کو جی چاہ رہا تھا۔ چنانچہ میں کپڑے اتار کر اولو (کنویں کا چوبچہ) میں جا گھسا۔ بیلوں کی آنکھوں پر کھوپے بندھے ہوئے تھے، وہ سر ہلاتے اور منہ سے جھاگ اڑاتے، تیز تیز قدم اٹھانے لگے۔ رہٹ گیت گانے لگا اور پانی اسی تیزی سے باہر گر رہا تھا جیسے کنویں میں پڑے پڑے اس کا دم گھٹ گیا ہو۔ سرد پانی میرے جھلسے ہوئے جسم پر گرا تو میں نے ایک آسمانی فرحت محسوس کی اور سنبھل کر جھال کے نیچے ہی بیٹھ گیا۔ پانی کی ململ کی طرح باریک چادر میں سے آسمان، زمین، درخت، پودے، کلیلیں کرتے ہوئے بچھڑے، قلابازیاں

لگاتے ہوئے مینڈک سب میری مسرت میں برابر کا حصہ لے رہے تھے۔
میں بہت دیر تک نہاتا رہا۔ بڑی بڑی مونچھوں والا کسان جس کی ڈھیلی ڈھالی پگڑی میں سے کانوں کے
پیچھے چکنے پٹے نظر آ رہے تھے، حقہ گڑ گڑاتا ہوا اِدھر آ نکلا۔ مجھے خوش دیکھ کر مسکرانے لگا۔ اولو میں سے نکلنے
کو دل نہ چاہتا تھا لیکن سورج غروب ہو چکا تھا اور افق کے قریب سیاہی مائل ہی دھوئیں کی ایک لکیر سی کھینچ گئی
تھی... چنانچہ میں اولو میں سے نکلا اور گیلے بدن پر کپڑے پہن کر پھر اپنے سفر پر روانہ ہو گیا۔
اب میں نے سوچا کہ راستے میں کسی جگہ پر بھی نہیں رکوں گا۔ میں نے سائیکل پہلے سے بھی تیز چلا دی۔
کچی سٹرک کا تقریباً آٹھ میل راستہ رہ گیا تھا اور کھیتوں کا راستہ تقریباً آٹھ میل اور تھا۔ میری سائیکل ہوا
سے باتیں کرنے لگی۔ نصف منزل پر ایک گاؤں تھا جسے قلعہ کا ہن سنگھ کہتے تھے، خاصا بڑا موضع تھا۔ پانچ
سات پکے مکانات بھی تھے۔ ایک چھوٹا سا اسکول بھی تھا۔ پہلے خیال آیا کہ آج کی رات اسی گاؤں ہی میں
گزار دوں لیکن پھر گھر کا خیال آیا۔ ہمارے گھر کے صحن میں ایک چھوٹا سا کنواں تھا جس پر ایک کا لوہے کا
ڈول پڑا رہتا تھا سو چکا نویں پر ڈول بھر بھر کر نہاؤں گا۔ ماں کئی کئی تہوں والے پراٹھے پکائے گی اور میں
ہری ہری مرچوں کی چٹنی کے ساتھ مزے لے لے کر کھاؤں گا۔ اگر راستے میں کوئی خاص رکاوٹ پیدا نہ
ہو تو میرے لیے گھر پہنچنا ممکن نہ تھا۔ اس لیے میں نے پھر زور زور سے پیڈل چلانے شروع کیے۔ جب
میں ایک زناٹے کے ساتھ گاؤں میں سے ہو کر گزرا تو گاؤں کے ننگ دھڑنگ پھولے ہوئے پیٹوں والے
بچے ''اوئے اوئے'' کا شور مچاتے میرے پیچھے بھاگے۔ اروڑیاں (کوڑے کا کتہ۔ کوڑی) سونگھتے
ہوئے کالے اور مٹیالے کتے بھی دُمیں ہلاتے ہوئے میرے پیچھے پیچھے ہو لیے۔ کتوں کو بے طرح بھونکتے
دیکھ کر مسجد کے کچے چبوترے پر بیٹھے ہوئے ایک نوجوان نے طیش میں آ کر حقے کی نَے کھینچ ماری۔ گاؤں
سے باہر ایک مردہ بیل پر جھپٹے مارنے والے بڑے بڑے گدھ شور و غل سن کر ہراساں ہو گئے اور اپنے لمبے
لمبے پر پھڑ پھڑاتے اور اچکتے ہوئے ذرا پرے ہٹ گئے۔ اِدھر میں کسی فرار شدہ ڈاکو کی طرح بڑی تیزی سے
بڑھتا چلا جا رہا تھا۔ یہاں تک کہ لڑکے اور کتے بہت پیچھے رہ گئے اور ان کا شور بھی مدھم پڑ گیا۔
آگے سنسان سٹرک کے دونوں کناروں پر پاس پاس کھڑے ہوئے شیشم کے درختوں کے سلسلے شروع ہو
گئے۔ ان کے نیچے گری ہوئی خشک پتیاں میری سائیکل کے پہیوں کے نیچے چر مر کرتی ہوئی گھومنے لگیں
اور گاؤں کے بچوں کی طرح وہ دور تک تیزی سے چکر کھاتی ہوئی میرا پیچھا کرتیں اور پھر جیسے دم پھول جانے
پر وہ ہنس کر ایک جگہ بیٹھ کر رہ جاتیں۔

اب اکا دکا تارا بھی نظر آنے لگا تھا اور شفاف آسمان پر زرد زرد چاند کسی تالاب میں تیرتی ہوئی کانسی کی کٹھائی کی طرح معلوم ہوتا۔

دائیں بائیں دور تک ناہموار زمین چلی گئی تھی۔ خاردار جھاڑیوں کے سلسلے شروع ہو گئے تھے۔ یہاں پر بھیڑیوں کا بھی خطرہ تھا۔ اگر بھیڑیوں کا کوئی غول آن گھیرے تو پھر؟ میں خوفزدہ ہو کر سائیکل اور بھی تیزی کے ساتھ دوڑانے لگا۔ رفتہ رفتہ غروب آفتاب کے بعد دن کی رہی سہی روشنی بھی ختم ہو گئی۔ صرف چاند کی پھیکی چاندنی چھٹکی ہوئی تھی۔ شیشم کے درختوں کی وجہ سے سڑک پر اور بھی زیادہ گہری تاریکی چھا گئی تھی۔ میں اس سے پہلے صرف دو مرتبہ یہ سفر اکیلا کر چکا تھا لیکن دونوں مرتبہ دن ہی میں سفر ختم ہو گیا تھا... میرا خیال تھا کہ دو ڈھائی میل پر کاکو شاہ کے مقبرے کے قریب سے سڑک چھوڑ کر اپنے گاؤں کی طرف گھوم جاؤں گا۔ دل کو کچھ اطمینان ہو چلا تھا کہ کم از کم سڑک کا سفر تو ختم ہونے والا تھا۔

میں اندھا دھند چلا جا رہا تھا کہ آگے سڑک رکی ہوئی معلوم ہوئی جیسے نئے سرے سے بنائی جا رہی ہو۔ میں نے سائیکل دھیمی کر دی۔ نزدیک پہنچ کر پتہ چلا کہ واقعی سڑک بن رہی ہے۔ ساری سڑک اُکھڑی پڑی تھی، مجبوراً سائیکل سے اتر کر ناہموار زمین پر پیدل چلنا پڑا۔ یہ ایک نئی آفت آن پڑی تھی۔ راستے میں سڑک کے کنارے کنارے پٹھان مزدوروں کی جھونپڑیاں بنی ہوئی تھیں۔ ہم لوگ انہیں ''راشے'' کہا کرتے تھے۔ یہ ''راشے'' خوب موٹے تازے اور ہیبت ناک صورت والے ہوتے تھے۔ میں نے سنا تھا کہ یہ لوگ بچوں کو بوریوں میں بند کر کے کابل لے جاتے ہیں اور آٹھ دس دس روپے میں بیچ ڈالتے ہیں۔ میں دل ہی دل میں خوفزدہ بھی تھا لیکن بظاہر بڑے بڑے حوصلے کے ساتھ بڑھتا چلا گیا۔ آگ کے لپکتے ہوئے شعلوں کی لرزتی ہوئی روشنی میں راشوں کے چہروں کے خوف ناک خطوط، الجھے ہوئے بال اور چمکتی ہوئی سرخ آنکھیں صاف نظر آ رہی تھیں۔

بڑی مشکل سے یہ راستہ بھی ختم ہوا اور پھر میں سائیکل پر سوار ہو گیا۔ رات بھیگ چکی تھی۔ اس وقت تک مجھے اول تو گاؤں میں پہنچ جانا چاہیے تھا یا گاؤں کے قریب ہی ہونا چاہیے تھا۔ اب سوائے سفر جاری رکھنے کے اور کوئی چارہ نہ تھا۔ کاکو شاہ کے مقبرے کے قریب پہنچ کر میں پگڈنڈی پر ہو لیا۔ تنگ راستہ صاف دکھائی نہیں دیتا تھا۔ اس لیے مجھے سائیکل سے اترنا پڑا۔ کھیتوں میں پانی کھڑا تھا۔ مجھے ایک نشانی یاد تھی۔ دو فرلانگ کے قریب ایک پرانا رہٹ تھا جو آج کل سنسان پڑا تھا۔ میں نے پہلے اسی کا رخ کیا۔ جب پانی سے بچتا ہوا کنویں تک پہنچا تو دیکھا کہ آگے پانی اور بھی زیادہ دور دور تک پھیلا ہوا

ہے۔ پگڈنڈی پانی ہی میں گم ہو گئی تھی۔ میں پانی سے بچتا ہوا خشکی کے راستے چلتا چلا گیا۔ دو ڈھائی فرلانگ چلنے کے بعد پانی کم ہوا اور میں اندازاً گاؤں کی طرف چل دیا لیکن بہت دور نکل جانے کے بعد بھی گاؤں کا نام و نشان تک دکھائی نہ دیا۔

دھند لی چاندنی میں میں چلتا ہی گیا۔ اب مجھے شک گزرا کہ کہیں میں نے غلط راستہ تو اختیار نہیں کر لیا۔ ہر طرف نگاہ دوڑائی۔ کھیتوں اور درختوں کے سوا کچھ دکھائی نہ دیتا تھا۔ بعض کھیتوں میں کوئی فصل بھی کھڑی نظر آجاتی تھی۔ میں کچھ پریشان سا ہو گیا۔ یوں ہی اندھا دھند چلتا گیا کہ دفعتاً مجھے دور سے گرد اڑتی ہوئی دکھائی دی۔ میں ٹھٹک کر رک گیا۔

تھوڑی دیر بعد معلوم ہوا کہ کوئی ترچھا بانکا سانڈنی سوار چلا جا رہا ہے۔ سنسان جگہ پھیکی چاندنی جھینگروں کا شور... پہلے خیال آیا اسے آواز دے کر راستہ دریافت کر لوں لیکن اس کی وضع قطع ایسی تھی کہ میں نے اسے بلانا مناسب نہ سمجھا بلکہ سوچ میں پڑ گیا کہ نہ معلوم یہ کون ہے۔ کاش! وہ مجھے دیکھے بغیر آگے نکل جائے۔ میں سمٹ کر کیکر کے ایک چھوٹے سے درخت کے نیچے جا کھڑا ہوا لیکن اس درخت کے سائے میں بھی انسان کسی شخص کی نظروں سے اوجھل نہیں رہ سکتا تھا... اس کے ہاتھ میں ایک لمبے دستے کی کلہاڑی دیکھ کر دم اور بھی خشک ہو گیا۔

وہ اپنے راستے پر چلا جا رہا تھا۔ میری طبیعت کچھ سنبھلنے لگی... دفعتاً اس نے رخ بدلا اور بظاہر میری طرف مڑا۔ میں نے سوچا شاید وہ اس راستے سے سیدھا آگے کو چلا جائے گا۔ چنانچہ میں ذرا پہلو بدل کر کھڑا ہوا لیکن وہ سیدھا میری طرف آیا اور قریب پہنچ کر اس نے سانڈنی روک لی۔ میں نے اس کی طرف دیکھا۔ یوں معلوم ہوتا تھا جیسے اونٹ کے اوپر ایک اور اونٹ بیٹھا ہوا ہے۔ وہ ایک لمبا تڑنگا کہرے بدن کا مضبوط سکھ تھا۔ اس کا چہرہ بیضوی تھا۔ داڑھی چھوٹی چھوٹی اور چھدری سی بھنویں گھنی ناک جیسے بطخ کی چونچ نتھنے پھولے ہوئے۔ آنکھیں اندر کو دھنسی ہوئی مگر چمکدار تھوڑی عین بیچ میں سے دبی ہوئی کانوں میں سنہری بالیاں گلے میں سونے کا چمکتا ہوا کنٹھا۔

وہ تھوڑی دیر تک منہ کھولے میری جانب دیکھتا رہا۔ پھر اس نے بیٹھی ہوئی آواز میں پوچھا۔

‘‘کہو بھئی لونڈے! کون ہو تم؟’’

میرا دل ڈوب گیا۔ ‘‘جی میں گاؤں کو جا رہا ہوں’’

‘‘کہاں سے آ رہے ہو؟ شہر سے آ رہے ہو؟’’

''شہر سے ... جی،،

'' کیا کرتے ہو وہاں؟،،

''جی پڑھتا ہوں،،

'' کیا پڑھتے ہو؟،،

میں اس سوال پر چکرایا۔'' کتابیں پڑھتا ہوں جی،،

اس نے سائیکل کے پیچھے بندھی ہوئی گٹھڑی کلہاڑی کے دستے سے کچوکا دیتے ہوئے پوچھا''اس میں کیا ہے؟،،

''جی اس میں میلے کپڑے ہیں ... کیا جی کھول کر دکھاؤں؟،،

وہ ہنس پڑا۔''رہنے دو،،

میری جان میں جان آئی۔اس نے ڈاچی کی نکیل کھینچی اور چلنے ہی لگا تھا کہ پھر رک گیا۔''کہاں جا رہے ہو؟،،

''جی اپنے گاؤں کو،،

'' کون سے گاؤں؟،،

''جی اکال گڑھ،،

''اکال گڑھ؟،،

''جی،،

اس نے قدرے سکوت کیا۔ پھر اپنے کلّوں کے نیچے زبان پھیرتے ہوئے بولا''ادھر آؤ،،

میں ڈرتے ڈرتے اس کے قریب گیا۔اس نے کہا''سائیکل نیچے رکھ دو،،

میں نے سائیکل زمین پر ڈال دی۔اس نے ہاتھ بڑھا کر کہا''میرا ہاتھ پکڑ کر میرے پیچھے بیٹھ جاؤ،،

میں ڈرا لیکن اس کے سوا کچھ چارہ نہ تھا۔ بڑی مشکل سے اس کے پیچھے اڑ کر بیٹھ گیا۔اس نے اوپر بیٹھے بیٹھے کلہاڑی میں سائیکل اڑا کر اوپر کھینچ لی۔ نکیل کو جھٹکا دیا اور رساندڈنی اپنی بے ڈھنگی چال سے روانہ ہو گئی۔ میں نے اس کے پسینے میں تر گردن پر نظر جما دی۔اس کے سر کے بال اس قدر بندھے ہوئے تھے کہ اس کی گدی پر بالوں کی جڑوں کا گوشت اوپر ابھر آیا تھا جیسے ننھی ننھی پھنسیاں نکل آئی ہوں۔اس نے پھر اپنی بیٹھی ہوئی بھاری آواز میں پوچھا:

’’تمہیں معلوم نہیں کہ تمہارا گاؤں کدھر کو ہے؟ کیا تم سمجھتے ہو کہ اب تم اپنے گاؤں ہی کو جا رہے تھے؟‘‘

’’جی میں راستہ بھول گیا تھا۔ میں پہلے شہر سے صرف دو ہی مرتبہ آیا ہوں لیکن دن ہی دن میں گھر پہنچ جاتا تھا لیکن آج رات ہو گئی اور پھر راستہ میں پانی بھی کھڑا تھا، اس لیے مجھے راستہ کا پتہ ہی نہیں چلا‘‘ اس پر اس نے اپنی بے باک آواز میں قہقہہ لگایا ’’میاں! اگر تم رات بھر بھی اسی طرح چلتے رہتے تو بھی اپنے گاؤں نہ پہنچ پاتے۔ تمہارے جیسے چھوٹے لڑکوں کو رات کے وقت سنسان جگہوں میں ہرگز نہیں گھومنا چاہیے‘‘

اس کے بعد رفتہ رفتہ وہ خوب مزے مزے کی باتیں کرنے لگا۔ پہلے تو میں دل ہی دل میں بہت ڈرا۔ میں نے سنا تھا کہ بعض لوگ نوعمر لڑکوں کے سروں میں سے مومیائی نکال لیا کرتے ہیں۔ سر مونڈ کر چوٹی میں ایک کیل ٹھونک دیتے ہیں اور ٹانگیں باندھ کر درخت سے لٹکا دیتے ہیں اور سر کے نیچے آگ جلا کر ایک کڑاہی رکھ دیتے ہیں۔ آگ کی گرمی سے سر کی چربی پگھل جاتی ہے اور مومیائی کیل کے سرے سے بوند بوند کر کڑاہی میں ٹپکتی رہتی ہے۔ یہاں تک کہ سر کی ساری مومیائی نکل جاتی ہے اور لڑکا مر جاتا ہے... سانڈنی سوار کی صورت تو ہیبت ناک ضرور تھی لیکن اس کی باتوں سے کسی قسم کے خطرے کی بو نہ آتی تھی۔ وہ بڑا ہنس مکھ اور خوش مزاج شخص تھا۔

کہنے لگا ’’تمہارے گھر میں کسی نے دن کے وقت کہانی کہی ہو گی۔ تبھی تو تم راستہ بھول گئے‘‘ میں سانڈنی کے کوہان سے پھسلا جاتا تھا۔ چنانچہ میں اس کی کمر سے لپٹ گیا۔ اس کی گاڑھے کی قمیص پسینے میں تر ہو رہی تھی۔ بغلوں سے ہلکی ہلکی بو آ رہی تھی۔ بازوؤں کے گھنے بال پسینے میں تر ہو کر چپک گئے تھے۔ اس کے جوڑے پر بندھی ہوئی جالی کے نیچے کو لٹکتے ہوئے میرے پھندنے میرے نتھنوں اور آنکھوں میں گھستے تھے۔ مجھے پہلے کبھی اونٹ کی سواری کرنے کا اتفاق نہ ہوا تھا۔ اس قدر تکلیف دہ سواری تھی کہ بدن کا جوڑ جوڑ دکھنے لگا اور وہ میری تکلیف سے بے خبر اندھا دھند سانڈنی دوڑائے چلا جا رہا تھا۔ وہ بڑا باتونی شخص تھا۔ اس کی بھاری بھر کم پُر آواز اور قہقہوں سے فضا گونج رہی تھی۔

ہم ایک ایسے درخت کے قریب سے گزرے جس پر بیئوں کے گھونسلے لٹک رہے تھے۔ ایک گھونسلا تو میرے اس قدر قریب تھا کہ میں نے اسے کھسوٹ لینے کے لیے ہاتھ بڑھا دیا لیکن گھونسلا میری زد سے باہر رہا۔ وہ کہنے لگا ’’بیّا بڑا سمجھدار پرندہ ہوتا ہے۔ وہ اپنا گھونسلا بڑی محنت اور کاریگری سے بناتا

ہے۔ دنیا میں کوئی پرندہ اس قدر خوبصورت گھونسلا نہیں بنا سکتا تم نے بانسوں پر لٹکتے ہوئے گھونسلے نہیں دیکھے؟ بے حد خوشنما ہوتے ہیں۔ ہوا میں لہراتی ہوئی ٹوپیاں سی سے پھدک کر کبھی اندر چلے جاتے ہیں۔ کبھی باہر آجاتے ہیں اور ایک قسم کا گھونسلا بھی بناتے ہیں یعنی ایک تو اپنے رہنے کے لیے نرم تنکوں اور پتوں سے جس میں ایک طرف کو اندر جانے کا راستہ ہوتا ہے اور ہلکی ہلکی پھوار پڑتی ہے۔ سرد ہوا کے جھونکے چلتے ہیں تو سے چھپاتے ہوئے ان پنگھوڑے جیسے گھونسلوں پر پنچھی جمائے جھولا جھولتے ہیں۔''

مجھے اس کی باتیں بہت دلچسپ معلوم ہوئیں۔ میں نے کہا ''سنا ہے سے اپنے گھونسلوں میں روشنی کرنے کے لیے جگنو پکڑ کر گھونسلوں کے اندر تنکوں میں اڑس دیتے ہیں؟''

اس نے اثبات میں سر ہلا کر مجھے یقین دلاتے ہوئے کہا ''ہاں یہ درست ہے، یہ بہت ہی سیانا پرندہ ہے۔''

اس پر میں نے اسے بندر اور سے کی کہانی سنائی جو میں نے تیسری جماعت میں اردو کی کتاب میں پڑھی تھی۔ اس نے بچوں کے سے انہماک کے ساتھ وہ کہانی سنی اور جب میں نے کہانی کا نتیجہ بتایا تو وہ بہت خوش ہوا۔

اس طرح بندر سے دوسرے جانوروں کا ذکر شروع ہوا۔ میں نے بتایا کہ جب میں سڑک پر سائیکل چلاتا ہوا آ رہا تھا تو کس طرح مجھے ڈر محسوس ہوا کہ کہیں کسی جھاڑی میں سے کوئی بھیڑ یا نہ نکل آئے۔

اس پر وہ پھر اپنے بے باک لہجے میں ہنسا۔ ''نہیں ڈرنے کی کوئی بات نہیں۔ اس علاقے میں بھیڑیے بہت کم ہیں۔ تاہم کبھی کبھی کبھار دکھائی بھی دے دیتے ہیں،'' پھر اس نے بتایا کہ شیخوپورہ کے علاقہ میں آبادیوں سے پرے خونخوار بھیڑیے غول بنا کر گھوما کرتے ہیں اور وہ قد میں گدھے سے کم نہیں ہوتے ...

میں بہت حیران ہوا۔ میں نے پوچھا کہ ''اگر کوئی بھولا بھٹکا مسافر ادھر جا نکلتا ہو گا تو بھیڑیے اس کی بوٹی بوٹی کر ڈالتے ہوں گے،''

اس نے یہ بڑا منہ پھیلا کر کہا ''ہاں ... ایک مرتبہ ایک آدمی ادھر سے جا رہا تھا ... میں نے یہ بات کسی سے سنی تھی ...''

''کیا وہ کوئی بڑا طاقت ور شخص تھا؟''

''ہاں وہ بہت تگڑا آدمی تھا ... دوپہر کے وقت راستہ چلتے چلتے وہ تھک گیا تو ایک درخت کے نیچے آرام کرنے کے لیے بیٹھ گیا۔ ایک جھاڑن میں روٹی بندھی تھی۔ اس نے روٹی کھائی اور پھر وہ درخت کے تنے

سے ٹیک لگا کر تھوڑی دیر کے لیے اونگھ گیا۔ پھر یکایک اس کی آنکھ کھلی تو اس نے کچھ عجیب سی آوازیں سنیں اور جھاڑیوں میں جانوروں کی تھوتھنیاں دکھائی دیں ... ''

میں نے اچھل کر کہا ' ' وہ بھیڑیے ہوں گے۔ ہے ناں؟ ''

'' ہاں تم جانتے ہی ہو کہ بھیڑیے کا دہانہ بہت بڑا ہوتا ہے۔ اس کے جبڑے خون کی طرح سرخ ہوتے ہیں۔ بھیڑیا بہت ہی مکار جانور ہے ... ''

'' پھر کیا ہوا؟ '' میں نے اشتیاق سے پوچھا۔

'' بس بھئی۔ وہ آدمی اٹھ کھڑا ہوا۔ اس نے دیکھا کہ ارد گرد کی جھاڑیوں میں بہت سے بھیڑیے بالشت بالشت بھر کی زبانیں نکالے چور نظروں سے اس کو گھور رہے ہیں۔ اسے محسوس ہوا کہ اب وہ بچ کر نہیں نکل سکتا۔ اس نے درخت کی طرف دیکھا تو اس کا تنا اس قدر چکنا تھا کہ اس پر پھرتی سے چڑھنا ناممکن تھا۔ وہ یہ بھی جانتا تھا کہ وہ اس پر چڑھنے کی کوشش کرے گا تو بھڑیے اس پر جھپٹ پڑیں گے ... لمحہ بہ لمحہ بھیڑیے اس کے قریب چلے آ رہے تھے۔ وہ اسے چاروں طرف سے گھیرے ہوئے تھے اور آہستہ آہستہ وہ اپنے گھیرے کو تنگ کیے جا رہے تھے۔ زیادہ وقت باقی نہیں تھا۔ اُس نے اِدھر اُدھر نگاہ ڈالی، نہ کوئی لاٹھی نہ ہتھیار ... اتفاق سے قریب دو چار اینٹیں نظر پڑیں۔ معلوم ہوتا تھا کہ کسی شخص نے کبھی اس جگہ اینٹوں کا چولھا بنا کر روٹی پکائی تھی ... اس نے اپنی کھدر کی موٹی چادر کو دہرا کر کے اینٹیں اس کے اندر رکھ کر انہیں گرہ دے دی۔ ابھی اس کے سرے ہاتھوں میں تھامے ہی تھے کہ سب بھیڑیے ایک دم اس پر پل پڑے۔ اس نے چادر میں بندھی ہوئی اینٹوں کو زور زور سے گھمانا شروع کر دیا۔ جو بھیڑیا اس کے قریب آتا اینٹیں اس کی تھوتھنی پر اس قدر زور سے لگتیں کہ وہ گھبرا کر پیچھے ہٹ جاتا۔ بھیڑیے بڑھ بڑھ کر حملے کرتے رہے، وہ بھی بڑی پھرتی اور تندی کے ساتھ اینٹیں گھماتا رہا۔ اس طرح قریب آدھ گھنٹے تک وہ بھیڑیوں کے حملوں کو ناکام بناتا رہا ... یہاں تک کہ وہاں چند راہ گیر بھی آن پہنچے۔ انھوں نے دور ہی سے زور زور سے چلّانا شروع کر دیا۔ بھیڑیے اس قدر شور و غل کی آوازیں سن کر بھاگے نکلے اور اس طرح آدمی کی جان بچ گئی ''

یہ سنسنی خیز قصہ سنا کر وہ سانڈنی کو گالیاں دینے لگا اور میں اپنے خیالات میں کھو گیا ... زرد چاند کی پھیکی روشنی میں دور دور تک کالے کالے درخت پھیلے ہوئے دکھائی دے رہے تھے۔ کہیں بہت دور سے کسی گانے کی اڑتی ہوئی تان سنائی دینے لگی۔ سانڈنی اپنی بے ڈھنگی چال سے لپکی ہوئی چلی جا رہی تھی۔ ہم ایک

اونچے درخت کے قریب سے ہو کر گزرے جس پر خشک لوکیاں لٹک رہی تھیں۔ اس نے کلہاڑی کے دستے سے ایک لوکی کو ٹھکرا کر کہا ''دیکھو یہ ہے تو بنی۔ بچپن میں جب ہم لوگ نہر پر نہانے جایا کرتے تھے تو بس اسی قسم کی تو بنی بغل میں لے کر اپنا مزے سے بوتل کے کاگ کی طرح تیرا کرتے تھے''، لیکن میرا دھیان ابھی تک بھیڑیوں کی طرف لگا ہوا تھا۔ میں نے پھر بات چھیڑی۔ ''کیا بھیڑیے بڑے آدمی پر بھی حملہ کر دیتے ہیں؟''

اس نے داڑھی پر ہاتھ پھیرتے ہوئے کہا کہ ''اگر بھیڑیے تعداد میں زیادہ ہوں اور کوئی اکیلا و کیلا آدمی مل جائے تو وہ اس پر حملہ کر دیا کرتے ہیں لیکن عموماً آدمیوں سے ڈرتے ہیں ... لو میں تمہیں ایک مزے دار قصہ سناتا ہوں ... یہ جگ بتی نہیں آپ بیتی ہے ... تقریباً چار برس پہلے کی بات ہے ... میں اپنے ننہیال کو جا رہا تھا۔ راستے میں جنگل پڑتا تھا لیکن مجھے پروانہ تھی۔ میرے ہاتھ میں ایک بڑی لمبی لاٹھی تھی جس کے نیچے لوہے کی یہ موٹی شام لگی ہوئی تھی۔ اگر اس لاٹھی کی ایک بھی ٹھکانے کی چوٹ کسی بھیڑیے کے سر پر پڑ جاتی تو وہ وہیں ڈھیر ہو جاتا۔ خیر! دوپہر کا وقت تھا۔ ابھی میں جنگل میں تھوڑی ہی دور گیا تھا کہ میں نے چونک کر دیکھا کہ میرے داہنے ہاتھ کی طرف کوئی جانور جھاڑیوں میں چھپا ہوا ہے۔ میں نے جلدی سے چاروں طرف نگاہ دوڑائی تو دیکھا کہ بائیں ہاتھ کی طرف جھاڑی کے پیچھے ایک بھیڑیا کھڑا ہے ... میں چوکنا ہو کر راستہ طے کرنے لگا۔ جس جگہ جھاڑیاں ذرا کم ہوتیں تو دیکھتا کہ میرے دائیں بائیں دو بھیڑیے تیس تیس یا چالیس چالیس قدم کا فاصلہ دے کر چلے جا رہے ہیں۔ میں نے لٹھ اٹھا کر کندھے پر رکھ لیا اور ان پر نگاہ رکھتا ہوا بڑھتا چلا گیا تھا۔ کبھی وہ میرے قریب آ جاتے اور کبھی پھر دور چلے جاتے۔ جب ہم گھنی جھاڑیوں میں سے ہو کر گزرتے تو وہ نظروں سے غائب ہو جاتے، مجھے اس وقت خطرہ محسوس ہوتا تھا کہ کہیں حملہ نہ دیں اور جس جگہ جھاڑیاں کم ہو جاتیں، وہ دکھائی دینے لگتے اور ہاں ... ایک عجیب بات دیکھی ... کبھی دائیں ہاتھ بھیڑیا بائیں ہاتھ کی طرف چلا آتا اور بائیں ہاتھ والا دائیں ہاتھ کی طرف چلا جاتا۔ اس طرح وہ راستہ بھر ادل بدل کرتے رہے۔ یہاں تک کہ جنگل ختم ہو گیا لیکن ان کو مجھ پر حملہ کرنے کی جرأت نہیں ہوئی۔ جنگل ختم ہونے پر میں تو آگے بڑھ گیا اور وہ جنگل ہی میں رہ گئے''

جب وہ اپنا قصہ ختم کر چکا تو میں نے اس پر سوالات کی بوچھار کر دی۔ اب وہ مجھے بہت ہی دلچسپ آدمی معلوم ہونے لگا تھا۔ اس کا لہجہ اس قدر دوستانہ تھا اور باتیں ایسی سنسنی پیدا کرنے والی اور مزے کی کرتا تھا کہ جی چاہتا تھا کہ وہ باتیں ہی کرتا چلا جائے۔ میں نے اصرار کیا کہ مجھے بھیڑیوں کی کوئی اور کہانی

سناؤ۔ وہاں قصوں کی کیا کمی تھی۔اس نے کہا ' اب میں تمہیں اپنے پرنانا کا چھوٹا سا قصہ سناتا ہوں۔۔۔پرنانا یعنی میرے باپ کے نانا اپنے زمانے میں بہت ہی طاقت ور شخص سمجھے جاتے تھے۔علاقے بھر کے لوگ ان سے تھر تھر کانپتے تھے۔ایک مرتبہ میرے پرنانا اپنی پھوپھی سے ملنے کے لیے گئے۔ وہاں انہیں کچھ کام تھا۔ڈیڑھ دو ماہ وہیں رہے۔انہیں خبر ملی کہ گھر پر میرے نانا جو اس وقت بچے ہی تھے، بیمار پڑ گئے ہیں۔ خبر ملتے ہی پرنانا فوراً اپنے گاؤں کی طرف روانہ ہو گئے۔ جلدی میں انھوں نے اپنے ہاتھ میں لاٹھی تک نہ لی۔ بیس پچیس میل کا فاصلہ تھا۔ وہ بڑی تیزی سے چلتے تھے۔اس وقت چونکہ اپنے بیٹے کی بیماری کی فکر تھی۔اس لیے ان کی یہی کوشش تھی کہ وہ جلد از جلد اپنے گاؤں پہنچ جائیں۔نصف راستہ طے کرنے کے بعد وہ ایک گاؤں کے قریب سے ہو کر گزرے تو اس گاؤں کے لوگوں نے ان سے کہا کہ وہ جس راستے سے جا رہے ہیں اُدھر سے نہ جائیں بلکہ دوسرے راستے سے چلے جائیں۔ دوسرے راستے سے بہت بڑا چکر پڑتا تھا۔اس لیے پرنانا اس راستے سے جانا نہیں چاہتے تھے۔ انھوں نے سبب پوچھا تو لوگوں نے بتایا کہ اس راستے پر ایک بھیڑنی نے بچے دے رکھے ہیں جو شخص اِدھر سے گزرتا تھا، وہ اس پر حملہ کر دیتی تھی۔ چونکہ دوسرا راستہ بہت طویل تھا اور انہیں بہت جلد از جلد پہنچنا تھا۔اس لیے انھوں نے لوگوں کے کہنے کی پروا نہ کی اور سیدھے راستے سے ہی جانے کی ٹھان لی۔ جب کوئی ایک ڈیڑھ میل آگے نکل گئے تو دیکھا کہ مین راستے کے بیچ میں ایک خشمگیں بھیڑنی بیٹھی ہے۔وہ تھوڑا سا راستہ کاٹ کر گزرنے لگے تو اس نے ان پر حملہ کر دیا۔انھوں نے جھپٹ کر اس کے جبڑوں کے پچھلے حصے میں جہاں دانت نہیں ہوتے، دونوں ہاتھ ڈال کر اس کا منہ پھاڑ دینے کی کوشش کی۔ اِدھر وہ جھنجلائی لیکن زندگی اور موت کا سوال تھا۔انھوں نے خونخوار جانور کو ٹانگوں میں جکڑ کر زور سے جو لگایا تو وہ اس کا منہ پھاڑ ڈالا۔ وہ بہت تڑپی اور انھوں نے ایک بڑی سی اینٹ سے اس کو جان سے مار ڈالا۔۔۔ '

مجھے اس قصے میں بہت مزا آیا۔اس طرح ہم باتیں کرتے ہوئے چلے جا رہے تھے مگر اب میں کچھ تھک گیا تھا، جسم بھی دکھنے لگا تھا۔

دور سے درختوں کے جھنڈوں میں سے روشنی چھن چھن کر نکلتی دکھائی دی۔ جب ہم اور قریب پہنچے تو باجوں اور ڈھول کا ہلکا ہلکا شور بھی سنائی دینے لگا۔ اس ویرانے میں یہ رونق! پوچھنے پر معلوم ہوا کہ وہاں میلہ لگا ہوا ہے۔ یہ بڑا میلہ سات دن تک مسلسل لگتا تھا۔ بڑی بڑی دکانیں اور بھانت بھانت کے کھیل تماشے آتے تھے۔ میں نے دریافت کیا ' کیا اب میلے میں چلنا ہو گا؟ '

’’ہاں مجھے وہاں ایک ... سے ملنا ہے اور اس میلے کا مطلب ہی ہے جہاں میل نہ ہو سکے ... کیا سمجھے؟‘‘

میں کچھ نہ سمجھا۔

اب ہم ایک چوڑے مٹیلے راستے پر ہو لیے۔اس راستے کے دونوں کنارے اوپر کو اٹھے ہوئے تھے اور ان کناروں پر ببول کے اونچے اونچے درخت قطار در قطار میلے کے مقام تک چلے گئے۔

جب ہم قریب پہنچے تو کالے کالے درختوں کے تنوں کے پیچ میں سے گیس کے ہنڈے اور خیمے نظر آنے لگے۔جوں جوں ہم آگے بڑھتے گئے توں توں زیادہ رونق دکھائی دینے لگی۔حلوائیوں ، بساطیوں ، کمہاروں ، کھلونے اور شربت فالودے والوں کی دکانیں ایک طرف اوپر نیچے گھومنے والے پنگھوڑے اور دوسری جانب بازوؤں پر نام یا پھول وغیرہ گودنے والوں کے اڈے ، گھوڑے ، گدھے ، تانگے ، ٹھیلے،بیل اور اونٹ بھی نظر آنے لگے۔اس وقت خوب گہما گہمی ہو رہی تھی۔ مردوں اور عورتوں کے جھلر کے جھلر اِدھر اُدھر گھوم رہے تھے۔روشنی اور گانے بجانے کی وجہ سے جنگل میں منگل ہو رہا تھا۔

میلے میں پہنچ کر ایک درخت کے تلے میرے ساتھی نے سانڈنی کو زمین پر بٹھا دیا۔ میں اترا تو میری ٹانگیں سن ہو گئی تھیں۔ میں کھڑا نہ رہ سکا۔اس لیے فوراً زمین ہی پر بیٹھ گیا۔اُس نے میری طرف دیکھ کر دانت نکال کر کہا’’کیوں بس تھک گئے؟‘‘

میں کچھ جھینپ سا گیا لیکن حقیقت یہ تھی کہ اس وقت میرے جسم کے جوڑ جوڑ میں درد ہو رہا تھا۔ اس نے پوچھا’’تمہیں بھوک تو لگی ہو گی خوب زور کی؟‘‘

میرے اثبات میں جواب دینے پر وہ مجھے اپنے ساتھ لے کر حلوائی کی سب سے بڑی دکان پر پہنچا۔کڑاہے آگ پر چڑھے ہوئے تھے۔ گرما گرم جلیبیاں اتر رہی تھیں۔ پہلے تو اس نے مجھے گرم گرم جلیبیاں دلوائیں۔ مجھے بھوک بھی لگ آئی تھی۔اس دن جلیبیاں کھانے کا بڑا لطف آیا۔اس نے میری پیٹھ پر تھپکی دے کر کہا ’’بس اب تم جو جی چاہے کھاؤ خوب پیٹ بھر کر، سمجھے!‘‘

مجھے دکان پر چھوڑ کر وہ خود ایک طرف کو چل دیا۔ میں نے جو جی چاہا کھایا۔ جب کھا چکا تو حلوائی کے نوجوان لڑکے نے دام طلب کیے۔ میں بڑا گھبرایا۔ میں نے اِدھر اُدھر دیکھا۔میرا ساتھی کہیں نظر نہیں آتا تھا۔ مجھے پیاس بھی محسوس ہو رہی تھی لیکن اب میں خوب پھنسا۔میں نے حلوائی سے کہہ دیا کہ میرے پاس دام نہیں ہیں۔اس پر نوجوان حلوائی نے کہا’’کرسی پر بیٹھے رہو۔ جب تک پیسے نہیں دو گے یہاں سے

ہرگز نہیں جانے دوں گا''، میں بہت پریشان ہوا۔تھوڑی دیر بعد حلوائی پھر بکواس کرنے لگا۔ڈر اکہ کہیں دو چار چپت ہی نہ جمادے۔۔۔اتنے میں بطخ کی چونچ کی سی ناک والا میرا ساتھی بھی لمبے لمبے ڈگ بھرتا آن پہنچا۔اسے آتا دیکھ کر میری جان میں جان آئی۔اس وقت حلوائی کالڑکا مجھے کھری کھری سنار ہاتھا۔میرے ساتھی نے آتے ہی بڑی زور دار آواز میں اسے للکار کر کہا ''ابے او حرامی کے پلّے!۔۔۔کیا کہتا ہے ہمارے چھوکرے کو۔۔۔؟''

پھر اس نے آگے بڑھ کر ٹیٹو ادبالیا ''برخور دار میرا نام جسّا سنگھ ہے جسّا سنگھ۔۔۔''شور سن کر لڑکے کا باپ ہاتھ جوڑ کر دکان سے نیچے اتر آیا اور جسّا سنگھ کے سامنے رونی صورت بنا کر کھڑا ہو گیا''لالہ جانتے ہو میں کون ہوں۔۔۔''

لالہ ہانپ رہاتھا۔ مٹکے کی طرح پھولا ہوا اس کا پیٹ نیچے او پر ہو رہا تھا۔''جی ان داتا جانتا ہوں۔۔۔''جسّا سنگھ نے اس کے جوان لڑکے کو گردن سے پکڑ کر اس زور سے پیچھے دھکیل دیا کہ وہ گرم گرم گھی کے کڑاہے میں گرنے سے بال بال بچا۔''تو پھر اپنے اس لونڈے کو بھی بتادو۔کہیں مجھے اس کا بھر کس نہ نکالنا پڑے۔۔۔کیوں بے سور تجھے اتنی جرأت کیوں کر ہوئی کہ تو ہمارے لڑکے پر پیسے لینے کے لیے چڑھ دوڑا۔۔۔''وہ لال لال آنکھیں نکالے لالہ کی طرف بڑھ رہا تھا۔اِدھر اُدھر کے لوگ بھی آن جمع ہوئے۔ لالہ نے کدو سا سر ہلاتے ہوئے کہا''جی میں نے پیسے نہیں مانگے۔۔۔اجی مجھے تو معلوم بھی نہیں ہوا اس حرام زادے نے کب پیسے مانگنے شروع کر دیئے''

جسّا سنگھ نے کہا''خون پی لوں گا خون۔۔۔یہاں انگریز کا راج نہیں میرا راج ہے۔۔۔کہہ تو دکان برابر کر دوں صبح تک''

اتنے میں ایک اور قد اور مسلمان نوجوان آگے بڑھا۔''ابے جانے دے یار،غلطی ہو گئی بے چارے سے''، جسّا سنگھ نے گھوم کر دیکھا تو اس کی باچھیں کھل گئیں۔دونوں بغل گیر ہو گئے۔شاید بہت دنوں بعد دونوں دوستوں کا ملاپ ہوا تھا۔نووارد بھی ایک خونخوار گدھ کی طرح دکھائی دیتا تھا۔

حلوائی کو اتنی تنبیہ ہی کافی سمجھی گئی۔اس کے بعد ہم لوگ میلے میں گھومنے لگے۔وہ دونوں بہت دیر تک مقدموں، پولیس اور تھانے وغیرہ کی باتیں کرتے رہے۔

میلے سے ذرا ہٹ کر ایک جگہ کھلے کھیت میں الغوزے بج رہے تھے۔لوگ ایک بڑے گھیرے میں

بیٹھے تھے۔ حقے کا دور چل رہا تھا۔ کچھ لوگ لاٹھیاں بغلوں میں دبائے ان کے سہارے سہج میں کھڑے تھے۔ بعض لاٹھیوں پر ٹھڈیاں ٹکائے اچکے ہوئے کھڑے تھے۔ الغوزے بجانے والے کے قریب ایک گبھرو ہاتھ کان پر دھرے بڑے مزے میں پورن بھگت کا قصہ گا کر سنا رہا تھا۔ ساری محفل پر سناٹا چھایا ہوا تھا۔ صرف گانے والے کی درد میں ڈوب ڈوب کر ابھرنے والی آواز فضا میں گونج رہی تھی۔ جب گانے والا ایک بول کہہ کر خاموش ہو جاتا تو الغوزوں کی لہکتی ہوئی دلکش آواز بولوں کے درمیانی وقفہ کو اور بھی دلکش بنا دیتی۔

ایک اور جگہ بہت بھیڑ تھی۔ خوب ہلڑ مچا ہوا تھا۔ جب ہم قریب پہنچے تو دیکھا کہ لوگوں نے ایک رنگین مزاج سرمست بوڑھے کو گھیرے میں لے رکھا ہے۔ بوڑھے کی سپید داڑھی اور لمبے لمبے پٹے ہوا میں اڑ رہے تھے۔ پہلے وہ ایک لمبی سی ہانک لگا کر بڑی بڑی لَے کے ساتھ کوئی عریاں سی بولی سناتا۔ لوگ قہقہے لگاتے اور وہ ہاتھ اٹھا کر چٹکیاں بجاتا اور کہنیاں ہلاتا ہوا اچھل اچھل کر رقص کرتا تھا۔ اس کے منہ میں ایک دانت تک نہ تھا لیکن آنکھوں میں بلا کی چمک تھی۔ پھر اس نے بڑی شوخ نظروں سے حاضرین کی طرف دیکھا اور بلند آواز میں پکار کر بولا

اوئے۔۔۔ نالے بابا کھیر کھا گیا

نالے دے گیا دوانی کھوٹی

ہو ہو

'دیلّے ادے بابیا'، ہر طرف سے تحسین اور آفرین کی صدائیں بلند ہوئیں۔

ہم اسی طرح گھومتے پھرتے چلے جا رہے تھے۔ جسّا سنگھ اور اس کا دوست عقابوں کی طرح آگے کو جھک جھک کر تالیاں بجاتے ہوئے قہقہے لگا رہے تھے۔ میں ان کی لمبی لمبی ٹانگوں پر نگاہ رکھتا ہوا ان کے ساتھ ساتھ تھا۔ اتنے میں جسّا سنگھ میری طرف مخاطب ہوا '' کاکا۔۔۔ کیا نام ہے تمہارا؟۔۔۔''

میں '' بکری سنگھ '' کہنے ہی کو تھا کہ یکایک رک گیا ورنہ میرا خوب مذاق اڑایا جاتا۔ میں نے سنبھل کر اصلی نام بتا دیا۔

'' تم نے کبھی اونٹنی کا دودھ پیا ہے۔۔۔ اہا! بہت ٹھنڈا ہوتا ہے۔ آؤ تمہیں ایسا دودھ پلائیں کہ بس یاد ہی کیا کرو ''

ہم میلے سے ذرا پرے ہٹ آئے۔ ایک جگہ بہت سی اونٹنیاں بندھی ہوئی تھیں۔ ادھر اُدھر کھلے میدان

میں چار پائیاں بچھی ہوئی تھیں اور ان پر میلے کچیلے پہنے ہوئے آدمی بیٹھے دکھائی دے رہے تھے۔ روشنی کی کمی کی وجہ سے ان کے چہرے صاف طور پر نظر نہ آتے تھے۔ ہم بھی ایک چارپائی پر جا بیٹھے۔ جسّا سنگھ نے اپنے سامنے دودھ دھایا اور پھر تین ٹنڈیں (پنجابی۔ مٹی کا چھوٹا ڈول) دودھ کی بھری ہوئی لایا۔ وہ دونوں تو اپنی اپنی ٹنڈیں ایک ہی سانس میں چڑھا گئے لیکن میں باوجود شدید پیاس کے تین ساڑھے تین سیر کی ٹنڈ پی نہ سکا۔ چنانچہ جسّا سنگھ میری ٹنڈ کا دودھ بھی پی گیا۔ وہاں سے اٹھ کر ہم پھر میلے میں واپس چلے آئے۔ ہم بہت دیر تک گھوم چکے تھے۔ ارد گرد کی دیہات سے آئی ہوئی عورتیں بھی واپس جا رہی تھیں۔ اگر چہ اب رونق کافی تھی لیکن جہاں تک عورتوں کا تعلق تھا، محفل پہلے کی نسبت کچھ سرد پڑ چکی تھی۔

ایک طرف مجرے کی تیاریاں ہو رہی تھیں۔ ایک سفید ریش بزرگ سیاہ کپڑے پہنے تخت پوش پر جلوہ افروز تھے۔ دانتوں میں حقے کی نے دبی تھی۔ اِدھر اُدھر عقیدت مندوں کا جمگھٹا تھا۔ چند نوجوان عورتیں ہار سنگھار کرنے کے بعد پاؤں میں گھنگرو باندھ رہی تھیں۔ طبلے پر آٹا ملا جا رہا تھا۔ کچھ وقفے کے بعد تھپ تھپ تھاپ کی آوازیں دے سنائی دے جاتی تھیں۔ ایک طرف سارنگی نواز بیٹھے سارنگیوں کے کان مروڑ رہے تھے۔ اِدھر ان کے ہاتھوں میں پکڑے ہوئے گز ملتے اور اُدھر ان کے بڑے بڑے پگڑوں والے سر بھی بڑی ہم آہنگی کے ساتھ حرکت کرتے۔ سب لوگوں کی نگاہیں ان عورتوں پر جمی ہوئی تھیں جو بل کھا کھا کر سو سو طرح سے اپنے پاؤں کی طرف دیکھتی تھیں۔ وہ اچھی طرح جانتی تھیں کہ سیاہ پوش پیر کی سر مگیں آنکھوں سے لے کر معمولی سے معمولی شخص کی آنکھوں تک سب ان ہی کی شیدائی تھیں۔

جسّا سنگھ کے دوست نے مجرا دیکھنے کا ارادہ ظاہر کیا۔ جسّا سنگھ کا بھی خیال تو یہی تھا شاید میرے خیال سے اس نے وہاں زیادہ دیر تک رکنا مناسب نہیں سمجھا۔ اس لیے وہ دوست سے رخصت ہوا اور ہم لوگ اپنی سانڈنی کی نکیل پکڑ کر میلے سے چل پڑے۔

جب ہم میلے سے باہر آ گئے تو سامنے پھر گھنی گھنی جھاڑیاں اور اونچے اونچے درخت تھے۔ ہمارے دائیں بائیں اب بھی کوئی اکا دُکا خیمہ نظر آ ہی جاتا تھا۔ تھوڑی دور جانے کے بعد جسّا سنگھ رک گیا ۔۔۔ اس نے مجھے وہیں ٹھہرایا اور سانڈنی کی مہار میرے ہاتھ میں دے کر خود اس ریتلے راستے کے اونچے کنارے کی طرف رخ کر کے تن کے ایک اور درخت کے قریب پہنچا۔

وہ درخت کے نیچے جا کر کھڑا ہی ہوا تھا کہ درخت کے سائے میں ایک نوجوان عورت تنے کی اوٹ میں

سے باہر نکل آئی۔ وہ دونوں ہنس پڑے اور بہت آہستہ آہستہ باتیں کرنے لگے۔ مدھم روشنی میں اس عورت کی صورت صاف طور پر نظر نہیں آتی تھی۔ البتہ جب وہ باتیں کرتی ہوئی اپنی جگہ سے ایک طرف کو ہٹ جاتی تو چاند کی روشنی میں اس کے چہرے کے خطوط صاف دکھائی دینے لگے۔ وہ ایک خوب پلی ہوئی جنگلی بلّی کے مانند تھی۔ اس کے چلنے کا انداز بھی اس موٹی تازہ بلّی کی طرح تھا جو پیٹ بھر کر چوہے کھا لینے کے بعد خرخر خر کرتی ہو۔ خوب کھنچی تنی ہوئی وہ ٹھوس گوشت کا تڑپتا ہوا ایک ٹکڑا تھی جیسے خربوزے کی قاش یا میٹھے سنگترے کی رس بھری پھانک۔ اس نے گہرے نیلے رنگ کی اوڑھنی کی ماجھی (ماجھا پنجاب کا ایک مشہور علاقہ ہے) بکل مار رکھی تھی جس سے اس کا صرف چہرہ ہی نظر آتا تھا۔ اگر اس کے صحتمند گالوں پر اس قدر گوشت نہ ہوتا تو اس کی آنکھیں خوب بڑی بڑی دکھائی دیتیں۔ ابرو لچکتی کٹار تھے اور دانت صاف و شفاف اور آب دار اخروٹ کے درخت کی چھال سے رنگے ہوئے مسوڑھوں میں سے ہنستے وقت اس کے دانتوں کی چمک بجلی کی طرح کوند جاتی تھی۔ اس کے ہونٹوں میں سمندر کی لہروں کا سامد و جزر پیدا ہوتا اور وہ گرم ریت پر پڑی ہوئی کسی مچھلی کی طرح پیچ و تاب کھانے لگتے تھے۔

وہ دونوں مجھ سے کچھ فاصلے پر تو تھے ہی۔ پھر وہ باتیں بھی بہت دھیرے دھیرے کر رہے تھے۔ کم از کم میرے کان میں کچھ نہیں پڑنے دیتے تھے۔ البتہ عورت کے ہونٹوں کے اتار چڑھاؤ اور پیچ و خم سے معلوم ہوتا تھا کہ مضامین کے دفتر کے دفتر کھولے جا رہے ہیں ... کبھی شوخ نظروں سے اس کی طرف دیکھ کر ٹھینگا دکھانے کے انداز میں اوپر والا ہونٹ پیچ کر نیچے کا ہونٹ آگے بڑھا دیتی ... اس نے اپنی چندریا کو سنوارا تو اس کے سیاہ، گھنے اور لمبے بال بارش کی بوچھار کی طرح باہر نکل پڑے۔ اس کی خوش وضع گردن کی جھلک بھی لمحہ بھر کو دکھائی دی اور پھر اس کی بادل نما اوڑھنی میں روپوش ہو گئی۔ وہ مستی میں آئی ہوئی کبوتری کی طرح اٹھکیلیاں کر رہی تھی ... جسّا سنگھ نے غالباً اس کی ٹھوڑی اوپر اٹھانے کے لیے ہاتھ آگے بڑھایا۔ عورت نے نرمی سے اس کا ہاتھ راستے ہی میں روک دیا اور بڑے بانکپن سے ٹھمک کر سپردگی کے انداز میں اس کے قریب ہو گئی اور اس کے کان کے پاس سرگوشی میں کچھ کہا۔ جسّا سنگھ نے میری طرف دیکھا اور کھلکھلا کر ہنس پڑا ... پھر جسّا سنگھ ایک قدم پیچھے ہٹ گیا۔

پتوں میں سے چھن چھن کر آنے والی چاندنی میں عورت کی تیز آنکھوں میں سے روشنی کی شعاعیں سی نکلتی ہوئی دکھائی دے رہی تھیں ... اور جب جسّا سنگھ واپس لوٹا تو وہ درخت کے تنے کے ساتھ لگ کر کھڑی ہو گئی اور کچھ غم ناک آنکھوں سے جسّا سنگھ کی طرف ٹکٹکی باندھ کر دیکھنے لگی۔ اس کا ایک گال درخت کے

تنے سے لگا ہوا تھا۔

ہم بدستور سابق سانڈنی پر سوار ہو گئے اور سانڈنی پہلے کی طرح بے ڈھب چال سے بھاگ نکلی۔ کافی دور آ جانے کے بعد میں نے گھوم کر پیچھے کی طرف دیکھا۔ وہ عورت ابھی تک اسی طرح درخت کے تنے کے ساتھ سمٹ کر کھڑی ہوئی تھی۔

جب ہم کھیتوں میں پہنچ گئے تو جسّا سنگھ نے اپنے بٹوے جیسا منہ کھول کر میری طرف دیکھا اور ناک کے بجائے منہ سے سانس لینے لگا۔ اس کی چھوٹی موٹی مونچھوں کے تلے اس کے کچھ بھدے ہونٹوں پر شوخ مسکراہٹ کھیل رہی تھی۔ بھاری سی آواز میں بولا ''کیا سوچ رہے ہو؟''

میں کچھ جھینپ سا گیا۔

سانڈنی نچلا ہونٹ آگے کو بڑھائے کسی روٹھی رانی کی طرح ٹھمک ٹھمک کر چلی جا رہی تھی۔ جسّا سنگھ نے لوہے کے کڑے والا ہاتھ اٹھا کر کان پر رکھ لیا۔ ایک لمبی ہانک لگائی۔ اس کے منہ میں سے پھیپھڑوں کی پوری قوت کے ساتھ زندگی سے بھرپور آواز نکلی جو فضا میں پھسلتی ہوئی چلی گئی۔ اس قدر آزاد اور بھرپور آواز میں نے پہلی کبھی نہیں سنی تھی۔ اس کی آواز میں موسیقی نہ سہی لیکن ایک ایسی کشش، ایک ایسا خلوص اور کرا راپن تھا جس پر سنگیت سے بھرپور ہزاروں آوازیں قربان کی جا سکتی تھیں۔ لمبی ہانک کے بعد وہ گانے لگا۔

اوئے

میں مَل لاں تخت لاہور وا (میں لاہور کے تخت پر قبضہ جمالوں)

میں کھوہ لاں راجے دیاں رانیاں (میں راجے کی رانیاں چھین لوں)

اوئے۔ ہو ہو۔

پھر اس نے بلند قہقہہ لگایا۔ لو میں تمہیں ایک اور گانا سناتا ہوں۔ بہت مزے کا گیت ہے۔ ایک عورت جس کا نام بھاگن ہے۔ اپنے ... یعنی سمجھے نا! اس سے پوچھتی ہے:

ہیں دے کتھّے چلے او (ہاں اے حاکم کہاں چلے ہو تم کہاں چلے ہو)

حاکماں تُسی، تُسی وے کتّھے چلے او

اب حاکم جواب دیا ہے:

ہے نی دِلّی چلّے آں (اری بھاگن ہم دلی چلے ہیں)

بھاگنے! اسی، اسی فی دِلّی چلّے آں

اس پر بھاگن کے دل میں لڈو پھوٹنے لگتے ہیں۔ کہتی ہے :

ہیں وے کی لیہاوو گے

حاکماں! تُسی، تُسی وے کی لیہاوو گے

بھلا حاکم بھاگن کے لیے کچھ لانے سے کب چوک سکتا تھا لیکن اس موقع پر اسے شرارت سوجھتی ہے۔ وہ اصل تحفے کا ذکر تو کرتا نہیں بلکہ کہتا ہے۔

ہیں نی! بلّی لیہاواں گے (ہاں رے بھاگن ہم دِلی سے بِلّی لائیں گے بِلّی)

بھاگنیں! اسی، اسی نی بلّی لیہاواں گے

بلی کا نام سن کر بھاگن کا جی کٹ جاتا ہے۔ تیور بگڑ جاتے ہیں۔ پوچھتی ہے :

بلّی کی کرے گی

حاکماں! بلّی، بلّی دے کی کرے گی (بلی کیا کرے گی اے حاکم! بلی کیا کرے گی)

حاکم کنکھیوں سے بھاگن کی طرف دیکھتا ہے۔ اس کے برہم ہو جانے سے لطف اندوز ہوتا ہے۔

ہے نی نہو ندر مارے گی (ہاں ری بلی پنجے مارے گی)

بھاگنیں! بلی، بلی نہو ندر مارے گی۔

بھاگن اس بات پر بظاہر مسرت کا اظہار کرتی ہے اور پھر طنزاً پوچھتی ہے۔

پٹی کون بنھے گا

حاکماں! پٹی، پٹی وے کون بنھے گا (پٹی کون باندھے گا۔ اے حاکم پھر پٹی کون باندھے گا)

اب حاکم کی باری تھی۔ بھاگن سمجھتی تھی کہ اب حاکم سے کوئی بات نہ بن پڑے گی۔ اب حاکم نے پہلے تو بھاگنے کی طرف ایسی نظروں سے دیکھا کہ وہ شرما گئی۔ جب شرم کے مارے بھاگن کے رخسار سرخ ہو گئے تو اس نے کہا :

پٹی توں بنھیں گی

بھاگنیں پٹی، پٹی نی توں بنھیں گی (پٹی تو ہی باندھے گی بھاگن۔ پٹی تو ہی باندھے گی)

او ہو ہو ہو

" کیوں میرا گانا پسند آیا؟"

گانا تو خیر جو تھا سو تھا ہی لیکن گانے میں جو زندگی اور للکار اور اس کے انداز میں جو بے باکی سنی، وہ مجھے بہت پسند آئی۔

اس نے پوچھا ''تم بھی گانا جانتے ہو؟''

میں گانا نہیں جانتا تھا۔ کاش میں اسے گانا گا کر ہی سنا سکتا۔ میں نے باتوں ہی باتوں میں پوچھا ''وہ مسلمان کون تھا؟''

وہ ہنس پڑا۔ ''وہ میرا جگری دوست ہے، سمجھے۔ بڑے عرصے کے بعد بڑے گھر سے آیا تھا۔ اچھا ہی ہوا جو مجھے مل گیا،''

'' بڑا گھر کیا ہوتا ہے؟'' (پنجاب کے دیہات میں قید خانے کو طنزاً بڑا گھر کہا جاتا ہے)

''ارے تم بڑا گھر نہیں جانتے۔ ہائے افسوس تم بڑے گھر کبھی نہیں جا سکو گے۔ صرف بڑے آدمی ہی بڑے گھر میں جا سکتے ہیں۔ . . . بس سردار بہادر! یہ سمجھ لو کہ بڑا گھر صرف انہیں لوگوں کے لیے ہوتا ہے جو سرکار کی خدمت کرتے ہیں۔ جب وہ خدمت کرتے کرتے تھک جاتے ہیں تو انہیں آرام کرنے کے لیے بڑے گھر میں بھیج دیا جاتا ہے۔ وہاں وہ اطمینان سے بیٹھ کر سر کار اور پر جا کی سیوا کے نئے نئے ڈھنگ سوچا کرتے ہیں۔ چنانچہ جب آرام کرنے کے بعد سرکار کے بڑے گھر سے نکلتے ہیں تو پھر نئے نئے طریقوں سے بڑے زور شور سے پر جا کی سیوا کرتے ہیں۔ پر جا سرکار سے ان کی پر زور سفارش کرتی ہے۔ سرکار جتنی زیادہ خوش ہوتی ہے، اتنی ہی جلدی ان سیووں کو بڑے گھر میں بھیج دیتی ہے۔ جو شخص جتنی زیادہ تندہی کے ساتھ خدمت کرتا ہے، اتنے ہی زیادہ عرصہ کے لیے اسے آرام کرنے کا موقع دیا جاتا ہے،''

میں بہت دیر تک اپنی عقل کے مطابق بڑے گھر کی بابت سوچتا رہا۔ جسّا سنگھ سلسلہ کلام جاری رکھے ہوئے بولا ''میرے اس دوست کا نام نورا ہے۔ اس کے بڑے گھر میں جانے سے پہلے ایک مرتبہ ہم دونوں ایک گاؤں میں رات کے وقت کسی کے گھر میں گھس گئے۔ ہر طرف سناٹا تھا۔ ہم ہر آہٹ پر کان لگائے ہوئے تھے۔ کوئی غیر معمولی آواز سنائی نہ دی لیکن جب ہم باہر نکلنے لگے تو کیا دیکھتے ہیں کہ جس مکان کے اندر ہم گھسے ہوئے تھے، اسے گاؤں کے لوگوں نے چاروں طرف سے گھیر رکھا ہے . . . ''

'' آپ لوگ اس گھر میں گھسے ہی کیوں تھے؟''

''اوہو! دیکھو ننھے! ایسی باتوں میں ٹو کنا اچھا نہیں ہوتا۔ بس تم یہ سمجھ لو کہ کسی نہ کسی طرح، کسی نہ کسی وجہ سے کسی نہ کسی شخص کے گھر کے اندر گھس گئے تھے۔ گھر والے سوئے ہوئے تھے۔ پتہ نہیں گھر والوں کی نیند

کیسے کھل گئی اور وہ سب گاؤں والوں کو کس وقت بلا لائے ... اتنے آدمیوں کا اجتماع دیکھ کر ہم بہت گھبرا گئے۔ چپکے سے دبک کر بیٹھے رہے، سوچتے تھے کیوں کر صحیح و سالم نکلیں۔ کوئی صورت نظر نہیں آتی تھی۔ پھر یہ بھی کھٹکا لگا ہوا تھا کہ یہیں پڑے پڑے صبح نہ ہو جائے یا پھر وہ لوگ کہیں سے پولیس ہی کو نہ بلا لائیں۔ چنانچہ ہم دونوں نے مشورہ کیا اور ایک دوسرے کی پیٹھ پشت کر کے باہر نکلے تو دیکھا کہ وسیع صحن اور گلی میں آدمی ہی آدمی کھڑے تھے۔ لاٹھیاں ہمارے ہاتھوں میں تھیں۔ بس ہم نے لاٹھیاں چلانی شروع کر دیں۔ ہماری جان پر بنی ہوئی تھی۔ اس قدر جان کاہی سے ہم نے آج تک لاٹھی نہیں گھمائی تھی۔ لوگوں میں ہلچل پیدا ہو گئی۔ لاٹھیوں کی زد سے بچنے کے لیے وہ اِدھر اُدھر بھاگنے لگے۔ ایک بھاگا تو بھگدڑ مچ گئی لیکن جب ان لوگوں نے دیکھا کہ ہم تعداد میں صرف دو ہی ہیں تو پھر ان کا حوصلہ بڑھا اور وہ لپک لپک کر ہمارے قریب پہنچنے کی کوشش کرنے لگے۔ ہم بھی لہولہان ہو گئے۔ ان کے گھیرے میں سے جو ہم بھاگے تو آٹھ کوس تک بھاگتے ہی چلے گئے تا کہ وہ لوگ گھوڑوں پر سوار ہو کر ہمیں گھیر نہ لیں ... سمجھے میرا یہی دوست میرے ہمراہ تھا۔ اگر کوئی اور شخص ہوتا تو وہ ہیں پران تیاگ دیتا‘‘

مجھے بہت تعجب ہوا‘‘ کیا سارے گاؤں میں ایک بھی شخص ایسا نہ نکلا جو آپ کا مقابلہ کر سکتا؟‘‘

‘‘ کہاں بھیا! ہمارا مقابلہ کرنے کے لیے تو ان پاس پڑوس کے گاؤں میں سے بھی کوئی نہیں نکل سکتا تھا۔ ہاں اگر کہیں میرے ماموں جیسا کوئی آدمی ہوتا وہاں تو پھر ہماری دال نہیں گل سکتی تھی‘‘

‘‘ کیا آپ کے ماموں بہت طاقت ور شخص ہیں ...‘‘

‘‘طاقت ور؟ ... میرے ماموں اس قدر طاقت ور شخص ہیں کہ اِدھر اُدھر کے لوگ انہیں ‘‘رب‘‘ کہتے ہیں۔ بڑا بھاری ڈیل ڈول ہے ان کا۔ قد میں تو خیر مجھ سے بھی کچھ کم ہی ہیں لیکن ان کی للکار ہی ایسی زوردار ہوتی ہے کہ کسی شخص کی ہمت نہیں پڑتی کہ ان کے سامنے سر بھی اٹھا سکے۔ ان کے علاقے میں بڑا دبدبہ ہے ...‘‘

‘‘ کیا وہ کبھی چوروں کے ساتھ بھی لڑا کرتے ہیں، کبھی کوئی ڈاکو پکڑا انھوں نے؟‘‘

‘‘انھوں نے بڑے بڑے کام انجام دیئے ہیں۔ تمہیں میں ان کی زندگی کا ایک چھوٹا سا بہت ہی دلچسپ واقعہ سناتا ہوں۔ ایک مرتبہ گرمیوں کے موسم میں رات کے وقت وہ گاؤں سے باہر مویشیوں کے باڑے کے پھاٹک کے قریب چار پائی ڈالے سو رہے تھے۔ ان کے سب مویشی باڑے کے اندر بند تھے۔ اتنے میں وہاں چور آ نکلے اور انہیں گہری نیند میں مدہوش پا کر اندر گھس گئے اور بیلوں کی ایک بہت عمدہ جوڑی

نکال کر چل دیئے۔ابھی وہ بیل ہانکتے ہوئے کوئی چالیس پچاس قدم ہی گئے ہوں گے کہ دفعتًامیرے ماموں کی آنکھ کھل گئی اور وہ فورًابھانپ گئے کہ چور ان کے مویشی لیے جا رہے ہیں۔وہ اٹھ کر بیٹھ گئے اور پکار کر بولے '' بھئی تم جو کوئی بھی ہو میری بات کان کھول کر سن لو...تم میرے مویشی تو لیے ہی جا رہے ہو بڑی خوشی سے لے جاؤ لیکن اتنی بات یاد رہے کہ تم انہیں جہاں کہیں بھی لے جاؤ گے کل کے دن کے اندر اندر اگر میں اپنے مویشی واپس نہ لے آؤں تو میں اپنے باپ کا بیٹا نہیں... اور یہ بھی سن لو کہ میرا نام وسوندھا سنگھ ہے ''

وہ آدمی کچھ دیر تک چپ چاپ کھڑے مشورہ کرتے رہے۔ پھر ان میں سے ایک شخص بلند آواز میں بولا ''وسوندھا سنگھ سردار! ہمیں معلوم نہیں تھا کہ یہ تمہارے بیل ہیں۔نہ ہمیں یہ معلوم تھا کہ چارپائی پر تم ہی سوتے پڑے ہو۔ہم نے تمہارا نام سن رکھا ہے۔اس لیے ہم یہ بیل اسی جگہ چھوڑے جاتے ہیں'' چنانچہ انھوں نے دونوں بیل باڑے کی طرف ہانک دیئے اور خود اپنی راہ پر روانہ ہو گئے۔

مجھے اس کی باتیں سننے میں بڑا مزا آ رہا تھا۔خاموش رات میں ساندنی کے گلے میں پڑی ہوئی گھنٹیوں کی ٹن ٹن میں اس کی گونجتی ہوئی آواز ایک خاص کشش رکھتی تھی۔ میں اس سے کوئی بات دریافت کرنے ہی لگا تھا کہ ایک بڑے زور کی پھنکار سنائی دی۔ دیکھا تو پرے ایک اونچی سی جگہ پر ایک سانپ پھن اٹھائے لہرا رہا ہے۔میرے جسم میں بجلی کی ایک روسی دوڑ گئی۔ جسّا سنگھ نے ساندنی روک لی۔

کچھ دیر تک وہ سانپ کی طرف دیکھتا رہا۔ ''یہ سانپوں کا راجہ ناگ ہے۔ اُف کس قدر کالا ہے۔اگر یہ کسی کو کاٹ لے تو اسے پانی مانگنے کی مہلت نہ ملے''

پھر اس نے مجھے ساندنی پر بیٹھے رہنے کی ہدایت کی اور خود نیچے اتر گیا۔سانپ ابھی تک پھن اٹھائے لہرا رہا تھا۔جسّا سنگھ نے کندھے سے چادر اتار کر بائیں ہاتھ میں پکڑ لی اور دائنے ہاتھ میں لاٹھی لے کر وہ آگے بڑھا۔وہ پھونک پھونک کر قدم رکھ رہا تھا۔اس وقت وہ ایک اصیل مرغ کی طرح چوکنا ہو رہا تھا۔اس کی گھنی بھنووں تلے اس کی تیز آنکھیں چمک رہی تھیں۔اس نے اپنا لوہے کا کڑا کلائی سے پیچھے بازو پر ہٹا کر پھنسا لیا۔سانپ کے قریب پہنچ کر وہ رک گیا اور سانپ کی نظروں سے نظریں ملا کر کھڑا ہو گیا۔

میں ڈر گیا۔ میں نے اسے آواز دے کر واپس چلے آنے کے لیے کہا لیکن اس نے میری طرف دیکھے بغیر چپ رہنے کا اشارہ کیا اور خود سانپ کے اور بھی نزدیک چلا گیا۔

میں نے اِدھر اُدھر نظریں دوڑا کر دیکھا۔کوئی آدمی، جانور یا پرندہ نظر نہیں آتا تھا۔ چاند کی روشنی اب کچھ

تیز ہو گئی تھی۔ببول کے درخت چپ چاپ کھڑے تھے۔ان کی شاخوں کی نازک سے نازک کونپلیں تک ساکن تھیں۔وہ ایسے بے اعتنائی کے ساتھ کھڑے تھے جیسے انہیں اس بات سے دور کا بھی تعلق نہ ہو۔اس سنسان مقام پر انسان اور ناگ کا مقابلہ میرے لیے ایک نئی اور عجیب شے تھی۔ مجھے یقین تھا کہ سانپ دھوکے سے جسّا سنگھ کی ننگی ٹانگ پر دانت مارے گا اور وہ اسی وقت تڑپ تڑپ کر مر جائے گا۔میرا حلق خشک ہو رہا تھا۔ میں چاہتا تھا کہ وہ واپس چلا آئے لیکن وہ میری بات سنتا ہی کب تھا۔اب وہ عورت بھی بہت پیچھے رہ گئی تھی ورنہ میں بھاگ کر اسے ہی بلا لاتا۔وہ تو اسے روک سکتی تھی۔

جسّا سنگھ کے لبوں پر مسکراہٹ کھیل رہی تھی۔وہ اس وقت ایک چنچل بچے کی طرح پدسی اور کھلنڈرادکھائی دے رہا تھا۔سانپ کے قریب کھڑے ہو کر وہ اچک کر اپنا تہبند اس کے پھن کے قریب ہلانے لگا۔سانپ نے بھی پھن بڑھا بڑھا کر دو تین مرتبہ اسے کاٹنے کی کوشش کی۔ایک مرتبہ جو اس نے ذرا بڑھ کر چادر اس کے قریب کی تو نڈر سانپ اچھل کر چادر سے لپٹ گیا۔جسّا سنگھ نے چادر زمین پر پھینک کر اسے لاٹھی سے پیٹنا شروع کیا۔ایک لمحہ کے لیے سانپ اس کے پاؤں کے قریب دکھائی دیا۔ پھر وہ بھاگ نکلا۔ جسّا سنگھ بھی اچھل کر اس کے پیچھے پیچھے ہو لیا۔ پھر وہ ہموار ریتیلی زمین پر ایک دوسرے کے پیچھے بھاگے۔ سانپ پلٹ پلٹ کر اس پر حملے کرتا تھا۔تھوڑی ہی دیر میں وہ بہت دور نکل گئے۔ جسّا سنگھ کی لاٹھی بار بار ہوا میں بلند ہوتی تھی اور پھر دفعتاً جسّا سنگھ زمین پر گر پڑا ... اٹھا اور پھر گر پڑا ... میرا دھڑکتا ہوا دل دھک سے ہو کر رہ گیا۔شاید وہ عورت جس سے وہ تھوڑی دیر پہلے ہنس ہنس کر باتیں کر رہا تھا، ابھی تک درخت کے تنے کے ساتھ لگی ہو ... جسّا سنگھ پھر اٹھ کھڑا ہوا اور پھر بڑے بڑے ڈگ بھرتا ہوا میرے قریب آیا۔ میں نے گھبرا کر پوچھا۔

'' کیا سانپ نے آپ کو کاٹ کھایا تھا؟ ''

'' نہیں تو،'' وہ ہنس کر بولا۔ '' وہاں گیلی زمین تھی۔میرا پاؤں رپٹ گیا، دیکھو یہ میرا اچکا بھی کیچڑ میں خراب ہو گیا ... گر کر میں اٹھنے لگا تو پھر گر گیا ... ''

'' تو سانپ بھاگ گیا؟ ''

'' بھئی نہیں سانپ کو بھاگنے بھی دیتا میں۔تم جانتے نہیں، اگر یہ سانپ ایک مرتبہ زخمی ہو کر بچ نکلے تو اپنے دشمن سے انتقام ضرور لیتا ہے۔اسی لیے میں اس کے پیچھے بھاگتا تھا۔اب تو میں نے اس کا سر اچھی طرح کچل کر رکھ دیا ہے ... آؤ نیچے اترو، تمہیں بھی سانپ دکھلائیں ... ''

جب ہم مرے ہوئے سانپ کے قریب پہنچے تو دیکھا کہ کم از کم چھ ہاتھ لمبا سانپ تھا۔ پیٹھ بالکل سیاہ تھی۔ پیٹ سفیدی مائل تھا۔ بل کھایا ہوا مردہ سانپ اب بھی اس قدر خوف ناک دکھائی دیتا تھا کہ اس کے نزدیک جانے کی ہمت نہ ہوتی تھی۔ اس بات کی مزید تسلی کر لینے کے بعد کہ سانپ واقعی قطعاً مر چکا ہے، ہم واپس آ کر سانڈنی پر سوار ہو گئے۔ میں نے زندگی میں اس قسم کے سنسنی خیز واقعات کم ہی دیکھے تھے۔ مجھے ابھی تک پسینہ چھوٹ رہا تھا۔ جسّا سنگھ کی جسارت احمقانہ حد سے زیادہ بڑھ گئی تھی لیکن وہ پورے وثوق کے ساتھ نیچے اترتا تھا اور اسے یقین تھا کہ وہ سانپ کو مار ڈالے گا لیکن میں رہ رہ کر سوچ رہا تھا کہ اگر کہیں سانپ جسّا سنگھ کو کاٹ ہی کھاتا تو کیا ہوتا۔

جسّا سنگھ نے سانڈنی کو للکار کر ہانکتے ہوئے کہا ''یہ سانپ بہت ظالم ہوتا ہے۔ یہ گائے کا تھن منہ میں لے کر دودھ پی جاتا ہے اور کبھی کبھی یہ انسان ذات کا دشمن بن بیٹھتا ہے۔ اس وقت اس کی کارستانیاں بہت بڑھ جاتی ہیں۔ جو آدمی دکھائی دے اسے کاٹنے سے نہیں چوکتا۔ ایسا سانپ بہت ہی خطر ناک ہوتا ہے اور پھر سب سے بڑی مشکل یہ ہوتی ہے کہ یہ جانور بھی چھوٹا سا ہوتا ہے اور رہے ہے بہت چالاک اور مکار۔ اس کو مار ڈالنا بھی آسان نہیں۔ بس ایسے سانپ سے واہگورو ہی بچائے''

اسی طرح باتیں کرتے ہوئے چلے جا رہے تھے کہ جسّا سنگھ نے کہا ''بولو یہ سامنے تمھارا ہی گاؤں ہے نا؟'' میں اس کی باتوں میں اس قدر مگن تھا کہ مجھے اِدھر اُدھر کا کچھ خیال ہی نہ رہا تھا۔ اب ہم گاؤں کے قبرستان کے قریب سے گزر رہے تھے۔ جھڑ بیریوں کے پیچ میں ابھری ابھری ہوئی قبریں چاندنی رات میں اور بھی زیادہ بھیانک دکھائی دے رہی تھیں۔ سامنے نیم کے درختوں کے تنے چماروں کا کنواں بھی نظر آ رہا تھا۔ کنویں کی چرخی تاریکی میں کسی نقاب پوش آدمی کی طرح دکھائی دے رہی تھی۔ گاؤں سے باہر کوڑے کرکٹ کے ڈھیر تھے جہاں دن کے وقت مرغیاں اور ان کے ننھے ننھے چوزے پنجوں سے زمین کرید تے پھرا کرتے تھے۔ پرے چھوٹے چھوٹے درختوں کا جھنڈ تھا جو ایسے دکھائی دیتے تھے جیسے چور گاؤں میں گھسنے سے پہلے آپس میں صلاح مشورہ کر رہے ہوں۔

جب ہم گاؤں میں پہنچ گئے تو گاؤں کے عین سرے پر بنے ہوئے رہٹ کے قریب جسّا سنگھ نے اپنی سانڈنی بٹھا دی، میری سائیکل اتاری، پھر خود اترا اور مجھے بھی اتارا۔ میری گھٹڑی میرے حوالے کر دی۔ گاؤں پر اس وقت سناٹا چھایا ہوا تھا۔ کوئی مُتنفس دکھائی نہ دیتا تھا۔ آدھی رات کے قریب گزر چکی تھی۔ سب لوگ اپنے کچے مکانوں کی چھتوں پر پڑے سو رہے تھے صرف گاؤں کے دوسرے سرے سے کتوں

کے بھونکنے کی ہلکی ہلکی آوازیں آ رہی تھیں۔

اس نے چلتے ہوئے رہٹ سے پانی پیا۔ پانی کی بوندیں اس کی مونچھوں سے نیچے کی طرف لٹک کر لرزنے لگیں۔ میں نے سائیکل قریب کی ایک دیوار کے ساتھ لگا کر کھڑی کر دی۔ گٹھڑی بھی اسی پر رکھ دی۔ جسّا سنگھ نے مسکرا کر میری طرف دیکھا۔ میں اس سے اس قدر مانوس ہو چکا تھا جیسے ہم برسوں کے واقف ہوں۔ میں ایسے محسوس کر رہا تھا کہ آئندہ ہم زندگی بھر ساتھ ساتھ رہیں گے۔ اس نے اپنے بے تکلفانہ لہجے میں پوچھا

'' کہو اب تو گھر پہنچ جاؤ گے۔ راستہ تو نہ بھول لو گے؟ ''

میں نے شرما کر کہا ' جی نہیں، اب میں پہنچ جاؤں گا '، میں اس کا شکر یہ ادا کرنا چاہتا تھا لیکن سمجھ نہ سکا کہ اس جذبے کا اظہار کیوں کر کروں۔ میں اس کشمکش ہی میں تھا کہ اس نے پگڑی کے شملے سے مونچھیں اور داڑھی پونچھتے ہوئے کہا ' اچھا اب تم گھر کو جاؤ، میں بھی جاتا ہوں ''

میں نے اس کی پگڑی کے شملوں کی طرف دیکھا۔ ایک کان کے قریب لٹک رہا تھا اور دوسرا ہوا میں بلند پھول کی طرح کھلا ہوا تھا۔ میں نے سر سے پاؤں تک اس کا جائزہ لیا۔ وہ ایک بھاری ستون کی طرح دکھائی دے رہا تھا۔ اس نے اپنے دونوں کاٹھ کے سے ہاتھوں میں میرا کمزور اور چھوٹا سا ہاتھ تھام کر مصافحہ کیا۔ اس طرح اس قدر بڑے آدمی سے ہاتھ ملانے میں مجھے فخر محسوس ہوا مجھے یہ خواب میں بھی خیال نہ تھا کہ وہ ایک دم واپس جانے پر تل جائے گا۔ میں نے کہا '' آیئے ہمارے گھر چلیے۔ گھر کے لوگ آپ کو دیکھ کر بہت خوش ہوں گے ''، یہ بات سن کر اس نے ایک فلک شگاف قہقہہ لگایا۔ اس کی ہنسی رکنے ہی میں نہ آتی تھی۔ اس نے انگلی سے پرے اپنی طرف اشارہ کرتے ہوئے کہا ' کیا کہتے ہو ... مجھے دیکھ کر خوش ہوں گے؟ ... ہو ہا ہا ہا ''، ہنستے ہنستے اس کی ناک کی نوک سرخ ہو گئی۔

میں نے اس کی انگلی پکڑ کر اپنے ساتھ لے جانے کے لیے اصرار کیا تو پھر وہ کہنے لگا '' آج مجھے بہت ضروری کام ہے۔ اس لیے تم جاؤ، میں پھر کبھی آؤں گا۔ تمہارا نام تو میں جانتا ہی ہوں ... ''

میں نے انگلی اٹھا کر کہا '' ضرور ''

'' ضرور ''، وہ ہنسنے لگا۔

اس کے بعد وہ اپنی کلہاڑی سنبھالتا ہوا اسا نڈنی پر سوار ہوا۔ میں اس کی طرف دیکھتا رہا۔ یہاں تک کہ وہ افق میں غائب ہو گیا۔ گرد کے بادل اڑتے رہ گئے۔

لیکن وہ پھر کبھی نہیں آیا۔۔۔ کبھی نہیں۔

تین باتیں

رویل سنگھ گوردوارہ ڈیرہ صاحب کے صحن میں سویا ہوتا تو اسے منہ اندھیرے ہی جاگنا پڑتا۔ چونکہ گوردوارے میں صبح ہی صبح شبد کیرتن شروع ہو جاتا تھا اور صحن کی صفائی کے لیے مسافروں کو جگانا پڑتا تھا اس لیے چھت پر دیر تک سویا رہا۔ یہاں تک کہ سورج نکل آیا اور تیز دھوپ میں شیر پنجاب مہاراجہ رنجیت سنگھ کی سمادھ کا کلس جگمگا اٹھا۔

کیرتن شروع ہو چکا تھا اور گرو پریم کے متوالے جمع ہو رہے تھے۔ رویل سنگھ کو اپنی غفلت پر بڑی شرم محسوس ہوئی۔ جب وہ گاؤں میں تھا تو کبھی اتنی دیر سے نہیں اٹھا تھا لیکن جب سے وہ لاہور میں آیا تھا، دن بھر آوارہ گردی کرنے کے بعد اس قدر تھک جاتا تھا کہ طلوعِ آفتاب تک غٹ رہتا تھا۔

لیٹے لیٹے اس نے اپنے پاؤں پر نگاہ ڈالی، اس کے پاؤں بڑے بڑے تھے اور ٹخنوں کی ہڈیاں کسی بیل کی ہڈیوں سے کم نہ تھیں۔ اس کی ٹانگی بہت لمبی تھیں اور لمبی دوڑوں میں حصہ لینے کی وجہ سے وہ مضبوط اور خوش وضع ہو گئی تھیں۔

کچھ دیر اسی طرح لیٹے رہنے کے بعد وہ دفعتاً اچھل کر اٹھ بیٹھا۔ ادھر ادھر نظر دوڑائی۔ جو لوگ رات کو اس کے ساتھ چھت پر سوئے تھے ان میں سے بیش تر جا چکے تھے۔ اس نے صحن کی طرف جھانک کر دیکھا جہاں عورتیں چھوٹے چھوٹے گھونگھٹ نکالے ہاتھوں میں کٹوریاں تھامے ادھر ادھر گھوم رہی تھیں۔

اپنے گھر میں بھی وہ اسی طرح اچھل کر اٹھ بیٹھتا تھا۔ یہاں اسے کوئی کام نہ تھا۔ پہاڑ سا دن کاٹے نہیں کٹتا تھا۔ چار دنوں سے وہ گوردوارے کے لنگر سے روٹی کھا رہا تھا۔ تھوڑی سی نقدی جو اس کے پاس تھی وہ شربت اور لسی پینے کے لیے ... اس کے پاس صرف چند آنے باقی رہ گئے تھے اور وہ نہیں جانتا تھا کہ اس کے بعد اس کا گزارہ کیسے ہو گا۔ وہ شرافت کا کچھ ایسا قائل بھی نہ تھا۔ وہ لٹکے ہوئے کلوں والے بنیوں کو بڑی خوف ناک نظروں سے گھورا کرتا تھا۔ لیکن یہ لاہور تھا۔ ایک گھی گھی ... متواتر آمد و رفت ... کوئی

اکا د کامل جائے تو وہ ایک ہی دھول جما کر اپنا شکار اپنا ہتھیا لے۔ اسے یاد آیا کہ . . . پانچ چھ ماہ پہلے وہ اس کے ساتھی گاؤں کے ایک ساہو کار کے گھر میں آدھی رات کے وقت جا گھسے۔ جب کچھ ہاتھ نہ آیا تو جلدی میں انھوں نے تیرہ بوریاں گیہوں کی اڑا لیں۔ لیکن پکڑ لیے گئے۔ تین ساتھی تو سزا پا کر بڑے گھٹر پہنچ گئے مگر وہ اور اس کے ایک ساتھی کا جرم ثابت نہ ہوسکا . . . آئندہ کے لیے اس نے توبہ تو نہ کی البتہ محتاط ہوگیا . . . احتیاط کی چند اور وجہیں بھی تھیں . . . ایک تو گرفتاری کی صورت میں اسے بچانے والا کوئی نہ تھا۔ باپ مر چکا تھا اور ماں بے چاری بے دست و پا تھی۔ دوسرے امر کور جس کے ساتھ اسے بہت زیادہ محبت تھی اور جو نازک اندام اور دھارمک خیالات کی لڑکی تھی، اس سے کہنے لگی کہ اگر تم جیل چلے گئے تو میں کچھ کھا کر مر جاؤں گی۔ رویل سنگھ جانتا تھا کہ وہ ضدی لڑکی ہے جو کچھ کہتی ہے اسے پورا کر دکھائے گی۔ چنانچہ اس کی محبوبہ اور اس کی ماں نے مل جل کر اسے اس بات پر رضامند کر ہی لیا کہ وہ شہر میں جا کر کوئی نوکری تلاش کر لے تا کہ وہ لوگ آرام سے زندگی بسر کر سکیں۔

اس کی محبوبہ امر کور اپنی عمر کی نسبت کہیں زیادہ سیانی اور دور اندیش تھی۔ اس نے رویل سنگھ کے دل میں بجائے آوارگی کے گھر کا پیار پیدا کرنے کی کوشش کی۔ ان کا ایک گھر ہوگا۔ وہ دونوں خوب مزے میں بے پیار سے اکٹھے رہا کریں گے۔ ان کے ہاں ننھے منے بچے پیدا ہوں گے۔ پھر انہیں کتنی خوشی حاصل ہوگی۔ رویل سنگھ کا کند ذہن ان باتوں کو سمجھنے سے قاصر تھا۔ اس کا اکھڑ دل گھر کی کشش سے بے گانہ ہی رہا لیکن جب شام کے دھندلکے میں کسی کی پٹری پر امر کور میلی مٹی کا تسلہ سر پر جمائے ہنس ہنس کر اس قسم کی باتیں کرتی تو اس کی تیزی سے گھومنے والی چمک دار آنکھیں اور پتلے پتلے ہونٹ اسے بہت ہی بھلے معلوم ہوتے، اس کی زبان باچھوں پر کھلنے لگتی۔ جیسے امر کور مٹھائی کا دونا ہو۔ اگر وہ امر کور کا ایسا ہی شیدائی تھا تو گھر گھر کا پیار اور بچے اور بھی تو معمولی باتیں تھیں۔ لیکن جب امر کور دیکھتی کہ وہ اس کی باتوں کی طرف دھیان دینے کی بجائے حریص نظروں سے اس کے گالوں اور ہونٹوں کی طرف دیکھ رہا ہے تو پٹا پٹ کر ٹوٹے ہوئے سپرنگ والی گھڑی کی طرح خاموش ہو جاتی۔ ''او ہو ہو ہو''، رویل سنگھ اسے دونوں بازوؤں میں اچک لیتا۔ اس کی چھوٹی چھوٹی مونچھیں متحرک ہو جاتیں۔ ''بھئی امرو دیکھو منہ مت پھلاؤ۔ دھرم سے جو تم کہو گی وہی کروں گا''، تو میں کیا کہہ رہی تھی . . . تم سے؟ امر کور چمک کر پوچھتی۔

''سنو امرو! میری موٹی عقل ان باتوں کو نہیں سمجھ سکتی تم مجھے سمجھانے کی کوشش مت کرو۔ بس مجھے اتنا بتا دو کہ میں کیا کروں؟''

پھر وہ اس کے تمتماتے ہوئے گالوں پر ہونٹ رکھ دیتا۔ امرو ایسے پیار کرنے کی چھٹی بھی دے دیتی اور ساتھ ہی ملامت بھی جاری رکھتی۔ ''دیکھو!... کوئی آرہا ہے...؟ کوئی دیکھ لے گا!... اب میں یہاں کبھی نہیں آؤں گی اس جگہ... بس دیکھ لینا۔ ہاں ہا...''

ان کے گھر کے قریب ہی امرو کی گائے بندھی رہتی تھی۔ شام کے وقت امرو وہاں دودھ دوہنے کے لیے آتی تھی۔ جب وہ ادھر سے گزرتا تو اچک کر ایک نظر ادھر ضرور ڈالتا۔ اگر امرو دکھائی دیتی تو پہلے ادھر دیکھ کر اطمینان کر لیتا اور پھر اسے مخاطب کر کے گنگنانے لگتا۔

نی... لچھے بادام نِنگے

تینوں لین کبوتر آیا

... ''جو بولے سو نہال''... گرو کے متوالوں نے نعرہ بلند کیا۔ توریل سنگھ چونک اٹھا۔ اب پرشاد بٹنا ہی جانے والا تھا۔ اس نے ادھر ادھر دیکھ کر اپنا کنگھا سنبھالا اور منتشر بالوں کو سمیٹنے کے بعد جلدی سے پگڑی باندھی اور چادر کندھے پر ڈال کر تہبند کی سلوٹیں درست کرتا ہوا سیڑھیوں سے نیچے اترا۔ منہ پر پانی کے چھینٹے دیئے اور پگڑی کے شملے سے چہرہ پونچھا۔ گوردوارے کے دروازے پر نہنگ سکھوں کو کھڑے دیکھ کر بڑے عقیدت مندانہ انداز سے پاؤں بھی دھو ڈالے اور دروازے کی چوکھٹ پھلانگ کر اندر داخل ہوا۔ پہلے ایک مرتبہ اس نے غلطی سے چوکھٹ پر پاؤں رکھ دیا تھا تو سیوا دار نے اسے آنکھیں دکھا کر ٹوک دیا تھا۔

پرشاد بٹنا جا رہا تھا۔ اس نے پہلے تو سامنے سے ہاتھ بڑھا کر پرشاد لیا۔ پھر پینترا بدل کر دوسری طرف ہاتھ بڑھا کر پرشاد لے لیا۔ پرشاد دینے والے کو ذرا شک گزرا۔ جب ذرا چک کر کراس نے تیسری مرتبہ ہاتھ بڑھائے تو پرشاد بانٹنے والے کو غصہ آ گیا۔ ''سردار جی! بڑے افسوس کی بات ہے۔'' ''واقعی بات افسوس کی تھی لیکن وہ صبح کو اسی حلوے سے ناشتا کیا کرتا تھا۔ اور اوپر سے پاؤ بھر لسی پی لیتا تھا۔ گاؤں میں تو شخص کو پاؤ بھر حلوا دیا جاتا تھا لیکن یہاں...؟ یہ شہری لوگ چھ ماشہ حلوہ دے کر رہ جاتے تھے۔ چنانچہ رویل سنگھ نے کہا۔ ''گیانی جی! اتنا سا حلوہ تو ہم نے زندگی میں پہلی مرتبہ دیکھا ہے... یہ تو بس ہتھیلیوں سے چپک کر رہ جاتا ہے''

پرشاد بانٹنے والے کے تیور بگڑ گئے۔ ''سردار صاحب! پرشاد آخر پرشاد ہے... اس کا یہ مطلب نہیں کہ پرشاد ہی سے پیٹ بھر لیا جائے۔''

رویل سنگھ اس قسم کی منطق سے واقف نہ تھا۔ چپ چاپ ایک طرف سرک کر کھڑا ہوگیا۔ جب سبھی متوالے چلے گئے تو وہ ایک کونے میں سیمنٹ کے سرد فرش پر آلتی پالتی مار کی بیٹھ گیا۔ اتنے میں گیانی جی نمودار ہوئے اور ایک بڑے کے دونے میں پاؤ، ڈیڑھ پاؤ حلوا ڈال کر اسے دے گئے۔ رویل سنگھ حیران رہ گیا۔ جب حلوا کھا کر وہ باہر نکلا تو پاؤ بھر دہی میں سیر بھر پانی ڈال کر لسی پینے لگا۔

لسی پینے کے بعد وہ سیدھا بڈھے دریا کی طرف چل دیا۔ دو دن پہلے وہ سردار بدھ سنگھ چوب فروش کے ہاں گیا تھا۔ وہ ان کے گاؤں ہی کے رہنے والے تھے انہیں ایک ملازم کی ضرورت تھی۔ اور وہ رویل سنگھ کو نوکری دینے پر رضامند ہو گئے تھے لیکن یہ الفاظ بدھ سنگھ کے بیٹے ہرنام سنگھ نے کہے تھے۔ اسی لیے وہ بدھ سنگھ سے ملنے کے لیے آج پھر وہاں آیا تھا۔ بدھ سنگھ کو مصروف دیکھ کر رویل سنگھ کونے میں پڑی ہوئی چارپائی پر بیٹھ کر اونگھنے لگا۔

رویل سنگھ کچھ پڑھا لکھا بھی تھا۔ دو جماعتیں پاس کر چکا تھا۔ تیسری جماعت میں ایک مرتبہ ماسٹر نے اسے زیادہ دیر تک مرغا بنائے رکھا تو اس نے پڑھنا لکھنا ترک کر دیا تھا۔ اس کے علاوہ اس نے انگریزی پڑھنے کی کوشش بھی کی تھی۔ چنانچہ وہ ''اے'' سے ''زیڈ'' تک سارے حروف پڑھ لیتا تھا اور ان میں سے بعض لکھ بھی سکتا تھا۔

فراغت پا کر بدھ سنگھ اس کی طرف متوجہ ہوا۔ اس کی نظر کمزور تھی اور کان بھی کچھ بہرے تھے۔ چنانچہ رویل سنگھ کو اس کے قریب پہنچ کر اور چلّا چلّا کر اپنا مدعا بیان کرنا پڑا۔ بمشکل بڈھے نے بتایا کہ ان کے پہلے ملازم کا خط کل ہی آیا ہے اور وہ دو چار روز میں واپس آنے والا ہے اس لیے وہ اسے نہیں رکھ سکتے۔

ادھر سے جواب پا کر رویل سنگھ نے سبیل سے پانی پیا اور شہر کی طرف چل دیا۔ اب وہ بالکل مایوس ہو چکا تھا۔ اس نے سوچا آج سیر کر کے کل گاؤں واپس چلا جائے۔ وہ بڑی بڑی امیدیں لے کر شہر میں آیا تھا لیکن اب کیا منہ لے کر واپس جائے گا۔ وہ ایک بے فکر اور آوارہ مزاج نوجوان تھا۔ اس قسم کی پابندیوں اور مجبوریوں سے کبھی دو چار نہیں ہوا تھا۔ گھومتے گھومتے وہ شاہی محلہ کے نزدیک ایک دھرمشالہ میں پہنچ گیا۔ وہ دن میں ایک آدھ مرتبہ اس دھرمشالہ میں چلا آیا کرتا تھا۔ یہاں کا گنتھی البیلی طبیعت کا نوجوان شخص تھا۔ ان دونوں میں کچھ بے تکلفی پیدا ہو گئی تھی مگر رویل سنگھ نے اسے کبھی اپنا راز دان نہیں بنایا تھا۔ گنتھی اسے ابھی تک ایک کھاتا پیتا زمین دار سمجھتا تھا۔

وقت کٹی کے لیے رویل سنگھ دوپہر کو وہاں پہنچ جاتا۔ وہ دونوں فرش پر ٹھنڈے پانی کا چھڑکاؤ کرتے...

اور برقی پنکھے تلے اینٹوں کے بنے ہوئے سرد فرش پر لیٹ جاتے ادھر ادھر کی گپیں ہانکتے رہتے۔ نیند آتی تو سو بھی جاتے۔

آج وہ وقت سے کچھ پہلے ہی پہنچ گیا تھا۔ جب سیڑھیاں چڑھ کر ہال میں داخل ہونے لگا تو دیکھا کہ پہلو والے کمرے میں گرنتھی رمیٹھوں کے پانی سے سر دھو رہا ہے۔ اسے دیکھ کر گرنتھی نے قہقہہ لگایا۔ دو چار باتوں کے بعد رویل سنگھ اندر چلا گیا۔ اس نے صراحی سے گلاس میں پانی انڈیلا اور آہستہ آہستہ پینے لگا۔ دراصل اسے سخت بھوک لگ رہی تھی۔ کئی دنوں سے وہ لنگر کی روٹیاں کھا رہا تھا۔ اب اسے شرم محسوس ہو رہی تھی۔ اس نے سوچا کہ اب وہ کم از کم ایک وقت کا کھانا وہاں سے نہیں کھائے گا۔

پنکھا چھوڑ کر اس نے پگڑی اتاری اور فرش پر لیٹ گیا۔ گرنتھی نہانے کے ساتھ ساتھ باتیں بھی کیے جاتا تھا۔ اس کی بے تکی باتوں سے رویل سنگھ اپنی بھوک کو بہلانے لگا۔ تھوڑی دیر بعد گرنتھی اپنے لمبے لمبے بال نچوڑتا ہوا اندر داخل ہوا اور ایک بڑے مزے کی بات شروع کر دی۔

اتنے میں ایک شخص انہیں کھانے پر بلانے آیا۔ شرادھون کے دن تھے۔ رویل سنگھ دل ہی دل میں خوش ہوا کہ آج پیٹ بھر کھانا ملے گا۔ معمولی سے تکلف کے بعد کھانے میں شریک ہو گیا۔ کھانا کھانے کے بعد اس پر ایسی گہری نیند چھائی کہ شام تک اس کی آنکھ نہ کھلی۔

اٹھتے ہی اس نے نل کے ٹھنڈے پانی سے اشنان کیا تو طبیعت کھل گئی۔ گرنتھی نے شکر کے ٹھنڈے شربت میں ستو گھول کے رکھے تھے۔ اس نے آنکھیں بند کر کے دو لوٹے پیے۔ وہ ستوؤں کا بڑا شوقین تھا۔

دوبارہ پگڑی باندھ کر اس نے گرنتھی سے مصافحہ کیا۔ اور اس نے بتایا کہ اس کا کام ختم ہو چکا ہے اور وہ کل اپنے گاؤں لوٹ رہا ہے۔ اس پر گرنتھی نے بڑے تپاک سے ہاتھ ملایا اور تاکید کی کہ جب کبھی لاہور آئے تو اس سے ضرور ملے۔

یہاں سے وہ بازار کی سیر کرنے کے لیے چل کھڑا ہوا۔ انار کلی میں گھومتا ہوا وہ نیلا گنبد جا نکلا۔ وہاں اس نے لکڑی کے بڑے بڑے تختوں پر مختلف قسم کی تصویریں دیکھیں ایک تصویر میں پہاڑ کا منظر دکھایا گیا تھا۔ پہاڑ میں جگہ جگہ بل بنے ہوئے تھے۔ ادھر ادھر پتھروں پر بڑے بڑے چوہے دوڑتے ہوئے دکھائے گئے تھے۔ نیچے لکھا تھا۔ ''جاپانی چوہے ہیں انہیں مار بھگاؤ''، یہ تصویر دیکھ کر رویل سنگھ بہت خوش ہوا۔ خصوصاً چوہوں کی صورتیں بڑی مضحکہ خیز تھیں۔ یعنی جسم تو چوہے کے مانند اور سر انسانوں کے۔ بعض چوہوں نے عینکیں بھی لگا رکھی تھیں۔ وہ سوچنے لگا کہ جب وہ گاؤں میں جا کر امر کور سے ان چوہوں کا ذکر کر

کرے گا تووہ کس قدر خوش ہوگی۔ کتنی حیران ہوگئی... پھر اس نے دماغ پر زور دیا کہ آخر یہ جاپانی کون ہیں؟ کیسے قسم کے چو ہے ہوتے ہیں اس نے آج تک اسے چوہے نہیں دیکھے تھے۔ اس نے پگڑی سرکائی، سرکھجایا، غور کیا لیکن کچھ نہ سمجھ سکا۔

اتنے میں کسی نے اس کے کندھوں پر ہاتھ رکھ دیئے۔ اس نے گھوم کر دیکھا۔ یہ اس کا ایک پرانا دوست ہرساسنگھ تھا۔ دھوپ میں اس کا چہرہ کالے بوٹوں کی طرح چمک رہا تھا۔ آدھی پگڑی سر پر بندھی ہوئی تھی اور آدھی ادھر ادھر جھول رہی تھی۔ رویل سنگھ اچھل کر اس سے بغل گیر ہو گیا۔

ہرساسنگھ بھاٹروں کے خاندان سے تھا۔ رویل سنگھ کو اس سے خاص انس تھا۔ ہرساسنگھ مضبوط جسم کا شیر دل شخص تھا۔ اسے ایسے ایسے ہتھکنڈے یاد تھے کہ بڑے بڑے استاد اس کے سامنے کان پکڑتے تھے۔ دونوں بچپن ہی سے بہت گہرے دوست تھے۔ ہرساسنگھ کبڈی کھیلنے میں طاق تھا۔ اس کا جسم مچھلی کی طرح چکنا اور خرگوش کے ماند پھرتیلا تھا اور وہ بھیڑیے کی طرح خونخوار اور مکار تھا۔ جوان ہوتے ہی اس نے بڑے پیمانے پر ڈاکے ڈالنے شروع کر دیئے تھے۔ اس نے علاقہ کے ایک نامی ڈاکو سندر سنگھ سے بھی ساز باز کی تھی۔ اور ان دونوں نے مل کر بڑے بڑے میدان مارے تھے۔ بعد میں سندر سنگھ کو پھانسی ہو گئی اور ہرساسنگھ روپوش ہو گیا۔ آج اسے اپنے سامنے دیکھ کر رویل سنگھ کو بڑی مسرت حاصل ہوئی۔ دونوں ایک حلوائی کی دکان میں داخل ہوئے ہرساسنگھ نے دو سیر مٹھائی خریدی اور مٹھائی کھانے کے بعد دونوں نے پیٹ بھر کر لسی پی۔

ہرساسنگھ نے اسے بتایا کہ اس نے ضلع امرتسر میں دو ایسے گھر تاڑ رکھے ہیں جہاں سے مال اڑالانا چنداں مشکل نہیں ہے۔ یہ سن کر رویل سنگھ بہت خوش ہوا۔ اس قسم کی گفتگو سے اسے گہری دلچسپی تھی۔ اس نے مستقبل کا نہایت دل فریب تصور باندھا اور ان دونوں میں عہد و پیمان ہو گیا کہ وہ کل پھر اسی جگہ ملیں گے۔ یہ طے کر کے وہ دونوں ایک دوسرے سے رخصت ہو گئے۔

ہرساسنگھ کے چلے جانے کے بعد تھوڑی دیر تک رویل سنگھ کو یوں محسوس ہوا جیسے اس کے دل پر سے بھاری پتھر ہٹ گیا ہو۔ لیکن جب اسے امرو کا خیال آیا تووہ کچھ مایوس سا ہو گیا۔ اگر اسے معلوم ہو گیا کہ اس نے پھر ڈاکے ڈالنے شروع کیے ہیں تو یقیناً بگڑ جائے گی۔ اسے چور کی بیوی بننا کبھی پسند نہ تھا۔ اس نے دل ہی دل میں امرو کو دو تین گالیاں بھی دیں... لیکن وہ اس سے محبت کرتا تھا اس لیے اسے نظر انداز نہیں کر سکتا تھا۔ اس نے پھر سنجیدگی سے سوچنا شروع کیا۔ اگر یہ ممکن ہو کہ وہ صرف ایک بار ڈاکا ڈال لے پھر

چاہے زندگی بھر کے لیے اس پیشے کو خیر باد کہہ دے لیکن اگر وہ گرفتار ہو گیا تو اس کی زندگی برباد ہو جائے گی۔امرو سے ہاتھ دھونے پڑیں گے، ماں کو علیحدہ دکھ ہو گا اور وہ خود جیل میں پڑ ا سڑے گا۔

اسی ادھیڑ بن میں وہ چلا را ہا تھا۔اگرچہ یہ کام بہت مشکل تھا لیکن وہ صحت و رمضبوط ہونے کے باوجود مکار تھا اور وہ نہیں جانتا تھا کہ آخر ان کیا کرے۔سڑکوں پر بے شمار موٹریں، بیش قیمت کپڑے پہنے ہوئے امیر لوگ اعلا سے دکانیں اور اونچے اونچے مکانات دیکھ کر وہ حیران ہو را ہا تھا۔ آخر ان سب کے لیے اس قدر روپیہ کہاں سے آتا ہے؟وہ کیوں اپنی محبوبہ کے ساتھ پرامن زندگی بسر کرنے سے معذور ہے؟اسی قسم کے خیالات میں ڈوبا ہوا وہ ایک باغ میں جانکلا۔ایک روش کے کنارے بڑے سے بورڈ پر موٹے موٹے حروف میں لکھا تھا۔

'' بہادری کے صلہ میں ''

وہ سوچنے لگا کہ '' صلہ '' کیا ہوتا ہے۔ پھر وہ غور سے اس تمغہ کی طرف دیکھنے لگا جس کے نیچے لکھا ہوا تھا۔ '' وکٹوریہ کراس '' ... منگل سنگھ آٹھویں راجپوتانہ رائفلز کو بہادری کے صلہ میں وکٹوریہ کراس دیا گیا۔

وہ نہیں جانتا تھا کہ وکٹوریہ کراس ہوتا کیا ہے اور کیسی بہادری پر دیا جاتا ہے اور پھر وکٹوریہ کراس ملنے کے بعد کیا ہوتا ہے ... ا کتا کر وہ پرے ایک بنچ پر جاکر بیٹھ گیا۔اسے اپنی کم عقلی پر بہت ہی افسوس ہوا۔وہ پھر اپنے خیالات میں کھو گیا اور اپنی پیشانی کو انگلیوں سے بجا بجا کر سوچنے لگا کہ وہ کیا کرے اور کیا نہ کرے وہ ہر سا سنگھ سے دوبارہ ملے یا نہ ملے۔

وہ گھاس پر لیٹ گیا۔ایک بازو سر کے نیچے رکھ لیا۔دوسرا پیشانی پر اور نیم وا آنکھوں سے دور دور تک نظر دوڑانے لگا۔سامنے ٹھنڈی سڑک کے پرلے سرے پر بہت لمبا چوڑا تختہ آویزاں کیا گیا۔اس پر ایک خوب صورت عورت کی تصویر بنی ہوئی تھی۔اس عورت کا چہرہ اس کے پورے قد کے برابر تھا۔ بڑی بڑی آنکھوں اور سرخ سرخ گالوں والی بہت حسین عورت تھی۔وہ حیران ہوا کہ آخر یہ کس عورت کا فوٹو ہے۔ نیچے انگریزی کے موٹے موٹے حروف میں کچھ لکھا تھا۔اس نے سوچا شاید یہ کسی میم کی تصویر ہو حالانکہ اس نے دیسی کپڑے پہن رکھے تھے۔مگر اس نے سنا تھا کہ اب میموں میں بھی دیسی کپڑے پہننے لگی ہیں۔لیکن اس تصویر کو سر بازار دکھانے کی کیا ضرورت تھی۔غیر مردوں کے سامنے اپنے حسن کی نمائش کیوں کی گئی تھی۔ پھر وہ تصویر کی لمبائی چوڑائی کو دیکھ دیکھ کر حیران ہونے لگا۔ '' بے بلے '' ... اس بورڈ کے ساتھ ایک

اور چھوٹا ساتخنتا تھا اس پر موٹے موٹے حروف میں کچھ لکھا تھا۔ اس نے پیشانی سے ہاتھ ہٹا کر آنکھیں اور بھی زیادہ کھول لیں۔ دیر تک غور کرنے کے بعد وہ پڑھ سکا۔

’’انڈین آرمڈ کور‘‘۔

’’ کو آپ جیسے نوجوانوں کی ضرورت ہے‘‘

وہ اچھل پڑا۔ یہ انڈین آرمڈ کور نیا ہی نام ہے۔ ہرڈنس کور، پریم کور، جیت کور تو اس نے سن رکھے تھے لیکن انڈین آرمڈ کور بالکل نیا نام ہے۔ شاید کسی انگریز عورت کا نام ہو۔ ادھر ادھر کچھ لوگ گھوم رہے تھے۔ اس کے دل میں آئی کہ کسی سے اس عورت کی بابت دریافت کرے لیکن عورت کا معاملہ تھا۔ اس قسم کی بات بے باکی سے پوچھتے ہوئے اسے شرم سی محسوس ہوئی چنانچہ اس کے دل کی بات دل ہی میں رہ گئی۔ آخر اس نے اپنی چادر کو تہ کر کے اسے سر کے نیچے رکھا اور لیٹ گیا۔ ٹھنڈی ٹھنڈی ہوا چل رہی تھی، ہوا میں ایک لطیف سی نمی تھی۔ اس پر غنودگی سی طاری ہونے لگی۔ لیٹے لیٹے وہ انڈین آرمڈ کور کی بات پھر سوچنے لگا۔ رفتہ رفتہ اسے کچھ سمجھ آنے لگی کہ اس عورت کی تصویر نصب کرنے کا کیا مقصد ہے؟ اس نے سنا تھا کہ لاہور میں بڑی بڑی بدمعاشیاں ہوتی ہیں۔ لیکن کیا کوئی عورت اس قدر جرأت کر سکتی ہے کہ اپنی تصویر اس طرح سر بازار کھڑی کر کے دوسرے تختے پر لکھوا دے کہ ’’انڈین آرمڈ کور‘‘ کو آپ جیسے نوجوانوں کی ضرورت ہے … اس نے پریوں کی کہانیوں میں ایک خوبصورت ملکہ کا قصہ سنا تھا۔ اس کی جوانی بس ایک قیامت تھی جو بھی اس کی طرف نظر اٹھا کر دیکھ لیتا ہوش و حواس کھو بیٹھتا۔ وہ نت نئے نوجوانوں سے گٹھ جوڑ کرتی اور جب وہ بے کار ہو جاتے تو انہیں مگر مچھوں کے تالاب میں پھینکوا دیتی … مگر وہ تو کہانی تھی لیکن یہ عورت؟ … آخر اسے نوجوانوں کی کیا ضرورت ہے؟ کیا اس کا چال چلن بھی خراب ہے۔ کیا یہ بھی نوجوانوں کو بے کار کر کے پرے پھینک دیتی ہوگی۔ کیا گورنمنٹ نے کوئی ایسا قانون نہیں بنایا جو ایسی بد کار اور نوجوانوں کو برباد کر دینے والی عورتوں پر لاگو ہو سکے۔

رفتہ رفتہ باغ میں آمد و رفت بڑھنے لگی۔ کالی کالی مامائیں بچوں کی گاڑیاں دھکیلتی ہوئی آئیں۔ چند شوقین مزاج کالجیٹ چھوکرے انگریزی میں گٹ مٹ کرتے ہوئے ادھر ادھر مٹر گشت کرنے لگے۔ کئی بوڑھے کھوسٹ اپنی چکنی چکنی کھوپڑیوں پر ہاتھ پھیرتے ہوئے بنچوں پر آ بیٹھے۔ قریب کے درخت سے ریڈیو کی آواز آنے لگی۔ اس نے پہلے بھی ریڈیو سنا تھا لیکن دفعتاً ریڈیو کی آواز سن کر وہ چونک پڑا۔ ادھر ادھر کے لوگ بھی ریڈیو والے درخت کے قریب زمین پر بیٹھ گئے۔ اس نے اپنی ڈھیلی ڈھال پگڑی کو درست کیا،

سنبھل بیٹھا۔اتنے میں ریڈیو سے مرزا صاحباں کے بول سنائی دیئے۔اس کے دل پر سرور طاری ہو گیا۔ . . .
ایک چھابڑی والا ادھر آ نکلا۔اس نے جیب ٹٹول کر دیکھی۔ایک ٹکا بچ گیا تھا۔اب یہی اس کی کائنات تھی۔
اس نے چھابڑی والے کو آواز دے کر دو پیسے کے کچالو لیے اور انہیں تنکے سے اڑس اڑس کر کھانے لگے۔
کچالو کھانے کے بعد وہ اٹھا۔نل سے پانی پیا اور مونچھیں پونچھتا ہوا ریڈیو والے درخت کی طرف بڑھا۔
وہاں ایک اور بڑا تختہ لگا ہوا تھا جس پر نیچے اوپر تین آدمی بھاگے چلے جا رہے تھے۔ان کے پیچھے تین آدمی
بندوقیں تھامے ان کا تعاقب کر رہے تھے۔ہر جوڑ کے ساتھ حاشیے میں لکھا تھا۔

اٹلی میں دشمن کو بھگانے والا کون؟   پنجابی جوان !

جرمنوں کو کون بھگا رہا ہے؟   پنجابی جوان !

جاپانیوں کو کون مار بھگائے؟   پنجابی جوان !

وہ غور سے ان تصویروں کی طرف دیکھنے لگا۔کسی مضحکہ خیز صورتیں بنا رکھی ہیں۔یوں معلوم ہوتا ہے جیسے
بھاگنے اور بھگانے والے لکڑی کے بنے ہوئے ہوں۔وہ دیر تک آنکھیں پھاڑ پھاڑ کر بورڈ کی طرف دیکھتا
رہا۔ پھر اس نے ایک لمبی جمائی لی اور زور سے کھانس کر بلغم اگلا اور آنکھیں جھپکتا ہوا ریڈیو کی طرف بڑھا۔
آواز درخت کی ٹہنیوں میں سے آ رہی تھی۔اس نے سوچا کہ اگر رات کو درخت پر چڑھ کر ریڈیو اڑا لیا جائے
تو کیسی رہے۔وہ درخت کے تنے اور ٹہنیوں پر نظر دوڑا دوڑا کر اوپر چڑھنے کے امکانات پر غور کرنے لگا۔
جب اس نے ادھر ادھر گھوم کر دیکھا تو اسے معلوم ہوا کہ درخت پر سوائے بھونپو کے اور کچھ بھی نہیں۔
ایک بابو نے اسے بتایا کہ ریڈیو پرے سرکاری کمرے میں بند ہے وہاں سے بجلی کا ایک تار درخت سے
باندھ دیا گیا ہے اور تار کے آگے بھونپو لگایا گیا ہے۔

رودیل سنگھ مایوس ہو کر ایک طرف بیٹھ گیا۔یہاں بھی چھوٹے چھوٹے بورڈ لگے ہوئے تھے۔ایک پر لکھا
تھا۔ ''ہندوستان کو بچاؤ''اس نے اپنے کسے ہوئے جوڑے کو ڈھیلا کیا اور سوچنے لگا کہ ہندوستان کہاں
ہے؟ وہ یو پی کے لوگوں کو ہندوستانی سمجھتا تھا اور بس اتنا جانتا تھا کہ پورب کی جانب کوئی دیس ہے جسے
لوگ ہندوستان کہتے ہیں۔وہاں کے لوگ دبلے پتلے سے ہوتے ہیں۔ان کی زبان بھی خوب ''چڑ پٹر''
سی ہوتی ہے۔ پھر وہ دل ہی دل میں کہنے لگا۔نامعلوم بے چارے ہندوستان پر کیا آفت آن پڑی ہے؟
آہستہ آہستہ وہ پھر اپنی الجھنوں میں گم ہو گیا۔اتنے میں کسی عورت نے ریڈیو پر پنجابی گیت گانا شروع کیا۔
وے پنجابی جوانا ! . . . وے ویرا تیتھوں

جرمن جاپانی تھر تھر کمبدے

وہ تنگے سے دانت کرید نے لگا۔ اب اسے سخت بھوک لگ رہی تھی۔ اس نے سوچا کہ آج وہ ذرا جلد ہی گوردوارے پہنچ جائے گا ورنہ اگر کھانے کا وقت ختم ہو گیا تو اسے پھر بھوکا رہنا پڑے گا۔ لاہور میں اس کا جی نہیں لگا۔ اسے اس بات کا دلی رنج تھا کہ اسے کوئی نوکری نہیں مل سکی ... اس کے قریب بیٹھا ہوا لڑکا ایک دوسرا بورڈ پڑھنے لگا۔

'' انڈیا کی جے ''

'' آجاؤ نوجوان! دشمن بھاگ رہا ہے۔ یہی موقع ہے اس کا پیچھا کرنے کا ''

ایک سپاہی لوہے کی ٹوپی پہنے اور دونوں ہاتھ اٹھائے للکار رہا تھا۔ اس کے ایک ہاتھ میں بندوق تھی، دوسرا خالی تھا۔ اس کے پیچھے پیچھے اور سپاہی بھی چلے آ رہے تھے۔ رویل سنگھ نے پھر ہاتھ پھیلائے اور منہ کھول کر ایک لمبی سی جمائی لی۔

اس کے منہ کے چوڑے دہانے میں موٹے سے موٹے دشمن کی کھوپڑی آ سکتی ہے اور اس کی فولادی انگلیاں ٹکڑے سے ٹکڑے دشمن کا ٹینٹوا دبا سکتی ہیں۔ لیکن دشمن تھا کدھر؟

اس کی بھوک تیز ہوتی جا رہی تھی۔ دماغ میں خیالات کا ہجوم بڑھتا جا رہا تھا۔ لوگ شور مچا رہے تھے۔ ریڈیو گیت سنا رہا تھا۔ کتے بھونک رہے تھے ... وہ چادر جھاڑ کر اٹھ کھڑا ہوا۔ اب وہ زیادہ برداشت نہیں کر سکتا تھا۔ وہ گورو کے لنگر میں وقت سے پہلے پہنچ جانا چاہتا تھا۔

جب وہ باغ کے پھاٹک سے گزرنے لگا تو اس نے ایک اور بڑا سا تختہ دیکھا۔ اس پر ایک فوجی سکھ کی تصویر بنی ہوئی تھی جس کے گالوں پر خوب چربی چڑھی ہوئی تھی۔ خوشنما داڑھی خوب کس کر بندھی ہوئی تھی اور سر پر گول سی دوہری پگڑی بندھی تھی ... اس کے ایک ہاتھ کی تین انگلیاں اٹھی ہوئی تھیں۔ دوسرے ہاتھ کی ایک انگلی سے وہ ان انگلیوں کی طرف اشارہ کر رہا تھا۔

'' ۳ باتیں ''

'' اچھی خوراک ''

'' اچھی تنخواہ! ''

'' جلدی ترقی ''

اور نیچے لکھا ہوا تھا۔

'' کھانا مفت ملتا ہے۔ وردی، بوٹ اور تنخواہ سب کچھ مفت ہی مفت، گھر جانے کے لیے چھٹیاں بھی
پوری تنخواہ پر ''

رویل سنگھ کچھ دیر تک اس تختے کی طرف گھورتا رہا۔ پھر اپنی لمبی زبان ہونٹوں اور باچھوں پر پھیری ۔۔۔ اور
پھر پتہ پوچھتا ہوا بھرتی کے دفتر کی طرف روانہ ہو گیا ۔۔۔